MELINDA MULLET

Whisky mit Schuss

aufbau taschenbuch

MELINDA MULLET hat britische Eltern, wurde aber in den USA geboren. Sie hat mehrere Jahre als Juristin gearbeitet, sich in den USA und im Ausland um Kinderrechte gekümmert und ist viel gereist. Sie lebt in der näheren Umgebung von Washington D. C. mit ihren beiden Töchtern und ihrem Mann, einem Whisky-Sammler aus Leidenschaft.
Im Aufbau Taschenbuch liegen bisher ihre Romane »Whisky mit Mord« und »Whisky für den Mörder« vor.

Whisky-Hersteller aus der ganzen Welt treffen sich in einem charmanten Landhotel in den schottischen Highlands, um den besten Whisky zu prämieren. Abigal Logan, seit kurzer Zeit Besitzerin einer kleinen, aber feinen Whisky-Destillerie, und ihr Hund Liam sind zum ersten Mal dabei. Zuerst findet man Sir Richard tot auf, dann seinen langjährigen Freund Archie. Beide sind Jury-Mitglieder. Will der Mörder den Wettbewerb beeinflussen? Abi stellt Nachforschungen an und scheint auf einer heißen Spur zu sein, denn auch auf sie wird ein Mordanschlag verübt.

MELINDA MULLET

WHISKY MIT SCHUSS

KRIMINALROMAN

Aus dem Amerikanischen von
Ulrike Seeberger

atb aufbau taschenbuch

Die Originalausgabe unter dem Titel
Deadly Dram
erschien 2018 bei Alibi, an imprint of Random House,
a division of Penguin Random House LLC, New York.

MIX
Papier aus verantwortungsvollen Quellen
FSC® C083411
FSC www.fsc.org

ISBN 978-3-7466-3680-1

Aufbau Taschenbuch ist eine Marke
der Aufbau Verlag GmbH & Co. KG

2. Auflage 2020

Published by Arrangement with Melinda Mullet
Umschlaggestaltung und Motive www.buerosued.de, München
Gesetzt aus der Whitman durch Greiner & Reichel, Köln
Druck und Binden CPI books GmbH, Leck, Germany
Printed in Germany

www.aufbau-verlag.de

KAPITEL 1

Flammen züngelten am Holz der Whiskyfässer empor, die auf dem Vorplatz des beeindruckenden alten Hauses aufgetürmt waren. Wir Freunde standen miteinander auf der breiten Kieseinfahrt von The Larches, wir wollten die Sorgen des alten Jahres dem Feuer überantworten und das neue frisch beginnen. The Larches, so hieß das Zuhause der Familie MacEwen. Eigentlich ein Landgut, wenn man es genau nahm. Es war ein wenig heruntergekommen, zum einen vom Alter mitgenommen, zum anderen von den Verwüstungen, die die Erbschaftssteuer angerichtet hatte. Doch die Symmetrie seiner klassischen Proportionen und der schottische Baronialstil waren noch immer atemberaubend. In steinernem Schweigen ragte das Gebäude über uns auf, und unsere langen Schatten tanzten gespenstisch über seine Sandsteinmauern. Gelegentlich stob ein Funkenregen in die Nacht und beleuchtete die Gesichter der Umstehenden. Grant MacEwen, mein Geschäftspartner und unser Gastgeber bei diesem alljährlichen Ritual, stand auf den Eingangsstufen und beriet sich mit Louisa, der großartigen Haushälterin von The Larches. Louisas kleiner Sohn Luke tollte mit Liam, meinem zotteligen Wheaten Terrier, auf dem Rasen herum. Die beiden hatten einen Riesenspaß.

Ich drängte mich nah an die Wärme des Feuers und sah zu, wie Cam Lewis, unser Destillerie-Manager, von seinem Auto her die Einfahrt heraufkam, ein kleines Mädchen huckepack auf der Schulter. Die Kleine hatte zwei lockige kupferrote Haarschwänzchen und kicherte fröhlich, als Cam wie ein Pferd zum Feuer galoppiert kam.

»Wer ist das?«, fragte ich.

»Meine Enkelin Sadie«, antwortete er, und der rollende Tonfall seines ausgeprägten schottischen Akzents zauberte mir ein Lächeln aufs Gesicht. »Sie ist übers Wochenende zu Besuch. Sadie, das ist Abi Logan; sie und Grant sind jetzt gemeinsam Besitzer von Abbey Glen.«

»Abbey Glen gehört Abi«, wiederholte Sadie ausgelassen und ließ sich die Wörter auf der Zunge zergehen.

»Die Destillerie hat meinem Onkel gehört«, erklärte ich ihr. »Der Name war so eine Art Wortspiel zwischen uns beiden. Er hat die Brennerei nach mir benannt, auch wenn ihr Name nicht genauso geschrieben wird wie meiner.«

»Das ist toll«, meinte Sadie. »Ich wünschte, jemand würde was nach mir benennen.«

»Ich wette, das macht mal jemand«, vermutete ich und lächelte sie an.

»Aye, die wird irgendeinen armen Kerl um den kleinen Finger wickeln.« Cam lachte leise und voller Zuneigung.

Ich fühlte mich schrecklich, weil ich nie auch nur eine Sekunde lang darüber nachgedacht hatte, dass Cam irgendwas anderes sein könnte als unser loyaler und hart arbeitender Brennereiarbeiter und Manager. Ich wusste, dass er verheiratet gewesen und seine Frau vor einigen Jahren gestorben war, aber in echter schottischer Manier hatte er sonst nicht viel mehr über sein Privatleben erzählt. »Ich wusste gar nicht, dass du Kinder hast«, neckte ich ihn, »geschweige denn Enkelkinder.«

»Ich habe zwei Töchter«, erwiderte Cam. Im Allgemeinen verliehen ihm sein zerklüftetes Gesicht und seine scharfen, aufmerksamen Augen einen etwas grimmigen Gesichtsausdruck, doch bei der Erwähnung seiner Töchter hellten sich seine Züge auf. »Eine lebt mit ihrem Mann in Australien, die andere wohnt in Glasgow. Das ist Sadies Mama.«

»Und du bist für den Hogmanay zu Besuch, ja?«, fragte ich und schaute zu Sadie hinauf. »Dann kannst du mir bestimmt alles über dieses Fest hier erzählen.«

»Da auf dem Feuer wird der Clavie verbrannt, Miss«, antwortete sie aufgeregt. »Das machen wir jedes Jahr. Es bringt Glück, weißt du.«

»Das wusste ich nicht«, gab ich zu, »und ich weiß eigentlich auch nicht, was ein Clavie ist.«

Diese Frage schien Sadie auf dem falschen Fuß zu erwischen, und sie tippte Cam auf den Kopf. »Was ist ein Clavie, Opa?«

»Ein Clavie ist ein Haufen von Fässern, die man zur Hälfte durchsägt und mit Teer füllt, damit sie schön lange brennen.«

»Teer wie der auf der Straße?«, fragte Sadie.

»Genau der.« Cam lachte leise. »Die Leute tragen den brennenden Clavie durch den Ort und später zu irgendeiner Anhöhe, wo er die ganze Nacht weiterbrennt. Wir haben zum Glück einen ganzen Haufen alte Fässer, die wir bei Abbey Glen benutzen. Und statt Teer schütten wir ein wenig vom Bodensatz auf das Holz, damit es heiß und stark brennt.«

Als er meine gerunzelte Stirn wahrnahm, fügte Cam noch hinzu: »Mit Bodensatz meine ich die übrig gebliebene Flüssigkeit, die nach dem Destilliervorgang noch in der Brennblase ist.«

»Aha, deswegen haben wir hier so ein wunderbares Feuer«, meinte ich.

»Ganz genau.« Cam schwang sich Sadie von der Schulter. »Diese Version der traditionellen Feier hat seinerzeit Grants Vater eingeführt, als ich gerade mal so alt wie Sadie war. So machen wir es seither jedes Jahr.« Er schnippte gegen eines ihrer hüpfenden Haarschwänzchen, während sie im Kreis um uns herumrannte. »Mein Dad hat mich immer mitgenommen, als er in der Brennerei noch für die Destillierblase zuständig war.«

»Was passiert, wenn die Fässer heruntergebrannt sind?«

»Sobald sie anfangen auseinanderzufallen, langst du ins Feuer und schnappst dir einen Brocken Holz, der noch glüht, nimmst ihn mit nach Hause und legst ihn auf dein eigenes Kaminfeuer«, erklärte Cam. »Mit den übrig gebliebenen Stücken von diesem verkohlten Holz reibt man die Kamine von innen aus, damit keine bösen Geister und Hexen durch den Schornstein herunterkommen.«

»Das ist das Allerbeste«, sagte Sadie mit offensichtlichem Entzücken; sie hatte bei dem Gedanken daran, dass Hexen und böse Geister aus dem Schornstein verjagt wurden, die Augen ganz weit aufgerissen.

»Wenn man bedenkt, dass wir in diesem Dorf ziemlich viele geistige Getränke konsumieren«, murmelte ich, »haben wir eine recht seltsame Beziehung zu Geistern.«

»Man kann nie vorsichtig genug sein, wie du genau weißt«, sagte Cam und zwinkerte mir zu. »Du hast ja, seit du hier angekommen bist, auch selbst schon jede Menge Hexen und böse Geister erlebt.«

Da hatte Cam recht. Es war nicht einmal ein Jahr her, dass ich Abbey Glen von meinem Onkel Ben geerbt hatte, und seither hatten wir bereits eine Brandstiftung, persönliche Bedrohungen und überdurchschnittlich viele Morde zu verzeichnen. Mir, der unerfahrenen und überraschenden neuen Besitzerin von Abbey Glen, hatten die Ortsbewohner erheblichen Widerstand entgegengebracht. Meine erste Herausforderung bestand darin, eine Methode zu finden, wie ich mit der frauenfeindlichen Whisky-Bruderschaft, den

Barley Boys, wie ich sie genannt hatte, auskommen konnte. Leicht war das nicht. Aber doch nicht annähernd so schwierig, wie es gewesen war, die erste eingebettete Kriegsberichterstatterin für die *London Gazette* zu sein. Das hatte ich damals geschafft, und ich konnte stolz sagen, dass ich jetzt auch diese Herausforderungen hier bewältigte.

Nicht nur das, ich begann sogar, mein neues Leben wirklich zu genießen. Mein chaotisches Nomadendasein als Journalistin ging mir allmählich auf die Nerven, und dieser Tempowechsel war keinen Augenblick zu früh gekommen. In den letzten neun Monaten hatte ich herausgefunden, wie viel es mir bedeutete, mich in dieser Gemeinschaft hier aufzuhalten. Abbey Glen bescherte mir Wurzeln und Freundschaften und einen Ort, den ich mein Zuhause nennen konnte, etwas, das ich seit vielen Jahren nicht gehabt hatte. Trotz meiner anfänglichen Skepsis war dies das beste Erbe, das Ben mir hätte hinterlassen können. Doch wenn ich schlau war, nahm ich mir trotzdem ein extragroßes glühendes und verkohltes Holzstück vom Feuer mit. Glück konnte ich immer brauchen.

Der kleine Luke machte sich einen Riesenspaß daraus, Holz zu sammeln und ins Feuer zu schleudern. Grant konnte ihn gerade noch davon abhalten hinterherzustolpern. Ich beobachtete, dass er den Jungen keine Sekunde aus den Augen ließ, damit nichts passierte. Cam und Sadie eilten ihm zu Hilfe, während Lukes Mutter die Gelegenheit nutzte, um zu mir herüberzuspazieren und mich zu begrüßen. Louisa hatte den ganzen Tag lang in der Küche gestanden, und ich hatte sie vor Weihnachten zum letzten Mal gesehen. Sie umarmte mich herzlich, und ich fragte sie, ob sie und Luke die Feiertage gut verbracht hätten.

»Es war recht ruhig, aber sehr entspannend«, sagte sie. »Luke hatte sicher seinen Spaß, aber unser Herr und Meister hat ein wenig Trübsal geblasen.« Louisa musterte mich mit einem Funkeln in den Augen von Kopf bis Fuß. »Wenn ich raten müsste, würde ich sagen, ihm hat deine aufmunternde Gegenwart gefehlt.«

Ich spürte, wie mir die Röte ins Gesicht stieg. »Ich kann mir nicht vorstellen, wieso«, murmelte ich.

»O doch, das kannst du«, sagte Louisa. »Und um deine Geschäftstüchtigkeit ging es ihm dabei bestimmt nicht.«

»Sei nicht albern«, erwiderte ich verächtlich. Ich spürte, wie mein Gesicht puterrot wurde, und das lag keineswegs nur an der Hitze des Feuers. »Ich war doch gar nicht so lange weg. Kaum vier Wochen, und dann haben Liam und ich noch einen Zwischenstopp in Edinburgh gemacht und mit Patrick und seiner Mutter Weihnachten gefeiert.« Wieso klang das so, als müsste ich mich rechtfertigen? Es ging doch eigentlich niemanden was an, wo ich meine Feiertage verbrachte. Patrick Cooke war seit meiner Zeit auf der Universität mein bester Freund, und jetzt, da Ben tot war, war er so etwas wie meine einzige Familie. Seine Mutter hatte für die Feiertage den weiten Weg von London auf sich genommen, weil Patrick sich weigerte, nach Hause zu fahren. Trotz ihrer zierlichen Gestalt war sie ein furchterregender alter Drachen, und obwohl sie uns beide auf ihre ganz eigene Art sehr mochte, waren ihre Besuche immer stressig. Wie üblich kompensierten wir, indem wir viel zu viel aßen und tranken. Insgesamt also eine ziemlich normale Weihnachtsfeier in der Familie.

Louisa sah ganz so aus, als hätte sie sehr gern noch mehr über Grant gesprochen, doch zum Glück begannen just in diesem Moment die brennenden Fässer in viele glühende Stücke zu zerfallen. Die Kinder jubelten, und Luke brachte mir eine Keksdose aus Blech, die mit vielen anderen auf einem Haufen gelegen hatte. Ich ging mit ihm zusammen zum Clavie und zog wie alle anderen vorsichtig glühende Holzstücke und verkohlte Holzbrocken aus dem Feuer.

Grant kam mit einem flachen hölzernen Quaich* zu uns Erwachsenen herüber. Der ziselierte Silberrand und die Griffe des Trinkgefäßes reflektierten den goldenen Schein des Feuers. Ich trank einen wärmenden Schluck Whisky aus der Schale und reichte sie weiter. Grant schaute mir tief in die Augen. Seine dunkelgrünen Augen warfen das Licht des Feuers zurück wie Smaragde. Es war für mich immer beinahe berauschend, in seiner Nähe zu sein, und das weckte in mir Gefühle, die zwischen Geschäftspartnern völlig unangebracht waren. Gefühle, die ich bei jeder Gelegenheit mit größter Mühe zu unterdrücken suchte.

Grant war eine echte Herausforderung für mich – ein Mann von ungeheurer Vielschichtigkeit und großer Leidenschaft, die sich hinter einer kühlen professionellen Fassade verbarg. Alles andere außer einer respektvollen Freundschaft zwischen uns beiden würde dazu führen, dass mich die Whisky-Bruderschaft als Grants kleine Freundin abtat.

Von beruflichen Erwägungen einmal abgesehen, muss ich leider zugeben, dass ich in Bezug auf Männer ein völlig hoffnungsloser Fall bin. In meiner jahrelangen Arbeit als Bildreporterin mit einem stets unberechenbaren Zeitplan für meine Einsätze hatten die schrecklichen und niederschmetternden Erfahrungen, mit denen ich konfrontiert war, tiefe Narben in mir hinterlassen. Zudem musste ich oft auswärts arbeiten. Meine Beziehungen krachten rascher zu einem rauchenden Trümmerhaufen zusammen als der Clavie, den wir gerade als Brandopfer dargebracht hatten. Deswegen war ich wild entschlossen, zu Grant als meinem Geschäftspartner eine angemessene Beziehung aufzubauen, die gut

* Traditionelle schottische Trinkschale.

für unsere Destillerie und noch besser für mein arg ramponiertes Herz war.

Als das Feuer langsam erlosch, zogen wir alle ins Haus, um uns an dem Essen gütlich zu tun, das Louisa im Esszimmer angerichtet hatte. Cam ging zum Kamin und warf, von Sadie und Luke unterstützt, mehrere noch glühende Holzstücke hinein und malte mit einem verkohlten Brocken Holz eine Reihe von Zeichen innen in den Kamin. »So. Jetzt sind wir wieder ein Jahr sicher vor Geistern, die wir hier nicht wollen«, sagte er, während er sich den Ruß von den Händen klopfte und einen Whisky vom Tablett auf dem Beistelltisch nahm. »*Sláinte*. Es ist gut, dass wir dich wieder bei uns zurück haben«, meinte er und erhob sein Glas in meine Richtung.

»Es ist gut, wieder zurück zu sein«, antwortete ich, erhob ebenfalls das Glas und erfreute mich am Leuchten des Whiskys. Meines Whiskys. Noch ein Jahr zuvor hätte ich rein gar nichts zum Thema Whisky sagen können, weder zu Bens Whisky noch zu irgendeinem anderen, doch seit Bens Tod hatte ich Geschmack an seinem Aroma und seiner Weichheit gefunden. Speziell natürlich an unserem Abbey Glen. Unser Whisky hatte nur sehr wenig von dem sonst bei Malt Whiskys üblichen Torfaroma, wurde sorgfältig destilliert und reifte unter liebevoller Fürsorge in Holzfässern, in denen zuvor Sherry gelagert wurde, was dem Endprodukt ein vielschichtiges, leicht süßes und doch pikantes Aroma verlieh, das einem das Herz erwärmte.

»Patrick ist ganz aufgeregt, twittert auf allen Kanälen über diese Golden Quaich Awards. Mit dieser Abfüllung von 15 Jahre altem Abbey Glen hätten wir uns auf jeden Fall für diesen Preis bewerben sollen«, meinte ich anerkennend.

»Da bewirbt man sich nicht«, korrigierte mich Cam, »man wird nominiert. Aber, ja, das ist einer der nominierten Whiskys von Abbey Glen. Bisher hat man uns kein einziges

Mal berücksichtigt, und dieses Jahr gleich in *drei* Kategorien. Unglaublich.«

Ich deutete mit erhobenem Glas auf das Feuer im Kamin. »Vielleicht wendet sich unser Glück ja schon.«

»So schnell wirkt der Clavie nicht«, meldete sich Grant zu Wort. »Der Hauptgrund dafür, dass wir in den vergangenen Jahren nicht nominiert wurden, ist, dass weder Ben noch ich Lust hatten, dem Auswahlkomitee Honig ums Maul zu schmieren.«

»Wenn man nur genug Lobbyarbeit machen muss, um in Erwägung gezogen zu werden, ist es wohl keine große Ehre«, gab ich zu bedenken. »Ich hätte gedacht, dass es nur nach Verdienst geht.«

»Verdienst ist ein Teil der Rechnung«, erwiderte Cam. »Aber heutzutage gibt es ja so viele Whiskys. Diejenigen, die sich zu der Zeit, wenn die Nominierungen anstehen, sehr darum bemühen, die Aufmerksamkeit auf sich zu lenken, bleiben natürlich den Leuten im Komitee am besten im Gedächtnis haften.«

»Was war also dieses Jahr anders?«

»Ich vermute mal, dass Patrick daran nicht ganz unschuldig war«, sagte Grant. »Du hast ja auch schon gesagt, dass er vielschichtige Motive für sein Tun hat. Du erinnerst dich noch, dass er im Herbst für die japanischen Investoren diese VIP-Tour in Abbey Glen organisiert hat? Nun ja, er hat dazu auch die wichtigsten Mitglieder des Auswahlkomitees für den Order of the Quaich eingeladen. Ich nehme an, er hat die VIP-Tour als raffinierte Möglichkeit betrachtet, unseren kleinen Betrieb gut dastehen zu lassen.«

»Und ich habe gedacht, er versuchte lediglich, ausländische Investoren für seine Zeitschrift zu gewinnen.«

»Patrick ist ein schlaues Kerlchen«, sagte Cam mit einem Funkeln in den Augen. »Er hat es geschafft, selbst nicht zu kurz zu kommen und gleichzeitig Abbey Glen zur Geltung zu bringen.«

»Also waren all diese Präsentationen und Fotos von der Herstellung unseres Whiskys Teil einer ausgeklügelten Werbekampagne?«

»Sieht ganz so aus«, antwortete Grant.

Eigentlich überraschte mich das nicht. Ich hätte es wissen müssen. Patrick hatte mir schon immer den Rücken gestärkt. Ob ich es wusste oder nicht. Ob ich es wollte oder nicht. Er war der nervige, aber liebenswerte kleine Bruder, den ich nie gehabt hatte.

Ein Stirnrunzeln überschattete Grants Gesicht. »Der Wettbewerb beginnt übermorgen. Es ist ein bisschen spät, aber wir könnten versuchen, für dich auch noch einen Platz dort zu buchen. Ich war nicht sicher, ob du im Land sein würdest, als die Anmeldeformulare kamen.«

»Eigentlich bin ich startklar«, erwiderte ich. »Patrick und ich haben zu Weihnachten darüber gesprochen, und er hat mich überredet, mitzukommen und mir den Spaß zu gönnen. Er hat sich bereiterklärt, sein Zimmer mit Liam und mir zu teilen.«

»Wenn du das so möchtest«, meinte Grant. »Ich bin sicher, ich könnte auch ein Plätzchen für dich finden.«

Wenn ich bei meiner Freundschaftskampagne eines nicht brauchte, dann das: bei einer Veranstaltung der Whisky-Industrie offiziell ein Zimmer mit Grant zu teilen. Zwei Whiskys, und wir könnten von Glück sagen, wenn wir während der gesamten Zeit überhaupt mal aus dem Bett kämen. Der bloße Gedanke daran ließ mich einen Schritt von der Hitze des lodernden Kaminfeuers zurücktreten.

Jetzt erst merkte Grant, was er da gerade gesagt hatte, und ich konnte sehen, wie ihm eine leichte Röte über den Nacken kroch. »Ich meine, ich bin sicher, wir könnten irgendwie ein *eigenes* Plätzchen für dich finden, wenn dir das lieber wäre«, verbesserte er sich.

»Das ist eine ziemlich prächtige Veranstaltung«, sagte Cam, dem unser Gespräch entgangen war. »Dieses Jahr findet sie in der Eagle Lodge statt. Das war früher mal ein königliches Jagdschlösschen, und jetzt ist es ein ziemlich großes, protziges Wellnesshotel außerhalb von Stirling. Es gibt tolles Essen und jeden Whisky unter der Sonne.«

»Das wird sicher eine sehr lohnende Erfahrung für dich«, sagte Grant. »Es gibt Seminare, Verkostungen und die Gelegenheit, einige der Topnamen im Whiskygeschäft kennenzulernen.«

Die meisten Leute aus den Destillerien der Umgegend kannte ich bereits, aber die Seminare würden sicher interessant werden, und ich war immer auf der Suche nach Gelegenheiten, meinen Gaumen an weiteren Whiskys zu schulen. Das gehörte alles zu meiner neuen Rolle als Geschäftsfrau und Whiskybotschafterin. »Wie lange geht die Sache?«

»Vier Abende«, warf Cam ein. »Ich hab mir auch ein Zimmer gebucht.« Er grinste. »Nach all dem Verkosten kann man unmöglich Auto fahren.«

»Allerdings«, meldete sich Louisa zu Wort, die gerade ein Tablett mit kaltem Lachs und Salat hereinbrachte, das sie auf die bereits übervolle Anrichte stellte. Liam trottete wie ein liebeskranker Teenager hinter ihr her. »Da wird ein bisschen mehr als nur verkostet«, fügte sie hinzu. »Sie kommen alle drei Kilo schwerer und um ein paar Hirnzellen leichter nach Hause.«

Grant lachte leise. »Stimmt genau.«

»Eine Party ganz nach meinem Geschmack«, sagte ich.

Ich folgte Liam zur Anrichte und begann, einen Teller zu beladen. Louisa hatte sich selbst übertroffen. Außer dem

Lachs gab es noch eine große Auswahl an goldbraunen pikanten Fleischpasteten und Würstchen im Teigmantel, zudem ein duftendes Gemüsecurry mit Reis. Daneben ächzte der Teewagen unter dem Gewicht von einem Dutzend verschiedener Käse und Kekse, mundgerechter Mince Pies und mit Puderzucker bestäubter Ingwerscones mit Clotted Cream und frischen Himbeeren.

Diese Feiertage entwickelten sich zu einer Katastrophe für meine Figur. Patrick hatte sich zwar über Weihnachten nicht aus Edinburgh fortbewegt, weil er London und ein mögliches Zusammentreffen mit seinem Ex vermeiden wollte, aber wie immer hatte er sich nicht lumpen lassen. Er hatte bei einem vorherigen Londonbesuch allerlei Köstlichkeiten bestellt, darunter sechs große Fresskörbe von Fortnum & Masons. Zwei Kisten mit allen möglichen französischen Weinen, dazu Gänse- und Entenleberpastete, verschiedene Käse, Marmeladen, Speck und Würstchen. Sogar an Liam hatte er gedacht. Ein riesiger Steakknochen, in Metzgerpapier eingeschlagen und mit dem türkisfarbenen Band von Fortnum & Mason verschnürt, traf mit all den wunderbaren Dingen ein. Liam kaute drei Tage in himmlischer Glückseligkeit daran herum.

Louisa stellte die letzten Speisen hin und gesellte sich wieder zu mir, während sie sich die Hände an einem Handtuch abwischte. Technisch gesehen war Louisa vielleicht Personal, aber in The Larches ging es nicht sehr förmlich zu. All diese Unterscheidungen zwischen Personal und Herrschaft gehörten zudem längst der Vergangenheit an. Grant gab offen zu, dass er ohne Louisas Hilfe verloren wäre und das Landgut wohl kaum am Laufen halten könnte, und Louisa war froh, dass sie eine Arbeitsstelle gefunden hatte, wo man eine alleinstehende Mutter und ihren Sohn herzlich aufnahm und wo sie Teil der erweiterten Familie geworden waren.

Ich hätte das Essen wesentlich überschwänglicher gelobt, hätte ich nicht wenig ladylike den ganzen Mund voller Würstchen im butterzarten Teigmantel gehabt.

Louisa lächelte über meine offensichtliche Begeisterung. »Ich hab dir noch ein paar in der Küche aufgehoben.«

»Du bist die Allerbeste«, erwiderte ich grinsend und drückte ihr den Arm.

»Ich hab mindestens einen Whisky zu viel getrunken«, beichtete sie. »Also frag ich dich jetzt doch. Obwohl ich mir geschworen habe, dass ich's nicht tu.« Sie deutete quer durchs Zimmer auf Grant, den die Kinder gerade überredet hatten, mit ihnen Charade zu spielen. »Was läuft mit euch beiden?«

»Wir sind Freunde.«

»Und?«

»Und nichts.«

»Na, das ist aber nicht recht.«

Ich stopfte meinen Mund erneut voller Würstchen im Teigmantel, damit ich nicht antworten musste.

»Ihr zwei wärt doch großartig zusammen. Komm schon, du kannst nicht leugnen, dass er ein ziemlich toller Kerl ist?«

Ich schluckte und trank ein wenig von dem Whisky in meinem Glas. »Er ist toll«, gestand ich ihr zu. Groß, sportlich, mittelbraunes Haar und faszinierende Augen, was wollte man mehr? »Aber keiner aus der Whisky-Bruderschaft würde mich mehr ernst nehmen, wenn ich was mit Grant anfinge. Nicht nur das. Das Letzte, was ich jetzt brauche, ist eine Beziehung, die zum Scheitern verurteilt ist. Denn das würde mein neues Leben hier völlig ruinieren.«

»Wieso ist sie zum Scheitern verurteilt?«, fragte Louisa.

»Das sind sie bei mir immer«, erwiderte ich bestimmt.

»Sei doch nicht so negativ. Grant ist sehr diskret, und ihr werdet jede Menge Zeit miteinander verbringen, wenn du mit zum Wettbewerb fährst.« Louisa gab mir einen kleinen Rippenstoß. »Nutz das aus.«

»Aber wir sind mit allen Barley Boys dort.«

»Zumindest weißt du, dass du da keine weibliche Konkurrenz hast«, erklärte mir Louisa. »Im Augenblick bist du immer noch die einzige Frau, die es ins Whiskygeschäft geschafft hat.«

»Ja, leider. Ich könnte Unterstützung gebrauchen«, jammerte ich.

»Das kommt schon noch. Es ändert sich einiges, aber bis dahin nutze das aus, was du hast. Eagle Lodge ist großartig. Ein romantisches Hotel für eine wunderbare kleine entspannte Auszeit«, sagte Louisa mit einem spitzbübischen Funkeln im Blick.

Ich verdrehte die Augen. »Ja, Grant und ich ganz allein und ein paar Dutzend seiner engsten Freunde und Kollegen.«

»Das ist nur während der hellen Stunden des Tages«, neckte mich Louisa. »In der dunklen Nacht stellen die Leute so allerlei an.«

Ich wünschte, ich hätte schon da gewusst, wie dunkel die Nacht dort werden würde.

KAPITEL 2

Ich stand am Gartenzaun und schaute hinüber zu Oscar und Liam, die auf der Wiese spielten. Katherine McRae, unsere Tierärztin aus dem Ort, stand neben mir und schüttelte den Kopf.

»So was wie die beiden habe ich noch nie gesehen. Hunde und Schafe reagieren gewöhnlich ganz instinktiv aufeinander, aber ich könnte schwören, dass diese beiden Fangen spielen.«

»Liam war noch nie wie alle anderen«, sagte ich mit einem Seufzer. Seit ich meine kleine Herde ältlicher Wollerzeuger vor einem vorzeitigen Trip zum Abdecker gerettet hatte, kam Katherine regelmäßig zu Besuch. Ich vermute, wir wären ohnehin gute Freundinnen geworden, mit oder ohne Schafe, doch die Herde hatte den Vorgang beschleunigt, und inzwischen stand Katherine ganz oben auf meiner Handy-Kurzwahlliste. Sie war eine zierliche Brünette mit gefühlvollen Augen, starken Händen und einem warmen Herzen. Eigentlich war sie auf Pferde spezialisiert, aber zum Glück kümmerte sie sich auch gern um meine Schützlinge.

Wir standen einige Minuten schweigend da und genossen das leise zufriedene Blöken der Schafe. Ich fand es seltsam beruhigend und meditativ.

»Bei Agatha scheinen jedenfalls keine Nachwirkungen von ihrer gestrigen Expedition in die Stadt geblieben zu sein«, meinte Katherine.

»Danke, dass du sie dir angeschaut hast. Ich weiß, dass

Schokolade für Hunde nicht gut ist, aber bei Schafen war ich mir nicht sicher.«

»Sie ist für beide nicht gut, doch Agatha wird schon wieder. Nur interessehalber: Wie hat sie es geschafft, an ein Fass voller Schokolade ranzukommen?«

»Na ja, Agatha streift gern durch die Gegend. Gewöhnlich hält Liam sie in Schach, aber der war gerade mit mir unterwegs. Sich selbst überlassen, hat sich Agatha irgendwie durch den Zaun gequetscht und ist die Straße entlang in die Stadt gewandert. Ich hatte keine Ahnung davon, bis Floss mich anrief und sagte, eines meiner Schafe sei in ihren Laden spaziert und wäre im Augenblick dabei, sich durch den Behälter mit den dunklen Schoko-Buttons zur fressen.«

»Und wie hast du sie wieder nach Hause bekommen?«

»Liam und ich sind mit dem Mini Cooper in die Stadt gefahren, und ich habe sie auf die Rückbank geladen.« Leider war dies nicht das erste Mal, dass man mich dabei erwischt hatte, wie ich durch den Ort fuhr und eines meiner Schafe aus dem Rückfenster schaute. Jedes Mal hoffte ich vergeblich, dass es das letzte Mal wäre. Derlei trug, Gott weiß, nicht gerade dazu bei, meinen Ruf als ernst zu nehmendes Mitglied der Landgemeinde zu festigen. Und für das Aussehen meines Autos war es noch weniger förderlich.«

Katherine versuchte, ihre Belustigung mit einem Husten zu tarnen, aber mich konnte sie nicht täuschen. Höchste Zeit für einen Themawechsel.

»Was kannst du mir über Eagle Lodge erzählen?«, fragte ich spontan.

»*Sehr* schön«, sagte Katherine mit hochgezogenen Augenbrauen. »Fährst du etwa zum Abendessen dorthin?«

»Nein, ich übernachte dort sogar ein paar Mal. Während des Wettbewerbs um die Golden Quaich Awards«, hob ich an.

»Ach ja, jetzt fängt die Zeit der Awards an«, sagte Katherine. »Ein herrliches Hotel, die Eagle Lodge. Erstklassig, von A bis Z. Ich war allerdings nur einmal da. Mich hat damals ein Freund als Gast zu einer Hochzeit mitgenommen. Als ich dort ankam, wünschte ich mir, ich hätte mir ein bisschen mehr Mühe mit meinem Outfit gegeben.«

»Über Kleidung habe ich noch gar nicht nachgedacht«, stöhnte ich. »Das Ganze fängt morgen Abend an, und ich bezweifle, dass ich was Passendes zum Anziehen habe.«

»Dann aber mal dalli dalli«, sagte Katherine. Ihre Augen leuchteten vor unverhohlener Begeisterung. »Weißt du was? Ich muss heute Nachmittag nach Stirling fahren, um Impfstoff für die Schweine abzuholen. Warum kommst du nicht mit? In der Altstadt ist eine wunderbare Boutique, die genau das Richtige wäre, und ich bekomme nie Gelegenheit zu solchen Mädelsausflügen.«

Katherine wirkte so aufgeregt, dass ich es nicht übers Herz brachte, ihr die Idee auszureden. Einkaufen war für mich etwas völlig Wesensfremdes. Ich spazierte gewöhnlich in ein Geschäft, schnappte mir dort das erste schwarze Kleidungsstück in Größe acht und ging wieder, doch nun musste ich so aussehen, als wäre ich tatsächlich eine Brennereibesitzerin und mondäne Geschäftsfrau. Schließlich vertrat ich Abbey Glen und das heraufdämmernde Zeitalter der Frauen im Whisky-Geschäft. Grant und Cam würde es wahrscheinlich gar nicht auffallen, Patrick jedoch schon. Und er würde mit seinen Kommentaren über meine Unzulänglichkeiten nicht hinterm Berg halten. »Also gut, da werde ich mich wohl ein bisschen bemühen müssen.«

»Prima. Ich hole dich um halb eins ab. Das wird ein Riesenspaß für dich.« Nein, das wird ein Riesenspaß für *dich*, dachte ich, als ich Katherine nachblickte, die mit federnden Schritten zu ihrem Pick-up zurückging. Ich holte tief Luft und versuchte, die in mir aufsteigende Panik zu besiegen, indem ich noch einmal nachsah, ob das Tor zum Schafpferch wirklich fest verschlossen war.

Um ein Uhr hatten wir den Wagen bereits im Parkhaus in der Altstadt abgestellt und uns zu Fuß aufgemacht, das Einkaufsviertel zu erkunden. Die meisten kleinen Läden verkauften Schals mit Schottenkaro, Hochlandkühe aus Plüsch und Schlüsselanhänger mit zweideutigen Sprüchen. Das unvermeidliche Starbucks hatte gleich neben dem Eingangstor zur Burg zwei größere Ladenflächen in Beschlag genommen und bombardierte nun die Umwelt mit den Fotos, die die Gäste von alten Steinmauern und Türmen gemacht hatten. Katherine steuerte mich von all dem Touristenkitsch weg in eine unauffällige enge Gasse, die etwa auf halber Höhe von der Hauptstraße abzweigte. Dieser schmale Durchgang verband die Straße mit einem großen gepflasterten Platz, der so verborgen lag, dass man ihn leicht hätte übersehen können, wenn man nicht ganz genau hinschaute.

Früher war dies ein Hof für die Postkutschen gewesen, doch inzwischen hatte man die Ställe zu extraschicken Geschäften umgebaut, bei denen dort, wo einmal Kutschen durchgefahren waren, nun große Schaufenster prangten. Man hatte einige der ursprünglichen Holztüren entfernt und an beiden Seiten der weiß getünchten Ziegelfassaden angebracht wie übergroße verzierte Klappläden. Ich war überrascht, dass Katherine diesen versteckten Innenhof kannte. Sie schien ganz genau zu wissen, wo sie hinging, und ich folgte ihr lammfromm in einen Kleiderladen, auf den ein diskretes Schild mit goldenen Buchstaben hinwies.

Als wir eingetreten waren, wollte ich sofort wieder kehrtmachen und wegrennen, doch meine Rückwärtsbewegung wurde von einem Cocker-Spaniel-Welpen gestoppt, der herausgetrottet kam, um uns zu begrüßen, und sich um meine Füße schlängelte.

»Sampson«, schimpfte eine junge Frau. »Komm sofort hierher. Nicht alle Leute mögen Hunde, du kleiner Halunke.«

»Bei mir ist er gut aufgehoben«, erwiderte ich, nahm das zappelnde goldene Fellknäuel hoch und ließ mir von ihm begeistert das Kinn abschlecken.

»Es tut mir wirklich leid«, sagte die Frau und befreite mich von meinem neuen pelzigen Freund. »Ich heiße Charlotte. Womit kann ich den Damen helfen?«

Ich wusste es zu schätzen, dass Charlotte uns als Damen bezeichnete, obwohl wir beide nicht so angezogen waren, wie ihre üblichen Kundinnen sich kleideten. Ich zögerte, aber Katherine stürzte sich gleich mitten hinein.

»Meine Freundin fährt zu einem 4-tägigen Event im Eagle Lodge, das morgen anfängt, und wir müssen ihr ein paar schicke Outfits verpassen.«

»Gut. Haben Sie eine Vorstellung, welche Art von Event das sein wird? Besprechungen, Dinners, offizielle Empfänge?«

»Ah.« Mir wurde bewusst, dass ich keine Ahnung hatte, worauf ich mich eingelassen hatte. »Ich habe noch kein Programm gesehen«, antwortete ich schüchtern.

»Dann schauen wir uns das doch mal an.« Charlotte zog ihr iPad hervor und rief das Programm für das Jahrestreffen des Order of the Golden Quaich auf. »Wie's aussieht, gibt es einen förmlichen Empfang zur Eröffnung, anschließend mehrere Tage mit Bewertungen. Ein Mittagessen und zwei weniger förmliche Dinners sowie die Galaveranstaltung zur Verleihung der Awards. Für die bräuchten Sie ganz was Besonderes«, sagte sie nachdenklich.

»Oh, fangen wir mit den festlichen Kleidern für die Gala an«, sagte Katherine mit großem Eifer.

Charlotte musterte mich mit professionellem Auge. Meine rotbraunen Locken fielen mir inzwischen fast bis zur Schulter, meine Haut war blass, weil ich kaum Sonne abbekommen hatte, und in meinen silbergrauen Augen zeichnete sich wohl eine Spur Furcht ab. Kriegsgebiete? Kein Problem. Eine noble Damenboutique? Die erfüllte mein Herz mit Angst und Schrecken. »Größe sechs«, murmelte Charlotte.

»Größe acht«, korrigierte ich.

»Größe acht bei Kleidern von der Stange, Größe sechs bei Couture«, korrigierte sie mich. »Versuchen wir es mal mit ein paar warmen Farben. Mir etwas Klassischem. Ich habe ein Abendkleid, das perfekt zu Ihren wunderbaren Augen passen würde.«

Charlotte verschwand in einem Hinterzimmer, und Katherine bugsierte mich in einen Umkleideraum, wo ich mich ausziehen sollte. Sie selbst setzte sich im Wartebereich auf einen Plüschsessel und nahm sich ein Glas Schampus. Als ich mit meiner langweiligen Baumwollunterhose und einem ziemlich alten BH in dem opulenten Umkleideraum stand und bibberte, wünschte ich, ich hätte mich vor dem Aufbruch noch umgezogen. Plötzlich reichte Charlotte einen wahren Regenbogen an leuchtend bunten Stoffen durch die Tür herein und sagte: »Fangen Sie mit dem Roten an.« Kurz darauf fragte sie: »Werden Sie eine Schärpe tragen?«

»Eine was?«, murmelte ich aus den Tiefen des schweren Seidenoberteils des »Roten« hervor.

»Eine Clan-Schärpe. Ihr Schottenkaro.«

»Ich habe keins. Ich bin keine Schottin.«

»Aber Abbey Glen hat einen eigenen registrierten Tartan«, meldete sich Katherine zu Wort.

»Das habe ich nicht gewusst«, sagte ich, nachdem ich endlich den Kopf durch den Halsausschnitt gekriegt hatte. »Ich dachte, Tartans wären nur für Menschen.«

»Nicht alle«, sagte Charlotte, die schon auf ihrem elektronischen Assistenten herumtippte. »Da haben wir den Abbey-Glen-Tartan. Sehr schön, damit können wir gut arbeiten.«

Ich trat aus dem Umkleideraum, hielt das Kleid um mich gerafft und schaute Charlotte über die Schulter. Das Karo war in einem kräftigen Königsblau gehalten und hatte schwarze und tannengrüne Karostreifen. Jetzt, da ich es vor mir sah, erinnerte ich mich, dass ich an den Verpackungen von Abbey Glen bereits Bänder mit diesem Tartan gesehen hatte. Ich hatte nur nie danach gefragt.

»Ich rufe eben bei MacClouds an, dem Laden um die Ecke. Die haben die meisten Sachen vorrätig.« Charlotte trat hinter mich, zog den Reißverschluss zu und betrachtete die Wirkung des Kleids im Spiegel.

Ich kam mir in dem schulterfreien Gewand mit Tüllrock ziemlich lächerlich vor. Wie ein roter Staubwedel. Zum Glück schüttelten auch Charlotte und Katherine einmütig den Kopf.

»Sie braucht eindeutig weniger … Na ja, einfach weniger«, sagte Katherine und blickte voller Widerwillen auf den voluminösen Rock.

Zwei qualvolle Stunden später hatten wir uns für die Eröffnung auf ein königsblaues bodenlanges Etuikleid mit einem tiefen, drapierten Ausschnitt geeinigt. Charlotte zeigte mir, wie ich die seidene Schärpe über die rechte Schulter legen und an der linken Hüfte feststecken sollte; das sah wesentlich weniger absurd aus, als ich befürchtet hatte. Katherine fügte noch eine karierte Stola und eine Fliege für den Herren im Tartan von Abbey Glen dazu. Die Stola für mich, die Fliege für Liam.

Ich verließ den Laden zudem mit verschiedenen Hosen aus wunderbar weicher Merinowolle, vier Seidenröcken, drei Kaschmirpullovern, zwei Tageskleidern, einer butterweichen Lederjacke in einem tiefen Burgunderrot und einer Rechnung, die mir die Knie wacklig werden ließ. So viel hatte ich noch nie im Leben auf einen Schlag für Kleidung ausgegeben. Aber andererseits hatte ich nie viel mehr als Jeans, T-Shirts und ab und zu ein kleines Schwarzes für offizielle Anlässe bei der Arbeit und Hochzeiten gebraucht. Dank meines Erbes konnte ich mir das jetzt leisten, und ich hatte Katherine offensichtlich einen sehr spannenden Nachmittag beschert. Sie hatte bei der Sache wesentlich mehr Spaß gehabt als ich, aber sie hatte ja großzügig *mein* Geld ausgegeben.

Am heftigsten hatte ich mich gegen ein rotes Seidenteil mit Herzausschnitt und einer kleinen Schleppe gewehrt, das laut Charlotte das perfekte Outfit für die Preisverleihung war. Es schien mir übertrieben, doch in der Einsamkeit meines Umkleideraums musste ich zugeben, dass das Kleid atemberaubend war und mir das Gefühl gab, eine völlig andere Person zu sein, allerdings auf angenehme Weise. Die Frage war nur, ob ich auch den Mumm haben würde, es zu tragen, wenn es hart auf hart kam.

Als wir unsere Schachteln und Tüten hinten in den Pickup luden, spürte ich, wie leichte Panik in mir aufstieg. Nach allem, was mir Katherine und Louisa erzählt hatten, fragte ich mich allmählich, worauf ich mich da eingelassen hatte. Vier whiskygetränkte Abende mit Grant in einem abgelegenen, romantischen Luxushotel. Beruflich ein Muss, privat ein Alptraum. Gleichermaßen wunderbar und schrecklich und zweifellos genau das, was ich in meinem Bestreben nach Stabilisierung meines Privatlebens nun wirklich nicht gebrauchen konnte.

KAPITEL 3

Eigentlich hatte ich gehofft, gleich am Donnerstagmorgen mit Grant und Cam nach Eagle Lodge zu fahren, doch jedes Mal, wenn ich das Haus verließ, musste ich das nun wie einen größeren militärischen Feldzug planen. Normalerweise hätte ich einfach ein paar Dinge in eine Reisetasche geworfen und mich auf den Weg gemacht, doch diesmal musste ich die neuen Kleidungsstücke ordentlich verstauen, dazu all die benötigten Accessoires und mein Make-up. Zudem musste ich einen Hüter für meine vierbeinigen Wollknäuel finden, Liams Fressen und Bett einpacken und das Heu und den Schlamm, die Überreste von Agathas gestriger Mitfahrt, vom Rücksitz des Autos entfernen. Es hing noch ein zarter Hauch von feuchter Wolle in der Luft, doch jetzt war es zu spät, um den Innenraum des Wagens gründlich reinigen zu lassen, ehe wir abfuhren.

Schließlich war es beinahe Mittag, als Liam und ich aufbrachen. Wir folgten Grants Beschreibung über viele Meilen gewundener Landstraßen, bis wir an einer atemberaubenden, schier grenzenlosen, makellos gepflegten Rasenfläche ankamen, die nur ein Golfplatz sein konnte. Ich bin kein Fan dieses Sports, vermutete aber, dass es sich hier um eine Einrichtung von Weltklasse handelte. Ich hatte schon Teppiche gesehen, die weniger flauschig und üppig wirkten.

Wir bogen durch das Haupttor ein, das zu beiden Seiten der Straße von großen Bronzeadlern bewacht wurde, die auf Steinpfosten hockten, jederzeit bereit, auf unwillkommene Besucher herabzustoßen. Als wir uns dem Hotelgebäude über die lange, von Bäumen gesäumte Zufahrt näherten, ragte es zunehmend eindrucksvoll vor uns auf. Dieses Jagdschlösschen war kein nettes kleines Landhaus, The Larches hätte hier bequem viermal reingepasst. Die hellgrauen Steinmauern waren mit einem tiefen Mansardendach bekrönt, in dem vorn und an den Seiten Dachfenster auf zwei Ebenen angeordnet waren. Der zentrale Teil des Hotels hatte sechs Geschosse und wurde von zwei niedrigeren Flügeln flankiert. Der Architektur nach zu schließen, waren die beiden Seitenflügel wohl erst in jüngerer Zeit hinzugefügt worden, doch sie waren gut angepasst. Das Efeu, das die Wände hinaufwucherte, sah aus, als hätte es schon Hunderte von Jahren hier klettern können.

Es war ein eindrucksvolles Gebäude, das nach altem Geld, vornehmer Lebensart und Absolventen von Eliteschulen roch. Ich schaute zu Liam hinüber, der neben mir auf dem Beifahrersitz hockte und den Kopf und den größten Teil seiner Brust aus dem offenen Fenster streckte, und wünschte mir, ich hätte ihn vor der Abfahrt noch einmal gebadet. Die Hotelleitung behauptete zwar, man sei hier hundefreundlich, aber nun drängte sich mir der Verdacht auf, dass man dabei wohl eher an eine Art kleinen Handtaschenhund gedacht hatte als an meinen viel zu zotteligen, fünfzig Pfund schweren Begleiter. Wenn er sich nicht vorsah, würde man ihn in Schimpf und Schande in den Hundezwinger verbannen. Das Eagle Lodge entsprach gewiss nicht meiner üblichen Kategorie für Unterkünfte, doch jetzt blieb mir nichts anderes übrig, als die Sache unverfroren durchzuziehen. Dank Katherine konnte ich mich jetzt zumindest meiner Rolle entsprechend kostümieren.

Kaum war ich mit meinem winzigen Auto unter dem steinernen Vorbau des Portals vorgefahren, eilten auch schon drei Herren in dunkelgrüner Livree herbei, um mir beim

Aussteigen zu helfen, als sei ich die Queen, die ihren Rolls Royce verlässt. Liam entschied sich, für das Aussteigen die Route durch das Fenster zu wählen, und man muss es den drei Bediensteten hoch anrechnen, dass keiner auch nur mit der Wimper zuckte. In Windeseile wurde mein Gepäck aus dem Auto auf einen Wagen geladen, obenauf thronte Liams übergroßes Hundebett.

Ich folgte meinem Gepäck in die grandiose Eingangshalle und wurde am Empfang von George Larson, dem Hoteldirektor, begrüßt. Er wies gerade einen bärtigen Mann an, eine Transportkiste im Büro hinter dem Empfangstisch abzustellen. Nun widmete er zu meiner Überraschung mir seine gesamte Aufmerksamkeit und checkte mich ein.

»Ist das Hotel voll belegt?«, fragte ich.

»Wir hatten übers Wochenende eine sehr große Gruppe hier, die zur Jagd hergekommen war, aber die sind heute Morgen alle abgereist. Am Donnerstag erwarten wir eine Hochzeitsgesellschaft aus Aberdeen; doch im Augenblick genießen Sie und Ihre Whisky-Freunde unsere ungeteilte Aufmerksamkeit.« Larson kam hinter dem Empfangstresen hervor und führte Liam und mich aus der mit Marmor und Mahagoni ausgestatteten Lobby über einen mit üppigen Teppichen ausgelegten Flur, der diskret von Wandleuchten aus geätztem Glas erhellt wurde, zu einer Reihe von Aufzügen.

»Sie und Mr Cooke sind im dritten Stock«, sagte er, während wir geräuschlos nach oben sausten. »Es ist eine wunderschöne Junior-Suite, von der Sie sehr leicht in den Speisebereich und zu den Salons gelangen, in denen die Bewertungen stattfinden.« Er klopfte leise an die Tür zu Zimmer 334, und als er keine Antwort erhielt, benutzte er einen altmodischen viktorianischen Messingschlüssel, um aufzuschließen. Liam stürzte ins Zimmer und begann es zu erkunden. Er wedelte ungestüm mit dem Schwanz, sobald er Patricks Fährte aufgenommen hatte.

»Der Kamin hat eine Fernbedienung«, erklärte Larson, tippte auf einen kleinen schwarzen Knopf auf dem Nachttisch und zauberte innerhalb von Sekunden ein loderndes Gasfeuer herbei. Es bot nicht ganz dieselbe Atmosphäre wie ein echtes Kaminfeuer, doch da es sich anzünden ließ, ohne dass man die Wärme der großen Überdecken auf den beiden Betten verließ, überzeugte es mich sofort. Larson zeigte uns das große Bad mit Fußbodenheizung unter schwarz-weißen Art-Deco-Fliesen und mit einer riesigen Badewanne auf Löwenfüßen und einer modernen Regendusche.

»Hier finden Sie eine Minibar«, fuhr Larson fort und öffnete einen Holzschrank unter dem Fernseher. »Sollten Sie sonst noch etwas benötigen, wenden Sie sich auf dieser Etage bitte an Sophie, das Zimmermädchen, das für diese Etage zuständig ist, oder an unsere Hausdame Mrs Easton. Beide stehen Ihnen jederzeit zur Verfügung.«

Nach Larsons Gesicht zu urteilen, würde man mir in kürzester Zeit ein Känguru mit Zylinder liefern, sollte ich den Mumm haben, darum zu bitten. Es war sicher verführerisch einfach, sich an den Luxus dieses 5-Sterne-Hotellebens zu gewöhnen. Mein Gepäck war schon vor mir im Zimmer angekommen und in einem begehbaren Schrank verschwunden, in dem man leicht eine Party hätte feiern können. Auf der einen Seite hingen bereits Patricks Anzüge ordentlich aufgereiht. Mir hatte er den kleineren Teil zugewiesen. Der würde sich noch wundern.

Ehe Larson ging, reichte er mir eine moderne Plastikkarte als Zimmerschlüssel, und dann waren wir uns selbst überlassen. Ich packte meine neuen Festgewänder aus und hängte alles in den Schrank, damit sich die paar Knitterfalten von der Reise glätten konnten. Die offene Flasche Whisky auf dem Tisch war eine allzu große Versuchung. Ich schenkte mir ein Glas ein und legte die Füße auf den Sofatisch vor dem Kamin. So fühlte es sich an – das gute Leben. Liam hechtete mit Anlauf mitten auf das sehr teuer aussehende Federbett, seufzte, als hätte er nun endlich den Lebensstil, der ihm seiner Meinung nach schon immer zugestanden hatte. Mir war klar, dass es vergebene Liebesmüh gewesen war, sein Bett von zu Hause mitzubringen.

Schon bald schnarchte Liam leise, und mir wurden die Augen schwer. Doch jede Hoffnung auf ein dekadentes Schläfchen am Nachmittag wurde durch Patricks polternde Ankunft zunichtegemacht.

»Hallo!« Er schmatzte mir einen Kuss auf jede Wange und baute sich vor mir auf, ein Grinsen auf dem jungenhaften Gesicht. »Wurde auch höchste Zeit, dass du auftauchst. Los, auf geht's!«

»Wir sind gerade eben erst angekommen«, erwiderte ich mit einem Stöhnen. »Wo müssen wir jetzt hin?«

»Das *Whisky Journal* hat für die Preisrichter und ein paar ganz besondere Gäste eine Falknerei-Vorführung gesponsert. Ich habe dich auch in die Liste eingetragen, damit du in aller Ruhe ein bisschen Zeit mit den Preisrichtern verbringen kannst.« Die goldenen Pünktchen in Patricks braunen Augen funkelten im Feuerschein. »Komm schon, sonst sind wir zu spät dran.«

Ich seufzte. Ich genoss gerade das wohlige Gefühl und den Luxus dieses Zimmers, hatte die Füße hochgelegt, einen Whisky in der Hand. Ich war mir nicht sicher, ob Falknerei mit der Whisky-Bruderschaft ganz oben auf meiner Prioritätenliste stand. Ich stupste Liam mit einem Finger an. »Los, du auch. Wenn ich gehe, gehst du mit. Du hast von uns beiden die größere Vorliebe für Geflügel.«

Ich hielt es für klug, Liam an die Leine zu nehmen, also befestigte ich trotz des unmutigen Blickes, den ich erntete, eine Leine an seinem Halsband. Seit wir nicht mehr in der Großstadt lebten, war Liam daran gewöhnt, sich ohne Einschränkungen zu bewegen, aber Vögel waren für ihn schon seit jeher ein Ärgernis und eine große Versuchung. Ich musste sicherstellen, dass er nicht Amok lief. Patrick hatte sich mit einer Barbour-Jacke und einem Paar makellos gepflegter Dubarry-Stiefel zünftig ausgestattet. Beides sah nicht so aus, als wäre je ein Wassertröpfchen daran gekommen, geschweige denn ein Regenguss. Wie immer wirkte Patrick wie aus dem Ei gepellt. Gemeißelte Wangenknochen und perfekt frisiertes Haar vollendeten den Eindruck, er wäre gerade von den Seiten von *Country Life* herabgestiegen.

Als wir in die kalte feuchte Luft hinaustraten, war ich noch weniger begeistert, dass wir den warmen Kokon des Hotels hinter uns ließen. Doch ich beeilte mich, mit Patrick Schritt zu halten, der mich nun hinter dem Hotel über einen Kiesweg zur Falknerei-Schule führte. Die kahlen Bäume standen schwarz vor dem blassgrauen Himmel, und einige dunklere Wolken glitten über den Bergen dahin und flüsterten von der Möglichkeit eines Schneefalls, sollte die Temperatur in der Nacht weiter sinken. Hinter uns verschwand allmählich das Herrenhaus, und wir gingen den säuberlich gepflegten Weg entlang zu einem zweistöckigen Haus aus Stein und Holz, das auf einer Anhöhe stand. Von dort bot sich ein herrlicher Blick über den Golfplatz und hinunter zum Wald. Dieser Ort lag so nah bei Stirling, und doch hatte man das Gefühl, ganz abgeschieden und vom Weltgetriebe weit entfernt zu sein. Die perfekte Zuflucht vor dem Stress des modernen Lebens.

Wir gingen im Gebäude die Treppe hinauf, erreichten die Ebene des Klubraums und blieben kurz stehen, um eine

Landkarte des gesamten Geländes zu bewundern. Es war viel größer, als ich vermutet hatte. Im Westen reichte es bis zum nächsten Dorf. Im Osten gab es zwei Golfplätze, und hinter den Greens sah man vereinzelte Häuser. In einer anderen Ecke des Geländes war eine große Reitanlage untergebracht. Die Schule für Falknerei sowie einige weitere Außengebäude befanden sich hinter einer Reihe von Bäumen an der nördlichen Seite des Geländes. Die Südseite des Hotels bot einen weiten Blick über sanfte Hügel mit einzelnen Bäumen bis zu den Wäldern, in denen die Jagdgründe rot umrandet waren.

Auf der Hauptebene des Klubhauses zierten Gemälde antiker Jagdgesellschaften die Wände, und man ermutigte die Gäste, es sich auf den schweren Holzmöbeln mit ihren Polstern in kräftig grünen Schottenkaros bequem zu machen. Eine Vitrine voller Trophäen, Pokale, Schalen und Medaillen berichtete von den historischen Erfolgen des Klubs. Wir waren ein klein wenig spät dran, was laut Patrick ganz allein meine Schuld war. Seine Gruppe war bereits versammelt und erwartete uns.

Im Eiltempo nannte man mir die Namen eines wahren Ozeans von Männern mittleren Alters, die alle ähnliche Wachsjacken trugen und Lederhandschuhe in den Händen hielten. Es wäre ohnehin schwer genug gewesen, sie voneinander zu unterscheiden, aber in diesem Umfeld und mit nahezu identischer Ausrüstung würde es beinahe unmöglich sein.

Der Lauteste und Ausgelassenste in diesem Haufen war Sir Richard Simpson, ein kräftig gebauter Herr mit widerspenstigem grauem Haar und zwei bemerkenswert beweglichen Augenbrauen. »Abi, Sir Richard«, sagte Patrick. »Wir haben ein Riesenglück, dass wir ihn dieses Jahr unter den Preisrichtern begrüßen können.«

Die Augenbrauen schossen in die Höhe, als der Genannte sich zu mir umwandte, um mich willkommen zu heißen. »Ms Logan.« Seine Stimme war volltönend und tragend. »Sie sind ein höchst willkommener und dekorativer Zugewinn für diese Runde.«

Mir wurde ein feuchter, schlaffer Händedruck zuteil, als befürchtete der Sir, der übermäßige Druck einer normalen Begrüßung könnte meine zarten Finger zerquetschen. Ich erinnerte ihn nicht daran, dass wir uns bereits vor einigen Jahren kennengelernt hatten, als ich ihn für einen Artikel in der *Gazette* fotografiert hatte. Er war der Typ Mann, der der Frau hinter der Kamera keinen zweiten Blick schenkte. Er drehte sich um und stellte mich seinem Freund Archie MacInnes vor. MacInnes war genauso kräftig gebaut, wenn er auch etwas eher Schweinchenhaftes hatte. Seine Augen waren klein und standen zu nah beieinander, und sein Haar wurde oben schon schütter. Die kompliziert darüber gekämmten Haare zeigten inmitten des Grau noch einige wenige verbliebene rote Strähnen. Er zwinkerte mich kurzsichtig an, schüttelte mir aber zumindest kräftiger die Hand als sein Kumpel. Laut Simpson war Archie ein lieber Freund, ein ehemaliger Destilleriebesitzer und ebenfalls Preisrichter.

Richards Bruder Trevor war auch anwesend; er war ein alter Freund von Patrick. Wir waren einander schon mehrere Male in London begegnet. Er war ein etwas trübseliger Bursche, hatte unter der Wachsjacke ein schäbiges Tweedjackett an und abgetragene Jagdhalbschuhe an den Füßen. Er sah um einiges älter aus als bei unserem letzten Treffen. Sein blondes Haar war immer noch eher lang, aber ich konnte sehen, dass bereits ein paar silberne Fäden darin aufblitzten. Das Gesicht, das sich mir zuwandte, wirkte reichlich verlebt, und die Ringe unter den Augen ließen auf chronischen Schlafmangel schließen. Er hatte seiner Leber im Laufe der

Jahre einiges abverlangt, und ich vermutete, dass das bei seinem Bruder auch nicht anders war.

Ein dritter Preisrichter, Hugh Ashworth-Jones, ein sportlich wirkender Mann Anfang sechzig, hatte Sir Richard und MacInnes in eine Ecke gedrängt und versuchte nun eifrig, eine Sportwette über die Aktivitäten des Nachmittags abzuschließen. Ich war mir nicht sicher, ob es bei der Falknerei überhaupt eine Punktwertung gab, aber das schien für Ashworth-Jones ein unbedeutendes Detail zu sein. Er kam mir wie ein Mann vor, der nichts wirklich genießen konnte, wenn es nicht irgendwie mit einem Risiko verbunden war.

Vervollständigt wurde die Gesellschaft von den letzten beiden Preisrichtern, Mark Findley, dem Kellermeister der Malt Whisky Society, und Gordon Craig, dem Korrespondenten der *Glasgow Times* in Sachen Whisky und Spirituosen. Findley war so groß und dürr, wie Craig klein und rund war. Wie sie da nebeneinander standen, erinnerten sie mich an Dick und Doof. Craig streckte mir eine Pfote wie eine Bärentatze hin und schüttelte mir die Hand. Er war in voller Kilt-Montur erschienen und wirkte wie ein zum Leben erweckter Gartenzwerg.

»Es ist immer schön, eine Kollegin von der Presse zu treffen«, merkte er lächelnd an. »Besonders eine, der eine erstklassige Destillerie gehört. Ich sag schon die ganze Zeit zu Patrick, dass wir für unsere Zeitung mal einen Artikel über Abbey Glen machen müssen.«

»Das würde uns sehr freuen«, erwiderte ich.

»Warte noch ein bisschen damit«, mischte sich Mark Findley ein. »Ihr werdet bestimmt einen Preis gewinnen. Das kann ich euch garantieren.«

Findley war schon immer ein Fan von Abbey Glen gewesen und bewahrte in den Kellergewölben der Society in Edinburgh eine schöne Sammlung unserer Whiskys auf.

»Garantien gibt es keine, mein Junge«, korrigierte Sir Richard, der sich in die Diskussion mischte. »Aber sie hat verdammt gute Aussichten auf einen Preis. Abbey Glen hat ein paar sehr außergewöhnliche Whiskys.«

»Ich nehme jede Werbung, die ich kriegen kann«, erwiderte ich und lächelte Craig an. »Ein doppelseitiger Artikel in der *Times* wäre mehr als willkommen.«

»Gewinnen Sie einen Preis, dann kriegen Sie alle Werbung, die Sie nur haben wollen«, erklärte Findley. »Und nicht nur in der *Times*, sondern in jeder größeren Publikation im Whiskygeschäft, in jedem Getränkeladen und Restaurant. Vielleicht haben Sie sogar Glück und gewinnen den Jackpot, einen Royal Warrant.«

Langsam kam ich mir ein bisschen dämlich vor. »Ich denke mal, ich war mir nicht darüber im Klaren, dass die Quaichs so eine wichtige Angelegenheit sind.«

»Die allerwichtigste«, erwiderte Sir Richard voller Stolz. »Hier werden die Besten der Besten prämiert. Blindverkostungen, völlige Anonymität. Für die Whiskys, die sich durchsetzen und an diesem Wochenende einen der Preise gewinnen, bedeutet das Bekanntheit, Werbung und Einkünfte von Hunderttausenden von Pfund. Das Geschäft ist in letzter Zeit sehr schwierig geworden. Für manche Bewerber geht es um Sein oder Nichtsein. Darum, ob die Lichter ausgehen oder das Unternehmen blüht.«

Ich spürte, wie sich mir der Magen umdrehte. Irrtümlich hatte ich geglaubt, diese Awards wären kaum mehr als ein bisschen freundschaftliche Rivalität vor Ort, aber hier ging es um lebenswichtigen Zugang zu den Märkten. In Laienworten: um ein echt großes Geschäft. Ich wünschte, Grant hätte deutlicher gesagt, was diese Preise für Abbey Glen bedeuten mochten. Nicht dass ich jetzt noch etwas dazu beitragen könnte, außer nett zu den Preisrichtern und zur

Presse zu sein. Plötzlich ergab es auch einen Sinn, dass Patrick so auf meiner Teilnahme bestanden hatte. Sir Richard entschuldigte sich, und ich wandte meine Aufmerksamkeit Craig zu, um mit ihm über seine Kolumne und seine Lieblingswhiskys zu plaudern.

»Ich bin ja selber ein Islay-Mann«, gestand er mir. »Ich liebe die großen, torfigen Whiskys, doch das heißt nicht, dass ich die weicheren, eleganteren Whiskys nicht auch zu schätzen weiß.«

»Liam ist ein Islay-Fan«, sagte ich und tätschelte den Hundekopf, der sich an mein Knie schmiegte. »Ich muss auf ihn aufpassen, sonst schlabbert er alles auf, was auf Nasenhöhe übrig ist. Allerdings nur die Whiskys aus Islay.«

Craig blickte mit neuem Respekt auf Liam hinunter. »Der Junge hat einen feinen Geschmack. Wie ist es mit Ihnen?«

»Ich mag meinen eigenen Whisky sehr gern«, antwortete ich ehrlich.

»Viel besser als euer reiner Malt geht es ja auch nicht«, gestand er mir zu. »Viele experimentieren mit verschiedenen Aromen und so, aber ich bin Purist. Gutes, sauberes, klares schottisches Wasser, Gerste von unseren eigenen Äckern und die Kunstfertigkeit eines Brenners vor Ort, der die Tradition mit der Muttermilch aufgesogen hat. Das ist eine Sinfonie wie keine andere.«

Wieder einmal verblüffte mich, dass der Whisky ansonsten verdrießliche Männer in Poeten verwandelte. Allerdings hatte es wohl auch nicht geschadet, dass die hier versammelte Mannschaft wahrscheinlich auf dem Weg zur Falknerei-Schule schon kurz im Verkostungsraum vorbeigeschaut hatte.

Inzwischen schlossen Hugh, Archie, Sir Richard und Trevor in der Ecke Wetten darüber ab, wer den schnellsten und wer den größten Vogel bekommen würde. Sie waren wie

Jungs auf einem Schulausflug, aber zumindest schienen sie ihren Spaß zu haben.

Während wir auf unseren Fremdenführer warteten, wurden Patrick und ich mit ledernen Schutzhandschuhen und entsprechenden Jacken ausgestattet, ehe man uns in das untere Geschoss des Klubhauses geleitete. Dort warteten entlang der Wände ein Dutzend Falken und Bussarde in Käfigen. An jedem Käfig gab ein Schild Auskunft über den Namen und das Alter des Vogels. Der älteste war zweiundzwanzig.

Liam, der gewöhnlich Vögel mit größtem Vergnügen verbellte, wich von den Käfigen zurück und schlich an die gegenüberliegende Wand, von diesen majestätischen Geschöpfen völlig eingeschüchtert. Die glänzend braunen und goldenen Federn der Bussarde waren wunderbar gepflegt, und während wir an der Reihe entlanggingen, schauten vierundzwanzig wachsame Augen auf uns herab. Diese hervorragenden Jäger, kräftige Vögel mit scharfen Augen, würden uns nur mit großer Geduld ertragen, wenn sie sich dazu herabließen, dieser Gruppe von Dilettanten ihre Künste zur Schau zu stellen.

Als unser Fremdenführer kam, bat er Patrick und mich, ihm dabei zu helfen, die Vögel nach draußen zu bringen. Ich gab Trevor Liams Leine und ging meinen Vogel holen, einen vierzehnjährigen männlichen Falken, von ähnlicher Größe wie die Bussarde, aber mit grauen und weißen Federn. Seine gelben Füße mit den scharfen Krallen gruben sich in das abgeschabte Leder meines Handschuhs, und er begutachtete mich mit grimmigen schwarzen Augen von der Seite, als nähme er Maß. Liam war eindeutig in der Zwickmühle. Einerseits war er wild darauf, mich zu beschützen, andererseits war es ihm genauso wichtig, größtmöglichen Abstand von meinem neuen Freund zu halten.

Patrick überreichte man einen Bussard. Der Vogel hatte am Kopf und auf dem Rücken glänzend braune Federn und zudem dunkelviolette Schwingen. Er blickte uns beide mit seinen braunen Augen durchdringend an, erfasste jede Einzelheit seiner Umgebung. Nun verstand ich, warum man die Falknerei auch den Sport der Könige nennt. Diese Vögel waren durch und durch königliche Geschöpfe.

Wir gingen hinaus auf den Hof, und Trevor ließ Liams Leine los, so dass er an den Rand der Rasenfläche laufen konnte. Dort saß er und warf angewiderte Blicke in meine Richtung. Der größere Abstand zwischen uns schien seine Lebensgeister wiedererweckt zu haben, hatte seine Nerven allerdings eher nicht beruhigt.

Ich war froh, als ich erfuhr, dass wir an diesem Nachmittag mit den Falken nicht wirklich jagen sollten. Man wollte uns vielmehr die Möglichkeit geben, die Schönheit dieser Greifvögel aus nächster Nähe zu bewundern und etwas über ihre Ausbildung zu erfahren. Überall im Park hatte man kleine Stücke von Nagerfleisch versteckt, und wir bekamen alle die Gelegenheit, die Vögel aufsteigen zu lassen und zuzuschauen, wie sie ihr Fressen fanden und zurückkehrten. Es war großartig anzusehen, wie die Vögel den Aufwind nutzten und sich von ihm in Kreisen über die Lichtung tragen ließen, wie sie gleichsam in einem Luftballett auf und ab schwebten, bis sie auf Befehl auf den Unterarm des Falkners zurückkehrten.

Bei der letzten Vorführung sollte ein lebendiges Kaninchen aus einem Käfig freigelassen werden und über den Rasen rennen, bis es von den gewaltigen Krallen eines Bussards erfasst wurde. Eine drastische Demonstration der Kraft und des Geschicks eines solchen Vogels. Patricks Gäste waren ganz aufgeregt, und alles verlief relativ gut für alle, außer dem Kaninchen natürlich. Man hatte unsere Gruppe an den

Rand des Geländes geleitet, und die meisten hatten ihre Handys gezückt, um diesen Moment auf die Festplatte zu bannen. Patrick und ich standen noch immer an der Seite, hielten jeder einen Vogel auf der Hand, hofften inständig, dass die Hauben, die man ihnen nun übergezogen hatte, sie daran hindern würden, bei der Verfolgungsjagd mitzumachen. Allerdings muss ich sagen, dass ich, falls mein Vogel losfliegen wollte, nicht besonders scharf darauf war, ihn daran zu hindern. Seine Krallen sahen tödlich aus.

Die Käfigtür wurde geöffnet. Das Kaninchen zögerte einen Augenblick und flitzte dann quer über den Rasen. Ursprünglich hatte man dem Kaninchen einen kleinen Vorsprung geben wollen, ehe man den Bussard losließ, doch Liam, der vom Rand her mürrisch zuschaute, hatte nun endlich etwas erspäht, mit dem er sich anlegen konnte, noch dazu mit einiger Aussicht auf Erfolg.

Das Kaninchen hatte schon eine ordentliche Strecke über die breite Rasenfläche zurückgelegt, aber sein Vorsprung schmolz dahin, denn es wurde von einem verschwommenen Knäuel aus sahneweißem und braunem Fell verfolgt. Sobald man den Bussard freiließ, ergab sich eine Art Pattsituation. Liam schaffte es, das Kaninchen am Genick zu packen. Der Bussard kreischte ein paarmal, während er über den beiden kreiste, ehe er landete und versuchte, Liam von seiner Beute zu trennen. Der war, das muss zu seiner Ehre gesagt werden, entschlossen, die Oberhand, nein, die Oberpfote zu behalten, da er sie nun einmal hatte. Schließlich musste sich der Falkner einmischen, den Bussard mit einer toten Maus weglocken und ihm die Haube wieder überstülpen, um ihn vom Gelände zu tragen.

Liam kehrte im Triumph mit dem Kaninchen im Maul zu mir zurück und ließ das völlig verschreckte Tier zu meinen Füßen fallen. Dort lag es, vor Furcht erstarrt, bis ich es aufhob und in die relative Sicherheit seines Käfigs zurückbrachte. Liams Eskapaden hatten dem Hoppelhäschen einen weiteren Lebenstag verschafft, aber in der Falknerei-Schule hatten sie ihm keine Freunde gemacht. Man bat ihn höflich, nie wieder zu kommen.

Ich führte ihn in Schimpf und Schande fort, während Patrick und seine Kumpel die Szene im Video noch einmal nachvollzogen. Liam war, vermutete ich, drauf und dran, eine stattliche Anzahl von Anhängern auf YouTube zu bekommen. Zumindest würden die Preisrichter sich an mich erinnern, wenn ich auch nicht sicher war, ob sich das positiv auswirken würde.

Als ich wieder in unserem Zimmer war, nahm ich erneut mein Whiskyglas und ließ mich in ein heißes Bad sinken, um mich auf das Dinner am Abend vorzubereiten. Stumm bedankte ich mich bei Katherine dafür, dass sie sich in Sachen Kleidung eingemischt hatte. Mein Aussehen und meine Fähigkeit, mich in diese Kreise einzufügen, würden sehr viel wichtiger sein, als ich gedacht hatte.

»Wie ich feststellen muss, hat sich Seine Lordschaft bereits häuslich eingerichtet«, meinte Patrick, als er zur Tür hereinkam. »Das ist mein Bett, lass dir das gesagt sein.«

»Tut mir leid«, erwiderte ich, zog mit dem Zeh den Stöpsel aus der Badewanne und beobachtete, wie das Wasser durch den Abfluss gurgelte. Ich trocknete mich ab, schlüpfte in einen der kuscheligen weißen Hotelbademäntel und wickelte mein feuchtes Haar in einen Handtuchturban.

»Wo bist du denn gewesen?«, fragte ich, während ich mich vor den Schminkspiegel setzte.

»Trevor und ich sind noch auf einen schnellen Whisky in Richards Zimmer gegangen.«

Ich ächzte, während ich versuchte, meine unteren Wimpern zu tuschen, ohne danach wie ein Waschbär auszusehen. Ich war nicht schlecht mit diesem Make-up-Zeugs, ich war aber auch nicht besonders gut, und ich brauchte immer ewig. »Du hast mir gar nicht gesagt, dass Trevors Bruder einer der Preisrichter ist.«

»Ach ja? Die Liste ist vor etwa einem Monat rausgekommen. Ich dachte, du hättest sie vielleicht gesehen.« Patrick nahm mein Whiskyglas vom Schminktisch und stellte es auf den Sofatisch. »Den kannst du gleich weitertrinken, aber im Moment brauchst du eine ruhige Hand.«

Ich warf mein Handtuch quer durch den Raum und traf ihn am Kopf.

»Ehrlich, ich freue mich, dass du dir ein bisschen Mühe gibst. Du musst so gut aussehen, wie du nur kannst.«

»Womit du sagen willst, dass das sonst nicht der Fall ist?«, knurrte ich. »Ich hab schon verstanden, wie viel das hier bedeutet, als ich heute deine Kumpels reden hörte. Das könnte in Sachen Werbung ein echtes Gottesgeschenk für Abbey Glen werden, und ich habe nicht die Absicht, das Team zu enttäuschen.«

Ein Klopfen an der Tür verhinderte Patricks Antwort. Ich stand auf und öffnete, erblickte in dem schweren Holzrahmen eine junge Frau in einer altmodischen Zimmermädchentracht, perlgrau mit weißem Spitzenkragen. Das blonde Haar hatte sie straff zu einem Knoten zusammengefasst, und ihr Gesicht war frei von jeglichem Make-up. Der Name, der auf die rechte Brusttasche gestickt war, lautete Sophie. »Entschuldigen Sie, dass ich störe«, sagte sie, »aber ich dachte, ich schau mal vorbei, um herauszufinden, ob der kleine Mann spazieren gehen möchte.«

Ich öffnete die Tür weiter und wandte mich an Patrick. »Diese reizende junge Dame möchte dich auf einen Spaziergang mitnehmen. Interessiert?«

Ich hörte hinter mir ein unterdrücktes Kichern und wusste, dass ich Sophie jetzt schon mochte. Liam hatte sich kaum bewegt; er lag wie hingegossen leise schnarchend auf dem Rücken mitten auf dem Federbett. Ich hoffte, dass das Hotel nichts gegen Hunde auf den Betten hatte; wenn man sie ins Haus ließ, musste man schließlich damit rechnen. Hunde sind ganz gewiss Geschöpfe, die es sich gern bequem machen.

»Sind Sie sicher, dass das kein Problem ist?«, fragte ich. »Ich kann auch mit ihm rausgehen.«

»Ich begleite ihn gern runter zum Chef der Meute. Joey nimmt ihn dann zusammen mit den Jagdhunden auf die Runde mit und bringt ihn zurück, wenn er müde ist. Da kann er etwas von seiner überschüssigen Energie abbauen«, sagte Sophie diplomatisch.

Die Geschichte von Liams Eskapaden in der Falknerei-Schule hatte anscheinend bereits die Runde gemacht. Ich zögerte ein wenig, weil ich an all die Dinge dachte, die Liam anstellen konnte, wenn er mit einem Rudel abgerichteter Jagdhunde unterwegs war, aber ich hatte keine Lust, ihn in dem Kleid, in das ich mich gleich hineinzwängen würde, und in hochhackigen Schuhen Gassi zu führen. »Das wäre wunderbar«, stimmte ich zu. »Vielen Dank, Sophie.« Ich stupste Liam mit dem Griff meiner Haarbürste, und er warf mir einen empörten Blick zu. »Los, auf die Pfoten! Es geht raus an die frische Luft, mein Freund.« Liam reckte sich und gähnte, ehe er vom Bett sprang. Ich klippte seine Leine ans Halsband, und er trottete ganz vergnügt hinter Sophie her, sobald er begriffen hatte, dass ein Ausflug anstand.

Ich zog mich in den riesigen Schrank zurück, während Patrick sich rasierte und in den Smoking warf. Ich rückte gerade meine Tartan-Schärpe zurecht, als er auftauchte und wirklich sehr schick aussah.

Seine Augen leuchteten auf, und er lächelte breit, als er das auf Figur gearbeitete königsblaue Abendkleid mit dem übertrieben langen Schlitz an der Seite und dem tiefen, drapierten Ausschnitt erblickte. »Wow! Ganz ehrlich, ich wusste nicht, dass so was in dir steckt. Du siehst phantastisch aus!«

Ich nestelte weiter an der Nadel an meiner Hüfte herum, um die Verlegenheit zu überspielen, die Komplimente bei mir immer hervorrufen.

»Wo hast du denn dieses kleine Teil her?«, fragte er, während er mit Expertenfingern den Stoff befühlte. »Du warst ohne mich einkaufen, obwohl ich sagen muss, dass du es gut gemacht hast.«

»Hilf mir einfach, diese verdammte Schärpe zu richten.«

»Ich wusste gar nicht, dass du schottisches Blut hast.«

»Hab ich auch nicht. Das ist der Tartan von Abbey Glen.«

Patrick nickte anerkennend. »Sehr schöne Geste.« Er fasste von unten unter das Kleid und schaffte es, die beiden Teile der Schärpe daranzuheften, ohne den Fall des Stoffes zu ruinieren. Dann reichte er mir ein Glas Whisky, das er aus einer Flasche auf der Anrichte eingeschenkt hatte. »Ein Willkommensgeschenk von unseren Freunden von Takai.«

»Harukawa ist hier?«

Patrick nickte, während er kostete. »Der Takai wurde in der Kategorie Bester Newcomer *und* in der Kategorie Bester Whisky Insgesamt nominiert. Das ist eine bisher nie dagewesene Leistung.«

Ich nippte noch einmal an dem Whisky, ehe ich meinen Lippenstift auflegte. »Ich freue mich darauf, ihn wiederzusehen. Von all den japanischen Gästen, die letztes Jahr zu unserer VIP-Tour in Abbey Glen gekommen sind, war er mir der liebste.« Hinatu Harukawa war der Besitzer der Destillerie Takai, die ein wenig außerhalb von Kyoto einen Whisky im schottischen Stil herstellte. Er war Ende fünfzig, sah aber gewiss nicht so aus. Er war charmant und würdevoll, sein Englisch war ausgezeichnet. Bei seinem letzten Besuch hatten wir mehrere tief gehende Gespräche über das Leben und den Whisky geführt.

»Er ist ein guter Kerl, aber er hat hier einige Leute ein bisschen vergrätzt«, sagte Patrick. »Viele von den Traditionalisten sind gar nicht erfreut, dass überhaupt japanische Whiskys bei diesem Wettbewerb vertreten sind, besonders aber in der Kategorie Bester Whisky Insgesamt.«

»Die haben wohl Angst vor der Konkurrenz?«

»Das streiten sie ab. Aber in Wirklichkeit – ja. Einige dieser japanischen Whiskys sind wirklich außergewöhnlich.«

Ich nickte zustimmend. »Der hier ist ganz gewiss wunderbar. Aber wie kommen wir zu der Ehre?«

»Laut Liams neuer Freundin Sophie hat man sie angewiesen, jedem Teilnehmer eine Flasche ins Zimmer zu stellen, mit freundlichen Grüßen von Hinatu Harukawa.«

»Versucht er, die Preisrichter zu bestechen?«

»Natürlich nicht«, erwiderte Patrick. »Die Preisrichter wurden sehr sorgfältig ausgewählt. Jeder Einzelne ist ein ausgewiesener Experte.«

»Das war nur ein Scherz. Ich bin sicher, sie sind alle über jeden Vorwurf erhaben. Trotzdem muss ich sagen, dass es mir ein wenig aufdringlich erscheint, Whisky zu verschenken, wenn man für einen Award nominiert ist.«

»Das *Whisky Journal* verschenkt Schachteln mit Whisky-Trüffeln.«

»Das ist doch sinnvoll. Wenn man Gastgeber ist, macht man Geschenke. Ihr wollt eure Auflage erhöhen, nicht Werbung für euren Whisky machen. Harukawa will sich einfach nur einschmeicheln. Versteh mich nicht falsch, ich schau dem geschenkten Gaul nicht ins Maul«, sagte ich und goss mir nach. »Ich meine nur, es ist ein bisschen frech.«

»Hinatu ist ein Freund«, sagte Patrick mit Bestimmtheit. »Er weiß, dass es hier ein gewisses Maß an Vorurteilen gegen die Japaner gibt, und er versucht einfach, ein Friedensangebot zu machen. Die Woche auf die beste Art zu beginnen.«

»Dann wollen wir mal hoffen, dass das nicht nach hinten losgeht«, erwiderte ich und rückte Patricks Fliege zurecht. »Und jetzt komm, gehen wir, ehe ich es mir noch überlege, ob ich mich in diesem Aufzug wirklich in der Öffentlichkeit zeigen soll.«

KAPITEL 4

Der Ballsaal, in dem das Dinner stattfinden sollte, war schlicht atemberaubend. Luxuriöse Holzvertäfelung bedeckte alle Wände bis zu den Bilderleisten hinauf. Darüber war die Wand mit einer goldenen Moiré-Seide bespannt. Über die gesamte Länge der Decke waren kunstvoll geschnitzte Medaillons verteilt, die einen eleganten Rahmen für vier funkelnde Kronleuchter abgaben. Das komplexe Muster des Parkettbodens erinnerte an den Black-Watch-Tartan. Dieser Saal wäre eines Königs würdig gewesen. Im Zentrum des Raumes hatte man ein Dutzend runder Tische angeordnet, jeder mit einem kunstvollen Blumengesteck aus roten Rosen und weißem Heidekraut geschmückt – beide keineswegs der Jahreszeit entsprechend.

In den vier Ecken hatte man lange Getränketische aufgestellt. Dort wurden Kostproben der Whiskys angeboten, die an dem Wettbewerb teilnahmen. Die ersten drei Tische waren den wichtigsten schottischen Regionen für die Whiskyproduktion gewidmet: dem Hochland, den Inseln und dem Tiefland. Auf dem vierten Tisch drängten sich Whiskys aus der gesamten restlichen Welt auf kleinstem Raum – eine deutliche Erinnerung daran, was die Schotten über ihre Vorherrschaft in der Welt des Whiskys dachten. Nichtsdestotrotz siegte heute Abend eindeutig die Neugier. Am »Ausländertisch« war die Schlange für die Verkostung am längsten.

Sobald wir in den Raum traten, wurde Patrick von einem seiner Kollegen überfallen. Ich zögerte einen Augenblick, ging dann allein weiter und erhaschte einen Blick auf Oliver

Blaire, der gerade beim Verkostungstisch an der Nordseite Hof hielt. Seine Familie besaß und betrieb die Destillerie Marchbanks, während Oliver in Stirling ein Whisky-Geschäft hatte, das sich auf die Flaschenabfüllung und den Verkauf seltener und in kleinen Mengen hergestellter Whiskys spezialisiert hatte. Blaires genaues Alter war schwer zu schätzen. An seiner Stirn wich das Haar ein wenig zurück, und an seinen Schläfen fand sich mehr als nur ein Hauch von Grau, aber er war schlank und rank, bestens in Form und stets wie aus dem Ei gepellt. Der Inbegriff des echten Gentlemans vom Lande. Kultiviert, witzig und diplomatisch. Oliver küsste mich auf beide Wangen und flüsterte mir ins Ohr: »Sie sehen atemberaubend aus, meine Liebe. Sie bescheren einem von diesen alten Knaben noch einen Herzanfall.«

Ich schüttelte lächelnd den Kopf. »Seien Sie nicht albern.«

»Aber keineswegs, die meisten von denen könnten einen guten Stups mit dem Schürhaken vertragen.«

Ich wechselte rasch das Thema. »Ist Marchbanks für einen Preis nominiert?«

»Leider dieses Jahr nicht, aber dieses Event ist eine wunderbare Gelegenheit, einige meiner seltenen Whiskys in den Verkaufsräumen zur Schau zu stellen. Das ist gut fürs Geschäft.«

»Nun, ich jedenfalls bin froh, dass Sie hier sind. Es ist schön, ein vertrautes Gesicht zu sehen.«

»Patrick ist auch hier«, merkte Oliver an.

»Ja, und wie ich feststellen muss, schmiert er schon wieder Sir Richard Simpson Honig ums Maul.«

»Ah, Sie haben Sir Richard also bereits kennengelernt?«

»Sein jüngerer Bruder Trevor ist ein alter Freund von Patrick. Wir waren heute Nachmittag alle zusammen in der Falknerei-Schule.«

»Ah ja, davon habe ich gehört. Ihr Liam hat ziemlich Eindruck gemacht.«

Ich verdrehte die Augen. »Das hätte ich nicht unbedingt gebraucht.«

»Mir ist völlig klar, dass Sir Richard ein Whisky-Experte ist«, sagte Oliver, »aber ich muss zugeben, dass ich sonst nicht viel über ihn weiß.«

»Vor ein paar Jahren habe ich ihn mal für eine Zeitung porträtiert«, sagte ich. »Nicht dass er sich daran erinnert. Dabei habe ich erfahren, dass er vor etwa fünfzehn Jahren mit einer Niedrig-Gebühr-Aktienhandelsfirma ein kleines Vermögen gemacht hat«, sagte ich. »Kurz darauf wurde er dafür geadelt, dass er in den Innenstädten von Glasgow, Manchester und Newcastle High-Tech-Jugendklubs gebaut hat.«

Oliver runzelte leicht die Stirn. »Dann hatte ich wohl jemand anders im Sinn. Aus irgendeinem Grund war mir der Name im Gedächtnis geblieben, allerdings glaube ich nicht, dass es dabei um etwas Philanthropisches ging.«

»Vielleicht meinen Sie Sir Richards Vater, Lord Simpson«, fuhr ich leiser fort. »Parlamentsabgeordneter aus Nordengland. Vor zehn Jahren wurde er wegen Betrugs zu einer Gefängnisstrafe verurteilt. Das war damals ein ziemlicher Skandal. Er hat seine Angestellten um ihre Pensionsbeiträge betrogen und mit dem Geld überall auf der Welt Immobilien gekauft, in denen er seine verschiedenen Mätressen einquartiert hat.«

Oliver gab sich redlich Mühe, das Lächeln zu verbergen, das um seine Mundwinkel spielte. »Wusste ich doch, dass da was war. Mein Gedächtnis ist nicht mehr das allerbeste, aber es funktioniert noch recht gut.«

»Wir haben die Sache damals in der *Gazette* ziemlich ausführlich behandelt, obwohl die Familie sich sehr darum bemüht hat, so wenig öffentliche Aufmerksamkeit wie möglich zu erregen.«

»Darauf möchte ich wetten.« Oliver wollte das gerade noch weiter ausführen, als ihn ein Vertreter der Malt Whisky Society wegzog. Wieder allein, bewegte ich mich weiter durch den Raum und sah Hinatu Harukawa. Als ich mich ihm näherte, bemerkte ich, dass Grant gerade von der anderen Seite mit zwei Gläsern auf ihn zuging. Er schaute mir tief in die Augen, wobei seine Augen verräterisch dunkler wurden. Mein Kleid hatte eindeutig seine Aufmerksamkeit erregt. Ich freute mich darüber, und gleichzeitig war ich wütend auf mich. Doch nun war es zu spät, um noch die Richtung zu ändern.

Als ich die beiden erreichte, lächelte Harukawa und verneigte sich leicht vor mir. »Höchst erfreut, Sie wiederzusehen, Ms Logan. Wir erinnern uns oft und mit großer Zuneigung an unseren Besuch in Ihrer wunderschönen Destillerie.«

Eine sehr freundliche Reaktion, wenn man bedachte, dass während des Dinners damals einer der Helfer vom Dach des Anwesens der Familie MacEwen in den Tod gestürzt war. Harukawa erwähnte gnädigerweise diesen Aspekt der abendlichen Unterhaltung nicht. Ich lächelte. »Es ist uns eine Ehre, Sie wieder in Schottland zu begrüßen, Harukawa-san. Ich hoffe, Sie genießen Ihren Aufenthalt.« Grant reichte Harukawa ein Glas und mir das zweite. Ich nahm es dankbar an.

»Es war damals außerordentlich lehrreich bei Ihnen.« Er hielt inne, als wolle er das noch weiter ausführen, fuhr dann aber fort: »Hier sind einige sehr gute Whiskys vertreten. Einschließlich Ihres Abbey Glen.«

»Das ist Grants Verdienst. Mit der Produktion selbst habe ich nichts zu tun«, sagte ich. »Für die Magie ist bei uns er allein zuständig.« Ich schaute zu Grant, doch der hatte eindeutig den Gesprächsfaden verloren. Er war völlig mit etwas beschäftigt, das sich in der Nähe der Tür abspielte. Ich sprach weiter mit Harukawa, während ich verstohlen zur Seite blickte, um herauszufinden, was da wohl seine Aufmerksamkeit fesselte.

Aus dem Augenwinkel sah ich eine Gestalt in dem vergoldeten Türbogen stehen. Eine Sekunde lang verstummten die Gespräche im Raum. Ich wandte mich vollends um und erblickte auf der Schwelle eine atemberaubende Frau. Eine Frau, die ich noch nie zuvor gesehen hatte. Sie war eine zierliche, doch trotzdem eindrucksvolle Erscheinung, schien sich in ihren zwanzig Zentimeter hohen Stilettos völlig wohlzufühlen. Ihr schulterfreies Kleid war leuchtend smaragdgrün. Ihre üppiges, schimmerndes schwarzes Haar hatte sie im Nacken zu einem lockeren Knoten geschlungen, was ihre makellosen Züge bestens hervorhob. Sie zog die allgemeine Aufmerksamkeit auf sich, während sie langsam in die versammelte Menge hineinschritt, doch niemand schaute so überwältigt drein wie Grant.

Offenbar war die Frau den Menschen im Saal wohlbekannt, denn schon nach wenigen Schritten hielt sie immer jemand anders an. Wer war sie? Sicherlich hätte ich doch inzwischen davon gehört, wenn es ein weiteres weibliches Mitglied des Whisky-Klubs gegeben hätte. Grant entschuldigte sich und ging fort. Ich dachte, er würde auf die Frau zugehen, doch stattdessen zog er sich zur Bar im hinteren Teil des Raums zurück, um sich selbst noch einen Whisky zu holen, nachdem er seinen mir gegeben hatte. Es sah ganz so aus, als wolle er die Flucht ergreifen, doch schließlich unterhielt er sich mit Cam.

Ich wandte mich wieder Harukawa zu und stellte fest, dass sich Oliver zu uns gesellt hatte. »Ausnahmsweise bin ich heute Abend nicht die einzige Frau im Raum. Wer ist das?«, fragte ich so beiläufig wie möglich.

»Brenna Quinn«, antwortete Oliver. »Die Enkelin von Silas Quinn.«

»Sollte ich Silas Quinn kennen?«

»Die Familie Quinn führt eine der bekanntesten Destillerien in Irland. Brennas Vater, Niall Quinn, hat eine Waliserin geheiratet und außerhalb von Portmeirion eine Destillerie gegründet. Vor ungefähr fünf Jahren hat Brenna einige Zeit hier in der Gegend verbracht, um die schottische Seite des Whisky-Geschäfts kennenzulernen, ehe sie nach Kanada ging, um dort für eine der führenden Brennereien zu arbeiten. Wie man hört, bildet ihr Vater sie dazu aus, später den Betrieb in Wales zu übernehmen.«

»Das dürfte ein paar Leute ziemlich vergrätzen«, sagte ich, weil ich mich an meine eigene Ankunft in Balfour erinnerte.

»Die Waliser sind da viel pragmatischer als die Schotten«, merkte Oliver an. »Sie sind es gewöhnt, ›die anderen Whiskyproduzenten‹ zu sein. Die haben nichts dagegen, mal neue Wege einzuschlagen.«

Weitere Gespräche über die geheimnisvolle Frau wurden unterbunden, weil der Gong ertönte und uns alle zum Dinner rief. Abbey Glen hatte einen eigenen Tisch. Dort saßen Grant, Cam, ich und die Gäste, die wir eingeladen hatten. Auf Patricks Bitte hin hatten wir Oliver Blaire hinzugebeten, und Grant hatte Harukawa zu uns eingeladen. Am Nebentisch hielt Patrick Hof, umgeben von Sir Richard Simpson und einigen anderen führenden unabhängigen Destilleriebesitzern.

Ich saß zwischen Cam und Harukawa und beobachtete, wie die Dame in Grün sich unserem Tisch näherte. Grant erhob sich unbeholfen und hätte dabei beinahe sein Weinglas umgestoßen, ehe er die junge Frau ungeschickt umarmte. So kopflos hatte ich ihn noch nie erlebt. »Abi, das ist Brenna Quinn, eine Kollegin von uns, die gerade von einem Aufenthalt in Toronto zurück ist«, sagte er. »Brenna, Abi Logan, Bens Nichte und die neue Besitzerin von Abbey Glen.«

»Mitbesitzerin«, korrigierte ich ihn und reichte Brenna über den Tisch die Hand. »Schön, Sie kennenzulernen.«

»Es war sehr traurig, von Bens Tod zu erfahren«, sagte Brenna, und ihre Stimme mit einem leicht walisischen Tonfall war ganz warm. »Er war ein wunderbarer Mann und ein unglaublicher Mentor.«

»Sie haben mit Ben gearbeitet?«

»Er hat mir ein Praktikum bei Abbey Glen und eine Unterkunft angeboten. Ich habe ungeheuer viel von ihm gelernt.« Ein Schatten fiel über ihr Gesicht. »Das waren glückliche Zeiten«, fügte sie leise hinzu und blickte zu Grant auf.

Ich öffnete den Mund, um ihr zu antworten, aber mir fiel nichts auch nur andeutungsweise Höfliches ein. Da stand ich nun und versuchte, mir meine Rolle als Pionierin in diesem Beruf anzueignen, doch es war mir längst jemand zuvorgekommen. Wer war diese Frau? Ben hatte sie nie erwähnt. Hatte er die Hoffnung aufgegeben, dass ich je seine Liebe zum Whisky teilen würde, und sich stattdessen ihr zugewandt? Ich gab mir alle Mühe, freundlich zu sein, doch ich konnte nichts daran ändern, dass ich Verbitterung empfand. Brenna schien die Beziehung zu Ben gehabt zu haben, die ich zugunsten meiner Karriere aufgegeben hatte, und sie hatte vor mir einen Platz in der Whisky-Welt erobert. Nicht nur das, denn wenn ich nach Grants Gesichtsausdruck urteilen durfte, hatte sie durchaus auch mit ihm eine Beziehung gehabt.

Endlich zog sich Brenna zurück, und an unserem Tisch wurden die Gespräche wieder aufgenommen. Grant redete mit Harukawa und Oliver über irgendeine technische Einzelheit. Ich wandte mich an Cam und fragte leise: »Was ist mit Brenna Quinn? Sie scheint Grant ganz schön durcheinandergebracht zu haben.«

»Ja, nun, die beiden waren in dem letzten Jahr, das sie hier verbracht hat, ein Paar. Manche dachten damals sogar, dass was Längeres draus würde. Doch dann ist Brenna nach Kanada aufgebrochen. Das kam für Grant wie ein Blitz aus heiterem Himmel. Brenna ist eine sehr entschlossene junge Dame, und für sie ist es am wichtigsten, was für den Whisky und für ihren Familienbetrieb am besten ist.«

Ich wusste, dass Grant eine Beziehung zu einer Frau gehabt hatte, die gestorben war, diese Waliserin hatte jedoch nie jemand erwähnt. Hatte er ihr sein Herz geöffnet, und sie hatte es ihm kurz darauf gebrochen? Ich merkte, dass Cam mich beobachtete. »Damit sollte Grant sich doch auskennen, dass man das Geschäft über alles stellt«, murmelte ich.

»Das stimmt schon, aber gefallen hat es ihm nicht. Nachdem sie gegangen war, hatte er ein gutes halbes Jahr lang eine echte Scheißlaune.«

»Und jetzt ist sie zurück.«

»Jawohl.« Auf Cams Zügen spiegelten sich gemischte Gefühle. Ich wartete auf weitere Einzelheiten, aber es kam nichts. Cam brachte das Gespräch wieder auf den Wettbewerb. Bald darauf gab es lange Reden, hervorragendes Essen und wahre Whiskyfluten. Ich versuchte, mich auf die geschäftlichen Gespräche zu konzentrieren, merkte aber, dass meine Gedanken immer wieder zu dem Bild von Grant und Brenna als Paar zurückkehrten. Sie mussten zusammen phantastisch ausgesehen haben. Hoffte Brenna, hier in diesem romantischen Hotel die Beziehung wieder neu anzufachen?

Um zehn Uhr war ich mehr als bettreif, doch Patrick und die Preisrichter wanderten noch auf einen Schlummertrunk zur Aerie Bar beim Golfklub. Ich wusste, dass ich mich zu ihnen gesellen sollte, um mich bei einem Drink noch etwas einzuschleimen, wie man so schön sagt, aber die Vorstellung begeisterte mich nicht gerade. Ich tappte neben Patrick her und fluchte leise vor mich hin. Die Herren mit ihren Smokingjacken hatten natürlich mit der kühlen Nachtluft keinerlei Probleme. Ich jedoch trug ein Kleid aus dünnem Stoff und hatte nackte Arme. Bereits auf halbem Wege klapperten mir die Zähne, aber ich war wild entschlossen, mit von der Partie zu sein.

Als wir alle zusammen über den Rasen zum Golfklub spazierten, bemerkte ich, dass Brenna jetzt neben Grant herging. Die beiden schienen in ein ernstes Gespräch vertieft zu sein. Ich fragte mich, ob Brenna versuchte, Unstimmigkeiten aus dem Weg zu räumen. Ich sah, dass Grant seine Smokingjacke auszog und sie Brenna im Gehen über die Schultern legte. Mir lief ein kalter Schauer über den Rücken, der nur wenig mit der kühlen Luft zu tun hatte.

Die Freude darüber, endlich in der Wärme der Lobby des Golfklubs anzukommen, war bei mir nicht von langer Dauer, denn die Gruppe ging weiter in eine Outdoor-Lounge, weil man dort Zigarren rauchen konnte, während man sich einen späten Drink genehmigte. Zum Glück entpuppte sich das, was ich zunächst irrtümlich für die rein dekorative Nachbildung einer Destillierblase aus Messing gehalten hatte, als Holzofen, der beinahe ganz von tiefen Plüschsofas umgeben war. Hier und da lagen über den Sofalehnen jagdgrüne Decken mit dem in Gold aufgestickten Eagle-Lodge-Emblem. Ich vergaß meine guten Manieren, drängelte mich vor, setzte mich so nah wie möglich ans Feuer und breitete mir zusätzlich eine Wolldecke über die Knie. Über uns blitzten immer wieder Sterne zwischen den tief am Himmel hängenden Wolken hervor. In einer wolkenlosen Nacht wäre dies sicher ein atemberaubender Ort für einen ruhigen Drink.

Sir Richard Simpson ließ sich mit einem Ächzen neben mir auf das Sofa fallen. Er ergriff meine Hand und führte sie an die Lippen. Eine lächerliche Geste, vermutlich eher vom Whisky inspiriert, den er genossen hatte, als von angeborener Ritterlichkeit. Ich befreite meine Hand so taktvoll wie möglich aus seinem Klammergriff und fragte, wie sich der Wettbewerb anließ.

»Jede Menge erstklassige schottische Whiskys. Es sind ein paar neue von den Hebriden hinzugekommen, die sind ganz wunderbar, und natürlich sind Ihre von Abbey Glen wirklich außergewöhnlich.«

Ich dankte ihm, war aber nicht auf der Jagd nach Komplimenten gewesen. »Und was ist mit all den Wettbewerbern aus dem Ausland?«, erkundigte ich mich neugierig.

»Darunter sind auch einige hervorragende Bewerber«, sagte Sir Richard begeistert. »Besonders aus Indien.«

Ich muss zugeben, dass mich seine Antwort überraschte. Ich hatte erwartet, dass Sir Richard eher im engstirnigen nationalistischen Lager war.

»Ich habe noch keinen von den indischen Whiskys gekostet«, erklärte ich, »aber einige von den japanischen sind großartig. Ich habe vorhin den Takai probiert. Der war brillant.«

»Da hat Hinatu ein wunderbares Schlückchen produziert«, stimmte mir Sir Richard zu. »Bisher ist das einer meiner absoluten Favoriten. Er hat sehr viele schöne Aromen von reifer Melone und Anis. Darauf kann er wirklich stolz sein.«

Er winkte einen Kellner herbei und bestellte zwei Whiskys.

»Und stimmen die anderen Preisrichter mit Ihnen überein, was diese neuen Whiskys betrifft?«, fragte ich.

»Manche sind schwerer zu überzeugen als andere, aber es ist ja eine Blindverkostung, also sollten wir schon bald sehen, wie das ausgeht. Die können die Sache nicht versauen, selbst wenn sie es versuchen würden. Die Besten werden sich durchsetzen.«

»Also könnten theoretisch die Whiskys aus dem Ausland alle Preise abräumen?«, wollte ich wissen.

»Großer Gott, das würde wirklich für einigen Wirbel sorgen. Davon würden die alten Knacker sich nie erholen.« Richard lachte bei diesem Gedanken leise vor sich hin, und seine Augenbrauen schlängelten sich wie pelzige Raupen. »Nein, die Ausländer werden nicht alle Preise abräumen, meine Liebe, aber ein, zwei bekommen sie schon, möchte ich wetten.«

Der Kellner kam mit unseren Getränken, und Sir Richard reichte mir ein Glas, in dem sich ein flammend roter Whisky befand. Ein sehr samtiger Whisky mit einem Hauch von Orange und Gewürzen.

Er lächelte, als er meinen wohligen Gesichtsausdruck nach dem ersten Schluck wahrnahm. »Das ist einer von den indischen«, sagte er mit Genugtuung. »Ich habe Ihnen ja gesagt, dass die gut sind. Dieser hier ist ein brandneues Produkt. Sie benutzen alte Sherryfässer, in denen drei Jahre lang Wein und Orangenschalen gelagert wurden. Daher kommt das köstliche Orangenaroma im Abgang. Ein bisschen wie Grand Marnier.«

»Der ist wirklich herrlich«, stimmte ich ihm zu.

»Als Nächstes gibt's dann womöglich Whisky-Cocktails«, sagte ein Herr von der anderen Seite des Kamins mit verächtlichem Schniefen.

Sir Richard stupste mir den Ellbogen in die Rippen.

»Jude MacNamara ist unser neuer Präsident bei der Malt Whisky Society. Da sollte man doch meinen, dass er einen etwas breiter gefächerten Geschmack hat, oder?« Er drohte MacNamara mit dem Finger. »Ich möchte wetten, Sie haben den noch nicht einmal probiert.«

»Ich brauche einen Schokoladen-Haggis nicht zu kosten, um zu wissen, dass das einfach nicht zusammenpasst«, sagte MacNamara. »Da draußen ist eine ganze Welt voller Getreide und Wasser, aus denen man Whisky machen kann, aber das bedeutet nicht, dass der auch gut wird, und ein Scotch wird daraus ganz gewiss nicht.«

»Diese alten Säcke wollen einfach nicht, dass sich sonst noch jemand mit der Kunst des Whiskymachens befasst«, verkündete Richard mit lauter Stimme. »Wir sind bei den Leuten ins Land eingefallen, haben weltweit unsere Kolonien errichtet, ihnen unsere Kultur und all unsere bizarren Eigenheiten mit eingeschleppt. Wir haben unsere Freunde auf dem Subkontinent mit unseren feinen Whiskys vertraut gemacht, wieso sollten sie dann nicht versuchen, selbst welche zu destillieren? Es ist verdammt unverschämt, ihnen das übel zu nehmen.«

Ich sah, dass zu Richards Rechter Archie, sein wortkarger Kumpel aus der Falknerei, kaum merklich nickte, aber einige andere, die im Feuerschein saßen, waren offenkundig nicht seiner Meinung. Patrick ließ sich neben mir auf dem Sofa nieder, und Brenna und Grant nahmen auf dem Rest der halbrunden Couch Platz. Ich beobachtete, wie Brenna Grant ansah. Er schaute sie nicht an. Es war schwer zu erkennen, ob er sich von ihr distanzieren wollte oder ob er einfach nur in die Gespräche ringsum vertieft war.

»Jetzt geht's los«, raunte mir Patrick ins Ohr. »Richard und seine Volksreden. Bis jetzt ist nur ab und zu mal ein Whisky aus dem Ausland nominiert worden. Man hat sie mit belustigter Toleranz betrachtet, doch dieses Jahr hatten wir Nominierungen aus Japan, Indien, Taiwan und sogar aus Texas, man höre und staune. Es sind ein paar erstklassige Whiskys dabei.«

Grant hatte wohl zugehört, denn er drehte sich zu uns um und sagte über Brenna hinweg: »Man hat die Ausländer toleriert, solange man die Nominierungen als höfliche, aber leere Geste empfunden hat. Jetzt, da diese Wettbewerber tatsächlich gute Gewinnchancen haben, trifft das wohl einen empfindlichen Nerv.«

»Hat es nicht immer andere Whiskyproduzenten gegeben, zum Beispiel die Amerikaner und die Kanadier?«, fragte ich mit einem Kopfnicken in Richtung Brenna.

»Absolut«, stimmte mir Brenna zu, »aber die Kanadier machen ihren Whisky aus Mais und Roggen, und die Amerikaner benutzen traditionell Mais, Weizen und Roggen. Daher die Namen Bourbon und Rye. Die in diesem Jahr nominierten Destillerien außerhalb Schottlands stellen Whisky aus reiner Gerste her, manche getorft, manche nicht. Genau wie es die Schotten tun. Der einzige Unterschied ist jetzt das Terroir.«

Patrick nickte. »Es ist inzwischen ziemlich schwierig, die verschiedenen Produzenten auseinanderzuhalten.«

»Also sind sie schottischer als die Schotten?«, wollte ich wissen.

»Genau«, erwiderte Brenna mit einem Lächeln. »Grant hat recht. Sie haben einen guten Instinkt für das Geschäft.«

Ich versuchte, Brenna zu mögen. Ich versuchte es wirklich, aber es gelang mir nicht. Ich wandte mich erneut Sir Richard zu, damit niemand die Emotionen auf meinem Gesicht mitbekam. Sir Richard dröhnte seine whiskyliebenden Kollegen immer noch mit der Hetztirade darüber die Ohren voll, welche üblen Folgen es haben würde, wenn man insular

»nationalistisch« und nicht progressiv »global« dachte. Ich fand seinen Vergleich mit Großbritannien nach dem Ersten Weltkrieg etwas schwerfällig, doch Sir Richard schien Krawall zu mögen. Dabei trank er recht zügig weiter, und das Funkeln in seinen Augen verstärkte sich, während die Debatte intensiver wurde. Wenn überhaupt möglich, wurden seine Argumente jedoch noch eloquenter.

Hugh Ashworth-Jones, unser Sportsfreund aus der Falknerei, hatte sich zu Jude MacNamara, dem Präsidenten der Whisky Society und Obernationalisten, gesellt. Als wir vorhin alle miteinander bei den Greifvögeln waren, hatte ich erfahren, dass Ashworth-Jones lange Jahre im Vorstand des schottischen Konglomerats Central Spirits gewesen war. Nun schaute er lediglich belustigt zu, während Richard dozierte, und äußerte sich weder dafür noch dagegen. Zweifellos eine weise Entscheidung, denn er sollte als Preisrichter ja unparteiisch sein.

Es sah nicht aus, als würde diese Debatte so bald ein Ende finden, denn auf beiden Seiten gab es leidenschaftliche Befürworter. Doch plötzlich lenkten die Possen eines betrunkenen Gastes die Aufmerksamkeit unserer Gruppe auf sich. Der Mann hatte große Probleme, sich auf seinem Barhocker zu halten. Er versuchte, einen weiteren Whisky zu bestellen, wurde jedoch sanft, aber unerbittlich aus dem Klub geleitet.

Ich sah, dass Richard und Archie den Kopf schüttelten. Sie wandten sich von dieser Szene ab, und es spiegelte sich Wut auf ihren Mienen – die althergebrachte Verachtung, die ein Gentleman für jemanden an den Tag legt, der trinkt, obwohl er den Alkohol schlecht verträgt. Ich fühlte mich selbst etwas angeschlagen und müde. Es war ein langer Tag gewesen. Endlich stand Brenna auf, um zu gehen, und bat Grant, sie zum Hotel zurückzubegleiten. Grant fragte mich, ob ich ebenfalls aufbrechen wolle. Ich war mir sicher, dass Brenna lieber die Gelegenheit gehabt hätte, mit Grant allein zu sein. Eine Mischung aus Boshaftigkeit und Erschöpfung gab jedoch den Ausschlag, und ich gesellte mich zu ihnen. Trevor kam herüber und ließ sich auf meinem Platz neben Patrick nieder, als ich mich zurückzog. Ich mopste noch die Decke und legte sie mir auf dem Rückweg zum Hauptgebäude um die Schultern. Brenna unternahm einen kurzen, aber erfolglosen Versuch, ein Gespräch in Gang zu bringen, doch schließlich verfielen wir alle ins Schweigen.

Ich merkte, dass ich träge über den aufrührerischen Sir Richard nachdachte. Mir kamen die Wörter *selbstsicher*, *schlau* und *unverblümt* in den Kopf. Er war ein reicher Mann, keinesfalls dumm, aber rechthaberisch, und er neigte dazu, die Welt als sein rechtmäßiges Eigentum zu betrachten. Ich würde noch einmal bei Patrick rückfragen, der ihn länger kannte, aber gewöhnlich war meine erste instinktive Reaktion auf Leute zutreffend. Ich hatte mir angewöhnt, jeden Menschen, den ich kennenlernte, mit drei Wörtern zu skizzieren. Mit den ersten drei Wörtern, die mir in den Kopf schossen. Ich verstehe zunächst nicht immer, was diese Wörter bedeuten, wenn sie mir einfallen, aber am Ende wird das Bild gewöhnlich scharf. Ob man es nun Instinkt oder Menschenkenntnis nennt, bisher hatte mich dieses Gefühl nie im Stich gelassen, und meine besten Fotoporträts fingen stets die Essenz dieser entscheidenden drei Wörter ein.

Als wir wieder in unserem Zimmer waren, rollten Liam und ich uns unter dem opulenten Federbett zusammen. Ich merkte kaum, dass gegen Mitternacht Patrick hereintorkelte und sich in das Nachbarbett fallen ließ. Die nächsten sieben Stunden schliefen wir wie die Toten, bis ein durchdringender Schrei aus dem Nebenzimmer uns alle aus dem Bett riss.

KAPITEL 5

Liam begann zu bellen, und Patrick sprang auf und geriet ins Schwanken. Er sah aus, als sei er sich nicht ganz sicher, wie er dahin gekommen war, wo er sich jetzt befand. Seine Boxershorts mit dem lavendelfarbenen Blümchenmuster flößten mir auch nicht gerade Zuversicht ein, dass er mit bösartigen Eindringlingen fertigwerden könnte. Ich schnappte mir einen Pullover vom Fußende meines Bettes und zog ihn über meinen Schlafanzug. Patrick nahm sich einen Hotelbademantel und folgte mir zur Tür hinaus. Dort stand auf dem Flur gleich rechts neben unserem Zimmer unser Etagenzimmermädchen Sophie. Ihr Gesicht war aschfahl, und sie zitterte am ganzen Leib. Aus anderen Türen auf dem Korridor schauten verschiedene schlaftrunkene Gesichter. Zu meiner Überraschung kam Grant aus dem Zimmer, das gleich links neben unserem lag. Auch er sah nicht so aus, als hätte er viel geschlafen.

»Was ist los?«, fragte ich und eilte zu Sophie.

»Sir Richard, er … er … es geht ihm nicht gut«, antwortete sie mit versagender Stimme.

Patrick schob sich an ihr vorbei zur offenen Tür hinein; er tauchte rasch wieder auf und wirkte völlig verstört. Er zog mich zur Seite und flüsterte: »Von wegen es geht ihm nicht gut! Er ist tot.«

Ich spürte, wie es mir kalt über den Rücken lief. Nicht schon wieder ein Toter. Ich wollte ja nicht egoistisch sein, aber ich musste mich einfach fragen, warum der Tod immer *mir* an den Fersen klebte. »Bist du sicher? Vielleicht ist er einfach nur ohnmächtig geworden«, flüsterte ich hoffnungsfroh.

»Natürlich bin ich mir sicher«, zischte er zwischen den Zähnen hindurch, und auf seinem Gesicht zeigte sich eine Mischung aus Empörung und Angst.

Ich wandte mich wieder an Sophie. »Gibt es hier einen Arzt mit Rufbereitschaft?«

»Ja, ich rufe unten an«, sagte sie. »Aber ich glaub nicht, dass das noch was hilft.« Sie hickste leise und fing an zu weinen.

»Kommen Sie rein und setzen Sie sich«, sagte ich und deutete auf unser Zimmer. Grant stützte sie am Ellbogen und half ihr auf das Sofa. Ich holte das Telefon und schenkte ihr aus der Flasche auf dem Tisch einen Schluck Whisky ein.

Sie sah das Glas schwermütig an, ehe sie sagte: »Nein, Miss, das kriege ich jetzt nicht runter.« Stattdessen griff sie nach dem Telefon und rief beim Empfang an. Ich nahm ihr das Glas ab, kippte den Whisky selbst runter und reichte Sophie ein Glas Wasser.

Sophie nippte dankbar daran. »Der arme Mann. Gestern war er noch so voller Leben.«

»Wann haben Sie ihn das letzte Mal gesehen?«, fragte ich.

»Als er auf dem Weg nach unten zum Dinner war.« Sophie schnäuzte sich in ein Papiertaschentuch, das sie aus einer Tasche ihrer Dienstkleidung gezogen hatte. »Da waren noch Mr MacInnes, sein Bruder und Mr Harukawa dabei. Und sie haben alle gelacht, als sie runtergingen.«

Am anderen Ende des Flurs hörte ich das Ping des Aufzugs. Sophie sprang auf und strich sich den Rock glatt.

Eine widerspenstige Locke hatte sich aus dem adretten Knoten in ihrem Nacken befreit. Ich strich sie ihr hinters Ohr und tätschelte Sophie den Arm. »Alles wird gut«, flüsterte ich.

Als ich Sophie und Grant auf den Flur folgte, sah ich Mr Larson, den Hoteldirektor, mit eiligen Schritten auf die Gäste zustreben, die sich vor ihren Zimmern aufhielten. »Ich kann mich nicht genug für die Störung entschuldigen, meine Damen und Herren«, sagte Larson, »aber wir haben alles im Griff. Bitte, bitte gehen Sie jetzt auf Ihre Zimmer zurück.« Nach dieser höflichen Aufforderung komplimentierte er die Gäste in ihre jeweiligen Hotelzimmer zurück, auch Grant, Patrick und mich, während er Sophie von uns wegführte.

Ich schloss zögerlich die Tür hinter uns und gesellte mich wieder zu Patrick, der inzwischen mitten auf dem Bett saß und finster dreinblickte.

»Dabei war der arme alte Hund den ganzen Abend in Höchstform«, sagte Patrick.

»Er hat aber sehr viel getrunken«, merkte ich an.

Patrick verdrehte die Augen. »Er hat immer sehr viel getrunken. Selbst ich konnte nicht mit ihm mithalten. Doch er war ein fröhlicher Trinker. Ausgelassen, gesellig.«

»Vielleicht hat er es diesmal einfach übertrieben«, deutete ich vorsichtig an. »Er hat sein ganzes Leben lang ständig über die Stränge geschlagen, und jetzt rächt sich das eben.« Ich wollte das Argument nicht überstrapazieren, aber Richard Simpson war immerhin ein Mann mittleren Alters. Er liebte das Essen und den Alkohol, und es war deutlich zu sehen, dass er nicht sonderlich viel von längeren sportlichen Anstrengungen hielt. Eine Herzattacke oder ein Schlaganfall wären sicherlich eine realistische Möglichkeit, aber ich machte mir Sorgen, ob ich wollte oder nicht. Doch vielleicht lag das nur daran, dass sich erneut in meiner Nähe ein Todesfall ereignet hatte.

Patrick schenkte sich einen Whisky ein und zerrte Liam neben sich aufs Bett. Er suchte unbewusst den stillen und absoluten Trost, den einem nur ein guter Hund spenden kann.

Ich ließ die beiden in Ruhe und gönnte mir eine lange heiße Dusche, um die Völlerei des Abends ein wenig abzuwaschen. In meiner Abwesenheit waren, mit besten Grüßen des Hauses, eine große Kanne Tee und ein Teller frisch gebackener, winziger Croissants aufgetaucht. Patrick war klugerweise von Whisky auf starken, süßen Tee umgestiegen. Doch er saß noch immer im Schneidersitz auf dem Bett und hielt Liams Kopf auf dem Schoß.

»Ob sie wohl jemanden vom Wettbewerb verdächtigen?«, murmelte Patrick.

»Ich glaube nicht, dass Richard das gewollt hätte.« Ich zog mir eine Jeans und eine saubere Bluse an. »Ich weiß nicht viel über ihn, aber nach allem, was ich gesehen habe, ging es ihm nur um den Whisky.«

»Das stimmt«, erwiderte Patrick mit einem Seufzer. »Ich weiß, er war nicht gerade in Topform, aber trotzdem. Das war zu früh.« Liam hob den Kopf und leckte Patricks Nase.

Der verzog das Gesicht, doch ich bemerkte, dass er einen Kuss auf das weiche Fell oben an Liams Kopf drückte. »Ich reiße mich jetzt besser zusammen und gehe nach unten.«

Ich schnappte mir eines der buttrigen Hörnchen vom Tablett und zerrte Liam auf seinen Morgenspaziergang. Der Flur lag ruhig da. Die Tür zu Simpsons Zimmer war geschlossen, und dahinter war es still. Wir gingen leise die Hintertreppe hinunter und durch die Tür in die Kälte des frühen Morgens hinaus.

In der Nacht war ein wenig Schnee gefallen, und das Gelände sah unter dieser weichen weißen Decke sogar noch zauberhafter aus. Doch so schön es auch war, niemand war so töricht, sich im eisigen Wind aufzuhalten, solange es gleich in der Nähe eine luxuriöse, geheizte Oase gab, in der wunderbares Essen und wunderbare Getränke in Überfülle angeboten wurden. Sogar Liam verrichtete sehr hastig sein Geschäft. Die Tür, durch die wir das Haus verlassen hatten, war hinter uns zugefallen, und so waren wir gezwungen, um das Hotel herumzugehen und durch die Lobby wieder einzutreten.

Der Hauptspeisesaal war voller Gäste, und ich gab mir alle Mühe, jeglichen Blickkontakt zu vermeiden, als ich an der Tür vorbeischlich. Im Augenblick war ich nicht in der Stimmung für Gespräche. Als ich im dritten Stock aus dem Aufzug trat, prallte ich mit Detective Inspector Ian Michaelson zusammen. Wir waren einander schon bei zwei vorherigen Gelegenheiten über den Weg gelaufen, die beide mit Mord zu tun hatten. Michaelson war alles, was ein Polizist sein sollte: stahlhart, zäh, gewissenhaft. Als wir uns kennenlernten, dachte ich, er sähe zu jung aus, um Detective Inspector zu sein, doch nun bemerkte ich, dass seither an seinen Schläfen Spuren von Grau aufgetaucht waren. Sie waren vielleicht eher dem Stress als den Jahren zuzuschreiben, doch sie ließen ihn älter wirken. Nachdem wir einander anfangs argwöhnisch gegenübergetreten waren, hatten wir uns nach und nach auf der Grundlage allmählich wachsenden gegenseitigen Respekts zusammengerauft.

»Was bringt Sie denn hierher?«, fragte ich.

»Eagle Lodge gehört in meinen Zuständigkeitsbereich«, antwortete er. »Mich interessiert vielmehr, was Sie hierher bringt?«

»Ich vertrete Abbey Glen bei diesem Wettbewerb. Wir sind für ein paar Quaich-Awards nominiert worden«, erwiderte ich, während ich auf unsere Zimmertür zuging.

Michaelson verdrehte die Augen. »Und natürlich ist Ihr Zimmer gleich neben dem des Opfers.«

Ich spreizte die Hände. »Mit diesem Fall habe ich rein gar nichts zu tun«, protestierte ich. »Ich habe geschlafen und mich um meine eigenen Angelegenheiten gekümmert.« Erst jetzt fiel mir auf, dass Michaelson das Wort »Opfer« benutzt hatte, anstatt Sir Richard mit dem üblicheren Ausdruck »Verstorbener« zu bezeichnen.

Ehe ich das ansprechen konnte, fragte Michaelson: »Was können Sie mir über Sir Richard Simpson erzählen?«

»Ich habe vor vielen Jahren einmal Fotos von ihm gemacht, aber eigentlich wurde ich ihm erst gestern persönlich vorgestellt. Patrick kennt ihn allerdings gut. Kommen Sie herein und reden mit ihm.«

Patrick suchte sich gerade aus einer Sammlung von Krawatten, die er auf dem Bett ausgebreitet hatte, eine untypisch düstere heraus, als wir eintraten. »Schau mal, wen ich da draußen auf dem Flur getroffen habe.«

Patrick streckte Michaelson die Hand hin. »Hat man Sie wegen Richard hinzugezogen?«, fragte er überrascht.

»Eine reine Vorsichtsmaßnahme bei unerklärlichen Todesfällen dieser Art«, erklärte Michaelson knapp.

Mit »Todesfällen dieser Art« meinte er wohl den Tod eines Adeligen, überlegte ich. Solche Aufmerksamkeit würde man Otto Normalverbraucher eher nicht widmen.

»Abi hat mir gesagt, dass Sie Simpson kannten?«, erkundigte sich Michaelson.

»Ja. Sein jüngerer Bruder Trevor und ich sind schon seit Jahren befreundet«, sagte Patrick. »Sir Richard war ein großer Whisky-Sammler, und dieses Jahr sollte er einer der Juroren sein.«

»Haben Sie ihn gestern gesehen?«

»Natürlich. Am Nachmittag war er mit uns bei einer Vorführung der Falknerei, und anschließend waren Trevor und ich auf ein Plauderstündchen vor dem Abendessen bei ihm auf dem Zimmer. Er hat da gerade mit Archie MacInnes und Hinatu Harukawa ein Schlückchen zu sich genommen.«

Michaelson schaute von seinen Notizen auf. »Was haben sie getrunken?«

»Whisky natürlich. Hinatu hatte allen Teilnehmern eine Flasche seines neuesten Produkts überreicht. Archie und Richard hatten dem Alkohol schon kräftig zugesprochen.«

»Haben Sie auch etwas von dem Whisky getrunken?«

»Nur ein schnelles Gläschen.«

»Wann haben Sie diese Runde verlassen?«

»Ich bin ungefähr um 18:30 Uhr hierher zurückgekehrt und habe mich mit Abi getroffen.«

»Haben Sie Simpson beim Abendessen gesehen?«

»Ja. Wir saßen am selben Tisch.«

»Und er wirkte gesund? Er hat nicht über Schmerzen oder Unwohlsein geklagt?«

»Nein, es ging ihm gut. Es hat ihm nichts gefehlt. Er konnte uns alle unter den Tisch trinken.«

»Um welche Uhrzeit hat er das Event gestern Abend verlassen?«

»Er ist gleichzeitig mit uns aufgebrochen«, meldete ich mich zu Wort. »Wir sind nach dem Abendessen alle noch zur Bar im Golfklub gegangen. Das muss etwa um neun Uhr gewesen sein. Gegen halb elf ist eine Gruppe von uns wieder ins Hotel zurück, Patrick und die anderen sind uns später gefolgt.«

Michaelson wandte sich erneut an Patrick und zog fragend eine Augenbraue in die Höhe.

»Wir sind bis halb zwölf dort geblieben, dann zurück zum Hauptgebäude des Hotels«, erklärte Patrick. »Es war wahrscheinlich beinahe Mitternacht, als wir uns voneinander verabschiedet haben.«

»Nur Sie und Sir Richard? Sonst war niemand bei Ihnen?«

»Als wir im dritten Stock ankamen, waren es nur noch wir beide.« Patrick schaute unter Michaelsons intensivem, kritischem Blick ein wenig unbehaglich drein.

»Sind Sie mit in das Zimmer des Opfers gegangen?«

»Nur für einen Augenblick. Er wollte mir den Namen eines Mannes in Frankreich geben, der interessante Experimente mit Fässern macht. Er dachte, daraus könnte eine gute Geschichte für das *Whisky Journal* werden.« Patrick nahm einen Zettel vom Nachttisch und reichte ihn Michaelson.

»Wie lange sind Sie bei ihm geblieben?«

»Weniger als eine Minute«, versicherte Patrick.

Michaelson blickte wieder zu mir zurück. »Können Sie bestätigen, wann Patrick in Ihr Zimmer kam?«

»Ja, es war so um Mitternacht.«

Ich runzelte ein wenig die Stirn. Michaelson konzentrierte sich ziemlich intensiv auf Patricks Aufenthaltsort, und da war wieder dieses Wort »Opfer«. Ehe ich weiter spekulieren konnte, deutete Michaelson auf den Flur.

»Kann ich kurz mit Ihnen sprechen, Logan?«

Ich folgte ihm nach draußen und ließ Liam bei Patrick zurück.

»Haben Sie auch zu diesem Event Ihre Kameras mitgebracht?«

»Die habe ich immer dabei. Warum?«

»Lesen Sie nicht zu viel hinein, aber ich brauche jemanden, der Fotos vom Zimmer nebenan macht. Die Hälfte meiner gottverdammten Mannschaft auf dem Revier liegt mit einem Infekt im Bett, und ich versuche, fünf Dinge gleichzeitig zu tun. Ich brauche jemanden, der nicht zimperlich ist.« Er zögerte einen Augenblick. »Und ich brauche jemanden, auf den ich mich verlassen kann.«

»Sicher. Lassen Sie mich schnell meine Sachen holen.« Patrick schaute mich fragend an, doch ich tat seine unausgesprochene Erkundigung mit einer Handbewegung ab und schnappte mir meine Kameratasche, die im begehbaren Schrank auf dem Boden stand. Michaelson wartete vor dem Zimmer und hielt mir mit einer behandschuhten Hand Simpsons Tür auf.

Das Zimmer war wie unseres, nur spiegelverkehrt. Die gleichen seidenen Bettdecken und das gleiche rosa und grau gestreifte Sofa. Die Vorhänge waren aufgezogen, doch das kühle Licht des wolkenverhangenen Morgens konnte die düstere Atmosphäre kaum vertreiben.

»Ich brauche Bilder von Simpson«, sagte Michaelson. »Nahaufnahmen und Fotos, die die Position des Körpers im Raum zeigen. Plus alles, was Ihnen irgendwie auffällt. Sie haben einen scharfen Blick und gute Instinkte. Benutzen Sie die jetzt.«

Ich trat zur Bettkante und kniete mich hin. Sir Richard saß zusammengesackt da, an die Kissen seines Bettes gelehnt, sein Gesicht war aschgrau, die Augen glasig. Ich konnte keine Anzeichen von Gewalteinwirkung erkennen, doch die Laken waren zerwühlt, und sein rechter Arm hing über die Bettkante hinunter. Ein leeres Whiskyglas war aus seinen Fingern geglitten, auf den Boden gefallen und ein wenig unter das Bett gerollt. Ich berührte den Teppich neben dem Glas: trocken. Falls etwas aus dem Glas gelaufen war, war es nicht viel gewesen. Die geschenkte Flasche Takai stand leer auf dem Nachttisch.

»Sieht ganz so aus, als hätte er sich einen Schlummertrunk gegönnt, sobald er wieder im Zimmer war«, sagte ich und knipste eine Nahaufnahme des Glases. »Zusätzlich zu all dem Alkohol, den er in der Bar getrunken hat. Patrick hat recht, er muss einen Magen aus Stahl gehabt haben, um so viel zu vertragen. Meinen Sie, es ist eine Alkoholvergiftung?«

»Eine vernünftige Annahme, aber Patrick sagte, er habe immer sehr viel getrunken. Wahrscheinlich verträgt er mehr, als Sie ihm zutrauen.« Michaelson nahm das Glas in die Hand und reichte es mir. »Was riechen Sie?«

»Etwas Muffiges?«, antwortete ich. »Und etwas klebrig Süßes, beinahe wie Toffee.«

»Nicht der übliche Whiskygeruch«, stimmte mir Michaelson zu.

Ich blickte von meiner Position am Boden zu dem Detective Inspector auf. »Etwas anderes als Whisky?« Normalerweise war ich diejenige, die misstrauisch war, doch angesichts von Michaelsons Miene war ich mir sicher, dass ihm etwas aufgefallen war. Hatte er mich deswegen hinzugezogen, um die Fotos zu machen?

»Sagen Sie mir, was Sie sehen«, forderte Michaelson mich auf und deutete auf das Bett.

Ich untersuchte die Szene leidenschaftslos. »Sieht aus, als hätte er eine ganze Weile um sich geschlagen. Die Laken sind zerwühlt. Ich sehe keine Anzeichen von Gewalteinwirkung, aber eindeutig hatte er ziemliche Beschwerden, ehe er starb. Und doch hat er nicht um Hilfe gerufen.« Ich schaute mich im Zimmer um. Ein Handy lag auf dem Tisch beim Kamin, und das Hoteltelefon stand auf dem Schreibtisch. »Vielleicht hat er es nicht mehr zu seinem Telefon geschafft.«

Michaelson nickte. »Weiter.«

»Ein schwerer Herzanfall oder ein Hirnschlag wäre sehr plötzlich eingetreten. Hätte ihn vielleicht sogar gelähmt. Er wäre beinahe sofort tot gewesen. Doch angesichts des seltsamen Geruchs im Glas muss man sich fragen, ob es eine Reaktion auf irgendeinen äußeren Reiz gewesen sein könnte.«

Der Gedanke an Gift drängte sich auf, doch ich wollte nicht melodramatisch erscheinen, falls Michaelson nicht darauf hinauswollte.

»Genau«, erwiderte Michaelson mit einem tiefen Seufzer. »Zumindest weiß ich diesmal, wonach ich suche.«

»Sie haben so etwas schon einmal gesehen?«

»Letzten Sommer. Ein junger Mann hat seinen Vater ermordet, indem er ihm eine gewaltige Dosis Nikotin in einen Cocktail mixte. Der arme Kerl hatte daraufhin einen schweren Herzanfall.«

»Nikotin? Wie in ganz normalen Zigaretten?«

»Im Prinzip ja, nur stärker. Ich erkenne den Geruch. In flüssiger Form kann Nikotin tödlich sein, wenn es konzentriert ist, besonders falls das Opfer bereits gesundheitliche Probleme hat.«

»Und was ist, wenn man keine gesundheitlichen Probleme hat?«

»Dann wird einem ganz furchtbar übel.«

Ich runzelte die Stirn. Das schien mir eine sehr planlose Mordmethode zu sein. »Ist das Zeug leicht zu bekommen?«, fragte ich.

»Entweder online oder im Laden vor Ort, der auch Dinge für Dampfbedarf führt«, antwortete Michaelson mit grimmiger Miene und verstaute das Glas in einer Beweismitteltüte. »Flüssiges Nikotin gibt es sogar in verschiedenen Geschmacksrichtungen.«

»Wenn wir es hier mit so etwas zu tun haben, kann es sein, dass Sir Richard es nicht einmal geschmeckt hat.«

»Nicht, nachdem er so viel getrunken hatte, besonders wenn er seinen Whisky schnell runtergekippt hat.« Michaelson zuckte mit den Schultern. »Das Labor kann das recht schnell feststellen. Ich mache die Sache eilig. Einer der Männer dort schuldet mir noch einen Gefallen.« Nun packte er auch die Flasche japanischen Whisky in eine Tüte. »Sie sagten, dass es in jedem Zimmer eine davon gibt?«

»Ja.«

Michaelson nahm den Telefonhörer zur Hand und rief unten an, um Larson anzuweisen, all die geschenkten Flaschen aus den Gästezimmern zu entfernen.

Ich ging durch Sir Richards Zimmer und machte Fotos aus verschiedenen Blickwinkeln, versuchte dabei die Stimme in meinem Kopf zu überhören, die schrie: Schon wieder ein Mord! Ich versenkte mich in die Einzelheiten der Szene vor mir, um das Gezeter zum Schweigen zu bringen. Ich hatte noch nie zuvor solche Aufnahmen gemacht, doch mein Instinkt sagte mir, dass ich die Bilder schießen musste, die ich gerne sehen würde, wenn ich hier die Fragen zu stellen hätte.

Ich knipste den Schreibtisch und den Tisch vor dem Kamin. Mitten darauf stand ein Tablett, das jedoch leer war. Sonst schien nichts verschoben oder in Unordnung gebracht zu sein. Das Badezimmer war aufgeräumt, nur ein kleines Handtuch hing über der Seite der Badewanne mit den Löwenfüßen. Sophie hatte hier wohl Ordnung gemacht, als sie im Zimmer war, um das Bett für die Nacht aufzudecken.

»Was ist Ihr Eindruck von Sir Richard Simpson?«, fragte Michaelson.

»Wir kannten einander eigentlich nicht«, antwortete ich ausweichend.

Michaelson schnaubte. »Das hat Sie doch bisher nie zurückgehalten.«

Ich ignorierte diesen Seitenhieb. »Über Whisky wusste er ganz gewiss hervorragend Bescheid. Und ich würde sagen, dass er etwas aufgeschlossener war als einige seiner Kollegen. Er war ein wortgewaltiger Befürworter der ausländischen Whiskys, obwohl diese Meinung keineswegs populär ist. Gestern Abend in der Bar mussten die anderen sich von ihm ganz schön was anhören.«

»War irgendjemand darüber besonders verstört?«

»Einige seiner Mitjuroren verteidigten die schottischen Whiskys recht vehement, ebenso der Präsident der Malt Whisky Society, doch die anderen schienen das ganz gut zu verkraften. Die Streiterei könnte einfach durch den am Abend konsumierten Whisky verursacht worden sein. Als die Juroren gestern Nachmittag mit den Falken draußen waren, schienen sie sich alle ziemlich gut zu verstehen.«

Michaelson schaute mich merkwürdig an. »Falken?«

Ich zuckte die Achseln. »Das hier ist eine noble Absteige.«

»Was können Sie mir über die anderen Juroren erzählen?«

»Archie MacInnes scheint hier Sir Richards engster Freund zu sein. Die beiden kennen einander seit ihrer Schulzeit. Sie hatten zudem gemeinsame geschäftliche Interessen. Ich habe den Eindruck, dass Richard auch Hugh Ashworth-Jones bereits längere Zeit kennt. Bei Mark Findley und Gordon Craig bin ich mir nicht sicher, doch vielleicht kann Trevor Ihnen etwas dazu sagen.«

»Kannten Sie die meisten Leute in der Bar?«

»Zumindest vom Sehen. Der Hoteldirektor hat mir gesagt, dass sich hier im Moment so ziemlich nur die Whisky-Truppe aufhält. Zwei Dutzend von denen waren gestern Abend in der Aerie Bar. Die meisten anderen haben nach dem Abendessen an einer privaten Führung durch den Keller des Hotels teilgenommen.«

»Was ist mit dem Bruder des Opfers, Trevor, war der auch mit Ihnen in der Bar?«

Ich überlegte einen Augenblick. »Ich bin mir nicht sicher. Ich habe ihn gesehen, als ich die Bar verließ, aber ich könnte Ihnen nicht sagen, wann er zur Gruppe gestoßen ist.«

Michaelson machte sich eine Notiz. »Und was ist mit Ihnen? Welchen Eindruck hatten Sie persönlich von Sir Richard? Ich weiß, dass Sie großen Wert auf Ihre ersten Eindrücke legen.«

Ich dachte an meine erste Reaktion. »Kurz gesagt: Er war selbstsicher, aber schlau und tödlich direkt.« Zu spät begriff ich, dass ich meine Worte schlecht gewählt hatte.

»Tödlich irgendwas«, stimmte mir Michaelson zu.

»Offen wäre vielleicht das bessere Wort, aber er schien mir jedenfalls ein Mann zu sein, der gern Spaß hat. Sogar eine Stimmungskanone.« Jetzt wirkte Sir Richard keinesfalls mehr selbstsicher. Nur hohl und leer. Sollte all diese Lebensfreude nur einen tiefer sitzenden Schmerz verdeckt haben?

»Könnte es Selbstmord gewesen sein?«, fragte ich.

»Möglich ist es, aber es gibt keinen Abschiedsbrief. Nach allem, was ich bisher über Sir Richard gehört habe, scheint er wohl eher nicht der Typ, der sich leise davonschleicht.«

Ich nickte. »Man sieht, dass er pingelig war. Er hätte einen Abschiedsbrief hinterlassen.«

»Wieso pingelig?«

»Schauen Sie sich das Zimmer an. Alle Papiere auf dem Schreibtisch sind ordentlich gestapelt, sogar die Visitenkarten, die er bekommen hat, liegen akkurat da. Im Schrank stehen seine Schuhe in Reih und Glied wie kleine Spielzeugsoldaten im Schuhfach. Er hat sogar seine Krawatte auf einen Kleiderbügel gehängt. Alles ist in bester Ordnung.«

Ein Klopfen an der Tür kündete die Ankunft der Leute von der Gerichtsmedizin an. Als sie die Leiche auf eine Bahre hoben, geleitete Michaelson mich aus dem Zimmer. »Schicken Sie mir diese Fotos, sobald Sie können, und – ich kann kaum glauben, dass ich das sage – halten Sie Ihre Augen und Ohren offen.«

»Ich helfe gern.«

»Beobachten, Logan. Nicht einmischen. Kapiert?«

»Selbstverständlich.«

Auf dem Rückweg in unser Zimmer dachte ich über Richard Simpson nach. Entschieden arrogant, aber schlau und unverblümt. Michaelsons Gedanken gingen in diesem Fall in Richtung Mord, und es stand mir sicherlich nicht zu, seinen Instinkt infrage zu stellen. Mir schien es jedoch eine riskante Mordmethode zu sein, jemanden mit Nikotin zu vergiften. Dabei verließ man sich darauf, dass das Opfer trank, was man erwartete, und auch reagierte, wie man es erwartete. Dabei konnte sehr viel schiefgehen. Hatte der Täter vielleicht nur versucht, Richard Übelkeit zu verursachen? Jede Menge Leute hatten die Nase voll von seinen Ansichten über ausländische Whiskys. Ich konnte mich des Gefühls nicht erwehren, dass es seinen Kritikern blendend in den Kram gepasst hätte, wenn Richard speiübel geworden wäre, nachdem er seinen geliebten japanischen Whisky getrunken hatte. Mir schien diese Erklärung vernünftiger zu sein als Michaelsons finstere Theorie eines kaltblütigen Mordes.

Patrick war schon fort, als ich ins Zimmer zurückkam. Liam begrüßte mich, als wäre ich einen Monat weggewesen. Er war zum Ausgehen bereit, doch zunächst bestand ich darauf, mir etwas anzuziehen, das meiner Meinung nach eher zur Whisky-Botschafterin von Abbey Glen passte. Ich wählte eine hellgraue Wollhose und einen matt pflaumenblauen Kaschmirpullover aus. Ich legte etwas Make-up auf und fügte noch Amethystohrringe und ein paar silberne Armreifen hinzu, auf denen Katherine bestanden hatte, ehe ich mich im Spiegel betrachtete. Es kam mir absurd vor, mir Sorgen über meine äußere Erscheinung zu machen, wenn ich an den armen Sir Richard dachte, doch die Show musste weitergehen.

Die Gestalt im Spiegel war eindeutig eleganter als mein gewöhnliches Ich. Andererseits robbte mein gewöhnliches Ich normalerweise irgendwo am Ende der Welt durch irgendeine vom Krieg geschundene Wüste und fotografierte Tod und Zerstörung. Dort gab es keinen Grund, sich dem Anlass entsprechend zu kleiden. Die Rolle als Geschäftsfrau und Philanthropin bedeutete für mich eine große Veränderung. Ich fühlte mich in meiner neuen Haut noch nicht wohl, hatte aber gerade angefangen, Gefallen daran zu finden, als mir nun Brenna in die Quere kam. Jetzt war ich nicht mehr so selbstsicher. Es würde mir helfen, wenn ich wüsste, was mein Part bei diesem Event war. Cam und Grant waren die Jungs für die technischen Fragen. Die Experten. Ich war nur, ja, was war ich? Schmückendes Beiwerk? Ganz bestimmt nicht.

Ein Klopfen an der Tür riss mich aus meinen Überlegungen. Als ich aufmachte, war dort eine Frau in einem marineblau karierten Rock, einer adretten weißen Bluse und einem marineblauen Blazer mit einem geschmackvollen goldenen Adleranstecker. Ein Schopf ergrauender Locken war eng um ihren Kopf zementiert; groß und aufrecht stand sie auf unserer Türschwelle.

»Guten Morgen, Miss Logan. Ich bin Mabel Easton, die Hausdame hier in Eagle Lodge«, sagte sie mit geübter freundlicher Stimme. »Ich wollte mich nur versichern, dass es Ihnen gut geht und die Ereignisse des heutigen Morgens Sie nicht übermäßig verstört haben.«

»Es geht uns gut, vielen Dank.«

Mrs Easton war eine mütterlich wirkende Frau mit feinen Fältchen um die warmen blauen Augen. Sie trat freundlich auf, doch in Anbetracht des Standards, den dieses Hotel bot, war ich ziemlich überzeugt, dass sie den Laden fest im Griff hatte. Mir kamen sofort die Wörter *präzise, korrekt* und *pingelig* in den Sinn. Als ich über meine Schulter schaute, sah ich, dass Liam es sich wieder auf der seidenen Bettdecke bequem gemacht hatte. Das würde bei der Leiterin der Hauswirtschaft nicht sonderlich gut ankommen. Ich machte hinter meinem Rücken eine verzweifelte Geste in Richtung Boden und hoffte, dass er den Wink verstehen und vom Bett herunterspringen würde, ehe Mrs Easton ihn sah, doch wie gewöhnlich ignorierte er mich. Es war ohnehin zu spät.

»Ist das ein Wheaten Terrier?« Mrs Eastons kontrolliertes Auftreten schmolz dahin wie Butter auf warmem Toast. »Das sind freche kleine Kerle, nicht?« Das Lächeln in ihren Augen strafte ihr Kopfschütteln Lügen. »Aber oh, wie charmant!« Liam, der einen Fan witterte, sprang vom Bett und kam auf uns zu. Ich öffnete die Tür weiter und sah zu, wie Liam seinen ganzen Zauber spielen ließ.

»Ich hatte selbst beinahe zwölf Jahre lang eine Hündin von dieser Rasse. Sie hat mich völlig um die Pfote gewickelt.«

Mrs Easton beugte sich vor und kraulte Liam unter dem Kinn, als er mit seinen betörenden braunen Augen zu ihr aufblickte. Nach ein paar Minuten richtete sie sich mit einem kleinen Schniefen auf und zog einen knochenförmigen Hundekuchen aus der Tasche. Augenblicklich avancierte sie zu Liams Lieblingsangestellter im Hotel.

»Meine Sally war ein tolles Mädchen. Am Schluss war sie ganz steif und hatte großen Schmerzen, doch wenn ich nach Hause kam, hat sie mich trotzdem jeden Abend an der Tür begrüßt, stets mit einem kleinen Hüpfer und einem Schwanzwedeln. Ich vermisse sie immer noch.« Mrs Easton schwieg einen Augenblick. »Aber was rede ich da für dummes Zeug. Bitte lassen Sie mich wissen, wenn Sie irgendetwas brauchen.«

»Ich bin mir sicher, wir haben alles«, erwiderte ich. »Ist es in Ordnung, wenn ich Liam über Tag hier im Zimmer lasse?«

»Sicher. Zwischen elf und eins kommt Sophie und räumt Ihr Zimmer auf, es sei denn, Sie wünschen eine frühere Reinigung. Sie kann gut mit Hunden umgehen.«

»Sie ist gestern vorbeigekommen und hat mir angeboten, Liam mitzunehmen, damit er sich bei den Jagdhunden aufhalten kann.«

»Ja, das sollten Sie nutzen. Da kommt er ein bisschen an die frische Luft. Ich kann Sophie bitten, ihn heute Nachmittag wieder ein paar Stunden rüberzubringen, wenn Sie möchten?«

»Sind Sie sicher, dass das nicht zu viele Umstände macht?«

»Alles, was den Aufenthalt für Sie und Ihren jungen Mann erfreulicher macht. Ich sage Sophie Bescheid, und sie kümmert sich darum.«

»Wann wird das Bett abends aufgedeckt?«, fragte ich, weil ich an Simpson dachte.

»Wir kommen zwischen sechs und acht, aber Sie können jeden Zeitpunkt anfordern, den Sie wollen.«

»Nein, das ist wunderbar. Vielen Dank.« Ich rechnete kurz im Kopf nach. Nachdem Sophie aufgeräumt hatte, waren mindestens vier Stunden vergangen, ehe Richard ins Zimmer zurückkam. Vier Stunden, in denen ein Giftmörder sich hereinschleichen und die Flasche präparieren konnte.

»Wie geht es übrigens Sophie? Das muss ja ein Schock für sie gewesen sein«, sagte ich und deutete mit dem Kopf auf das Nachbarzimmer.

»Es geht ihr gut. Danke, dass Sie sich erkundigt haben, Miss. Das Mädel ist zäh. Sie ist ein bisschen zittrig, aber sie wollte nicht nach Hause gehen.«

»Ich hätte gedacht, sie wäre mehr als nur ein bisschen zittrig. Eine Leiche finden, das muss doch einfach furchtbar sein.«

Mrs Easton zuckte zusammen. »Unser ganzer Stolz ist, dass wir hier in der Lodge diese Dinge nehmen, wie sie kommen.«

Ich spitzte die Ohren. »Haben Sie oft mit Todesfällen zu tun?«, fragte ich und versuchte, das nicht wie einen üblen Scherz klingen zu lassen.

Einen Augenblick lang dachte ich, sie würde nicht antworten. Dann senkte sie die Stimme. »Leider ab und an schon. Hauptsächlich Selbstmorde. Ein paar ältere Herrschaften, die keine Familie mehr haben. Sie wissen, dass das Hotel alles diskret und geschmackvoll abwickelt. Einige entscheiden sich also, ihre letzten Tage hier zu verbringen. Ein gutes Essen und eine Handvoll Schlaftabletten, und alles ist vorbei. Natürlich ist das nichts, worüber man viele Worte verliert.«

Das wäre mir nie im Traum eingefallen. »Für das Personal ist das aber sicher nicht so leicht«, merkte ich an.

»Ich bin nun schon beinahe sechsundzwanzig Jahre hier. Lückenloser Service von allerhöchster Qualität. Das erwartet die Hotelleitung, und das leisten wir«, sagte Mrs Easton voller Stolz.

Man wusste ja, dass 5-Sterne-Hotels unendlich viele Wünsche erfüllten, aber meiner Meinung nach ging das Arrangieren einer diskreten Beerdigung weit über die Gastgeberpflichten hinaus. »Haben Sie Sir Richard kennengelernt?«, erkundigte ich mich.

»Ich habe ihn nur kurz gesehen. Er hat vor dem Abendessen telefonisch unten zusätzliche Gläser für seine Gäste bestellt. Sophie hatte zu tun, also habe ich sie hoch gebracht.«

»Und es gab zu diesem Zeitpunkt keinerlei Anzeichen, dass es ihm nicht gut ging?«

»Überhaupt nicht. Sie schienen alle in außerordentlich ausgelassener Stimmung zu sein, wenn Sie wissen, was ich meine.«

»Und danach haben Sie ihn nicht mehr gesehen?«

Mrs Easton schüttelte den Kopf. »Was für eine Störung das für die anderen Gäste ist. Und die Polizei lässt uns immer noch nicht zum Saubermachen ins Zimmer. Es ist einfach schrecklich.«

Mir schien, dass die Störung und die Unordnung sie mindestens genauso aus der Fassung brachten wie der Tod eines Gastes. Ganz gewiss war ihr die hervorragende Arbeitseinstellung, die das Hotel verlangte, in Fleisch und Blut übergegangen. Ich hoffte, dass Michaelsons Verdacht sich nicht bestätigen würde. Ein Mord in Eagle Lodge würde Personal und Hotelleitung gleichermaßen zutiefst erschüttern.

KAPITEL 6

Ich ließ Liam im Zimmer zurück. Er wartete darauf, dass Sophie ihn zu seinem Spieltermin bringen würde. Währenddessen machte ich mich auf den Weg zum Verkostungsraum. Alle größeren Destillerien stellten im Konferenzraum auf diversen Tischen die Produkte aus, die für Auszeichnungen nominiert waren und nun von versierten Vertretern angepriesen wurden. Obwohl nur ein erlesener Kreis von Experten aus der Branche und nicht etwa die versammelte Whisky-Gemeinde über die Preise abstimmen würde, hielt das die Anwesenden nicht davon ab, mit äußerstem Fleiß die Produkte ihrer Konkurrenten zu verkosten. Lediglich zum Zweck der Marktforschung, versicherte man mir.

Als ich zur Tür hereinkam, begegnete mir Patrick auf dem Weg nach draußen. »Von wegen angemessene Trauerzeit«, flüsterte er. »Die haben mich jetzt schon gefragt, ob ich Richards Posten als Preisrichter übernehmen will.«

Ich streckte die Hand aus und drückte ihm den Arm. »Ich weiß, es scheint ein wenig übereilt, aber die Leute sind aus aller Welt zu diesem Wettbewerb hergekommen. Da kann man nicht einfach alles abblasen, so traurig es auch sein mag.«

»Das stimmt wohl.« Patrick schaute noch immer ziemlich niedergeschlagen.

»Krieg das bitte nicht in den falschen Hals, aber warum haben sie ausgerechnet dich als Preisrichter ausgewählt?«, fragte ich.

»Na, ich hoffe doch, weil ich ein allseits respektierter

Whisky-Experte bin«, antwortete er leicht pikiert. »Allerdings muss ich zugeben, dass die meisten anderen Teilnehmer schlicht nicht infrage kommen, weil sie Whiskys im Wettbewerb haben.«

»Umso besser, dass du hier bist«, merkte ich an, »und wahrscheinlich eine prima PR für das *Whisky Journal*.«

»Genau«, erwiderte Patrick und wirkte schon heiterer. »Wir sehen uns später. Ich muss jetzt zu Jude MacNamara und ein paar Dokumente unterschreiben.«

Patrick trollte sich, und ich setzte meinen Weg in den Verkostungsraum fort, und zwar in die Ecke, die für die Boutique-Destillerien reserviert war. Grant und Cam priesen dort die neueste Abfüllung von Abbey Glen an, einen vierzehn Jahre alten Whisky, der in Portweinfässern gereift war, eines von Bens und Grants früheren Experimenten. Es war einer der drei Whiskys von Abbey Glen, die für verschiedene Preise nominiert waren.

Oliver Blaire war mit Cam ins Gespräch vertieft, und beide schnupperten und prüften mit großem Ernst die Farbe der Whiskys. Als ich näher kam, wandten sie sich mir zu, um mich zu begrüßen.

»Was gibt's Neues von der Front?«, fragte Oliver.

»Nicht viel«, antwortete ich ausweichend.

»Ich habe heute Morgen Inspector Michaelson hier gesehen«, meinte Grant aufmunternd.

»Ja.« Ich nahm das Verkostungsglas, das man mir reichte. »Michaelson hat erklärt, dass sie eine Autopsie durchführen werden, aber ich glaube, das ist bei einem nicht geklärten Todesfall Standard.«

»Richard war nicht gerade in bester körperlicher Verfassung«, merkte Grant an, »doch sein Tod ist trotzdem schockierend. Mehr als einer hier überlegt bestimmt jetzt, ob er anders leben sollte.«

»Ist es wahr, dass er mit einem Whisky in der Hand gestorben ist?«, fragte Cam.

»Ich habe so was Ähnliches gehört«, wich ich aus.

Ein trauriges Lächeln spielte um Grants Mundwinkel. »Genauso wollte er sicher abtreten«, sagte er.

Cam schaute besorgt drein. »War es der Takai, den sie getrunken haben?«, flüsterte er. »Das hat gerade noch gefehlt, dass jetzt eine Flut von gemeinen Gerüchten entsteht.«

»Wie kommst du auf die Idee, dass mit dem Takai was nicht gestimmt hat?«, fragte ich nervös.

»Es muss ja nicht wirklich was nicht damit stimmen«, wandte Oliver ein. »Der Hauch einer Anspielung reicht, und es gäbe Tratsch ohne Ende. Die Wahrheit interessiert dann überhaupt keinen mehr.«

Haltlose Gerüchte waren schlimm genug, doch wenn sich die Vermutungen bewahrheiten sollten, so hätte das vernichtende Auswirkungen auf Harukawas Ruf.

Cam hob zu einer Erwiderung an, verzichtete letztlich aber darauf. Ich folgte der Richtung seines Blicks. Soeben hatte Brenna Quinn den Raum betreten, und alle Augen wandten sich für den Bruchteil einer Sekunde ihr zu.

Sie wirkte irritierend frisch. Unter ihren Augen zeugten keine dunklen Ringe von Whiskygenuss und Schlafmangel. Sie trug ein hellblaues Wollkleid, darauf eine doppelreihige Kette aus silbergrauen Perlen. Heute war ihr dunkles Haar offen, und eine silberne Filigranspange am Hinterkopf hielt ihr die schweren Locken aus dem Gesicht, während ihr der Rest der schimmernden Mähne über die Schultern fiel. Sie hatte nur eine Spur von Make-up aufgelegt, aber ihre dunklen Augen betont. Ich beobachtete, wie sie sich kurz mit den Vertretern der Quinn-Destillerie unterhielt, ehe sie auf uns zukam.

Sie lächelte uns an. »Guten Morgen miteinander.« Sie

legte Grant eine perfekt manikürte Hand auf den Arm. »Grant, ich treffe mich zum Lunch mit Archie MacInnes. Ich dachte, dass du und Cam vielleicht mit dabei sein wollt. Das würde euch beiden die Möglichkeit geben, ihn ein wenig zu bequatschen, ehe es ernsthaft an die Bewertung geht.«

Grant wirkte verlegen, doch ich sah, dass er keineswegs einen Schritt von ihr weg gemacht hatte. »Wenn wir uns einschmeicheln wollen, solltest du Abi mitnehmen. Ich bin sicher, Archie würde viel lieber mit euch beiden mittagessen.«

Brenna wandte sich mir zu. »Was meinen Sie, Abi, sind Sie dabei?«

Ich hatte keine Lust, mit Grants Ex mittagzuessen, und erst recht keine Lust, vor den beiden in jeder Hinsicht unterlegen dazustehen, was meine körperlichen Vorzüge und meine berufliche Qualifikation anging. »Ich vermute, das würde die Sache der Feministinnen mehr als nur ein paar Jahre zurückwerfen«, antwortete ich mit Bestimmtheit. »Wir wollen doch nicht, dass die Barley Boys uns beschuldigen, wir nutzten unsere weiblichen Reize aus, um die Entscheidung der Preisrichter zu beeinflussen.«

Brenna stimmte mir mit einem kehligen Lachen zu. »Abi hat euch Jungs schon voll durchschaut. Ich bin sicher, sie hat recht. Na ja, dann seid ihr wieder dran, meine Herren.«

Cam wandte sich ein wenig ab, um diskret mit Grant ein paar Worte zu wechseln, und ich hörte ihn flüstern: »Geschäft ist Geschäft, mein Junge.«

Grant gab sich geschlagen, doch ich spürte sein Zögern. Er schien nicht gerade scharf darauf zu sein, Zeit mit Brenna zu verbringen. Hatte Brenna ihn gestern Abend deutlich wissen lassen, dass sie da wieder anknüpfen wollte, wo sie aufgehört hatten? Hatte Grant sich geweigert? Ich weiß, das hätte mich nicht aufheitern sollen, es war sogar ziemlich egoistisch, doch mich freute der Gedanke, dass Grant Brenna möglicherweise einen Korb gegeben hatte.

Ich ging zur Bar hinüber, um mir ein Glas Perrier zu holen, und kurz darauf stellte sich Grant neben mich.

»Was geht da vor mit Richard Simpson?«, wollte er wissen.

»Wie meinst du das?«

»Ach, komm schon. Du sagst, du hast mit Michaelson gesprochen, und ich kann dir an der Nasenspitze ablesen, dass da was ist. Was hat er gesagt?«

»Zu mir nicht besonders viel«, antwortete ich ehrlich. Ich wusste vielleicht mehr als die meisten, aber ich konnte wirklich nicht sicher sein, was den Tod dieses Mannes tatsächlich verursacht hatte.

»Keine Spielchen bitte. So wie ich dich kenne, steckst du schon bis zum Hals in der Sache drin.«

Ich schaute mich um und stellte fest, dass im Augenblick niemand in Hörweite war. Ich wusste, dass ich Grant vertrauen konnte und dass seine Sicht auf die Sache nützlich sein würde. Ich zog ihn zur Seite. »Okay, aber das bleibt unter uns«, flüsterte ich. »Michaelson ist überzeugt, dass man Sir Richard vergiftet hat. Er lässt den Whisky testen, den er getrunken hatte, ehe er gestern Abend zu Bett ging.«

Alle Farbe schien Grant aus dem Gesicht zu weichen. »Ich hätte mich gern geirrt, aber ich habe gesehen, dass da etwas nicht stimmt.«

»Ganz und gar nicht.«

»Hat Michaelson eine Vorstellung, warum jemand Richard hätte umbringen sollen?«

»Noch nicht, aber er redet heute Morgen mit vielen Leuten.«

»Meinst *du*, dass er ermordet worden ist?«

Ich holte tief Luft und atmete langsam aus. »Vergiftet,

das könnte ich glauben, aber ermordet? Ich weiß es nicht. Sir Richard war sehr rechthaberisch und hat kein Blatt vor den Mund genommen. Wir haben ihm ja gestern Abend in der Bar alle ziemlich ausgiebig zuhören müssen. Er hat viele Leute sehr irritiert.«

»Man bringt niemanden um, nur weil er einen anderen Geschmack in Sachen Whisky hat«, beharrte Grant. »Das ist doch verrückt.«

»Da gebe ich dir recht, aber Michaelson glaubt, dass es eine Nikotinvergiftung ist. So wie er es mir erklärt hat, bräuchte man aber eine verdammt hohe Dosis, um damit tatsächlich jemanden umzubringen. Meiner Meinung nach ist es wahrscheinlicher, dass jemand Richard nur eine Weile mundtot machen wollte, indem er seinen Whisky mit irgendwas mischte, was ihm Übelkeit verursachen sollte. Ich kann mir einen Haufen Leute vorstellen, die gern gesehen hätten, dass er während des Wettbewerbs das Bett hüten muss. Seine Reaktion auf das Gift war vielleicht eine Überraschung. Dann wäre sein Tod eher ein Unfall als ein vorsätzlicher Mord.«

»Das wäre ein bisschen besser, aber trotzdem.« Grant schüttelte den Kopf.

»Und da ist noch was. Cam hat recht, es sieht ganz so aus, als hätte Sir Richard, als er starb, den Whisky getrunken, den Harukawa allen Teilnehmern geschenkt hat. Michaelson hat das Personal angewiesen, sämtliche Flaschen aus den Zimmern zu entfernen, um ganz sicherzugehen.« Ich verstummte, während sich ein anderer Gast an der Bar Wasser holte.

Grant wartete, bis der Mann außer Hörweite war. »Diese Art von Bekanntheit braucht Hinatu allerdings wirklich nicht«, sagte er leise.

»Ich weiß. Er tut mir auch schrecklich leid. Aber sie müssen ganz sichergehen. Richards Whisky war vielleicht nicht der einzige, den jemand gepanscht hat. Bis die Testergebnisse vorliegen, besteht ein Risiko. Ich habe allmählich das Gefühl, dass ich unter einem Fluch stehe. Jedes Mal, wenn ich mich Abbey Glen nähere, geht irgendwas schrecklich schief.«

»Oder es läuft irgendwas schrecklich gut«, erwiderte Grant sanft. »Du hast uns mehr als einmal gerettet.«

Die weiche Wärme seine Stimme wirkte auf mich gleichzeitig beruhigend und verwirrend.

»Kann ich irgendwie helfen?«, fragte er.

»Es sieht so aus, als hättest du schon alle Hände voll zu tun.«

Grant rieb sich den Nacken, als wolle er die Anspannung lindern, die ihm den Rücken hinaufkroch. »Ich weiß, das hier ist eine großartige Möglichkeit für Abbey Glen, aber ich finde all diese gesellschaftlichen Verpflichtungen ziemlich anstrengend.«

»Ich hätte gedacht, es würde dir Spaß machen, all deine alten Freunde wiederzusehen.« Ich betonte das Wort Freunde und musterte Grant über mein Glas hinweg. Er zog eine grimmige Miene, war offensichtlich hin- und hergerissen zwischen Brennas Auftauchen und seinen Gefühlen. »Wenn du schon mit Archie MacInnes zu Mittag isst«, sagte ich, um dem Gespräch taktvoll eine andere Richtung zu geben, »hör dir an, was er dazu zu sagen hat. Schau mal, ob er eine Vorstellung davon hat, wen Richards Ansichten ganz besonders wütend gemacht haben. Vielleicht hat er etwas mitbekommen, oder Richard hat sich ihm anvertraut. Ich bin sicher, dass Archie lieber mit dir als mit mir oder der Polizei sprechen würde.«

Grant wirkte erleichtert, weil er endlich eine konkrete Aufgabe hatte. »Gut, ich seh mal, was ich rausfinden kann.«

Nachdem ich Grant mit seinem Auftrag losgeschickt hatte, stand ich da und dachte über meine nächsten Schritte nach. Ich hatte keine offizielle Funktion beim Wettbewerb, und bis Michaelson bestätigte, dass Richard tatsächlich vergiftet wurde, wäre es die reine Zeitverschwendung, wenn ich bereits jetzt meine Nase in anderer Leute Angelegenheiten steckte. Andererseits war ich Journalistin, und es war meine Stärke, meine Nase in anderer Leute Angelegenheiten zu stecken. Also beschloss ich, an einigen der Seminare teilzunehmen, die als Begleitprogramm zum Wettbewerb angeboten wurden. So bot sich mir die Möglichkeit, mehr über meinen neuen Beruf herauszufinden, und vielleicht konnte ich, wenn ich nun schon mal da war, auch nützlichen Klatsch und Tratsch über Sir Richard aufschnappen.

Ich entschied mich zunächst für das Seminar über Fasslagerung. In einer intensiven Diskussion beklagte man, dass in den letzten Jahren die Zahl der netten alten Damen geschwunden war, die sich vor dem Lunch einen kleinen Sherry gönnten. Nun waren es nur noch so wenige, dass es an Oloroso-Fässern mangelte, in denen man Whisky anschließend reifen lassen konnte. Das klang weit hergeholt, war aber vom Standpunkt der Whiskybrenner aus gesehen ein merklicher Verlust. In bestimmten Destillerien, darunter auch Abbey Glen, könnte das zu einer signifikanten Veränderung im Geschmacksprofil der Produkte führen.

In der zweiten Veranstaltung wurden die aktuellen technischen Neuerungen erklärt, mit denen man gefälschte Whiskys erkennen konnte. Mit diesem Problem war ich seit meiner Ankunft in Schottland schon recht vertraut geworden. Das neueste wissenschaftliche Instrument, das eine Firma namens Clarity entwickelt hatte, benutzt ein Gerät von der Größe eines iPhones, um Whiskys in der Abfüllanlage einen für diese Charge typischen »Fingerabdruck« aufzuprägen. Mithilfe solcher Fingerabdrücke lässt sich der Whisky mit Namen identifizieren, man kann sein Alter verifizieren und feststellen, ob er wirklich von dem auf dem Etikett verzeichneten Brenner abgefüllt wurde. Und alles, ohne die Flasche zu öffnen.

Das wäre ein Riesenvorteil für Leute, die echte alte Whiskys kaufen. Ich konnte mir auch vorstellen, dass das bei polizeilichen Ermittlungen nützlich sein könnte. Beim Stichwort Ermittlungen wanderten meine Gedanken zurück zu den Ereignissen des Morgens. Würde Michaelson es mir mitteilen, falls das Labor das Nikotin bestätigte, das er vermutet hatte, oder würde ich ihm diese Information mühselig aus der Nase ziehen müssen?

»Ewig schade, dass Richard den Erfolg dieses Geräts nicht mehr miterlebt«, sagte auf einmal der drahtige Brillenträger neben mir. Mein Nachbar hatte sich mit einem der Stifte, die er sich an die Hosenträger geklemmt hatte, Unmengen Notizen gemacht und in der letzten Dreiviertelstunde kein Sterbenswörtchen geäußert.

»Entschuldigung?«, fragte ich zurück.

»Sir Richard Simpson. Er war einer der Hauptinvestoren bei Clarity. Er war so scharf darauf, dass diese Technik entwickelt wird, seit er damals eine Flasche mit 50 Jahre altem Macallen gekauft hatte, die sich als Fälschung entpuppte.«

»Autsch! Das war sicher sehr ärgerlich«, erwiderte ich.

Der Mann, der unmittelbar vor uns saß, hatte seinen Arm über die Rücklehne der Stühle gelegt und sich halb zu uns umgewandt. Er hatte wohl mitgehört, und nun drehte er sich ganz zu uns um und fügte hinzu: »Ja, er hat bei dem Geschäft gute 25 000 Pfund in den Sand gesetzt. Nicht, dass ihm das jetzt noch was ausmacht, dem armen Kerl.«

»Ich hab gehört, er ist mit einem Whisky in der Hand von uns gegangen«, sagte der mit der Brille. »Ich hoffe nur, es war auch ein guter.«

Er hat sicher schon bessere getrunken, dachte ich. »War er denn krank?«, fragte ich.

»Nicht dass ich wüsste«, sagte der Brillenträger. »Wir standen uns allerdings nicht sonderlich nah, aber er hat ja das Leben in vollen Zügen genossen, wenn Sie wissen, was ich meine. Es war vielleicht nur eine Frage der Zeit.«

Der Mann aus der Reihe vor uns nahm nun völlig selbstverständlich am Gespräch teil. »Das Schicksal ereilt schließlich jeden von uns«, merkte er fröhlich an. »Ich wüsste nur gern, warum sie uns den Whisky weggenommen haben, den wir alle von diesem asiatischen Typen bekommen hatten.«

Jetzt meldete sich der mit der Brille wieder zu Wort. »Ja, das ist ziemlich seltsam. Vielleicht haben sie irgendwas drin gefunden«, spekulierte er. »Sie wissen schon, Elefantenstoßzähne oder Rhinozeroshorn oder was Ähnliches, was die da so benutzen. Was immer es war, es ist Richard vielleicht nicht bekommen.«

»Ich bin mir sicher, dass es nichts dergleichen war«, sagte ich mit Bestimmtheit und hoffte, damit jede Andeutung aus dem Weg geräumt zu haben, dass mit Hinatus Whisky etwas nicht in Ordnung sein könnte. »Ich habe den Takai auch getrunken, und mir geht es prima.« Hastig wechselte ich das Thema. »Ich habe Sir Richard eigentlich nicht gekannt, aber er scheint doch sehr beliebt gewesen zu sein.«

Unser Lauscher erwärmte sich zusehends für das Thema. »Er war allseits bekannt dafür, dass er mit seiner Meinung nicht hinterm Berg hielt, doch trotzdem mochten ihn die Leute«, stimmte er mir zu und beugte sich ein wenig näher zu uns hin.

»Ganz sicher war er ein begeisterter Unterstützer des Trends zur Globalisierung im Whisky-Geschäft«, merkte ich an.

»Jude MacNamara ist jedes Mal fast geplatzt, wenn sich Richard über die nicht aus Schottland stammenden Whiskys ausgelassen hat«, meinte der Lauscher mit einem leisen Lachen.

»Und Walter Jackson von Central Spirits«, fügte der Brillenträger hinzu, »wobei es natürlich bei Central um Pfund und Pence geht, denn sie vertreiben ja schottische Whiskys. Geld, das für ausländische Produkte ausgegeben wird, kommt schon mal nicht dem heimischen Markt zugute. Das ist schlicht und ergreifend Buchhaltung.«

Ich merkte mir in Gedanken den Namen Walter Jackson. Ich wusste, wo sich Jude MacNamara gestern Abend aufgehalten hatte, nämlich zusammen mit uns in der Aerie Bar, und er hatte nicht sonderlich glücklich gewirkt. Mit Jackson war das eine andere Sache. Ich hätte gern herausgefunden, wo er nach dem Abendessen war. Unterdessen diskutierten meine beiden Seminarfreunde weiter über die wirtschaftlichen Schwankungen des einheimischen Whiskymarkts. Ich wartete eine Gesprächspause ab und warf ein: »Ich glaube, echte Whiskyliebhaber würden einfach weitere Whiskys zu ihrer Sammlung hinzufügen und nicht etwa eine Marke durch eine andere ersetzen.«

»Das stimmt vielleicht für Leute wie Sir Richard, die viel Geld dafür ausgeben, aber ihm ist nicht – war nicht – immer klar, dass es bei denen, die verschnittene Whiskys trinken, nur um Geschmack und Preis geht«, argumentierte der mit der Brille. »Falls man in Indien einen anständigen Blend zu einem niedrigeren Preis herstellen kann, wird das den heimischen Markt sehr treffen.«

»Haben MacNamara oder Walter Jackson je versucht, sich

direkt mit Sir Richard wegen der wirtschaftlichen Seite dieser Frage anzulegen?«

»Jackson hat es versucht, aber gegen Richard hatte ja niemand eine Chance«, sagte der Lauscher. »Richard konnte länger und lauter argumentieren als jeder andere.«

Vorn redete der Vortragende weiter, und unser Gespräch verebbte. Ich sah in Gedanken die Gesichter der Männer vor mir, die gestern Abend rings um den Kamin versammelt waren und die Sir Richards Verrat an der heimischen Whiskyindustrie wütend gemacht hatte. Ob wohl einer von ihnen beschlossen hatte, es sei höchste Zeit, diesen Ketzer an seinen eigenen Worten ersticken zu lassen?

KAPITEL 7

Nach der Teepause machte ich mich auf die Suche nach Patrick. Ich fand ihn, ins Gespräch mit Trevor vertieft, in der hinteren Ecke der Bar in der Lobby. Er winkte mich zu sich herüber.

Trevor begrüßte mich mit einer kaum merklichen Handbewegung.

Ich beugte mich zu ihm hinunter und umarmte ihn. »Es tut mir so leid, die Sache mit Richard, Trev. Was für ein Schock das für dich sein muss.«

»Ich kann es schlicht nicht fassen.« Trevor wirkte aufrichtig erschüttert, und sein üblicher Hundeblick war noch trübseliger als sonst.

Lautlos tauchte neben mir ein Kellner auf, der ein frisches Glas und ein Silberschälchen mit Nüssen brachte. »Gestern war er noch so voller Leben«, sagte Patrick und schenkte mir aus der Flasche auf dem Tisch das Glas voll.

Es war mir peinlich, zugeben zu müssen, dass ich eigentlich nichts Persönliches über Trevors großen Bruder wusste. »Hat Richard Familie?«, fragte ich.

»Nein«, erwiderte Trevor. »Er ist seit ungefähr fünf Jahren geschieden, und er und Mary hatten keine Kinder.«

»Gestern schien es ihm doch gut zu gehen«, merkte ich an. »Er war sogar in Bestform.«

»Das habe ich diesem verflixten Polizisten auch gesagt«, beteuerte Trevor. »Richard hatte eine Konstitution wie ein Ochse. Er hat vielleicht nicht so ausgesehen, aber er war kerngesund. Dieser dämliche Polizeibeamte hat immer weiter nachgefragt, was er gegessen hat, was er getrunken hat, ob er geraucht hat oder nicht. Ich habe ihm erklärt, wir hätten alle dasselbe gegessen und getrunken. Sogar Patrick hat mit uns vor dem Dinner von diesem Whisky getrunken, und wir haben alle das Essen auf dem Bankett verzehrt, ehe wir uns im Klub noch ein paar Whiskys genehmigten. Wieso sollte es ihm was ausmachen und uns nicht?«

»Ich bin mir sicher, dass die Polizei nur alle Möglichkeiten abchecken will«, merkte Patrick beruhigend an. »Ich kann mir nicht vorstellen, dass das mehr war als ein Herzleiden, das seine schreckliche Fratze gezeigt hat.« Er schaute betont zu mir. »Stimmt's?«

»Mir erscheint das auch sinnvoll«, erwiderte ich. »Ich meine, es hat ja wirklich so ausgesehen, als sei Richard der absolute Mittelpunkt der Party. Ich bin mir sicher, er hatte keinen einzigen Feind.« Patrick blitzte mich wütend an, doch Trevor schien das nicht zu bemerken.

»Da hast du recht«, sagte Trevor. »Mein Bruder ist mit jedem klargekommen. Allerdings hat er kein Blatt vor den Mund genommen, und nicht jeder war seiner Meinung, aber Respekt hatten sie alle vor ihm. Ganz bestimmt, respektiert haben sie ihn.« Trevor schenkte sich und Patrick nach.

»Richard hat jedem eindeutig zu verstehen gegeben, dass schottischer Whisky es mit allen anderen aufnehmen kann, wenn er anständig produziert wurde«, fügte Patrick hinzu. »Aber er hat ebenso darauf beharrt, dass es nicht der Fehler der neuen Akteure auf dem Markt ist, wenn du im Wettbewerb nicht mithalten kannst. Es ist dein Fehler.«

»Ich wette, das hat so Leuten wie denen von Central Spirits nicht sonderlich gefallen«, regte ich an und dachte an mein Gespräch vorhin. Central besaß ziemlich viele kleinere schottische Destillerien, und für die würde die ausländische Konkurrenz eine beträchtliche Bedrohung darstellen.

»Genau«, sagte Trevor. »Das Problem ist, dass es hier bei vielen um ihr Markenprofil und ihr über lange Zeit aufgebautes Renommee geht. Falls diese ausländischen Destillerien nun auch die Preise einheimsen, was bedeutet das für die Einzigartigkeit unserer schottischen Malt-Whiskys?«

»Eben«, meldete sich Patrick zu Wort. »Scotch ist ein Mysterium, eine Legende. Wenn den jeder machen kann, wie soll man den dann vermarkten? Dann bricht das ganze System des Scotch Whisky zusammen.«

»Schottischer als die Schotten sein«, murmelte ich.

Hatte das Jude MacNamara und Walter Jackson Angst gemacht? War die Furcht berechtigt, dass die gesamte heimische Branche in Gefahr war und nicht nur einige wenige Produzenten? Dann stünde für manche sicherlich wesentlich mehr auf dem Spiel. Aus eigener Erfahrung wusste ich, dass Whisky Leidenschaften hervorrufen kann, die bis zum Mord führen, doch in diesem Fall schien mir das zu extrem zu sein. Einen Preisrichter umbringen, nur weil er die ausländische Konkurrenz begrüßt? Meine Gedanken wurden gestört, als sich Trevor von seinem Stuhl hochwuchtete und in Richtung Herrentoilette ging.

Patrick stand auf und nahm auf dem Stuhl neben meinem Platz. »Was geht hier vor?«, wollte er wissen, sobald sein Freund außer Hörweite war.

»Was?«

»Wieso fragst du Trevor aus?«

Ich beugte mich zu ihm und flüsterte: »Michaelson befürchtet, dass Richards Tod vielleicht kein Unfall war.«

Patrick riss die Augen weit auf. »Selbstmord?«

Ich schüttelte den Kopf.

»Mord?«, hauchte Patrick. »O nein, nicht schon wieder.

Unmöglich.« Patrick forschte in meinen Gesichtszügen nach einem Anzeichen dafür, dass ich ihn zum Narren halten wollte. Dann stöhnte er leise. »Aber warum?«

»Ich habe noch keine Ahnung, aber Michaelson ist auf dem Kriegspfad. Ich vermute, er wird noch einmal mit dir reden wollen.«

»Na toll.« Patrick sackte auf seinen Stuhl zurück. »Ein Mal, ein einziges Mal würde ich gern mit dir ein ruhiges Wochenende auf dem Land verbringen. Seit du hier hochgezogen bist, reiht sich eine Katastrophe an die andere.«

»Meinst du, das weiß ich nicht?«, grummelte ich zurück. »Ich habe Grant auch schon gesagt, mir käme es vor, als stünde ich unter einem Fluch.«

Patrick schaute ein wenig milder. »Fluch gerade nicht, aber du ziehst weiß Gott Schwierigkeiten an wie ein Hund Flöhe.«

»Michaelson könnte sich irren«, sagte ich und versuchte, das positiv klingen zu lassen. »Wenn du mich fragst, ich bin nicht überzeugt, dass es ein vorsätzlicher Mord war. Ich persönlich glaube, es ist wahrscheinlicher, dass jemand Richard nur aus dem Verkehr ziehen und also dafür sorgen wollte, dass ihm speiübel würde. Dann ist alles ganz schrecklich schiefgelaufen. Ich meine, du kennst ihn besser als ich, kannst du dir einen Grund vorstellen, warum jemand Sir Richard hätte umbringen wollen?«

»Ich kann mir vorstellen, warum ihm jemand einen heftigen Tritt in den Hintern geben wollte, aber ermorden? Nein. Da fällt mir nichts ein.« Patrick musterte mich über den Rand seines Glases hinweg. »Bitte sag mir, dass du dich auch mit der Sache beschäftigst, Abi.«

Ich seufzte. »Natürlich. Ich kann nicht anders. Alte Gewohnheiten lassen sich nur schwer ablegen.«

»Oder gar nicht«, meinte Patrick.

»Nach allem, was ich gestern Abend beobachten konnte, waren sehr viele Leute nicht einer Meinung mit Richard. Mark Findley, Gordon Craig, Jude MacNamara. Von denen wäre vermutlich jeder ziemlich froh gewesen, wenn Richard erkrankt wäre und in den nächsten paar Tagen sein Zimmer nicht hätte verlassen können.«

»Da irrst du dich gewiss nicht«, stimmte mir Patrick zu.

»Hast du eine Ahnung, wo Walter Jackson gestern Abend noch war?«

»Ich glaube, ich habe ihn auf der Liste für den Kellerrundgang gesehen, bin mir aber nicht sicher. Warum?«

»Ich hab gehört, ihm hätte das, was Richard zu sagen hatte, nicht sonderlich gut gefallen. Was ist mit Findley und Craig?«

»Von denen weiß ich, dass sie den Rundgang mitgemacht haben. Sie haben heute Morgen darüber geredet. Da ist anscheinend sehr viel verkostet worden.«

»Und Jude MacNamara? Hat der die Aerie Bar vor dir und Richard verlassen?«

»Nein, er war noch mit Hugh Ashworth-Jones dort, als wir gingen. Ich glaube, die haben sich darauf gefreut, nun endlich auch mal zu Wort zu kommen.«

»Oder sie haben vielleicht heimlich Pläne geschmiedet«, spekulierte ich.

Patrick schenkte sich erneut aus der Flasche auf dem Tisch nach. »Ich würde den beiden jederzeit zutrauen, dass sie irgendwelche krummen Dinger machen, aber das hätten sie tun müssen, ehe Richard sich wieder in Richtung seines Zimmers bewegte.«

Ich nahm die Flasche und schenkte mir eine weitere – selbstverständlich rein medizinische – Portion Whisky ein. »Stimmt. Aber ich dachte an etwas anderes. Ehe wir hier ankamen, war mir nicht klar, wie viel für die Destillerien, die gewinnen, auf dem Spiel steht, und ganz gewiss hatte ich keinen Schimmer, wie uneins man sich in der Branche über das Thema heimischer gegen ausländischen Whisky ist. Falls jemand so weit geht, einen Preisrichter zu vergiften, um ihn zum Schweigen zu bringen, fragt man sich doch, was der sonst noch versucht, um dafür zu sorgen, dass die heimische Whisky-Industrie an der Spitze bleibt.«

»Was zum Beispiel?«

Ich nahm eine Handvoll Nüsse und steckte sie mir eine nach der anderen in den Mund. »Dass man zum Beispiel einen Wettbewerb manipuliert, damit ganz sicher die ausländischen Anwärter nicht mit den heißbegehrten Preisen davonziehen.«

Patrick spitzte die Lippen und betrachtete mich ernst. »Jetzt, wo du es erwähnst, fällt mir ein, dass ich heute Morgen ein seltsames Gespräch mit Jude MacNamara hatte, als er mir Anweisungen zu meiner Aufgabe als Preisrichter gab«, sagte Patrick. »Er hat immer wieder von der großen schottischen Tradition geschwafelt und davon, wie wichtig es ist, im Kreis der Preisrichter nicht aus der Reihe zu tanzen.«

»Nicht aus der Reihe zu tanzen? Mit genau diesen Worten hat er es gesagt?«

»Ja, mit eben diesen Worten. Mir war, als redete er in irgendeinem merkwürdigen Code, für den ich keinen Schlüssel bekommen habe.«

»Glaubst du, er meinte damit, dass du wie alle anderen Preisrichter abstimmen solltest?«

Patrick zuckte die Achseln. »Könnte sein, aber so deutlich hat er es natürlich nicht ausgedrückt.«

Ich dachte kurz darüber nach, ehe ich mich vorbeugte und leise zu Patrick sagte: »Könnte es sein, dass mehrere Preisrichter zusammenarbeiten, um das Ergebnis des Wettbewerbs zu manipulieren? Theoretisch bräuchte man dazu ja nur drei von fünf, stimmt's?«

Patrick überlegte kurz mit gerunzelter Stirn. »Möglich ist alles, denke ich mal, aber leicht wäre es nicht. Für einen solchen Plan müsste man außerordentlich koordiniert vorgehen.«

»Du und Archie, ihr seid im Lager der Globalisten«, sagte ich und zählte an den Fingern ab. »Findley und Craig neigen eher zur schottischen Sichtweise. Hugh Irgendwas-Jones wäre also das Zünglein an der Waage. Er hat gestern Abend nicht viel gesagt, aber ich tippe mal, dass er eher zur Sichtweise von MacNamara neigt. Die beiden waren an der Bar ja ziemlich unzertrennlich. Das wäre dann drei gegen zwei.«

»Hugh und MacNamara haben gestern Abend ziemlich eng zusammengehockt«, stimmte mir Patrick zu. »Meinst du, die könnten unter einer Decke stecken?«

»Der Gedanke ist mir gerade gekommen. Und was ist, wenn Richard herausgekriegt hat, dass da krumme Sachen laufen, und gedroht hat, das aufzudecken? Ich kenne ihn nicht gut, aber mir scheint, dass er zu so was durchaus in der Lage gewesen wäre.«

Patrick wirkte völlig ernüchtert. »Das ist genau das Verhalten, das ich von ihm erwartet hätte.«

Ich seufzte tief. »Das Problem ist wohl, dass man ihn nicht zum Schweigen gebracht hätte, wenn man ihn nur einfach krank gemacht hätte. Das konnte man nur auf eine Weise erreichen.«

Patrick sah mich mit weit aufgerissenen Augen an. »Ich dachte, du hättest gesagt, es wäre *kein* Mord gewesen.«

»Ich weiß es nicht. Ich denke nur laut, aber ich krieg das raus.« Ich nippte erneut an meinem Whisky und hielt das Glas ans Licht, um die Farbe zu betrachten. »Sag mir ehrlich: Wenn du eine Reihe von Whiskys verkostest, könntest du dann einen vom anderen unterscheiden? Könntest du zum Beispiel einen Abbey Glen bei einer Blindverkostung rausschmecken?«

»Nicht hundertprozentig«, gab Patrick zu, »aber ja, doch ziemlich zuverlässig, obwohl ich mit deinen Whiskys inzwischen natürlich besonders vertraut bin.«

»Also ließe sich eine Blindverkostung durchaus manipulieren. Ein Preisrichter könnte wissen, wofür oder wogegen er stimmt.«

Patrick legte die Finger an die Schläfen und begann, die Haut in langsamen Kreisen zu massieren. Ein sicheres Anzeichen für einen heraufziehenden Kopfschmerz. »Ich denke, dass es durchaus möglich ist, aber am Ende werden die Stimmen aller Preisrichter zusammengezählt. Die höchste Punktzahl gewinnt. Wie du gesagt hast, müsste man mindestens drei der fünf Preisrichter dazu bringen, ihre Punktvergabe so zu gewichten, dass sie sich auf bestimmte Whiskys günstig und auf andere ungünstig auswirkt.«

»Okay. Also mal ganz praktisch betrachtet: Falls du den Wettbewerb manipulieren wolltest, wie würdest du vorgehen?«, fragte ich.

Patrick schwieg eine Weile. »Nun, man könnte bereitwillige Preisrichter dazu bringen, denselben Whisky immer und immer wieder zu verkosten, um sich auf diese Weise das Geschmacksprofil einzuprägen. Allerdings könnte es einen trotzdem leicht verwirren, wenn man es in einer Gruppe mit sieben oder acht ähnlichen Whiskys zu tun bekommt.« Er überlegte noch ein wenig, während er das leere silberne Schälchen auf dem Tisch drehte. »Ich denke, die einzige absolut sichere Methode wäre, irgendwie die Nummern der Flaschen zu manipulieren. Und anschließend den teilnehmenden Preisrichtern vorab einen Hinweis zu geben. Sie darüber zu informieren, welche Nummer der Gewinner sein sollte. Doch dazu müssten ziemlich viele Leute sehr gut zusammenarbeiten.«

Ja sicher, aber eines wusste ich mit Gewissheit: Gegen einen gemeinsamen Feind konnte die Whisky-Bruderschaft bestens zusammenhalten, wenn es sein musste.

Trevor kam vom Klo zurück, und ich verabschiedete mich von Patrick und von ihm, um in unserem Zimmer nach Liam zu schauen. Doch der rannte wohl noch draußen mit seinen neuen Freunden herum. Er genoss die Einrichtungen des Hotels wesentlich ausgiebiger als ich.

Als Erstes hatte ich heute Morgen die Fotos aus Richards Zimmer auf meinem Computer heruntergeladen und an Michaelson weitergeleitet. Ich rief sie wieder auf und betrachtete sie sorgfältig, eines nach dem anderen, doch immer noch sah ich nichts Ungewöhnliches darauf, außer dass da ein toter Mann lag. Ich war mir nicht sicher, welchen Nutzen die Fotos für die Polizei haben sollten, aber ich musste zugeben, dass der Auftrag interessant gewesen war. Jedenfalls war ich zu dieser Aufgabe weit mehr geeignet als zu der, Abbey Glen bei dem Wettbewerb hier zu vertreten. All diese Männer, die die Whisky-Tradition in den Knochen hatten, und ich, die unbedarfte Neue. Früher war ich zumindest die alleinige Frau unter all den Herren gewesen. Doch jetzt war ich nicht einmal deswegen mehr einzigartig. Brenna Quinn war wieder im Lande. Sie war schön und äußerst talentiert und hatte erneut ein Auge auf Grant geworfen. Sogar meine innere Stimme klang inzwischen verdrießlich. Brenna hatte Grant gehabt und war fortgegangen, und jetzt wollte sie wieder in sein Leben spazieren und von Neuem mit ihm anbandeln, und zwar zu ihren Bedingungen. Das war schlicht und ergreifend herzlos.

Als es leise an der Tür klopfte, fuhr ich erschreckt zusammen. Ich ging aufmachen, und da stand Sophie auf dem Korridor, den Arm voller Handtücher.

»Entschuldigen Sie die Störung, Miss, aber Mr Cooke hat um zusätzliche Handtücher und Shampoo gebeten.«

Ich trat zur Seite und bat sie mit einer Geste ins Zimmer.

»Wie geht es Ihnen?«, fragte ich. »Ich hätte gedacht, dass die Ihnen heute ein bisschen freigeben würden, nach allem, was heute Morgen passiert ist.«

»Ja, das wollten sie, aber ich muss einfach was zu tun haben.«

Ich bemerkte, dass nach dem Stress des Tages ihre Sprache nicht mehr so gewählt klang, sondern eine etwas stärkere Dialektfärbung hatte. Ihr Blick fiel auf meinen aufgeklappten Computer. Alle Farbe wich ihr aus dem Gesicht, und sie schwankte auf den Beinen.

Verdammt! »Es tut mir furchtbar leid«, sagte ich, während ich rasch das Bild verkleinerte. Ich nahm ihr die Handtücher ab und legte sie auf den Tisch. »Bitte setzen Sie sich einen Augenblick hin. Es ist nicht so, wie es aussieht.«

Sophie schaute mich skeptisch an, doch die Knie gaben unter ihr nach, und sie ließ sich vorsichtig auf der äußersten Kante des Sofas nieder, jederzeit bereit, die Flucht zu ergreifen.

»Ich bin von Beruf Fotografin«, erklärte ich, »und Inspector Michaelson ist, nun ja, ein Freund«, sagte ich, weil mir kein besseres Wort einfiel. »Er hat mich gebeten, diese Bilder für die Polizei zu machen.«

Sophie nickte. »Vermutet die Polizei, dass es kein natürlicher Tod war?«

Ich warf Sophie einen forschenden Blick zu. »Wie kommen Sie darauf?«

»Sie haben uns angewiesen, aus allen Zimmern die geschenkten Flaschen zu entfernen«, sagte sie. »Ich denke, dass sie darin vielleicht nach etwas suchen.«

Sophie war eindeutig eine von den Helleren. »Ich glaube, sie gehen alle Möglichkeiten durch, um ganz sicher zu sein«, erwiderte ich.

»Es ist alles so schrecklich.« Sophie versagte die Stimme, und ich merkte, dass sie sich alle Mühe geben musste, um nicht zusammenzubrechen. »Solche Sachen passieren hier einfach nicht. Und, na ja, ich schau mir im Fernsehen gern Krimis an, und ich war die Letzte in seinem Zimmer. Deswegen stehe ich unter Verdacht, oder nicht?«

»Nun, zumindest sind Sie eine wertvolle Zeugin. Aber ich bin mir sicher, Sie können nachweisen, wo Sie sich gestern Abend aufgehalten haben. Das können Sie doch?«, bohrte ich nach.

»Ich habe bis halb elf gearbeitet und bin dann nach Hause und ins Bett gegangen. Ich musste heute Morgen um fünf wieder hier sein.«

Nicht gerade ein wasserdichtes Alibi, überlegte ich. Sir Richard war zwischen Mitternacht und sieben Uhr am Morgen gestorben, als Sophie in sein Zimmer kam, um ihm Kaffee zu bringen. Doch das Gift musste in die Flasche praktiziert worden sein, nachdem er und seine Gäste zum Abendessen aufgebrochen waren und bevor er mit Patrick um Mitternacht aus der Bar zurückkehrte. Dafür war vor halb elf jede Menge Zeit.

»Wie kommen Sie darauf, dass Sie die Letzte in seinem Zimmer waren?«, fragte ich.

»Ich habe mir darüber Gedanken gemacht, also habe ich am Empfangstisch im Schlüsselprotokoll nachgeschaut. Jede unserer Schlüsselkarten ist mit einer eindeutigen Zahl versehen. Die Sicherheitsleute des Hotels können so feststellen, wer in jedes Zimmer hinein- und wieder herausgegangen ist, und wann. Ich war zwischen dem Abendessen und dem Zeitpunkt, als Sir Richard um Mitternacht zurückkehrte, die einzige Person, die ins Zimmer gegangen ist.«

Das machte die Sache natürlich komplizierter, dachte ich. »Gibt es auf den Korridoren Überwachungskameras?«

»Nicht im Hotel. Draußen ja, aber drinnen nicht.« Sophie hatte meinen Gedankengang eindeutig verstanden. »Die Hotelleitung scheint zu glauben, dass Sicherheitsprobleme immer von draußen kommen, aber in diesem Fall könnte sie sich irren«, sagte Sophie traurig.

Ohne Kameras war das Schlüsselprotokoll nur bedingt hilfreich. Die Sicherheitsleute konnten feststellen, zu welcher Zeit das Zimmer betreten wurde, aber ohne Bilder konnte man nicht sagen, wer die Karte benutzt hatte.

»Haben Sie gestern Abend auf den Fluren irgendjemanden gesehen, den sie nicht erkannten?«

Sophie überlegte eine Weile, ehe sie antwortete: »Nein. Niemanden, den ich nicht erkannt hätte.«

»Aber ich nehme an, Sie können ja nicht alle Gäste kennen, oder?«

»Doch, vom Sehen schon, und von den Gästen auf meinen drei Stockwerken weiß ich alle Namen. Das wird von uns verlangt.«

»Wie schaffen Sie das?«

»Wir haben ein Gästebuch, das täglich aktualisiert wird. Namen und Gesichter aller Gäste, bei Stammgästen auch ein Profil mit Vorlieben und Abneigungen und so. Wir müssen das Buch jeden Tag vor Beginn unserer Schicht genau studieren.«

»Deswegen grüßen die Mitarbeiter die Gäste immer mit Namen.« Das hatte ich verwunderlich und ein wenig gruselig gefunden.

Sophie kramte ein Taschentuch aus ihrer Dienstkleidung und schnäuzte sich laut. »Es ist die persönliche Note. Mr Larson besteht darauf, und Mrs Easton sorgt dafür, dass keine Fehler passieren.«

»Würden Sie mir einen Gefallen tun und sich ein paar dieser Bilder anschauen?«

Sophie wich zurück.

»Nicht die von Mr Simpson, nur die Bilder vom Zimmer.«

Sophie nickte bedächtig.

Ich holte meinen Laptop und zeigte ihr die Fotos, die ich gemacht hatte. »Sehen Sie ganz genau hin. Ich weiß, Sie waren gestern Abend in einer ganzen Reihe von Zimmern, aber versuchen Sie, sich daran zu erinnern, wie dieses Zimmer ausgesehen hat, als Sie zum Aufräumen kamen. Ist da auf den Fotos irgendwas an einer anderen Stelle?«

Sophie musterte pflichtbewusst die Bilder, und zwischen ihren Augenbrauen erschien eine kleine Falte, während sie bestimmte Bereiche der Fotos vergrößerte. »Die Flasche ist weg«, merkte sie an, »und die Gläser.«

»Welche Flasche?«

»Die Flasche, die auf dem Sofatisch stand«, sagte sie und deutete auf das Tablett auf dem polierten Eichentisch vor der Couch.

»Diese hier?« Ich rief das Foto vom Nachttischchen auf und deckte den Teil des Bildes ab, auf dem Simpsons Leiche zu sehen war.

»Ja, genau, das ist sie. Und da ist auch ein Glas«, sagte sie nachdenklich. Sie schaute die Fotos von der Sitzecke noch einmal durch. »Als ich aufgeräumt habe, standen fünf Gläser auf dem Sofatisch. Ich habe alle fünf gespült und zur Flasche auf das Tablett gestellt.«

»Wie viele Gläser sind normalerweise in einem Zimmer?«

»In einem Einzelzimmer halten wir zwei Gläser auf dem Minikühlschrank vor und eines im Bad. Ich hatte gerade mit Mrs Carruthers zu tun, also hat Mrs Easton die beiden zusätzlichen Gläser hochgebracht. Ich habe sie alle gespült, als ich um acht Uhr kam, um das Bett aufzudecken, und ich habe sie auf den Tisch zurückgestellt. Da können Sie Mrs Easton fragen. Sie ist, während ich gerade sauber machte, hereingekommen und hat rasch das Zimmer inspiziert.«

»Tut sie das immer?«

»Sie macht während des ganzen Abends bei uns allen Stichproben. Damit wir nicht nachlassen.«

»Und Sie sind sicher, dass Sie fünf Gläser im Zimmer gelassen haben?«

Sophie nickte. »Ich erinnere mich, dass ich noch überlegt habe, ob ich die zusätzlichen Gläser wieder mitnehmen sollte, doch dann habe ich mich entschieden, sie alle neben der Flasche auf dem Tisch stehen zu lassen, falls Sir Richards Gäste noch auf einen Schlummertrunk mitkommen würden.«

Ich schaltete wieder zur Nahaufnahme des Nachttischchens um. »Aber hier ist nur ein Glas.«

»Stimmt.«

»Was ist mit den anderen vier Gläsern passiert?«, sinnierte ich.

»Als ich ging, waren sie noch da.«

Das klang ganz so, als wäre jemand im Zimmer gewesen, nachdem Sophie aufgeräumt hatte und bevor Richard zurückkehrte, doch das Schlüsselprotokoll verneinte dies. Ich fragte mich, ob Patrick sich wohl daran erinnern würde, ob die Gläser dort standen, als er gegen Ende des Abends kurz hereinkam.

»Könnte es sein, dass jemand anders vom Zimmerservice nach Ihnen ins Zimmer gekommen ist?«

»Nein, wir haben alle unsere Zimmer, für die wir verantwortlich sind. Und wie gesagt, im Schlüsselprotokoll war auch kein weiterer Zutritt verzeichnet.«

»Gut. Gibt es noch einen weiteren Zugang zum Zimmer?«

Sophie schüttelte den Kopf. »Es sei denn, Sir Richard hat selbst jemanden hereingelassen«, sagte sie, während sie sich vom Sofa erhob. »Es tut mir wirklich leid, Ms Logan, aber ich muss wieder an die Arbeit.«

»Vielen Dank für Ihre Hilfe. Wo ist übrigens Liam?«

»Unten bei den Hundezwingern und den Jagdhunden. Ich kann dafür sorgen, dass ihn jemand zurückbringt, wenn Sie möchten.«

»Nein, danke. Ich habe Lust auf einen Spaziergang.«

»Gut, fragen Sie einfach jemand vom Outdoor-Personal, die sagen Ihnen schon die Richtung. Der Chef der Meute heißt Joey. Der weiß, wo Liam ist.«

Sophie hatte vollkommen recht. Sir Richard könnte seinen Mörder selbst ins Zimmer gelassen haben; das hätte sich nicht im Schlüsselprotokoll niedergeschlagen. Falls er so spät in der Nacht jemanden eingelassen hatte, standen die Chancen gut, dass es jemand war, den er gut kannte. Ein anderer Preisrichter, vielleicht Ashworth-Jones? Doch hätte Sir Richard den nicht gebeten, mit ihm noch etwas zu trinken? Und wieso sollte diese Person die vier zusätzlichen Gläser mitgenommen haben?

Sophie füllte unsere Handtuchbestände auf und ging. Ganz in Gedanken holte ich meinen dicken Mantel und die Handschuhe. Ich zog die Tür hinter mir zu, machte mich auf den Weg über den Korridor und schrak zusammen, als Grants Tür aufging und er plötzlich vor mir stand.

»Wohin bist du unterwegs?«, fragte er.

»Ich gehe Liam in der Schule für Jagdhunde abholen. Er hatte da eine Verabredung zum Spielen.«

»Hättest du etwas dagegen, wenn ich dir Gesellschaft leiste?«

»Nein, gar nicht«, sagte ich instinktiv, und ich hatte wirklich nichts dagegen.

Grant verschwand kurz und kam in einem schweren Aran-Pullover und einer Daunenweste zurück. Wir machten uns durch die Hintertür auf in die knackig kalte Winterluft. Es war erst vier Uhr, aber die Sonne stand schon tief am Himmel und ließ die Landschaft in pastellblauem und rosigem Schimmer erstrahlen. Die Lichter des Hotels glänzten wie Edelsteine in einer kunstvollen Halskette, die über den verschneiten Boden ausgebreitet lag. Wir fragten einen der Gärtner, und der wies uns den Weg zu einem Pfad, der über eine kleine Anhöhe in ein Wäldchen an einem künstlichen See hinaufführte.

Wir fielen in gemächlichem Rhythmus in Gleichschritt. Es war schön, mit Grant allein unterwegs zu sein. Louisa wäre hocherfreut. Doch wir waren Freunde, rief ich mir ins Gedächtnis, nur Freunde. Ich fragte Grant nach seinem Mittagessen mit Archie MacInnes, um meine Gedanken bei geschäftlichen Themen zu halten.

»Ich weiß, jeder versucht, sich bei den Preisrichtern einzuschleimen, und zweifellos erwartet Archie nichts anderes, aber mir gefällt das einfach nicht. Schließlich ist es eine Blindverkostung. Was kann das da schon nützen?«

Mir ging immer noch das Gespräch mit Patrick durch den Kopf, in dem wir überlegt hatten, wie man die Preisvergabe manipulieren könnte. Noch war unsere Theorie nicht bestätigt. »Da fragt man sich, was bei Blindverkostungen so vor sich geht, nicht wahr? Die Teilnehmer müssen doch vermuten, dass die Preisrichter eine Vorstellung davon haben, für wen sie ihre Stimme abgeben, wenn sie die Preisrichter so fürstlich bewirten.«

Grant hob einen langen dünnen Ast auf und begann, einen verirrten Golfball auf dem Pfad vor sich her zu bugsieren. »Möglicherweise ja, oder vielleicht bereiten sie nur das Terrain für die Nominierungen des nächsten Jahres vor«, spekulierte Grant.

»Hm. Das könnte sein. Was hatte Archie MacInnes über Richard zu sagen?«, fragte ich.

»Er versuchte verzweifelt, über die Whiskys zu reden, aber ich habe trotzdem bemerkt, dass er sehr bestürzt war. Er hat kaum geschmeckt, was er trank, und das sieht ihm gar nicht ähnlich. Schließlich hat Brenna es geschafft, ihn dazu zu bringen, dass er über Richard sprach.«

Ich blieb stehen und wandte mich Grant zu. »Du hast Brenna aber nicht weitererzählt, was ich dir von Michaelsons Vermutungen berichtet habe, oder?«

»Natürlich nicht.« Grant blickte grimmig drein. »Ich bin doch kein Idiot.«

»Das habe ich nie gesagt, nur habt ihr beide, Brenna und du, eine gemeinsame Vergangenheit, und ich dachte, vielleicht ...«

»Vielleicht gar nichts.« Grant richtete die volle Wucht seines wütenden Blicks auf mich. »Du hast mir gesagt, dass ich es nicht tun soll, und ich habe es nicht getan. Meine Vergangenheit mit Brenna ist genau das: Vergangenheit. Doch Brenna ist zufällig eine sehr fürsorgliche Person. Menschen vertrauen sich ihr leicht an, und ich hatte heute das Glück, dass ihr daran gelegen war, dass es Archie besser ging.«

Wir liefen schweigend ein paar Minuten nebeneinander her. Ich fühlte mich grässlich. Ich hätte nicht an Grant zweifeln sollen. Ich hätte wissen müssen, dass er mein Vertrauen nicht missbrauchen würde. Ich spürte, dass er seine Wut nur mit großer Mühe zügeln konnte. Schließlich sagte er: »Brenna hat Archie ermutigt, uns von seiner Freundschaft mit Richard zu erzählen. Schließlich erinnerte er sich an ihre gemeinsame Zeit in Oxford. Sie haben sich dort ein Zimmer geteilt und waren laut Archie ziemlich umtriebige Lebemänner. Doch die Zeit und der Whisky sorgen ja gewöhnlich dafür, dass derlei Geschichten recht phantasievoll ausgeschmückt werden.«

»Hatte Archie eine Idee, wer unter Umständen besonders wütend über Richards Volksreden war?«

»Ich habe ein bisschen darauf angespielt, wollte aber nicht zu offensichtlich danach fragen«, gestand mir Grant. »Archie war nicht sehr erpicht darauf, über irgendetwas anderes als die tollen Zeiten zu reden, die er mit Richard verbracht hat.«

»Und was ist mit dem Wettbewerb? Hat Archie etwas über die Entscheidungen der Preisrichter gesagt?«

Grant schaute mich an, hatte den Kopf leicht zur Seite geneigt. »Inwiefern?«

»Gab es Anzeichen dafür, dass er oder Richard sich Sorgen machte, es könnte hier nicht ganz mit rechten Dingen zugehen?«

Grant überdachte diese Frage einen Augenblick. »Nein. Eigentlich nicht.« Er warf mir einen verwunderten Blick zu. »Glaubst du, dass Richards Tod etwas damit zu tun hat, dass er ein Preisrichter war? Ich dachte, du wärst der Meinung, jemand wollte ihn lediglich daran hindern, weiterhin so lautstark die ausländischen Mitbewerber zu unterstützen.«

»Das dachte ich, vielmehr denke ich das, aber es hat mich zu der Frage geführt, was jemand, der bereit ist, einen Preisrichter zu vergiften, sonst noch tun würde, um unsere heimische Whiskyindustrie zu unterstützen. Vielleicht den Wettbewerb manipulieren?« Ich wollte das Gespenst des Mordes in diesem Zusammenhang nicht heraufbeschwören, aber ich hätte wissen müssen, dass Grant locker mit meinen Gedankengängen Schritt hielt.

»Wenn jemand den Wettbewerb manipulieren will und Richard das herausgefunden hat...«

Ich seufzte schwer. »Ich weiß. Hoffen wir einfach, dass wir übermäßig misstrauisch sind, aber darf ich dich in der Zwischenzeit bitten, Augen und Ohren offen zu halten, um alles herauszufinden, was darauf hinweist, dass vielleicht Druck auf einen Preisrichter ausgeübt wird oder man ihn ermutigt, seine Stimme für einen bestimmten Kandidaten abzugeben? Es wäre auch hilfreich, wenn du jemanden wüsstest, der mir den genauen Ablauf des Wettbewerbs erklären kann. Zum Beispiel, wer den Raum für die Verkostungen vorbereitet und die Flaschen dort hinstellt. Und wer die zu bewertenden Flaschen jetzt gerade hat.«

»Wäre Patrick nicht besser in der Lage, diese Art von Informationen zu beschaffen?«

»Patrick sucht bereits, aber ich denke, manche Leute sind vielleicht nicht bereit zu reden, wenn er in der Nähe ist, da man ja von seiner Freundschaft mit Richard und Trevor weiß.«

Grant blieb stehen und drehte sich zu mir hin. »Ich helfe gern, doch vielleicht solltest du darauf bestehen, dass Patrick sich zurückhält. Falls hier üble Machenschaften laufen und Richard deswegen umgebracht wurde, könntest du so auch Patrick ernsthaft in Gefahr bringen.«

KAPITEL 8

Patrick kann auf sich selbst aufpassen«, erwiderte ich, »aber ich werde ihn warnen, damit er vorsichtig ist. Das solltest du auch sein. Ich möchte keinen von euch beiden in Gefahr bringen.«

Wir traten aus einem Wäldchen auf eine große Lichtung. Die Wolken, die vorhin den Schnee gebracht hatten, hatten sich verzogen. Jetzt versank die Wintersonne hinter den Hügeln, und der Himmel war von dunkelvioletten und rosigen Streifen durchzogen. Die Schatten rückten näher. Ein beleuchtetes hölzernes Schild am Ende des Pfades erklärte, dies sei die Hundeschule der Lodge für Schießhunde. Mir hatte nie viel an der Jagd gelegen, Jagdhunde liebte ich jedoch. Wir gingen auf ein niedriges, in einem tiefen Tannengrün gestrichenes Holzgebäude am anderen Ende der Lichtung zu.

Als wir dort auf den Hof traten, erblickte ich Liam, der wild im Kreis um einen jungen Mann herumrannte, der eine Wachsjacke und eine grell orangefarbene Jagdmütze trug. Ein bärenstarkes Kerlchen, wie meine Oma gesagt hätte, und trotz seines jugendlichen Alters strahlte er Autorität aus. Liam entdeckte Grant und mich, rannte auf uns zu und sprang ein paarmal übermütig vor uns auf und ab, ehe er kehrtmachte und wieder in die andere Richtung losflitzte. Es war deutlich, wie überglücklich er war, draußen zu sein und mit der Meute zu rennen.

»Sie müssen Joey sein«, sagte ich und stellte mich dem Chef der Meute vor.

Joey war in Begleitung von zwei eleganten schwarzen Labradors, die reglos an seiner Seite standen, während Liam versuchte, sie abzulenken, indem er vor ihnen hin und her sprang. Er erinnerte mich an die Touristen, die versuchen, einen Wachsoldaten vor dem Buckingham Palace aus der Fassung zu bringen. Die Hunde folgten Liams Bewegungen mit den Augen, doch keiner rührte sich, bis Joey eine kleine Pfeife hervorzog und sie mit einem Pfiff freigab. Ein eindrucksvoller Beweis von Disziplin; davon konnte ich bei Liam nur träumen. Wir schauten zu, wie die drei Hunde durch den Schnee tollten, sich abwechselnd jagten und gejagt wurden.

»Wie schaffen Sie es nur, dass die Hunde so prompt reagieren?«, fragte ich verwundert.

»Wir fangen damit bereits bei den Welpen an. Sie wollen gefällig sein und fügen sich sehr gut in die Meute ein.«

»Ich kann für meinen jugendlichen Missetäter nur um Verzeihung bitten«, sagte ich. »Ich habe keine Entschuldigung für sein Verhalten, außer meiner ständigen Abwesenheit und übergroßen Langmut.«

»So schlimm ist er nun auch wieder nicht. Ein intelligenter, gutmütiger Hund«, erwiderte Joey. »In seinem Alter zwar nicht mehr leicht zu dressieren, aber gesund. Keinerlei neurotisches Verhalten.«

Eine überaus freundliche Beschreibung, aber ich nahm sie gern an.

»Er braucht nur ein bisschen mehr Auslauf und viel mehr Disziplin«, fuhr Joey fort.

»Ich habe ihm kürzlich ein paar Schafe besorgt, mit denen er spielen kann«, brachte ich vor. »Vielleicht weckt das seine Fertigkeiten als Hütehund.«

»Er wäre ein Naturtalent. Wollen Sie ihn mit ins Hotel zurücknehmen, oder kommt Sophie später noch?« Irgendwas in Joey Augen ließ mich vermuten, dass er ein wenig enttäuscht war, weil Grant und ich Liam abholten. Zweifellos war Sophie jünger und hübscher als wir.

»Wir nehmen ihn gleich mit, vielen Dank. Kümmern Sie sich um alle Hunde, die Gäste hierher mitbringen?«

»Nein, nur um die, die sehr viel Auslauf brauchen.«

Ich senkte in gespielter Beschämung den Kopf. »Sie haben das von dem Kaninchen gehört.«

Joey lachte leise. »Ich wette, das war ein phantastischer Anblick.«

»Den ich mir lieber erspart hätte«, erwiderte ich.

Grant stand in der Nähe und bewunderte die Hindernisse des Trainingsparcours. »Das ist ein wunderbares Gelände«, sagte er. »Arbeiten Sie schon lange hier?«

Joey lehnte sich neben ihm an den Zaun des Trainingsgeländes. »Fast sechs Jahre. Ich habe im Jagdklub angefangen und bin dann hierher versetzt worden, als sie mit der Schulung von Schießhunden angefangen haben. Die Gäste bekommen die Möglichkeit, hier draußen mit uns und den Hunden zu trainieren.«

»Gegen eine Gebühr«, merkte ich an.

»Klar«, sagte Joey und schaute ein wenig verlegen. »Aber die Gäste reißen sich darum, das mal zu probieren. Na ja, bei diesem kalten Wetter vielleicht nicht so sehr.«

Ich beobachtete die Labradors, die wie kleine schwarze Panther im Schneematsch herumrannten und in den dunkler werdenden Schatten herumtollten.

»Wollen Sie's mal versuchen?«, fragte Joey.

»Sicher, was muss ich machen?«

Er reichte mir eine lange, dünne Plastikpfeife. »Zweimal lang damit. Den Rest besorgen Thor und Loki.«

Ich machte das, und sofort blieben die beiden Hunde wie angewurzelt stehen, ehe sie zu uns gerannt kamen, sich vor Joey und mich hinsetzten und uns erwartungsvoll anblickten.

»Okay, jetzt machen Sie eine Art Schneidebewegung mit der rechten Hand.« Ich ahmte Joeys Geste nach, und Thor und Loki flitzten mit Höchstgeschwindigkeit auf ein unsichtbares Ziel am anderen Ende der Lichtung zu. Ich verlor ihre schwarzen Gestalten in den Schatten beinahe aus den Augen.

»Jetzt ein langer Pfiff.«

Ich blies in die Pfeife. Die beiden blieben auf der Stelle stehen, als wären sie gegen eine Mauer gerannt. Dann drehten sie sich um und warteten auf weitere Anweisungen, während ihre Augen im Dämmerlicht glänzten.

»Jetzt zweimal kurz pfeifen«, sagte Joey. Thor und Loki duckten sich und robbten am Rand der Lichtung entlang auf uns zu und an unsere Seite zurück. Joey schaute jedem Hund einzeln in die Augen und machte eine kleine Handbewegung, mit der er sie wieder zum Spielen entließ.

»Die sind großartig«, sagte Grant.

»Ich kann nur hoffen, dass sich Liam ein, zwei Tricks von ihnen abschaut«, fügte ich hinzu, während ich meinem pelzigen Schützling zuschaute, wie er im Schnee rutschte und schlitterte, »aber das wage ich zu bezweifeln.«

Als wir ins Hotel zurückkamen, war meine Nase rot gefroren und lief, und ich hatte alle Hände voll zu tun, um mich vor der Abendveranstaltung halbwegs vorzeigbar herzurichten. Liam ließ sich mit einem tiefen Seufzer vor dem Kamin auf den Boden plumpsen und fing nach wenigen Sekunden zu schnarchen an. Die frische Luft und die Bewegung hatten ihn völlig geschafft. Ich begann, mir in der riesigen Wanne mit den Löwenfüßen ein Bad einzulassen, und nahm mein Telefon zur Hand, um Michaelson anzurufen. Ich konnte nicht länger damit warten. Ich musste wissen, ob man Richard vergiftet hatte oder nicht, ehe meine finsteren Phantasien völlig mit mir durchgingen.

Er antwortete nach dem ersten Klingeln.

»Ich wollte nur fragen, ob Sie die Bilder bekommen haben, die ich geschickt habe?«

»Ja, hab ich.«

»Waren die in Ordnung?«

»Natürlich. Sie sind ein Profi. Sie knipsen keine Mistbilder.«

Das hätte beinahe ein Kompliment sein können. Beinahe. So viel zu meinem Vorwand für diesen Anruf. Ich würde wohl doch zum Direktangriff übergehen müssen. »Gibt's was Neues aus dem Labor?«

»Ja.«

»Und?«

»Und was?«

»War der Whisky vergiftet?«

»Wir werden weitere Ermittlungen anstellen.«

»Also hatten Sie recht.« Ich zögerte einen Augenblick, während ich versuchte, die schonendste Methode zu finden, um ihm von meinen jüngsten Einmischungsversuchen zu erzählen. »Als ich vorhin die Bilder aus Sir Richards Zimmer noch einmal durchgeschaut habe, kam Sophie zum Saubermachen rein.«

»Simpsons Zimmermädchen?«

»Auch unser Zimmermädchen«, merkte ich an.

»Und Sie fühlten sich berufen, sich einzumischen, stimmt's?« Ich hörte eine Spur Verärgerung in Michaelsons Stimme.

»Nicht absichtlich«, wandte ich ein. »Sie hat die Bilder auf dem Computer gesehen, und, na ja, da habe ich gedacht, es könnte sich lohnen, sie zu fragen, ob irgendwas in Simpsons Zimmer nicht am richtigen Platz gewesen war. Mir wäre das ja sicher nicht aufgefallen.«

»Soweit wir wissen, hat sie sich als Letzte im Zimmer des Opfers aufgehalten«, sagte Michaelson mit großer Präzision. »Das macht sie zur Tatverdächtigen, und Sie haben ihr Beweismittel gezeigt. Sollte sie sich als schuldig herausstellen, könnte dies unseren Fall vor Gericht erschweren.«

Ich schauderte ein wenig. Im Prinzip hatte Michaelson recht, aber mein Bauchgefühl sagte mir, dass Sophie nicht die Person war, nach der wir suchten. Die Wörter, die ich zu ihr fand, waren *aufmerksam*, *fähig* und *verlässlich*. »Kommen Sie schon«, drängte ich Michaelson. »Sie hat kein Motiv, und ich weiß, dass sie unschuldig ist.«

»Sie *wissen* es nicht, Sie *glauben* es«, berichtigte mich Michaelson wütend. »Das ist ganz was anderes. Sie haben keinerlei Beweise.«

»Mir ist klar, dass meine instinktiven Gefühlsreaktionen auf Menschen keine Beweise sind, aber sie sind auch mehr als blinder Glaube«, beharrte ich. »Ich habe sie in vielen Jahren verfeinert, in denen ich Menschen beobachtet und fotografiert habe. Alle möglichen Menschen. Und sie von ihrer besten und ihrer schlechtesten Seite gesehen habe. Ich weiß nicht, wie ich es erklären soll, aber es funktioniert.«

»Das mag für Sie ja schön und gut sein, doch ich brauche greifbare Beweise, keine Annahmen.« Am anderen Ende der Leitung folgte eine lange Pause, dann ein tiefer Seufzer. »Aber da Sie nun schon einmal diesen Weg eingeschlagen haben: Hatte Sophie etwas Nützliches beizutragen?«

Ich erzählte Michaelson von den fehlenden Gläsern und äußerte die Vermutung, dass der Mörder das Gift ins Glas gegeben und das Glas zusammen mit der Flasche neben das Bett gestellt hatte, in der Hoffnung, dass Richard dieser Versuchung nicht widerstehen könnte.

»Interessante Theorie. Mein Freund im Labor hat bestätigt, dass es Spuren von Nikotin in der Whiskyflasche und in dem Flüssigkeitsrest im Glas gab.«

»Irgendwelche Fingerabdrücke auf dem Glas neben dem Bett?«

»Das weiß ich noch nicht«, sagte Michaelson zerstreut. »Es scheint doch ein bisschen zu viel des Guten zu sein, wenn man das so sagen kann, auch noch das Glas zu vergiften, wo doch bereits Gift in der Flasche war.«

»Vielleicht wollte der Mörder sichergehen, dass Richard, selbst wenn er nicht den Rest aus der Whiskyflasche austrank, das Gift trotzdem schluckte. Die meisten Leute stellen sich doch nachts ein Glas Wasser ans Bett oder benutzen ein Glas, wenn sie sich die Zähne putzen. Falls nur noch ein Glas im Zimmer war, musste Sir Richard das nehmen.«

»Möglicherweise war es so.«

»Hat Simpson geraucht?«, überlegte ich laut für mich.

»Nach Aussage seiner Freunde nicht«, antwortete Michaelson. »Warum?«

»Ich habe mich nur gefragt, ob jemand, der regelmäßig Nikotin inhaliert, für dieses Gift empfänglicher ist als andere oder nicht.«

»Nach allem, was wir beim ersten Fall dieser Art gelernt haben, ist ein Raucher nicht weniger gefährdet, aber es könnte eine etwas höhere Dosis nötig sein, um die gleiche Wirkung zu erzielen. Im aktuellen Fall ist, genau wie im vorigen, der entscheidende Faktor der Gesundheitszustand des Opfers. Eine hohe Nikotindosis beschleunigt den Puls. Sir Richard hatte, der Aussage seines Bruders zufolge, ein Herzleiden. Ein rascher Anstieg des Nikotinlevels hätte eine körperliche Reaktion auslösen können, die eine größere Wirkung als die Chemikalie selbst hatte. Doch das können wir erst mit Sicherheit sagen, wenn wir den vollständigen Autopsiebericht haben.«

Das Wasser strömte immer noch in die Wanne, und ich fügte etwas Schaumbad hinzu, das neben dem Waschbecken stand, und beobachtete, wie die nach Zitrone duftenden Bläschen aufstiegen. »Haben Sie die Möglichkeit ausgeschlossen, dass Richards Tod ein Unfall war? Vielleicht hat derjenige, der das Gift verabreichte, Sir Richards Herzleiden nicht in Betracht gezogen. Könnte er geglaubt haben, der vergiftete Whisky würde Sir Richard lediglich Übelkeit verursachen?«

»Möglicherweise«, gestand mir Michaelson zu. »An wen dachten Sie denn?«

»An jemanden, der was dagegen hatte, dass Richard die ausländischen Brennereien unterstützte. Schließlich hatte das Vergiften der Takai-Flasche noch den zusätzlichen Nebeneffekt, dass damit der Ruf eines für einen Preis nominierten, aber umstrittenen japanischen Whiskys ruiniert wurde. Und ganz gewiss würde man ja alle Flaschen mit Hinatus Whisky einziehen, falls eine davon vergiftet war.«

»Das ist eine Überlegung wert«, knurrte Michaelson. Ich hörte, wie er Notizen kritzelte. Ich beschloss, mit meiner Theorie über den manipulierten Wettbewerb zu warten, bis ich mehr Beweismaterial hatte.

»Ich brauche Ihre Hilfe bei der Bestätigung einiger Alibis für gestern Abend«, sagte er dann. »Ich habe den ganzen Tag lang Personal und die anderen Gäste zu ihren Aktivitäten zwischen sieben Uhr und Mitternacht befragt.«

»Ich helfe, wo ich kann.«

»Ich habe eine Liste der Leute zusammengestellt, die laut eigener Aussage in der Aerie Bar waren, und habe die mithilfe des Barmanns mit den Getränkequittungen abgeglichen. Die meisten sind ziemlich lange geblieben. Und eine recht große Gruppe von Ihren Leuten hat an einer Führung durch den Getränkekeller des Hotels teilgenommen. Der Concierge hat sie von einer Liste abgestrichen, und sie waren bis beinahe Mitternacht dort unten.«

»Das engt den Kreis der Verdächtigen ein«, konstatierte ich. »Stand ein Walter Jackson auf der Liste für die Führung?«

Ich hörte Papiere rascheln. »Er steht auf der Liste, und er ist abgehakt worden. Wieso?«

»Nur so eine Idee. Er war einer der eher lautstarken Kritiker von Sir Richard.«

»Sonst noch jemand?«

»Ich würde mir Jude MacNamara, den Präsident der Malt Whisky Society, einmal näher anschauen.«

»Er war mit Ihnen in der Gruppe in der Aerie Bar.« Michaelson fing an, von seiner Liste vorzulesen. Ich erkannte gute drei Viertel der Namen und konnte bestätigen, dass diese Leute dort gewesen waren, wo sie sagten, zumindest während ich mich dort aufhielt.

»MacNamara und Hugh Ashworth-Jones habe ich gesehen, als ich fortging, und laut Patrick waren sie auch noch dort, als er sich verabschiedete. Übrigens sollten Sie vielleicht mal mit den Leuten vom Sicherheitsdienst sprechen. Die mussten irgendwann einen betrunkenen Gast aus der Bar geleiten. Niemand, den ich kannte, doch sie werden sich bestimmt daran erinnern.«

»War es ein Hotelgast?«

»Keine Ahnung, aber das Personal weiß das sicher. Apropos Personal, haben Sie schon mit anderen Hotelangestellten außer Sophie gesprochen?«

»Zum Glück hatten gestern Abend nur zwei Zimmermädchen Dienst. Sophie und eine junge Frau namens Ethel. Die Schlüsselkarten der Zimmermädchen sind nummeriert, und so war sehr leicht festzustellen, mit welcher davon jemand in Sir Richards Zimmer gegangen ist. Sophies Karte war die letzte, und zwar um 20:15 Uhr.«

»Sophie hat mir erzählt, dass fünf Gläser im Zimmer waren, als sie gegen 20:30 Uhr mit dem Aufräumen fertig war, also muss der Mörder nach 20:30 Uhr und vor Mitternacht im Zimmer gewesen sein, ehe Patrick und Richard zurückkehrten.«

»Sie haben dafür aber nur Sophies Aussage, dass die Gläser dort waren, als sie fortging«, merkte Michaelson an. »Während Sophie im Zimmer war, hätte sie problemlos das Gift in die Flasche schütten und dann die anderen Gläser mitnehmen können.«

»Aber warum sollte sie das tun?«

»Vielleicht hat ihr jemand gesagt, das wäre eine Art Schabernack«, schlug Michaelson vor. »Wahrscheinlicher ist jedoch, dass man sie bezahlt hat. Wir schauen uns das an. Es könnte auch sein, dass einer von Richards Gästen sich an der Flasche zu schaffen gemacht hat, als sie zum Dinner aufbrachen. Gegen Ende waren nur noch Archie MacInnes, Hinatu Harukawa und Richards Bruder Trevor dort.«

»Sie glauben, dass jemand von den dreien es hingekriegt hat, auf dem Weg aus dem Zimmer Gift in die Flasche zu schütten?«, fragte ich. »Aber was ist dann mit den Gläsern?«

»Damit beschäftige ich mich noch«, blaffte Michaelson. »Wieso lasse ich mich nur immer wieder von Ihnen in solche Gespräche verwickeln?«

»Weil ich die richtigen Fragen stelle«, erwiderte ich. »So machen Journalisten das. Außerdem fehlt es Ihnen an Personal, und an mir können Sie Ihre Ideen gut ausprobieren.« Ich drehte den Wasserhahn zu und ließ mich in die duftende Wärme der Wanne gleiten. »Wer hat vor dem Dinner als Letzter das Zimmer verlassen?«, fuhr ich fort.

»Trevor Simpson«, erwiderte Michaelson. »Was halten Sie von ihm?«

»Ich kenne ihn nicht sonderlich gut, nur über Patrick. Er scheint aufrichtig bestürzt zu sein. Als ich ihn heute gesehen habe, hat er gerade an der Bar seinen Kummer im Alkohol ertränkt.«

»Hm.« Das klang nicht sonderlich überzeugt. »Gibt es Anzeichen dafür, dass sein Verhältnis zu seinem Bruder in letzter Zeit angespannt war?«

»Nein. Wieso?«

Michaelson ignorierte meine direkte Frage. »Hat Patrick je erwähnt, dass Trevor ein Problem mit Glücksspielen hatte?«

»Das ist eine ziemlich persönliche Sache. So etwas würde Patrick nie ohne Grund ansprechen.«

»Einer der Teilnehmer hat erzählt, dass Trevor spielsüchtig ist und Schulden in beträchtlicher Höhe hat. Ich habe Nachforschungen angestellt und herausgefunden, dass kurz vor Weihnachten alles plötzlich bezahlt war. Ich wette eigentlich nie, aber ich würde drauf wetten, dass dieses Geld nicht vom Weihnachtsmann kam.«

»Und wer bekommt Richards Geld, jetzt, da er tot ist?«

»Laut Trevors Aussage hat Sir Richard einige wohltätige Organisationen mit Geld bedacht, doch Trevor bekommt den ganzen Rest.«

»Das hat er zugegeben?«

»Ja.«

»Und Sie glauben, er hat versucht, den Erbfall zu beschleunigen?«

»Überraschen würde es mich nicht«, gab Michaelson zu. »Was sonst können Sie mir über Patrick und Trevor erzählen?«

»Sie sind seit Jahren befreundet. Trevor ist ein bekannter

Whisky-Blogger, und ich glaube, er und Patrick haben viel zusammengearbeitet, als Patrick bei *Wine and Spirits* angestellt war. Sie sind Trinkkumpane und haben einander in der einen oder anderen schweren Zeit unterstützt.«

»Könnten Sie das näher ausführen?«

Patricks Sorgen waren mir wohlbekannt, aber er war im Grunde ein zurückhaltender Mensch und nicht sonderlich mitteilsam. Ich wollte sein Vertrauen nicht missbrauchen, doch ich wollte Michaelson ein gutes Gefühl dafür geben, wie Trevor war, und ich verließ mich darauf, dass er mich nicht verraten würde. »Das ist jetzt nur für Ihre Ohren bestimmt«, betonte ich.

»Lediglich als Hintergrundinfo«, beteuerte Michaelson.

»Als sich Patrick nach dem College geoutet hat, ist sein Vater durchgedreht. Er war konservativer Lokalpolitiker. Ganz alte Schule. Er wurde einfach nicht damit fertig, dass er einen geouteten schwulen Sohn hatte. Er hat sich völlig von Patrick distanziert und ihm jegliche finanzielle Unterstützung entzogen. Erst seit dem Tod seines Vaters kann Patrick seine Mutter wieder besuchen. Viele Kollegen und Freunde der Familie sind dem Beispiel seines Vaters gefolgt und haben sich völlig von Patrick zurückgezogen.«

»Und Trevor?«

»Trevor und Richard sind die Söhne eines Parlamentsabgeordneten aus Manchester. Sie verkehrten in den gleichen Kreisen wie Patrick und seine Familie. Trevor hat sich hinter Patrick gestellt, öffentlich und privat. Das hat Patrick sehr viel bedeutet. Im Gegenzug war Patrick für Trevor da, als Simpson senior vor ein paar Jahren verhaftet wurde und ins Gefängnis kam.«

»Es war also eine enge Beziehung.«

Ich konnte hören, wie am anderen Ende der Leitung ein Stift leise über das Papier kratzte.

»Sie sind alte Freunde«, bestätigte ich.

»MacInnes und Harukawa waren sich darin einig, dass Trevor das Zimmer als Letzter verließ, als sie alle nach unten zum Dinner gingen. Es wäre für ihn nicht sonderlich schwierig gewesen, etwas in die Flasche zu schütten«, sagte Michaelson.

Ich sann über diese Aussage nach, während ich mit den Fingern die Schaumbläschen auf dem Wasser zerplatzen ließ. Bisher hatte ich noch nicht viel darüber nachgedacht, doch meine drei Wörter zu Trevor waren *chronisch melancholisch*, *grüblerisch* und *abhängig*, aber mordlustig? Er schien über den Tod seines Bruders aufrichtig bestürzt zu sein, und obwohl er natürlich schauspielern könnte, sagte mir mein Instinkt, dass das nicht der Fall war.

»Wann und wie soll er denn die Gläser mitgenommen haben?«, forderte ich Michaelson heraus. »Er konnte sie ja schlecht raustragen, während sie zum Dinner gingen. Da hätte MacInnes oder Hinatu wohl etwas gesagt.«

»Er könnte Sophie dafür bezahlt haben, das für ihn zu erledigen, oder es könnte auch jemand vorbeigekommen sein, nachdem Sir Richard ins Zimmer zurückgekehrt war, und die Gläser dann mitgenommen haben.«

»Wer zum Beispiel?«

»Trevor selbst oder ein anderer Komplize.«

»Welcher andere Komplize?«, fragte ich misstrauisch.

»Es gibt eine andere Person, die zugibt, in Richards Zimmer gewesen zu sein, ehe der zu Bett ging, und die hätte ein präpariertes Glas auf dem Nachttisch hinterlassen und die anderen Gläser wegtragen können.«

Mir drehte sich der Magen um. Darauf wollte Michaelson doch sicher nicht hinaus. Ich wusste, dass Patrick mit der Sache nichts zu tun hatte, aber aus Sicht der Polizei war er potenziell der Letzte in Richards Zimmer und der Letzte, der ihn noch lebend gesehen hatte. »Patrick steht also tatsächlich unter Verdacht?«, fragte ich leise.

»Sie haben gerade bestätigt, dass er und Trevor enge Freunde sind«, merkte Michaelson an. »Er ist so lange tatverdächtig, bis wir ihn ausschließen.«

»Dann schließen wir ihn aus«, erwiderte ich sofort.

»Wir, das bin ich, nicht wir beide«, betonte Michaelson. »Ich bin gern bereit, mir anzuhören, was Sie zu sagen haben, und alles, was Sie über die Bewertungsmodalitäten im Wettbewerb herausfinden können, ist großartig, aber Sie stehen Patrick zu nahe, als dass ich Sie in die Ermittlungen in Bezug auf ihn oder Trevor mit einbeziehen kann. Halten Sie sich da raus.«

Ich hatte das Gefühl, dass Michaelson mich über den Tisch gezogen hatte. Und ich hätte ihm liebend gern gesagt, er solle sich zum Teufel scheren, aber ich wusste, dass ich von ihm Informationen brauchte. Wenn ich jetzt alle Brücken abbrach, würde das ziemlich schwierig werden. »Ich versuche, mich aus der Sache mit Trevor rauszuhalten«, sagte ich zögerlich.

»Versuchen Sie's nicht, Logan, tun Sie's.«

Michaelson beendete das Gespräch, und ich saß in der Wanne und sorgte mich um Patrick. Er und Trevor waren schon jahrelang befreundet, sie hatten einander durch dunkle Zeiten geholfen, doch ganz gleich, was Michaelson dachte, ich konnte mir kein Szenario vorstellen, in dem Patrick Trevor helfen würde, einen Mord zu begehen. Michaelson war auf dem Holzweg. Da war ich mir sicher. Bisher hatte ich ihm dank meiner angeborenen Neugier nur zu gern geholfen, dieses Rätsel zu lösen, aber das hier war kein Spiel mehr. Ich würde alles tun, um zu beweisen, dass Patrick in diesem Alptraum keine Rolle spielte.

KAPITEL 9

Als ich aus der Wanne stieg, war ich entschlossen, vor allem herauszufinden, wer Richard zum Schweigen bringen wollte – entweder zeitweilig oder für immer. Falls es einer von den Barley Boys war, wäre Trevor aus dem Schneider, Patrick ebenfalls. Zu meinem Glück gab es zur Beantwortung dieser Frage kaum einen besseren Ort als die Veranstaltung zum Chairman's Award, die heute Abend auf dem Programm stand.

Ich wählte im Schrank ein Kleid aus, auf dem Katherine bestanden hatte. Es war ein ärmelloses Etuikleid in Blassrosa, das die Reste meiner Sonnenbräune hervorhob und die Kurven betonte, die wieder zum Vorschein gekommen waren, seit ich mich nicht mehr wie bei meinen Arbeitseinsätzen ausschließlich von Wodka und Militärrationen ernährte. Ich strich den Stoff über den Hüften glatt. Neben Brenna kam ich mir wie eine aufgedunsene Amazone vor, zu groß und zu breit. Nicht dass ich etwa mit Brenna wetteifern wollte, rief ich mir in Erinnerung. Jedenfalls nicht sehr. Ich richtete mich auf und schaute mein Spiegelbild grimmig an. Brenna wusste ja vielleicht mehr über Whisky als ich, aber nicht über den Tod. Jetzt waren wir in meiner Domäne.

Wie nicht anders zu erwarten, war von Anfang an Liam das Gesicht von Abbey Glen geworden, nicht etwa ich. Also band ich ihm seine karierte Fliege um und nahm ihn mit hinunter in den Ballsaal. Ich konnte nur hoffen, dass er sich anständig benehmen würde. Gott weiß, eine weitere

Entgleisung wie bei den Falken brauchten wir nicht. Liam schien zu wissen, dass er im Dienst war. Sein Gang hatte einen zusätzlichen Schwung, als er mir in seiner festlichen Gewandung folgte. Ich tätschelte ihm rasch noch einmal den Kopf. Er war attraktiv und liebevoll. Er beschwerte sich selten, und er war ein Zuhörer von Weltrang. Alles in allem, der perfekte Partner für ein Rendezvous.

Die heutige Abendveranstaltung war kein Abendessen mit festen Plätzen, eher eine Gelegenheit, sich durch den Raum zu bewegen und zu plaudern. Man hatte allen neun Whiskys, die um den Chairman's Award wetteiferten, gestattet, Stände aufzubauen und Kostproben ihrer nominierten Abfüllungen anzubieten. Cam und Grant hatten einen Tisch für Abbey Glen hergerichtet. Sie konnten am besten alle technischen Fragen zum Produkt beantworten, Liam und ich waren für Charme und Schmeichelei zuständig. Allerdings musste ich zugeben, dass Liam mich in puncto Charme weit übertraf.

Cam bot gerade einem dankbaren Publikum, zu dem auch Oliver und Archie MacInnes gehörten, Kostproben unseres fünfzehn Jahre alten, in Portweinfässern gereiften Whiskys an. Archie schaute noch immer finster, was so gar nicht zu der schrillgelben Weste passen wollte, die er trug. Ich beobachtete ihn aufmerksam. Er wirkte ein wenig bedrückt, diskutierte aber weiterhin mit leidenschaftlicher Intensität die Vorzüge des Abbey Glen in seinem Glas. Er bezog mich ohne Zögern in das Gespräch mit ein.

»Das Holz der Portweinfässer gibt dem Whisky eine zusätzliche große Tiefe, so dass man fast vermuten könnte, er sei weit länger als bloß fünfzehn Jahre gereift. Die subtilen Holznoten machen diesen Whisky zum perfekten Schlückchen nach dem Dinner. Ich sollte das eigentlich nicht sagen, tue es aber trotzdem. Die Preisrichter sind von diesem

Produkt besonders begeistert. Man schmeckt die einzigartige Sorgfalt und das große handwerkliche Geschick der Hersteller.«

»Die Preisrichter sprechen also schon vor den offiziellen Verkostungen über die Whiskys«, merkte ich an. »Bedeutet das, dass Sie auch sagen können, welchen Whisky Sie gerade trinken, wenn es später zu den Blindverkostungen kommt?«

»Manchmal«, gestand Archie ein wenig reuig ein. »Wir geben uns alle Mühe, völlig unparteiisch zu sein, aber wenn man ein Geschmacksprofil besonders gern mag, erkennt man es normalerweise auch bei einer Blindverkostung.«

»Macht das nicht irgendwie die Blindverkostung wertlos?«, fragte ich.

Grant trat näher, um Archies Antwort mitzubekommen.

»Eher nicht. Wir kosten so viele Whiskys, sowohl vor wie auch nach dem Wettbewerb, dass es wirklich nur auf den Eindruck am Tag der Bewertung selbst ankommt.«

»Hat schon einmal jemand versucht, die Ergebnisse zu manipulieren?« Ich gab mir redlich Mühe, diese Frage völlig unbedarft und spontan klingen zu lassen, während ich in Archies Gesicht nach dem geringsten Anzeichen von Unbehagen spähte.

»Seit den sechziger Jahren nicht mehr«, erwiderte er ernst. »Das war damals ein widerlicher Skandal, den wir nicht noch einmal erleben wollten. Danach hat man Veränderungen am Auswahlprozess vorgenommen. Es hatte sich herausgestellt, dass es nicht reichte, einfach die Etiketten abzudecken. Heute dekantieren wir alle Whiskys in identische Glaskaraffen.«

»Konnten die Preisrichter tatsächlich erkennen, was sie tranken, nur an der Form und Farbe der Flasche?«, fragte Grant.

»In Kombination mit den spezifischen Geschmacksnuancen war das sicherlich möglich. Allerdings ist es heute schwieriger, weil es so viel mehr Whiskys gibt. Es sei denn, man hat einen höchst empfindlichen Gaumen, wie Richard.« Archies Stimme zitterte ein wenig, und er wandte sich wieder seinem Glas zu.

»Auf Richard«, ließ sich nun Oliver hören. »Auf einen Mann mit einem außergewöhnlichen Geschmack. Möge er in Frieden ruhen.«

Wir erhoben alle schweigend unser Glas. »Weiß man schon etwas über die Beerdigung?«, fragte Grant, als sich Patrick zu unserer Gruppe gesellte.

Archie räusperte sich. »Trevor unternimmt gar nichts, ehe der Wettbewerb vorbei ist«, antwortete er. »Wir wissen alle, dass Richard es so gewollt hätte.«

»Und er hätte gewollt, dass wir uns auf glücklichere Zeiten konzentrieren«, sagte Patrick.

»Ganz sicher«, stimmte ihm Archie zu. »Und davon hat es jede Menge gegeben. Wussten Sie, dass Richard und ich seit unserer Zeit auf der Universität Freunde sind? Richard war sogar schon damals der Spezialist für Feiern aller Art. Er wusste immer, wo es die besten Partys und die hübschesten Mädels gab. Wenn er dabei war, kam keine Minute Langeweile auf.«

»War Trevor auch in Oxford?«, fragte ich.

»Ja, aber natürlich ein Jahr nach uns.« Archie hielt inne, als ein Kellner mit Horsd'œuvres vorbeikam, schnappte sich zwei Spieße mit Fleischbällchen und stopfte sich beide auf einmal in den Mund. Der traurige Anlass schien seinem Appetit keinerlei Abbruch getan zu haben.

»Es sind einige Oxford-Absolventen in dieser Gruppe.« Er deutete mit dem Kopf auf Oliver. »Sie waren in Balliol, glaube ich, und Hinatu in Christ Church. Lord Battlebury da drüben war ein paar Jahre vor uns dort.«

Ich beobachtete, dass er sich im Raum nach Krawatten umsah, die im Blau der Universität Oxford leuchteten. Die alte Uni-Krawatte war ein geheimnisvolles Erkennungszeichen, von dem ich nie viel gehalten hatte. Nun wünschte ich, ich hätte diesen Krawatten etwas mehr Aufmerksamkeit gewidmet. Wenn man es recht bedachte, konnten sie einen auf subtile, aber äußerst nützliche Weise über potenzielle Beziehungen zwischen Leuten hinweisen, die Fremde zu sein schienen.

»Kannten Sie Hinatu auf der Uni?«, fragte ich.

»Wir sind einander ein paarmal über den Weg gelaufen, waren aber nicht befreundet. Anderes College. Andere Freunde. Obwohl wir alle sogar damals bereits eine Vorliebe für guten Whisky hatten.«

»Dann haben Sie wohl auf der Uni ein etwas luxuriöseres Leben geführt als ich«, meinte ich lachend. »Wir mussten uns im Allgemeinen mit billigem Wein und Bier begnügen.«

Archie lächelte. »Wir haben damals wirklich Geschmack an Whisky gefunden, den wir uns zu dieser Zeit aber nicht leisten konnten. Richard hat sich einen Spaß daraus gemacht, das gute Zeug aus dem Arbeitszimmer seines Dozenten zu klauen.«

»Und man hat ihn nicht erwischt?«, fragte Patrick.

Archie lächelte traurig. »Schließlich doch, aber er hat es geschafft, sich da rauszureden, indem er die meisten Flaschen durch Flaschen ersetzte, die er aus dem Keller seines Vaters mopste. Apropos Whisky klauen, weiß jemand, warum die Ortspolizei es für angebracht gehalten hat, den wunderbaren Takai zu konfiszieren, den uns Hinatu geschenkt hat?«

Ich schaute Grant in die Augen, weil ich mir unschlüssig war, was ich dazu sagen sollte.

Grant antwortete ruhig: »Ich bin mir sicher, sie sind nur

übervorsichtig. Sie überprüfen alles, was Richard gestern Abend gegessen oder getrunken hat.«

»Quatsch mit Soße. Wir haben alle das Gleiche gegessen und getrunken. Zum Teufel, ich habe selbst mit Richard ordentlich aus dieser Flasche Takai getrunken, und mir geht es blendend. Lasst euch eins sagen, es wird wohl seine angeschlagene Pumpe gewesen sein, die ihn erledigt hat. Richard war ein starker Mann, aber genau wie ich hatte er nicht viel für Sport übrig. Mein Arzt erzählt mir auch dauernd, das würde mich noch umbringen.« Archie nahm einen weiteren großen Schluck aus seinem Glas. »Trotzdem, ich hätte nie erwartet, dass er als Erster geht.«

Archie schien am Boden zerstört. Ohne Umschweife kamen mir die Wörter *besessen, gutmütig* und *reserviert* in den Kopf. Es war für mich nur schwer auszumachen, ob sein gedämpftes Verhalten auf Angst oder Trauer zurückzuführen war oder darauf zurückging, dass sein gesprächiger Freund ihn stets in den Schatten gestellt hatte. Archie missbilligte die Manipulationen bei früheren Wettbewerben und hätte Richard bestimmt voll und ganz bei jeder Bemühung unterstützt, auch jetzt unredliche Vorgehensweisen aufzudecken. Es lag also nahe, dass er nichts davon wusste.

Oliver nahm den Gesprächsfaden auf und sprach aus Rücksicht auf MacInnes erneut Geschäftliches an. Aus dem Augenwinkel bemerkte ich, dass Trevor unauffällig hinten in den Saal getreten war und eine grimmige Miene zog. Ich hätte eine Flasche unseres besten Whiskys gegeben, um zu erfahren, warum er so bestürzt war.

Nachdem die Verkostungen zu Ende waren, gingen Patrick und ich auf einen Kaffee in die Lobby Bar. Wir mussten uns ein bisschen ausnüchtern, und ich wollte unbedingt Liam von seinem Fanclub wegholen. Ein Hund, der Whisky trinkt, ist etwas Ungewöhnliches, sogar in Schottland, und man hatte ihm mehr als nur ein paar diskrete Schlückchen von den feinsten Islay-Whiskys spendiert. Eine der Destillerien aus Islay meldete sogar Interesse daran an, ihn als Maskottchen für ihre Werbekampagne anzuheuern. Ich lehnte das rundweg ab. Wenn Liam für eine Destillerie auftrat, dann für meine.

Patrick und ich ließen uns etwas abseits in einer Ecke nieder. Wegen seiner neuen Rolle als Preisrichter war Patrick nun nicht mehr einer von den Jungs, sondern der Mann der Stunde, und inzwischen war es schwierig, mit ihm außerhalb der vier Wände unseres Zimmers ein vertrauliches Gespräch zu führen.

Auch hier sollte uns das nicht gelingen. Gordon Craig und Mark Findley, die beiden Unzertrennlichen auf der Preisrichterbühne, blieben für ein Schwätzchen bei uns stehen.

»Da ist ja unser Islay-Fan«, sagte Findley und beugte sich hinunter, um Liam hinter den Ohren zu kraulen.

Liam setzte sich auf und begann, interessiert an Marks Glas zu schnüffeln.

»Der hat wirklich eine gute Nase.«

Ehe ich Findley daran hindern konnte, kippte er den Rest aus seinem Glas in ein leeres Nussschälchen und stellte es Liam hin, der den Whisky in Sekundenschnelle aufschlabberte.

Es machte mir Sorgen, wenn die Leute das taten. Gut konnte es für den Hund nicht sein, doch er seufzte zufrieden und rollte sich zu meinen Füßen auf dem Teppich zusammen.

Findley wandte sich mir zu und fragte: »Genießen Sie den Wettbewerb?«

»Sehr, aber es gibt so viele Whiskys zu verkosten. Es ist ein wenig überwältigend. Ich dachte, dass ich mit dem schottischen Angebot inzwischen schon ganz gut vorangekommen war, aber nun gibt es noch Whiskys aus aller Welt zu probieren.«

Patrick nickte zustimmend und rührte Milch und Zucker in seinen Kaffee.

»Nun ja, konzentrieren Sie sich erst mal auf die schottischen Whiskys«, betonte Craig. »Alle anderen sind zwar interessant, aber eigentlich kaum mehr als Eintagsfliegen.«

»Dann glauben Sie nicht, dass dieses Jahr welche von denen im Wettbewerb mit Preisen ausgezeichnet werden?«, erkundigte ich mich.

»Na ja, sicher kann man da nie sein, aber ich halte es für unwahrscheinlich«, antwortete Findley. »Die Aromen sind einfach nicht das, was wir gewöhnt sind.«

»Manchmal ist aber auch gut, wenn was anders ist, oder nicht?«, wandte ich ein. Patrick lächelte hinter seiner Kaffeetasse. Er hatte begriffen, dass ich den beiden einen Köder hingeworfen hatte.

»Veränderung wird gern mal überschätzt«, antwortete Craig. »Man sollte doch das Altbewährte nicht einfach aufgeben, nur weil jemand entschieden hat, dass Curry-Aroma der nächste große Hit ist. Das ist wie bei den Chips. Wir brauchen keine Teriyaki-Chips. Was ist denn an den guten alten Salt-and-Vinegar-Chips auszusetzen?«

Die beiden Unzertrennlichen wanderten zurück zur Bar, um sich einen weiteren Whisky zu holen. Sie schienen recht zuversichtlich zu sein, dass dieses Jahr keine ausländischen Whiskys gewinnen würden. Wussten sie etwas, das uns anderen nicht bekannt war? Ich konnte mir nicht vorstellen, dass Craigs Anspielungen auf Curry und Teriyaki bloßer Zufall waren.

»Behalte diese beiden nach Möglichkeit im Auge«, sagte ich leise. Ich wollte das gerade näher ausführen, als Archie die Bar betrat und zu uns herüberkam, mit Trevor im Gefolge, der mit einer Miene wie drei Tage Regenwetter hinter ihm hertrottete.

»Der verdammte Polizist hat mir gesagt, dass ich nicht nach Hause darf«, knurrte Trevor. »Dieser unverschämte Scheißkerl. Behauptet, Richard wäre eines ›unnatürlichen‹ Todes gestorben. Und statt rauszufinden, wer es war, stellt er mir alle möglichen dämlichen Fragen.«

»Der hat uns alle ausgequetscht, Junge«, sagte Patrick beschwichtigend. »Ich glaube nicht, dass das persönlich gemeint ist. Haben sie dir gesagt, woran Richard gestorben ist?«

»Vergiftet«, antwortete Trevor bitter. »Vergiftet mit dem Whisky, den uns Hinatu geschenkt hat.«

»Aber es haben doch alle hier eine Flasche von diesem Whisky bekommen«, wandte Archie ein und wischte sich mit einem altmodischen Taschentuch die Stirn. »Haben sie deswegen sämtliche Flaschen weggeholt?« Er hielt einen Augenblick inne. »Die glauben wohl, dass noch andere Flaschen Gift enthalten.« Archie wirkte völlig verstört. Er hatte sich wacker durch die Verkostungstische durchprobiert und war nun ziemlich angeschlagen.

»Sieh mal, ihr habt doch alle vor dem Dinner was von dem Takai getrunken«, sagte ich mit leiser Stimme, um die Wogen ein wenig zu glätten. »Allen anderen geht es doch noch gut.« Allmählich erregten wir Aufmerksamkeit, und das Letzte, was wir in dieser bereits heiklen Lage brauchten, war Panik. »Wir wissen nicht einmal, ob jemand tatsächlich versucht hat, Richard umzubringen. Es könnte genauso gut ein Unfall gewesen sein. Vielleicht wollte jemand nur dafür sorgen, dass ihm ein wenig übel wurde, um ihm den Geschmack am Takai-Whisky zu verderben. Und dann ist die Sache schlecht ausgegangen.«

»Na ja, das kommt mir schon eher plausibel vor«, gestand mir Trevor zu. »Aber von dem Polizisten habe ich deine Version nicht so gehört. Der schien sich sicher zu sein, dass man Richard umgebracht hat.«

»Wieso sollte jemand Richard vergiften wollen?«, flüsterte Archie.

»Das ist hier die Frage, nicht wahr?«, merkte Patrick an.

»Nun, ich weiß nicht«, betonte Trevor.

»Natürlich nicht, mein Junge«, sagte Archie und legte ihm einen Arm um die Schulter. »Ihr hattet wie alle Brüder eure Höhen und Tiefen, aber du hättest nie gewollt, dass er verschwindet. Das ist einfach Wahnsinn.«

Zumindest war jetzt die Katze aus dem Sack, und es wäre leichter, direkte Fragen zu stellen. »Glaubt einer von euch, dass Sir Richard Feinde hatte? Wollte ihm jemand Übles?«

»Er war ein reicher Mann«, sagte Trevor. »Da gibt es immer jemanden, der sich irgendwelche Streitereien einbildet.«

»Wer zum Beispiel?«

»Keiner von den Leuten beim Wettbewerb«, sagte Archie mit Nachdruck. »Das hier sind seine Leute.«

»Archie hat recht. Die Leute hier haben ihn sehr gemocht«, behauptete Trevor beharrlich.

»Jeden Tag bringen Leute Menschen um, von denen sie behauptet haben, dass sie sie mögen«, murmelte ich.

Patrick warf mir einen giftigen Blick zu. »Das war nicht besonders hilfreich«, zischte er tonlos.

Der Whisky tat seine Wirkung, und Archie sah aus, als könne er jeden Augenblick in Tränen ausbrechen. »Richard war mein bester Kumpel. Er hat sich um mich gekümmert. Er hat immer zu mir gehalten, wenn es um gute Geschäfte mit Whisky ging oder um Scherereien mit gemeinen Frauen«, beteuerte Archie mit weinerlicher Stimme.

Trevor schaute trübselig drein. »Was soll ich da sagen? Als ich das letzte Mal mit ihm geredet habe, haben wir uns gestritten.«

»Brüder streiten sich schon mal«, nuschelte Archie. »Er war nicht nachtragend. Das weißt du.«

»Aber das war kein guter Abschied.«

Patrick redete leise auf seine Freunde ein. »Ich bin mir sicher, dass die Polizei das alles klärt. Michaelson hat vielleicht nicht viel Fingerspitzengefühl, aber er ist ein anständiger Kerl. Irgendwie kriegt er raus, warum Richard gestorben ist.«

»Na gut«, meinte Archie mit unsteter Stimme. »Ich hoffe nur, er macht das bald. Jemand, der in diesem Hotel wohnt, ist ein Mörder, und ich für mein Teil habe keine besondere Lust, zu bleiben, solange der sich hier rumtreibt.«

Patrick wandte sich wieder Trevor zu. »Man hat uns gebeten, heute Abend mit ein paar anderen in der Aerie Bar für den Abschlusstag eine Feier zu Ehren von Richard vorzubereiten. Du musst mitkommen, und du auch«, sagte er und schaute zu Archie zurück. »Alle seine Freunde sollten dabei sein.«

Archie tätschelte Trevor die Schulter. »Mach schon, Junge, das wird dir gut tun.«

Patrick blickte mich an. »Du natürlich auch.«

Ich lehnte einen weiteren Whisky ab, weil ich wusste, dass ich meinen beschwipsten Hund noch ins Zimmer zurückbugsieren musste. Archie und Trevor schwankten langsam zur Tür, stützten einander dabei sowohl emotional wie auch körperlich.

»Ich komme gleich nach«, rief Patrick ihnen über die Schulter hinterher.

»Wieso bedrängt Michaelson Trevor so?«, zischte er, sobald seine Freunde außer Hörweite waren.

Ich fasste das Gespräch zusammen, das ich vorhin mit Michaelson geführt hatte und in dem er angedeutet hatte, dass Trevor ein Motiv und Zugang zum Zimmer hatte. Patrick unterbrach mich, ehe ich zum schlimmsten Teil gekommen war.

»Klar, Richard hat Trevors Schulden bezahlt. Er hat ihm eine kleine Gardinenpredigt gehalten, aber er hat immer bezahlt. Er wusste, dass Trevor ein Problem hat. Das hat alles damals angefangen, als ihr Vater ins Gefängnis kam. Richard hat die Aufgabe ernst genommen, sich um seinen kleinen Bruder zu kümmern, und er hat das auch immer gemacht. Wieso sollte Trevor die Gans schlachten, die die goldenen Eier legt?«

»Michaelson glaubt, dass er an das gesamte Geld heranwollte.«

»Trevor ist kein Idiot, allem Anschein zum Trotz. Er weiß, dass er das Geld nur vergeuden würde. Ihm war es mehr als recht, dass Richard sich darum kümmerte, den Wohlstand der Familie zu mehren.«

»Es kommt noch schlimmer«, fuhr ich fort. »Es ist Michaelson nicht entgangen, dass du der Letzte warst, der Richard lebend gesehen hat, dazu warst du auch noch der Letzte in seinem Zimmer. Aus diesem Blickwinkel betrachtet, könntest du vielleicht länger dortgeblieben sein, als du gesagt hast. Du könntest so getan haben, als wolltest du dir mit ihm noch einen letzten Schlummertrunk aus der Flasche genehmigen, die Trevor vergiftet hatte.«

Patrick machte große Augen. »Das kann nicht dein Ernst sein.«

»Logisch ist es. Aber nicht vernünftig«, fügte ich hastig hinzu. »Michaelson kann diese Möglichkeit nicht ausschließen. Du und Trevor, ihr seid schließlich eng befreundet. Wenn er finanziell in höchsten Nöten gewesen wäre, wärst du bereit gewesen, ihm zu helfen. So wie Michaelson es sieht, geht es hier ums Geld.«

»Du musst ihn davon überzeugen, dass ich es nicht war«, sagte Patrick mit dringlicher Stimme.

Ich beugte mich näher zu ihm hin und flüsterte: »Meinst du, das versuche ich nicht? Ich tu, was ich kann, um zu beweisen, dass du es nicht warst.«

Patrick sah immer noch aus, als hätte ihm jemand eine Ohrfeige gegeben.

»Sag mal, als du gestern Abend in Richards Zimmer warst, hast du da bemerkt, ob auf dem Tisch beim Kamin auf einem Tablett zusätzliche Gläser standen?«

»Ich, ich weiß nicht. Ich hab nicht mal zu dem Tisch hingeschaut.« Patrick versuchte, ruhig zu bleiben, aber ich merkte, dass seine Hand zitterte, als er den Rest seines Kaffees austrank. »Ich kann es nicht fassen, dass ich verdächtigt werde. Wie können wir das in Ordnung bringen?«

»Ich arbeite dran. Pass du nur gut auf dich auf und halte Augen und Ohren offen, falls dir etwas seltsam vorkommt. Vor allem aber sei vorsichtig. Spaziere nicht allein in der Gegend herum. Und nimm heute lieber den Hotelbus zum Klub.«

»Vielleicht lasse ich den Abend im Klub heute sausen.«

»Es würde seltsam aussehen, wenn du nicht dabei wärst«, sagte ich mit Nachdruck. »Geh besser hin.«

Patrick machte noch immer einen besorgten Eindruck, doch schließlich schlurfte er fort, alles andere als begeistert. Das war jedenfalls besser, als hier herumzusitzen und zu grübeln.

Patricks jahrelange Freundschaft mit Trevor trübte unter Umständen sein Urteilsvermögen, doch meiner Meinung nach irrte er sich nicht, wenn er seinen Freund für unschuldig hielt. Es stimmte, Trevor hatte ein überzeugendes

Motiv, und so wie Michaelson es sah, bedeutete das, dass er ein guter Kandidat für die Rolle des Mörders war. Das Motiv musste ich Michaelson zugestehen, doch meiner Ansicht nach war die Frage nicht, ob Trevor seinen Bruder umbringen konnte, sondern ob er es wollte. Mein Bauchgefühl sagte Nein, aber ich brauchte Beweise. Beweise dafür, dass es einen anderen Mörder gab – vorsätzlich oder zufällig.

Ich trank meinen Kaffee aus und stupste Liam mit der Fußspitze an. Er grunzte, rollte sich auf die andere Seite und schlief weiter. Zur Hölle mit Findley und seinem Whisky! Liam war ein schwerer Brocken, und wenn er nicht zum Aufbruch bereit war, konnten wir nicht aufbrechen. Ich schaute mich im Raum um und sah Brenna Quinn mit einem Cognac an der Bar sitzen. Sie hob ihr Glas und winkte mich zu sich herüber.

Es wäre unhöflich gewesen, dieses Angebot auszuschlagen, aber ich war versucht, es zu tun. Sehr sogar. Doch als ich zu Liam hinunterschaute, wusste ich, dass ich so schnell hier nicht wegkommen würde. Ich schritt quer durch die Bar auf Brenna zu und ließ mich auf dem Hocker neben ihr nieder. Wie durch Zauberei tauchte sofort der Barmann mit einer kleinen Serviette und einer Getränkekarte auf. »Glenmorangie aus dem Portweinfass«, sagte ich und war selbst überrascht, wie mühelos mir einfiel, welcher Whisky der beste Tropfen vor und nach dem Dinner war. Ich lernte schnell, doch die Frau neben mir spielte in einer ganz anderen Liga.

»Verstecken Sie sich vor den Jungs, oder hat man Sie ausgeschlossen?«, fragte sie mit einem schiefen Lächeln.

»Ich verstecke mich, bin allerdings sicher, dass sie mich nicht vermissen«, erwiderte ich.

»Die Dinge ändern sich«, meinte sie, »aber sehr langsam. Man hat Ihnen einen ziemlich eisigen Empfang bereitet, als Sie in Schottland ankamen, habe ich mir sagen lassen.«

»Mehr als eisig«, murmelte ich, »aber ich bin zäh.«

»Das hat mir Grant bestätigt. Das ist gut. Man muss diese Jungs aus ihrer Selbstgefälligkeit aufrütteln. Sie sind ja gar nicht so übel, wenn man sie erst mal kennt, nur ein bisschen im alten Trott festgefahren.«

Gar nicht so übel, außer dass einer von ihnen ein Mörder sein könnte, dachte ich. »Also, Sie haben ein paar Monate lang mit meinem Onkel Ben gearbeitet?«

Brenna nickte. Ich bemerkte, dass ihr bei der Erwähnung von Bens Namen Tränen in die Augen traten. »Beinahe zwei Jahre«, sagte sie ein wenig später. »Mein Dad war sich anfangs nicht so sicher, ob das für mich das Richtige war, aber ich habe gleich zugegriffen. Ben war ein Meister des Details. Er konnte einem genau erklären, wie sich jeder Teil des Destilliervorgangs auf den Geschmack des Endproduktes auswirkt, vom Kupfer der Rohrleitungen bis hin zur Luftfeuchtigkeit.« Brennas Stimme war ein wenig brüchig, und sie legte eine Pause ein und nippte an ihrem Cognac.

Zwei Jahre. Und doch hatte Ben nie von ihr gesprochen. Brenna war offensichtlich die Whisky-Schülerin, die er sich erhofft hatte und die ich nie gewesen war. Es war blöd, doch ich neidete ihr die Zeit, die sie mit ihm verbracht hatte. Zeit, die ich verloren hatte, indem ich ständig Arbeitsaufträge annahm. Ich hatte so viele Gründe, Brenna nicht zu mögen. Ich gab mir größte Mühe, dies nicht mit meiner Miene zu verraten.

»Sie müssen ihn vermissen«, sagte sie.

Das war keine Frage, sondern eine schlichte Feststellung von Tatsachen. Ich betrachtete den Boden meines Glases, als wäre der plötzlich ungeheuer interessant geworden. Brenna konnte nichts dafür, dass ich sie nicht mochte. Aber sie stahl mir im Beruf gerade die Schau. Ausgerechnet jetzt, als ich angefangen hatte, mich an meine neue Rolle zu gewöhnen, die einzige weibliche Stimme in der Bruderschaft der Whisky-Brenner zu sein, und mir den Respekt und das Vertrauen meiner Kollegen erobern wollte. Nun war Brenna da, und ich war keine Pionierin mehr, war nicht einmal mehr einzigartig. Genauso ärgerlich war es, dass sie mich auch privat aus dem Gleichgewicht brachte. Ich hielt mir Grant auf Armeslänge vom Leib, war aber keineswegs bereit, zuzusehen, wie er mit einer Rivalin anbandelte. Die Stimme der Vernunft sagte mir beharrlich, das sei nicht Brennas Schuld. Das sei mein Problem, und ich solle nicht so unhöflich sein.

»Ich vermisse ihn jeden Tag«, gestand ich ihr. »Es ist erst ja zehn Monate her. Manchmal kommt es mir vor, als wäre ich gerade hier eingetroffen, und manchmal ist es, als wäre ich schon ewig hier.« Brenna unterbrach mich nicht. Sie saß still da und wartete darauf, dass ich weiterredete. »Allmählich schlage ich Wurzeln, und ich habe Balfour und die Leute dort ins Herz geschlossen.«

»Es ist ein toller Ort«, stimmte mir Brenna zu. »Ich habe wirklich gern in Balfour gelebt und bei Abbey Glen gearbeitet. Ich konnte mich nur schwer dort losreißen.«

»Warum haben Sie es dann gemacht?«

»Das war kompliziert.« Brenna strich mit dem Finger über den Rand ihres Glases und lauschte dem leisen Ton. »Mein Dad hatte bestimmte Erwartungen. Er möchte, dass ich den Familienbetrieb in Wales übernehme, und ich musste noch ein Praktikum in Kanada machen.« Brenna zögerte. »Letztlich war wohl der wahre Grund, warum ich gegangen bin, dass niemand mir einen Grund zum Bleiben gegeben hat.«

Also hatte Grant nicht mitgespielt. Weil er noch nicht bereit war oder weil er nicht wollte? Vielleicht war die Beziehung der beiden nicht so intensiv, wie man mich hatte glauben lassen. Das war der erste fröhliche Gedanke seit langer Zeit.

»Es ist nichts daran auszusetzen, wenn man weiterzieht«, sagte ich. »Ich für mein Teil war nie der sesshafte Typ.«

»Na ja, Kanada war kaum das große Abenteuer. Nicht wie all die unglaublichen Orte, an denen Sie waren. Ihre Arbeiten sind wunderbar.«

Ich quittierte das Kompliment mit einem kleinen Grunzen. »Ich bin hingegangen, wohin man mich geschickt hat.«

Wir schwiegen eine Weile. Brenna wartete darauf, dass ich Näheres von meinen Abenteuern erzählte, und ich hatte keine Lust, das zu tun.

»Ben hatte in seinem Gästezimmer eines Ihrer Fotos hängen«, sagte sie schließlich. »Ein kleines Mädchen, das im Dreck hockt und mit einer Puppe spielt. Sie haben sie fotografiert, als sie gerade hochschaute. In diesem Blick lagen der ganze Schmerz und die Furcht eines Kindes im Krieg, und doch haben Sie irgendwo in den Augen dieses Kindes einen schwachen Hoffnungsschimmer gefunden. Das Bild ist mir lange nicht aus dem Kopf gegangen, auch nachdem ich fortgegangen war.«

Ich ging über dieses Lob hinweg. »Ich wusste gar nicht, dass Sie bei Ben gewohnt haben.«

»In Balfour gibt es sonst nichts. Ben hat mich eine Weile beherbergt, ehe ich nach The Larches gezogen bin.«

Mir wurde das Herz schwer. So viel also zu der nicht so intensiven Beziehung. Ich konnte meine Gefühle noch nie sehr gut verbergen, und in diesem Augenblick muss sich auf meiner Miene allerlei widergespiegelt haben.

Brenna schaute mich von der Seite an. »Tut mir leid, ich dachte, Sie hätten von Grant und mir gewusst.«

»Geht mich nichts an«, murmelte ich.

»Es ist lange her. Die Dinge haben sich geändert«, sagte sie traurig.

Ich hob die Hand. »Wie gesagt, es geht mich nichts an,

und ich rede ungern über das Privatleben meines Geschäftspartners.«

»Wie Sie meinen.« Brenna nahm Blickkontakt zum Barmann auf und tippte mit einem burgunderroten Fingernagel auf den Rand ihres leeren Glases. Unverzüglich tauchte ein weiterer Cognac auf.

Ich schaute auf und sah, dass Grant hereinkam. Er zögerte, ehe er zu uns an die Bar trat. Ich fragte mich, wo er bisher gewesen war.

»Tut mir leid, am Verkostungstisch sind wir ein paar Gäste nur schwer losgeworden«, sagte er, als er neben mir auf einen Barhocker glitt. »Was macht ihr beiden denn?«

»Wir lernen uns gerade besser kennen«, antwortete Brenna. »Wir haben viel gemeinsam.«

Ich merkte, dass Grant ein wenig erstarrte. Ich bin mir sicher, dass er davon ausging, wir hätten über ihn gesprochen. Das bereitete ihm offensichtlich Unbehagen, und ich wollte ihm diesen Gedanken nicht ausreden.

»Ihr habt wirklich viel gemeinsam«, stimmte er ihr zu. »Ihr seid die beiden führenden Frauen im Whiskygeschäft, stark, schlau, ernst. Ihr solltet einander unterstützen.«

Ich fragte mich, ob er die Spannung zwischen uns gespürt hatte. »Vielleicht sieht man nach all dem Wirbel über die Ausländer die Frauen etwas positiver«, grummelte ich.

Brenna lächelte. »Ich freue mich über jeglichen Respekt, ganz gleich aus welchem Grund. Auf das geringere von zwei Übeln«, sagte sie und prostete mir zu.

Ich hob zerstreut mein Glas und bemerkte aus dem Augenwinkel, dass sich Liam endlich mühselig auf die Beine rappelte. Er kam herübergeschlichen, und ich nutzte seine Auferstehung als Vorwand für einen zügigen Abgang. Ich hatte keine Lust, den restlichen Abend als fünftes Rad am Wagen zu verbringen.

Als ich Liam hinter mir aus der Bar führte, stieß ich mit Hinatu Harukawa zusammen, der vom Speisesaal her den Flur entlangkam.

»Tut mir leid, Mr Harukawa.«

»Ganz allein meine Schuld, Ms Logan. Und nennen Sie mich Hinatu. Harukawa-san ist mein Vater.«

»Dann bitte auch Abi. Wie gefallen Ihnen die Veranstaltungen?«, fragte ich.

Ich passte meine Schritte an Hinatus Tempo an, und wir spazierten den Flur entlang, auf dem die kleinen Läden und Boutiquen bereits für den Abend die Rollläden heruntergelassen hatten. Liam wankte neben uns her. »Gesellen Sie sich nicht zu Patrick und den anderen in der Bar?«, erkundigte ich mich.

»Ich habe im Augenblick eine angenehm ausreichende Menge Whisky zu mir genommen, und meine Gegenwart ist, sagen wir einmal, bei den Leuten unerwünscht.«

»Dann sind sie Narren«, sagte ich.

»Verzeihung?«

»Es ist ihr Verlust«, erklärte ich. »Ich genieße Ihre Gesellschaft immer.«

Hinatu wirkte ein wenig verlegen, antwortete aber mit einem aufrichtigen »Danke sehr«.

»Es tut mir leid, dass die andern sich so schlecht benehmen«, fügte ich hinzu. »Sie sind nicht alle Idioten, nur einige von ihnen.«

»Ich habe innerhalb dieser Gruppe viele bezaubernde Freunde, Abi, doch unter den gegenwärtigen Umständen ist es für alle besser, wenn ich mich rarmache. Ich bin mir völlig darüber im Klaren, dass mein Takai im Zentrum des Konfliktes um den Wettbewerb steht und zudem der Grund dafür ist, dass Sir Richard nicht mehr unter uns weilt.«

»Ich bin mir sicher, dass einige Dinge gesagt wurden,

die man besser nicht geäußert hätte«, gestand ich ihm zu. »Doch soweit ich von der Polizei gehört habe, besteht kein Grund zu dem Verdacht, dass etwas mit Ihrem Whisky nicht gestimmt hat, als er den Gästen übergeben wurde.«

»Ich weiß das, und Sie wissen das, und ich bin höchst erfreut, wenn auch die Polizei es weiß, doch es gibt viele Leute hier, die einfach glauben, was sie glauben wollen. Tatsachen spielen da keine Rolle«, sagte Hinatu traurig.

»Als ich hier eintraf, wurde ich auch nicht gerade herzlich begrüßt«, gestand ich ihm. »Die Whisky-Bruderschaft ist in ihren Gewohnheiten festgefahren, sie ändert sich nur langsam, aber die Veränderung kommt.«

Hinatu neigte leicht den Kopf. »Auf diesen Tag freue ich mich. Und bis dahin – hat die Polizei schon Fortschritte bei der Suche danach gemacht, warum Sir Richard umgebracht wurde?«

Die Buschtrommel in der Whisky-Welt funktionierte offensichtlich perfekt. »Ich glaube nicht«, sagte ich und war froh, dass Hinatu das Thema selbst angesprochen hatte. Mich interessierte seine Ansicht zum Treffen zur Cocktailstunde in Richards Zimmer. »Sie waren vor dem Dinner mit ihm auf seinem Zimmer. Wie ging es ihm da?«

»Er war so leutselig und überschwänglich wie immer. Er freute sich auf den Wettbewerb.«

»Und er schien zu glauben, dass mit dem Wettbewerb alles in Ordnung war?«

»Ja. Er war begeistert von der Vielfalt der nominierten Whiskys.«

»Er hat keine Besorgnis darüber geäußert, dass die Blindverkostungen vielleicht manipuliert sein könnten?«

Hinatu blieb vor einem Schaufenster mit Montblanc-Füllern stehen. Er musterte die eleganten Schreibgeräte genau, während er über seine Antwort nachdachte. »Mir gegenüber hat er keine Befürchtungen geäußert. Eigentlich schien er sogar sicher zu sein, dass die Preisrichter von ihren eigenen Urteilen überrascht sein würden, sobald die Blindverkostungen begannen.«

Mir kam in den Kopf, dass Richard am ersten Abend in der Aerie Bar genauso etwas zu mir gesagt hatte. Das klang insgesamt nicht so, als hätte sich hier jemand Sorgen über die Fairness des Bewertungsverfahrens gemacht.

»Und er schien sich auch über nichts anderes Sorgen zu machen oder aufzuregen?«

»Ich habe keine Verärgerung bemerkt. Ich kenne Richard schon sehr lange. Wir waren an der Universität befreundet, wenn wir auch im letzten Studienjahr ein wenig unterschiedliche Wege eingeschlagen haben. Er war immer übermütig. Niemals der melancholische Typ. Anders als sein Bruder Trevor. Wie zwei Seiten einer Medaille – beide sind intelligent und talentiert, doch Trevor ist so introvertiert, wie sein Bruder extrovertiert war.«

»Richard hat nie ein Blatt vor den Mund genommen«, meinte ich. »Ich vermute, bei manchen hat das Anstoß erregt.«

»Richard hat immer geradeheraus geredet«, stimmte mir Hinatu zu. »Trevor hat eine subtilere Sprache, doch zumindest wusste man bei Richard immer genau, woran man bei ihm war. Wie sagt man da« – Hinatu legte eine kleine Pause ein – »er hat das Kind beim Namen genannt.«

Ich lächelte. Ich wusste, was er meinte. »Sir Richard hat aus seiner Meinung zum Whisky keinen Hehl gemacht. War hier jemand, den sein Beharren auf der Würdigung nichtschottischer Whiskys besonders gestört hat?«

»Mir war bewusst, dass viele mit ihm nicht einer Meinung waren, aber die meisten hatten den … sagen wir mal Anstand, es mir nicht ins Gesicht zu sagen.«

Es freute mich, zu hören, dass niemand Hinatu persönlich angriff, doch ich war besorgt, dass die Situation sich verschlechtern könnte, falls die ausländischen Whiskys weiterhin gelobt wurden. Wir gingen langsam zu den Aufzügen zurück.

»Sie kannten Archie MacInnes auch von der Universität, glaube ich?«

»Ja. Ich habe ihn während unserer Oxford-Zeit über Richard kennengelernt, hatte ihn allerdings schon eine Weile nicht mehr gesehen.«

»Aber er und Richard waren eng befreundet.«

»Geschäftspartner und Freunde, ja.«

»Gab es seit ihrer Ankunft irgendwelche Missverständnisse zwischen den beiden?«

Ich merkte, dass Hinatu mich aus den Augenwinkeln beobachtete.

»Nicht, dass mir etwas aufgefallen wäre, doch sie haben ihre Privatangelegenheiten ja nicht vor mir besprochen. Ich bin in ihren Augen ein Außenseiter und werde es immer bleiben.«

Hinatu tat mir leid, obwohl er sicher mein Mitleid nicht gewollt hätte. »Patrick hält Sie nicht für einen Außenseiter«, sagte ich.

»Er ist ein guter Mensch«, erwiderte Hinatu. »Und Sie sind ihm eine gute Freundin. Ich wünsche Ihnen bei Ihren Ermittlungen viel Glück, Abi. Ich hoffe, Sie finden die Antworten, die Sie suchen.«

War ich so leicht zu durchschauen? Ich ließ wohl nach. Wir waren wieder dort angekommen, wo wir losgelaufen waren. Ich wünschte Hinatu eine gute Nacht und schaute ihm hinterher, wie er die kleine Treppe zu seinem Zimmer hinaufstieg, ehe ich mich umdrehte und feststellte, dass Liam wieder auf dem Boden zusammengesackt war. Es blieb mir nichts anderes übrig, als ihn ins Bett zu schleppen. Ich hievte ihn hoch, trug ihn wie ein Baby, während er alle viere in die Luft streckte. Ein Baby mit karierter Fliege. Im Aufzug drückte ich mit dem Daumen den Knopf für den dritten Stock und hielt mich mit Mühe aufrecht.

Es ertönte ein sanftes Piepen, und die Türen öffneten sich. Ich trat aus dem Lift, und eine Frau in einem lavendelblauen Mantel stieg ein und schaute mich an, als wäre ich verrückt. Ich ging den Flur entlang zu unserem Zimmer und bemerkte zu spät, dass ich vor Nummer 234 und nicht vor Nummer 334 stand. Es war fast Mitternacht, und ich hatte es so eilig, den Hund endlich abzulegen, dass ich automatisch ausgestiegen war, als die Tür aufging, um einen weiteren Gast aufzunehmen.

Als ich kehrtmachte, um zur Treppe zu gehen, öffnete sich die Tür zu Zimmer 234 langsam. Ich huschte, so schnell es mir möglich war, den Korridor entlang, weil ich nicht dabei erwischt werden wollte, wie ich dort herumlungerte, eine Stalkerin mit einem betrunkenem Hund auf dem Arm. Sobald ich das Treppenhaus erreicht hatte, drehte ich mich um und schaute hinter mich. Es war niemand zu sehen. Die Tür war so schnell wieder zugegangen, wie sie sich geöffnet hatte. Der Flur war leer, doch jemand hatte uns bemerkt.

KAPITEL 10

Das kalte Dämmerlicht des Morgens kroch gerade durch einen Spalt im Vorhang ins Zimmer, und ich stöhnte, als mein Hirn sich allmählich bewusst wurde, dass jemand an die Tür klopfte. Es war kurz nach sechs Uhr, ich war selig in die große Daunendecke eingekuschelt, und Liams Kopf ruhte auf dem Kissen neben meinem. Liam stellte ein Ohr auf, machte jedoch keinerlei Anstalten, die Wärme des Bettes zu verlassen. Ich schaute zu Patricks Bett hinüber. Auch von dort keine Reaktion, er war immer noch im Tiefschlaf. Also musste ich ran. Ich schüttelte mir den Schlaf und die Überreste des Whiskys aus dem Kopf und stolperte zur Tür. Sophie stand zitternd und mit weit aufgerissenen Augen auf dem Flur.

»Es tut mir leid, dass ich Sie wecke, Ms Logan. Ich wusste mir sonst keinen Ausweg. Können Sie mitkommen?«

Ich spürte, dass meine Kopfhaut vor Panik kribbelte, und die Knie drohten unter mir nachzugeben. Ich fürchtete die Antwort, aber ich musste fragen: »Was ist jetzt passiert?«

»Ein weiterer Gast«, flüsterte sie. »Tot. Und wieder in einem meiner Zimmer.« Sie schlang die Arme um ihre schmale Gestalt, um das Zittern zu stoppen, das ihren Körper schüttelte. »Die Polizei denkt bestimmt, dass ich was damit zu tun habe«, sagte sie mit einem leisen Stöhnen. »Ich hab solche Angst.«

»Wer ist es diesmal?«, fragte ich, während ich unter den Kleidern, die ich abends über die Stuhllehne geworfen hatte, nach etwas Passendem zum Anziehen suchte.

»Mr MacInnes.«

»Archie?« Ich fuhr erschrocken auf und schaute zu Patrick hinüber. Der schnarchte noch immer leise.

»Ja.«

»Großer Gott! Haben Sie es schon jemand anders erzählt?«

»Noch nicht. Ich hatte zu viel Angst.«

»Rufen Sie am besten den Arzt her«, sagte ich. Mir schwirrte der Kopf. War der Stress der vergangenen vierundzwanzig Stunden für Archie zu viel gewesen, oder gab es eine düsterere Erklärung? »Wo ist das Zimmer von Mr MacInnes?«

»Eine Etage tiefer«, erwiderte Sophie und deutete nach unten.

Das Zimmer genau unter uns. Das Zimmer, vor dem ich vor nicht einmal sechs Stunden gestanden hatte. Ich schauderte. Wenn man ihn umgebracht hatte, war es dann sein Mörder gewesen, der hinter der Tür gestanden hatte, als ich gestern Abend auf dem Flur meine eigene Dummheit verfluchte? Ich ging ins Bad, zog mir rasch Jeans und einen Pullover über und rief bei Michaelson an. Der diensthabende Sergeant erklärte mir, der Inspektor sei vor einer Stunde in Richtung Eagle Lodge aufgebrochen, um mit dem Nachtmanager des Hotels zu sprechen, sobald dessen Schicht zu Ende war. Ich hinterließ eine Nachricht am Empfang und ging zu Sophie zurück.

Sie hatte vom Telefon im Flur ihren Anruf getätigt und war zu meiner Tür zurückgekehrt. Liam war aus dem Bett aufgestanden und tat sein Möglichstes, um Sophie zu trösten, indem er ihr eifrig die Kniekehlen leckte.

»Sie haben ihn gerade eben erst gefunden?«

»Ja, Miss. Er hatte für sechs Uhr Räucherhering und Rührei bestellt. Ich habe geklopft, und niemand hat geantwortet. Er hatte das ›Bitte nicht stören‹-Schild nicht an die Türklinke gehängt, also habe ich den Kopf zur Tür reingestreckt und gerufen, aber er hat nicht reagiert.«

»Vielleicht schläft er nur sehr tief«, erwiderte ich hoffnungsvoll.

»Nein, ich … Nein«, sagte sie mit Entschiedenheit.

»Also gut.« Ich schnappte mir meine Fotoausrüstung und gönnte Patrick noch ein paar Minuten seliger Unwissenheit. Liam, Sophie und ich nahmen den gleichen Weg zurück, den wir gestern gekommen waren, und gingen leise über den Korridor zur hinteren Treppe.

Wir kamen im gleichen Augenblick wie Mrs Easton vor Archie MacInnes' Tür an. Die war aschfahl.

»Bist du dir sicher, Mädchen?«, fragte sie Sophie.

Sophie nickte unglücklich.

»Hast du den Arzt angerufen?«

»Bevor ich Sie angerufen habe«, antwortete Sophie. Ihr war alle Farbe aus den Wangen gewichen, und Tränen standen ihr in den Augen.

Mrs Easton legte ihr mütterlich den Arm um die Schultern und tätschelte ihr die Hand. Doch als sie meine Fotoausrüstung erblickte, runzelte sie die Stirn. »Ist das wirklich nötig?«

»Im Augenblick bin ich die Polizeifotografin«, erklärte ich. »Falls der Inspektor Fotos möchte, bin ich diejenige, die sie macht. Je weniger Außenstehende hinzugezogen werden, desto besser.«

»Das stimmt wohl«, meinte Mrs Easton grimmig. Ich spürte, wie Wut in ihr hochstieg. »Eins will ich Ihnen sagen, so was habe ich in der Lodge noch nie vorher erlebt, und ich hoffe auch, dass ich es nie wieder erleben muss. All die Trinkerei und die Streitigkeiten«, fuhr Mrs Easton fort. »Eine tödliche Kombination, wenn Sie mich fragen.«

»Streitigkeiten?« Das Wort erregte sofort meine volle Aufmerksamkeit. Michaelson war zwar nicht da, doch ich konnte die Gelegenheit nicht verstreichen lassen, nach einer solchen Aussage weitere Fragen zu stellen. »Wer hat sich mit Mr MacInnes gestritten?«

»Es steht mir nicht zu, das zu sagen«, erwiderte Mrs Easton schnippisch. »Aber ich war gerade unterwegs, um Mr MacInnes ein paar Papiere aus dem Business Centre zu bringen, als ich laute Stimmen hörte.«

»Konnten Sie erkennen, wer da redete?«

»Ich lausche nie«, sagte sie betont. »Ich bin sofort wieder den Korridor entlanggegangen, um vom Haustelefon aus im Zimmer anzurufen. Ich wollte nicht stören, also habe ich mein Kommen angekündigt. Ehe ich dazu kam, sah ich, wie die Tür aufging und der junge Mr Simpson herausgestürmt kam und zur Treppe ging.«

»Trevor?«

»Ja.«

»Und Sie konnten nicht hören, worüber die beiden gestritten haben?«

»Unsere Türen sind sehr dick«, verkündete Mrs Easton voller Stolz. »Aber wenn Sie unbedingt wissen wollen, was da passiert ist, Ihr Freund war auch da, als ich reinging, um die Papiere abzuliefern. Der könnte es Ihnen wahrscheinlich sagen.« Patrick machte es sich anscheinend zur schlechten Angewohnheit, immer zur falschen Zeit am falschen Ort zu sein.

Sophie schniefte, und ich bemerkte, dass sie sich an die Wand lehnte und elend dreinschaute, während sie versuchte, sich die Tränen abzuwischen, die ihr über die Wangen liefen. Mrs Easton reichte ihr ein Taschentuch. »Kopf hoch, Kleines. Das kriegen wir wieder hin. Und jetzt reiß dich zusammen, du hast dich noch um andere Gäste zu kümmern.«

»Die Polizei wird mit ihr reden wollen«, wandte ich ein.

»Zweifellos«, erwiderte Mrs Easton, »und die können sie anrufen, wenn es so weit ist.« Sie wandte sich Sophie zu. »Und jetzt an die Arbeit. Mrs Westmoreland hat um ein Heizkissen gebeten. Bring ihr eins hoch, Mädel. Unsere Damen und Herren sollen nicht warten müssen, nur weil einige hier nicht wissen, wie man sich anständig benimmt.«

Dieses altmodische Festhalten an Servicestandards war heutzutage beinahe unerhört, doch ich hatte das Gefühl, dass es zurzeit das Einzige war, was Mrs Eastons Leben in der Spur hielt und ihr half, in solchen Krisenmomenten nicht zusammenzubrechen. Während Sophie über den Flur fortging, beugte sich Mrs Easton hinunter, um Liam zu tätscheln, und er fing an, an der Tasche ihrer marineblauen Jacke zu lecken. »Da, nimm schon, mein Junge, heute hast du Glück. Ich habe noch einen übrig.« Sie zog einen wie ein Knochen geformten Hundekeks aus der Tasche und reichte ihn Liam, der sich glücklich kauend zu ihren Füßen hinlegte.

»Sophie ist ein braves Mädchen«, sagte Mrs Easton, als sie sich wieder aufrichtete. »Dieser ganze Wahnsinn nimmt sie sehr mit, aber es ist das Beste, immer beschäftigt zu bleiben. Das gilt für uns alle.«

Am Ende des Flurs ertönte das Klingelzeichen des Aufzugs. Michaelson trat aus der Kabine und kam mit großen Schritten auf uns zu. In seinen verblichenen Jeans und dem groben Wollmantel wirkte er in dieser luxuriösen Umgebung fehl am Platze. Er hatte den Kopf gesenkt und sah aus, als trüge er das Gewicht der ganzen Welt auf den Schultern.

»Wer ist es diesmal?«, fragte er und schaute mich an.

»Archie MacInnes.«

»Der Freund von Sir Richard?«

Ich nickte stumm. »Er ist auch einer der Preisrichter im Wettbewerb.« Doch welche dieser beiden Verbindungen war die entscheidende? Meine Theorie, dass Richard eher unbeabsichtigt getötet worden war, schien angesichts dieses zweiten Todesfalls naiv. Einmal ist Zufall, zweimal ist geplant.

Aber brachte hier jemand Preisrichter um, oder ging es um etwas völlig anderes, das beide Opfer verband? Es schien mir immer noch absurd, dass zwei Männer wegen eines Whisky-Wettbewerbs ermordet würden, ob er nun manipuliert war oder nicht, aber ich hatte am eigenen Leib erfahren, dass das Whiskygeschäft bei seinen Anhängern stürmische Leidenschaften entfachen konnte. Besonders wenn da Werbung im Wert von Hunderttausenden Pfund auf dem Spiel stand und darüber hinaus der gute Ruf der gesamten heimischen Whiskybranche.

»Waren Sie schon im Zimmer?«, wollte Michaelson wissen.

Ich widerstand der Versuchung, die Augen zu verdrehen. »Natürlich nicht. Ich habe auf Sie gewartet.«

»Um welche Uhrzeit haben Sie die Leiche gefunden?«, fragte er, zu Mrs Easton gewandt.

»Das war nicht ich, Sir, es war das Zimmermädchen für dieses Stockwerk, Sophie.«

»Dasselbe Mädchen wie beim letzten Mal?«

»Ja, aber ich kann Ihnen versichern, dass Sophie nichts damit zu tun hatte«, sagte Mrs Easton mit Nachdruck. »Sie ist lediglich zuständig für alle Zimmer auf diesen beiden Etagen.«

»Wo ist sie?«

Mrs Easton straffte die Schultern und schaute Michaelson trotzig an. »Ich habe sie wieder an die Arbeit geschickt.«

»Gehen Sie sie holen«, befahl er ungeduldig. »Ich muss mit ihr reden. Und inzwischen bekommt niemand Zutritt zu diesem Zimmer. Außer Ihnen«, sagte er und deutete mit einer Handbewegung auf mich. »Aber lassen Sie Liam hier draußen.«

Ich folgte ihm ins Zimmer, während Liam auf dem Flur die letzten Krümel seines Leckerlis aus dem dicken Teppich kratzte.

Archies Zimmer war ein wenig größer als unseres, wirkte vielleicht aber auch nur so, weil darin nur ein großes Doppelbett stand anstelle von zwei Einzelbetten wie bei uns. Sophie hatte das Frühstückstablett auf dem Tisch im Flur stehen lassen, und der Geruch des Räucherherings breitete sich bereits ringsum aus.

In diesem Zimmer wohnte ein Mann, der es eindeutig gewohnt war, dass man hinter ihm aufräumt. Mehrere Handtücher waren im Badezimmer über den Boden verteilt, und seine Kleidung vom Vorabend hatte er achtlos über die Stuhllehne geworfen. Der Inhalt seiner Taschen lag auf dem Sofatisch: Handy, einige Pfundmünzen, ein Taschenmesser und ein halbes Dutzend Visitenkarten. Ich machte eine Aufnahme von diesem Stillleben.

MacInnes lag auf dem Rücken im Bett, die leblosen Augen starrten zu der kunstvoll verzierten Lampe über seinem Kopf hinauf. Es war keinerlei Anzeichen eines Kampfes zu sehen, ebenso keine offensichtlichen Wunden.

Michaelson deutete auf eine geöffnete Pralinenschachtel auf dem Nachttisch. Eine goldene Schachtel mit sechs Trüffeln, von denen drei fehlten.

Ich fluchte leise, als ich die Schachtel erkannte.

»Ein weiteres Geschenk an die Konferenzteilnehmer?«, fragte Michaelson.

»Ja, Whiskytrüffel.« Ich hielt inne. »Mit den besten Empfehlungen des *Whisky Journal*.«

»Patricks Zeitschrift?«

Ich nickte und stöhnte innerlich, während Patrick immer weiter in der Grube versank, aus der ich ihn mit so viel Mühe herauszuziehen versuchte.

Michaelson streifte sich Plastikhandschuhe über und hob die Pralinenschachtel hoch. Er roch vorsichtig an den Pralinen, ehe er mir die Schachtel hinhielt. Es roch nach Kakao und Whisky, ganz klar, doch es hing auch noch ein schwacher muffiger Geruch darüber. Bitte, lieber Gott, nicht schon wieder Gift… Und nicht in Patricks Pralinen.

»Wann wurden die Pralinen geliefert?«, fragte Michaelson, während er die Schachtel sorgfältig dahin stellte, wo er sie weggenommen hatte.

»Gestern Nachmittag. Ich habe gehört, wie Patrick das um die Mittagszeit mit dem Hotelpersonal vereinbart hat.«

»Wo waren sie bis dahin?«

»Das müssen Sie Patrick fragen. Darauf habe ich nicht geachtet.«

»Wer hat sie auf die Zimmer gebracht?«

»Ich glaube, es war Sophie.« Ich sagte das höchst ungern, aber Michaelson würde es ohnehin schon bald herausfinden. Hatte Sophie zwei und zwei zusammengezählt? War sie deswegen heute Morgen zu mir gekommen? Wusste sie, dass die Sache für sie sehr schlecht aussehen würde? Ich deutete auf das Glas auf dem Nachttisch. »Könnte etwas da drin sein?«, fragte ich hoffnungsfroh.

»Das wissen wir erst, wenn wir Tests gemacht haben.«

Ich holte tief Luft. »Mabel Easton hat mir gesagt, dass sie gestern gehört hat, wie sich Archie MacInnes und Trevor Simpson gestritten haben.« Ich hätte das lieber für mich behalten, doch was blieb mir übrig, Michaelson musste es erfahren.

»Worüber?«, fragte Michaelson, der mir nun seine ganze Aufmerksamkeit schenkte.

»Sie behauptet, Genaueres hätte sie nicht mitbekommen. Der Fluch einer soliden Bauweise. Aber sie sagt, dass Patrick auch bei Mr MacInnes im Zimmer war, er könnte also Licht in diese Sache bringen.« Ich hoffte, dass ich damit Patrick half und ihm nicht noch mehr schadete.

Ein diskretes Klopfen an der Tür verkündete die Ankunft des Chefs vom Nachtdienst, Mr Asher.

Ashers professionelle Fassade konnte nicht verhehlen, wie wenig es ihn begeisterte, Michaelson schon so bald und in Ausübung seines Amtes wiederzusehen. Er trat mit hoch erhobenem Kopf ins Zimmer, blieb jedoch wie angewurzelt stehen, sobald er die Leiche erblickte. Er errötete leicht und machte einen Schritt zurück, so dass er das Sofa zwischen sich und dem Bett hatte. »Herr Inspektor, bitte sagen Sie mir, dass er eines natürlichen Todes gestorben ist.«

»Ehe wir nicht die Befunde der Autopsie haben, kann ich gar nichts sicher sagen, doch unter den gegebenen Umständen gehen wir von einem verdächtigen Todesfall aus.«

»Wir haben in der Lodge noch nie dergleichen erlebt«, entgegnete Asher und nestelte an seinem Kragen, »und jetzt zweimal in einer Woche. Ich flehe Sie an, klären Sie das so rasch und so diskret wie möglich auf.«

»Das ist im Allgemeinen unser Ziel«, erwiderte Michaelson trocken.

»Kann ich irgendetwas tun, um die Dinge zu beschleunigen?«, fragte Asher.

»Ich brauche hier im Hotel eine Arbeitsmöglichkeit. Einen ruhigen Ort, wo ich Mitarbeiter und Gäste befragen kann.«

»Ich kann Ihnen die Bibliothek zur Verfügung stellen. Heutzutage scheint ohnehin niemand mehr zu lesen«, sagte Asher nervös. »Sonst noch etwas?«

»Ja, bitte entfernen Sie alle diese Pralinenschachteln aus den Gästezimmern. Schreiben Sie auf jede Schachtel die Zimmernummer und lassen Sie sie zu mir bringen.«

»Die Pralinen?« Ashers Blick ruhte auf der offenen Schachtel neben der Leiche, und sein Kiefer verkrampfte sich. »Ich werde anweisen, dass unser Sicherheitschef das sofort macht, aber mit welcher Begründung?«

Ich machte ein Bild von der Schachtel, wo sie lag, damit Michaelson sie als Beweis eintüten konnte. »Sagen Sie einfach, es sei ein Rückruf vom Hersteller«, schlug ich vor.

»Das klingt nicht besonders überzeugend«, blaffte Asher, während sein Blick zu der Kamera wanderte, die ich um den Hals trug.

»Dann halten Sie sich an die Wahrheit«, erwiderte ich.

Er verzog das Gesicht. »Ich gehe davon aus, dass Ihre Fotos nicht in der Presse erscheinen, Ms Logan.«

»Natürlich nicht«, erwiderte ich. »Ich bin hier einzig und allein auf Anforderung der Polizei. Die Fotos sind ausschließlich für deren Gebrauch bestimmt.«

Asher sah noch immer ziemlich unglücklich aus, eilte jedoch davon, um das Einsammeln der Pralinenschachteln in die Wege zu leiten.

»Kennen Sie hier im Hotel eigentlich alle?«, fragte Michaelson mit einem Seufzer.

»Nein, aber die Leute kennen mich«, antwortete ich. »Das ist hier Vorschrift. Man verlangt vom Personal, alle Gäste mit Namen und von Angesicht zu kennen. Sophie hat mir erzählt, dass es ein Buch gibt, das täglich aktualisiert wird. Die Mitarbeiter müssen es vor Schichtantritt lesen, damit sie alle Leute mit Namen ansprechen können. Darin steht auch, wer schon einmal im Hotel gewohnt hat und ob Gäste bestimmte Vorlieben und Abneigungen haben.«

»Interessant.« Michaelson notierte sich das.

Ich fotografierte weiter. Archie trug den weißen Frotteebademantel, den das Hotel zur Verfügung stellte. So wie das Badezimmer aussah, hatte er wohl vor dem Zubettgehen geduscht. Der Bademantel bedeckte nur mit Mühe seinen Leibesumfang, und seine Beine ragten blass und steif unter dem Saum hervor. Seine Hände waren ins Bettlaken gekrallt, und neben der rechten war ein Schokoladenfleck zu sehen.

Michaelson ging zum Bett, um die Leiche zu betrachten. Ich deutete auf das Laken. »Er muss wohl noch Schokolade von den Trüffeln an den Fingern gehabt haben.« Neben dem Körper waren die Laken sehr zerwühlt. »Besteht die Möglichkeit, dass das hier ein Herzanfall war?«

»Das wäre mal eine nette Abwechslung, aber ich glaube es nicht.«

Eine leichte Bewegung des Vorhangs hinter uns erregte meine Aufmerksamkeit. Ich ging zum Fenster hinüber, von wo man einen Blick auf den bewaldeten Bereich hinter dem Haus hatte. Das Fenster war nicht verriegelt, und durch die winzige Öffnung kam ein kalter Luftzug herein, der den Vorhang bewegte. Die Höhe zwischen dem Fenstersims und dem Erdboden betrug etwa anderthalb Etagen, doch entlang der Mauer standen Büsche, die einem das Klettern erleichtern konnten. Ich wies Michaelson darauf hin und machte noch ein paar weitere Fotos.

»Ich nehme vom Fensterriegel und dem Rahmen Fingerabdrücke ab. Der Mörder könnte das Zimmer durch das Fenster verlassen haben.«

»Er könnte auch durchs Fenster hereingekommen sein«, merkte ich an.

»Möglicherweise.«

Ich trat erneut mitten ins Zimmer und schaute mich um.

»Das ergibt ein gutes Persönlichkeitsprofil.« Obwohl ich es gewohnt war, lebende Menschen zu porträtieren, sprach auch einiges dafür, den Lebensraum eines Menschen einzufangen, und wenn es nur sein zeitweiliger war.

»Was sehen Sie?«

»Unachtsam«, sagte ich und deutete auf die Kleidung, die unordentlich auf dem Boden des Schranks lag, und auf die drei Zimmerschlüssel auf der Anrichte neben dem Fernseher. »Mit Sachen und mit Leuten, würde ich sagen.« Ich zeigte auf die Notiz hinten auf einer Visitenkarte, die auf dem Couchtisch lag. Ich las, was dort hingekritzelt war: *Angeber. Könnte einen Islay nicht von einem Eistee unterscheiden.*

»Er ist von Natur aus sparsam. Ich würde wetten, dass er bis vor Kurzem nicht an diese Art von Unterkunft gewöhnt war.« Ich tippte mit dem Zeh an seinen Koffer. Eine Reihe nicht geöffneter Fläschchen mit Shampoo und Körperlotion war dort hineingestopft. In einer Ecke des Zimmers stand eine Ansammlung von Flaschen, darunter auch der geschenkte Takai-Whisky, der doch eigentlich konfisziert werden sollte. Er hatte ihn offensichtlich lieber versteckt als rausgerückt.

Michaelson betrachtete die Flasche und tütete sie ein. Sie war noch ungeöffnet.

Ich fotografierte gerade die restlichen Sachen auf Archies Nachttisch, als es leise an der Tür klopfte. Sophie trat ein; sie wirkte wie ein verängstigtes Kind. Ich lächelte ihr aufmunternd zu. Michaelson winkte sie ins Zimmer, doch sie wich zurück.

»Können wir das nicht anderswo machen?«, schlug ich vor und deutete auf die Leiche auf dem Bett. Michaelson führte Sophie ins Bad und forderte mich mit einer Handbewegung auf, ihnen zu folgen. Ich vermutete, dass er mich eigentlich nicht dabeihaben wollte, aber es würde sicher gegen das Protokoll verstoßen, wenn er und Sophie im Bad allein wären. Zum Glück war das Badezimmer riesig, die Badewanne auf ihren Löwenfüßen so groß, dass man darin herumschwimmen konnte, und ringsum war auch jede Menge Platz. Ich bat Sophie, sich auf die Kante der Wanne zu setzen, und hockte mich neben sie. Sie wirkte völlig verängstigt.

»Sophie, Detective Inspector Michaelson muss Ihnen nur ein paar Routinefragen stellen«, sagte ich so sanft wie möglich.

Michaelson schaute mich mit einer hochgezogenen Augenbraue an, als wolle er sagen: Hören Sie auf, meine Zeugin in Watte zu packen! Dann wandte er sich direkt an Sophie. »Um welche Uhrzeit haben Sie die Leiche gefunden?«

»Kurz nach sechs Uhr, Sir. Ich habe Mr MacInnes sein Frühstück gebracht.«

»Betreten Sie normalerweise immer unaufgefordert das Zimmer eines schlafenden Gastes?«

»Es hing kein ›Bitte nicht stören‹-Schild an der Tür, und einige unserer Gäste werden lieber von einer Person als von einem Wecker geweckt«, erläuterte sie. »Ich habe nur den Kopf zur Tür hereingesteckt und ihn gerufen, aber er hat nicht geantwortet.«

»Also sind Sie reingegangen.«

»Jawohl, Sir«, antwortete Sophie leise.

»Warum?«

»Ich weiß es eigentlich nicht. Mir schien einfach etwas nicht zu stimmen.«

»Inwiefern?«

»Es war so still. Unnatürlich still. Vielleicht bin ich auch nur nervös seit Sir Richard.«

»Waren Sie gestern Abend im Zimmer von Mr MacInnes dafür verantwortlich, das Bett aufzudecken?«

»Ja. Ich bin etwa um halb sieben reingegangen, habe aufgeräumt und das Bett für die Nacht aufgedeckt.«

»Haben Sie zu diesem Zeitpunkt bemerkt, dass etwas seltsam oder nicht am richtigen Platz war?«

»Nein, aber Mr MacInnes war ein ziemlich unordentlicher Herr, also wäre es schwer festzustellen, ob etwas nicht am richtigen Platz ist. Ich habe einige Kleidungsstücke aufgehängt und andere zusammengelegt. Ich habe die benutzten Handtücher eingesammelt und die schmutzigen Gläser gespült und abgetrocknet.«

»Wie viele Gläser?«, fragte ich.

»Zwei.«

Ich ignorierte den Blick, den Michaelson mir zuwarf. »Beide benutzt?«, fuhr ich fort.

»Ja, aber eines war im Bad und eines auf dem Nachttisch. Das dritte war noch sauber und stand neben dem Eiskühler. Es sah nicht so aus, als hätte er Besuch gehabt, wenn Sie das wissen wollten.«

»Wer hat die Pralinen in die Zimmer gebracht?« Michaelson riss das Gespräch wieder an sich.

»Ich, zusammen mit Arthur von der Poststelle.«

»Haben Sie auch die von Mr MacInnes auf sein Zimmer gebracht?«

»Ja.«

»Und wo haben Sie die Schachteln hingestellt?«

»Man hat uns gesagt, wir sollten sie zusammen mit einem Kärtchen auf dem Couchtisch deponieren.«

»Lag die Schachtel noch dort, als Sie ins Zimmer gingen, um das Bett aufzudecken?«

»Ja.«

»Hatte sie jemand geöffnet?«

Sophie dachte ein wenig über die Frage nach. »Ich glaube nicht.«

»Haben Sie, als Sie heute Morgen ins Zimmer gingen, irgendwas berührt?«

»Nein, Sir.«

»War das Fenster geöffnet, als Sie gestern Abend ins Zimmer kamen?«

»Nein.« Sophie zögerte ein wenig. »Ich meine, ich könnte nicht drauf schwören. Die Vorhänge waren bereits zugezogen. Es ist nicht einfach, alles zu bemerken. Ich bin für sämtliche Zimmer auf dieser Etage und den zwei Etagen darüber verantwortlich.« Sophies Stimme wurde ein wenig schriller und höher. »Ich weiß, dass ich ein bisschen mit der Zeit im Verzug war; im Augenblick fehlen uns ein paar Leute, und …«

»Gut. Das reicht erst einmal«, unterbrach Michaelson sie.

»Noch eine Frage, Sophie«, sagte ich. Michaelson seufzte. »Mir ist aufgefallen, dass die Türen sowohl mit altmodischen Schlüsseln als auch mit Schlüsselkarten geöffnet werden können. Als ich eingecheckt habe, hat mich Mr Larson mit einem großen Messingschlüssel ins Zimmer gelassen. Gibt es solche Messingschlüssel für alle Zimmer?«

»Nicht für alle. Manche sind entweder verloren gegangen oder geklaut worden. Doch für ziemlich viele schon. Wir benutzen sie nur nicht oft, weil die meisten Leute die Karten bevorzugen. Die kann man leichter mitnehmen, und wenn man eine verliert, lassen sie sich problemlos ersetzen. Man muss nur am Empfang fragen, und die erstellen eine neue.«

»Was benutzen Sie?«, fragte Michaelson.

»Alle Mitarbeiter haben Schlüsselkarten mit ihrer eigenen speziellen Nummer. Eigentlich mögen nur einige der älteren Gäste, die schon viele Jahre hierherkommen, die altmodischen Schlüssel. Sie geben ihnen das Gefühl, etwas Besonderes zu sein. Und Mr Larson benutzt sie, wenn er den Gastgeber alter Schule spielen will.«

»Wo werden die Messingschlüssel aufbewahrt?«, fragte ich.

»In Mr Larsons Büro.«

»Aber die meisten Gäste benutzen die Schlüsselkarten«, wiederholte Michaelson.

Sophie nickte.

»Mr MacInnes hat mehrere Karten neben dem Fernseher liegen«, setzte ich an.

»Werden die alten Karten deaktiviert?«, unterbrach mich Michaelson.

»Wenn man seine verloren hat, dann ja. Aber wenn man weiß, wo die Karte ist, und sich nur ausgesperrt hat, wird die alte Karte nicht gesperrt«, erklärte Sophie. »Man hat dann einfach nur eine mehr.«

»Ich habe neulich gesehen, dass Sie die Tür mit einem Keil offen gehalten haben, als Sie in Mr MacEwens Zimmer sauber gemacht haben. Ist das üblich?«

»Ja, das müssen wir.«

»Dann könnte also jeder hereinspazieren.«

»Nun ja, schon, aber wir behalten beim Saubermachen die Tür immer im Auge.«

Das könnt ihr doch gar nicht die ganze Zeit, dachte ich. Da konnte leicht jemand, der am Zimmer vorbeiging, kurz eintreten und sich eine der Karten schnappen. Nach allem, was wir bisher gesehen hatten, waren die Sicherheitsvorkehrungen in Eagle Lodge praktisch gleich Null. Sophie hatte recht, offensichtlich war die Hotelleitung der Meinung, dass jegliche Gefahr von außen und nicht von innen kam.

Ich begleitete Sophie zur Tür, und als ich ins Zimmer zurückkehrte, flitzte Liam hinter mir herein. Ich deutete auf eine Ecke und sagte »Sitz!« Normalerweise hätte er mich ignoriert, doch stattdessen legte er sich mit einem leisen Winseln hin.

»Was jetzt?«, fragte ich Michaelson.

Er tütete das Glas vom Nachttisch ein, anschließend die Sammlung von Schlüsselkarten beim Fernseher.

»Autopsie und eine Untersuchung des Zimmers durch das Forensikteam. Ich muss auch noch einmal mit Patrick und Trevor Simpson sprechen.«

Mir war schmerzlich bewusst, dass Patrick nun mehr denn je zum Kreis der Verdächtigen gehörte. Er war als Letzter in Richards Zimmer gewesen, er war der Letzte, der Richard lebend gesehen hatte, er war eng mit dessen Bruder befreundet und hatte die Pralinen geliefert, die wahrscheinlich einen zweiten Preisrichter vergiftet hatten.

Mich bewegte die Frage, wie ernst Michaelson den Gedanken nahm, dass Patrick verdächtig war. »Die Opfer sind beide Preisrichter«, sinnierte ich vor mich hin.

»Aber ich glaube nicht, dass sie deswegen umgebracht wurden. Ich könnte gerade noch glauben, dass Sir Richards Tod ein Unfall war, dass er eher zufällig getötet wurde, weil es Streit um die Bewertung gab«, sagte Michaelson, während er einen Fensterrahmen auf Fingerabdrücke untersuchte. »Doch wenn so was zweimal passiert, das ist kein Zufall. Das hier war Absicht, und dazu braucht es ein stärkeres Motiv als einen Whisky-Wettbewerb.«

Ich war mir nicht sicher, ob ich mit ihm wegen des Motivs einer Meinung war. Falls man Richard ermordete, weil er herausgefunden hatte, dass der Wettbewerb manipuliert wurde, hätte man Archie aus demselben Grund töten können. Theoretisch würde das jeden Preisrichter, der sich nicht an der Manipulation beteiligte, in Gefahr bringen, einschließlich Patrick. Aber ich war durchaus bereit, Michaelson zuzugestehen, dass es möglicherweise da draußen ein noch stärkeres Motiv gab. »Wenn es nicht um zwei

Preisrichter geht, dann vielleicht um zwei Geschäftspartner?«

»Besser, viel wahrscheinlicher ist jedoch ein persönlicher Beweggrund«, beharrte Michaelson. »Da kommen die echten Leidenschaften ins Spiel. Niemand kann einen so wütend machen wie Familien und Freunde.«

Ich schaute Michaelson aus dem Augenwinkel an. Sein grimmiger Gesichtsausdruck ließ darauf schließen, dass er damit selbst Erfahrungen gemacht hatte, noch dazu in jüngster Zeit. Nun dämmerte mir die Bedeutung seiner Worte: Er konzentrierte sich immer noch auf Trevor als Verdächtigen.

»Familien können wirklich Scheiße sein«, stimmte ich ihm zu, »aber es lohnt sich sicherlich trotzdem, die Geschäftsbeziehungen zwischen den beiden Männern zu untersuchen?«

»Ich untersuche sowohl die geschäftlichen als auch die privaten Beziehungen gründlich. Ich weiß Ihren Beitrag zum Thema Geschäfte und Preisrichter wirklich zu schätzen, aber Sie müssen sich unbedingt von Trevor fernhalten, der immerhin zu den Verdächtigen gehört, und diese Angelegenheit mir überlassen. Besonders solange Patrick weiterhin als Täter infrage kommt.«

Ich nickte ohne innere Überzeugung. In gewisser Weise hatte Michaelson ja recht, aber das würde mich nicht davon abhalten, weiter herumzuschnüffeln.

Aus der Ecke hörte ich ein seltsames Geräusch, schaute hin und erwischte Liam dabei, wie er sich an den Teller mit den Räucherheringen anpirschte. »Untersteh dich! Das sind Beweismittel.«

»Ich habe Ihnen doch gesagt, Sie sollen den verdammten Hund hier nicht reinlassen.«

Liam entzog sich meinem Versuch, ihn beim Halsband zu packen, und schlich sich zwischen das Sofa und den Couchtisch. Obwohl ich lautstark Gehorsam einforderte, hörte ich nur ein lautes Knistern. Liam neigte den Kopf, um zu schnüffeln, hob dann eine Zellophanverpackung vom Boden auf.

»Aus!«, befahl Michaelson laut. Liam fuhr überrascht zurück, ließ die durchsichtige Verpackung vor seinen Pfoten auf den Boden fallen.

Michaelson hob sie mit Handschuhen auf und untersuchte sie, ehe er sie in einer Beweismitteltüte verstaute.

»Meinen Sie, das war die Verpackung der Pralinenschachtel?«

»Könnte sein.«

»Wieso sollte der Mörder die hier hinterlassen?«

»Vielleicht hat er es nicht bemerkt, vielleicht hat er es nicht für wichtig gehalten. Ich lasse das Zellophan auf Fingerabdrücke untersuchen, wenn ich mir auch nicht sicher bin, dass viel dabei rauskommt, abgesehen von Hundespeichel.«

»Tut mir leid.«

Michaelson wies Liam und mich mit einer ausladenden Geste in Richtung Tür. »Das reicht für heute. Lassen Sie mir diese Bilder so bald wie möglich zukommen.«

»Womit kann ich Ihnen sonst noch helfen?«

»Gehen Sie Schwierigkeiten aus dem Weg und weichen Sie Patrick nicht von der Seite.«

»Um ihn zu beschützen?«

»Um sicher zu sein, dass er ab jetzt ein hieb- und stichfestes Alibi hat.«

KAPITEL 11

Ich machte mich langsam auf den Weg zu unserem Zimmer, um Patrick die letzten Neuigkeiten mitzuteilen. Ich wusste nicht, was schlimmer war: ihm zu berichten, dass er nun noch mehr als zuvor unter Verdacht stand, oder ihm zu erklären, dass er ein potenzielles weiteres Opfer war. Egal wie, es waren schlechte Nachrichten.

Ich schloss leise die Tür auf. Patrick zog sich gerade an.

»Du warst aber schon früh unterwegs«, sagte er.

»Nicht ganz freiwillig«, erwiderte ich. »Es hat einen weiteren Todesfall gegeben.«

Patrick ließ die Hände von seinem Krawattenknoten sinken und sackte auf das Sofa. »Wer ist es diesmal?«, fragte er und starrte mich ungläubig an.

»Archie McInnes.« Ich beobachtete, wie ein ganzes Spektrum von Gefühlen über Patricks Gesicht huschte. Schmerz, Wut und schließlich Angst. Ich wollte nicht noch mehr draufhäufen, doch ich musste Patrick warnen. »Es sieht ganz so aus, als hätte er Whisky-Trüffel gegessen.«

»Die Trüffel vom *Whisky Journal?*«

Ich nickte mit grimmiger Miene.

Patrick sprang auf und begann, im Zimmer auf und ab zu gehen. »Und Michaelson glaubt, dass sie vergiftet waren?«

»Er weiß das erst, wenn er den Bericht aus der Toxikologie hat, aber es ist sehr wahrscheinlich.«

»Scheiße.« Ich konnte sehen, dass Patrick Angst hatte, genau wie ich auch. »Was ist mit all den anderen Schachteln?«, fragte er.

»Sie werden gerade aus den Zimmern der Gäste weggeholt.«

Patrick sah aus, als hätte ihm gerade jemand in den Magen geboxt. »Wer würde so was tun?«

»*Warum* würde das jemand tun?«, konterte ich.

Patrick tigerte weiter auf und ab. »Das war jetzt der zweite Preisrichter«, merkte er an, genau wie ich es getan hatte.

»Die beiden waren alte Freunde und hatten eine lange gemeinsame Geschichte«, erwiderte ich. »Michaelson weiß, was Richard und Trevor verbindet; nun will er wissen, was vielleicht zwischen Archie und Trevor gewesen sein könnte.«

»Einen Sekundenbruchteil lang habe ich gedacht, dass er jetzt vielleicht bei Trevor locker lässt«, sagte Patrick mit einem Seufzer. »Ich meine, warum sollte Trevor Archie umbringen wollen? Er ist für ihn wie ein zweiter großer Bruder. Michaelson ist auf dem Holzweg, da bin ich mir sicher.«

»Wirklich? Mrs Easton hat dich gestern zusammen mit Trevor in Archies Zimmer gesehen. Vorher hatte sie gehört, dass dort gestritten wurde. Worum ging es?«

Patrick griff sich mit der Hand an den Kopf und setzte sich wieder hin.

»So schlimm ist es?«

»Ja. Aber ich bleibe dabei, Trevor ist es nicht gewesen«, beharrte Patrick. »Er würde keiner Fliege was zuleide tun, schon gar nicht Richard oder Archie. Ich weiß, dass ich keine Beweise habe, aber du musst es mir glauben.«

»Ich möchte dir glauben, aber wenn nicht er, wer dann?«

»Ich weiß es nicht«, stöhnte Patrick.

»Also erzähle mir von diesem Streit. Kann man den irgendwie wegerklären?«

»Du musst wissen, dass Archie und Trevor beide Richard sehr mochten. Jeder hat auf seine ganz eigene Weise zu ihm aufgeschaut. Klar, es gab Eifersüchteleien, und sie haben ständig irgendwelche kleinen Streitigkeiten gehabt, doch das hatte nichts zu bedeuten.«

»Darauf wird sich Michaelson nicht einlassen.«

»Ich weiß.« Patrick wirkte angespannt. »Es hat alles angefangen, als Richard vor ungefähr sieben Jahren Archie geholfen hat, die Destillerie der Familie an Central Spirits zu verkaufen. Central war schon seit Jahren hinter Edenburn her, weil dort der Hauptbestandteil für einige Blended Malts von Central herkam und Central scharf darauf war, die Produktion zu kontrollieren.«

Patrick war nur noch ein Nervenbündel, stapelte beim Reden rastlos die Untersetzer auf dem Tisch neu auf. »Als Archie endlich bereit war, den Betrieb zu verkaufen, handelte Richard einen phantastischen Deal für ihn aus. Einschließlich von Optionen auf eine beträchtliche Anzahl von Central-Aktien für Archie, damit er weiterhin im Whiskygeschäft mitmischen konnte, auch nachdem er das Familienunternehmen verkauft hatte. Doch als die Zeit kam, um diese Optionen wahrzunehmen, konnte Archie es sich nicht leisten, das volle Kontingent zu kaufen, und wandte sich daher an Richard. Richard streckte ihm das Geld vor, und Archie kaufte die Aktien. Nachdem das Geschäft abgeschlossen war, übertrug Archie die Hälfte der Aktien auf Richard.«

Ich begann, ungeduldig zu werden. »Was hat das alles mit Trevor zu tun?«

»Hier kommt der Streit von gestern ins Spiel. Archie wusste, dass in Richards Testament der größte Teil seiner Besitztümer an Trevor, seinen einzigen überlebenden Verwandten, vererbt wurde, doch Richard hatte versprochen, Archie die Central-Aktien zu hinterlassen, da sie ja ursprünglich für ihn bestimmt gewesen waren. Diese Aktien sind inzwischen ziemlich viel wert.«

»Und Trevor wusste das?«

»Ich weiß nicht, ob er sich vorher darüber im Klaren war, jetzt weiß er es jedenfalls. Archie hat ihm gestern gesagt, in den ersten dreißig Tagen nach Richards Tod dürfe er die Aktien nicht anrühren.«

»Ich nehme an, dass Archie die Aktien nur bekommen sollte, falls er Richard um mindestens dreißig Tage überlebte«, sagte ich nachdenklich. Diese Bedingung hatte auch für mein Erbe gegolten, als ich nach Abbey Glen kam. Das allein hatte ausgereicht, um mir den Verdacht einzuflößen, dass Grant mich vor Ablauf dieser Zeit abmurksen wollte. War Trevor verzweifelt genug gewesen und hatte versucht, Archie loszuwerden, damit er die Aktien in die Hände bekam? »Was hatte Trevor dazu zu sagen?«

»Im Grunde nur: ›Behandle mich nicht wie ein Kind. Ich will mit deinen verdammten Aktien nichts zu tun haben.‹ Dann wurde ein wenig geknurrt und geschnauft, und Trevor machte sich vom Acker. Er ist immer noch völlig erschüttert von Richards Tod. Das war alles ein bisschen viel für ihn.«

»Wow. So was kann man schlecht wegargumentieren. Du musst es Michaelson sagen, aber für Trevor sieht die Sache jetzt ziemlich schrecklich aus, besonders falls er nun, da Archie tot ist, die Central-Aktien bekommt.«

»Ich weiß.« Patrick nahm eine Flasche Whisky vom Tisch, schenkte sich in seine leere Teetasse ein und stürzte alles auf einmal hinunter. Er versuchte, sich zusammenzureißen, doch ich sah, dass er drauf und dran war, völlig aus dem Gleichgewicht zu geraten.

»Wie sieht es mit deinem Alibi aus? Wo warst du zwischen der Zeit, als du gestern dem Concierge die Pralinenschachteln übergeben hast, und jetzt?«

Patrick fuhr sich mit den Händen durchs Haar. »Du weißt, dass ich kaum eine Minute für mich allein hatte.«

»Das ist gut so.«

»Ich war den ganzen Tag lang stets mit dem einen oder anderen Preisrichter zusammen«, sagte Patrick und zählte seine Begegnungen an den Fingern ab. »Ich bin hier hochgekommen, um mich fürs Abendessen umzuziehen und war dann mit dir zusammen.«

»Hat dich jemand gesehen, als du hier hochgekommen bist?«

»Ich bin mit Grant raufgegangen.«

»Perfekt.«

»Dann war ich mit dir zusammen, als wir zum Abendessen runtergingen.«

»Was war, nachdem du mich in der Lobby Bar zurückgelassen hattest?«

»Da bin ich Archie und Trevor zur Aerie Bar gefolgt. Ich habe, wie du mir geraten hattest, das Shuttle genommen. Der Fahrer erinnert sich bestimmt an mich.«

»Und danach?«

»Danach bin ich mit Archie und Trevor zurück zum Hotel gegangen und anschließend zu Bett.«

»Rückweg mit dem Opfer und dem zweiten Verdächtigen. Das ist nicht gerade dein bestes Alibi.«

»Wahrscheinlich nicht, aber es ist die Wahrheit.«

»Ich weiß«, sagte ich mit einem Seufzer. »Es wäre leichter gewesen, wenn du ein bombensicheres Alibi gehabt hättest, aber wir müssen uns einfach was anderes einfallen lassen. Michaelson will handfeste Beweise, nicht nur mein Bauchgefühl. Wir brauchen ein Motiv für diese Morde, das nichts mit dir oder Trevor zu tun hat.«

»Ich komme mir so unnütz vor. Wie kann ich helfen?«

Ich ging zu Patrick und umarmte ihn. »Mach dir keine Sorgen, es fällt uns schon was ein. Du bist mein Meisterhacker, schau also erst einmal, was du sonst noch über Richards und Archies Geschäfte in letzter Zeit rauskriegen kannst. Über diesen Deal mit Edenburn und alles, woran sie sonst noch gemeinsam beteiligt waren – Erfolge, Misserfolge, Gerichtsverfahren, einfach alles. Überlege, wen Richard vielleicht sonst über den Tisch gezogen haben könnte, um dahin zu kommen, wo er jetzt ist. Und sieh nach, ob Leute aus der Whisky-Bruderschaft dabei sind.«

»Stimmt.« Patrick wirkte erleichtert, weil er nun etwas Konkretes zu tun hatte.

»Könnte es sein, dass jemand speziell etwas gegen dich und Hinatu hat?«, sinnierte ich. »Schließlich waren es eure Produkte, in die man Gift gepanscht hat.«

»Möglich ist alles, aber ich begreife nicht, wieso. Und wenn, so würden einige oder alle übrigen Flaschen und wohl auch Trüffel ebenso Gift enthalten. War das der Fall?«

»Bisher hat man in keiner der Flaschen was gefunden, aber die Tests laufen noch.«

»Was sonst?«

Ich zermarterte mir das Hirn, um andere mögliche Verbindungen zwischen Archie und Richard außer ihrer Freundschaft und dem Verkauf von Archies Familien-Destillerie zu finden. Spontan fragte ich: »War möglicherweise Hugh Ashworth-Jones im Vorstand von Central, als Archie Edenburn verkauft hat?«

Patrick überlegte kurz. »Ja, das war während seiner Amtszeit.«

»Es scheint ein seltsamer Zufall zu sein, dass drei unserer fünf Preisrichter auf die eine oder andere Weise mit dem Edenburn-Deal zu tun hatten. Warum versuchst du nicht, mehr über Hughs Rolle bei dieser Sache herauszufinden?«

Patrick griff nach seinem Handy.

»Und du hast immer noch ein Auge auf Mark Findley und Gordon Craig?«, fragte ich.

»So gut ich kann. Die meiste Zeit treiben die beiden sich im Verkostungsraum herum, aber gestern habe ich gesehen, dass sie mit Hugh beim Mittagessen waren.«

»Interessant. Was ist mit gestern Abend? Sind sie auch in der Bar vom Golfklub aufgetaucht?«

»Ja, alle Preisrichter waren da, dazu noch die Leute von der Society, aber unter den gegebenen Umständen haben sie sich alle anständig verhalten. Plötzlich verlor niemand mehr ein schlechtes Wort über Richard und seine Ansichten. Du weißt, wie es ist, die Toten sind immer Heilige, zumindest wenn man in einer großen Gruppe zusammen ist.«

»Hm. Das hatte ich befürchtet.«

Ich hörte ein Geräusch im Bad, ging hinein und erblickte Liam, der sich auf die Badematte übergab.

Patrick schaute angewidert hin. »Das passiert, wenn du ihn zu viel Whisky saufen lässt.«

»Ich habe ihm das nicht erlaubt. Du und deine Kumpels, ihr habt ihn dazu verführt.«

Ich legte die Hand an Liams Nase. Sie war warm und trocken. Kein gutes Zeichen. Mehr noch, er schaute ziemlich elend drein, war nicht mehr er selbst. Ich musste besser auf ihn aufpassen.

Es klopfte an der Tür, und Patrick ging hin, während ich Liams Schweinerei aufwischte. Die Freuden eines Hundefrauchens.

Aus dem Zimmer hörte ich Michaelsons Stimme, und als ich hereinkam, fragte er Patrick gerade: »Wo waren Sie gestern Abend nach dem Essen?«

Patrick hockte auf der Sofalehne, man sah deutlich, wie unbehaglich ihm zumute war. »Ich habe mit Abi in der Lobby Bar einen Kaffee getrunken, ehe ich in die Aerie Bar hinübergegangen bin, um mit einigen Freunden, darunter auch Archie MacInnes, eine Gedenkveranstaltung für Richard Simpson vorzubereiten. Gegen halb eins bin ich mit Archie und Trevor ins Hotel zurückgekehrt, dann bin ich zu Bett gegangen.«

»Bist du sicher?«, unterbrach ich ihn. »Nicht früher?«

»Nein, frühestens um halb eins, vielleicht eher um eins.«

Michaelson schaute mich an. »Wieso fragen Sie?«

Ich kam mir ziemlich albern vor, als ich erzählte, wie ich mit meinem Hund auf dem Arm im falschen Stockwerk aus dem Lift gestiegen war. Doch so war ich schließlich um Mitternacht draußen vor Archies Zimmer gelandet. »Es war jemand da drin«, sagte ich, »und es scheint ziemlich klar zu sein, dass es nicht Archie war.«

»War Trevor Simpson während der ganzen Zeit bei Ihnen in der Bar?«, fragte Michaelson Patrick.

»Ja. Ich meine, er ist mal kurz aufs Klo gegangen, aber ansonsten war er immer da.«

»Wie lange war er fort?«

Patrick hob frustriert die Hände. »Herrgott noch mal, ich habe die Zeit nicht gestoppt.«

»Hat Trevor MacInnes zu seinem Zimmer begleitet, als Sie wieder im Hotel waren?«

»Nein. Archie ist im zweiten Stock aus dem Fahrstuhl gestiegen, ich im dritten, und Trevor ist weitergefahren. Er wohnt im fünften.«

Bestimmt war Michaelson auch schon der Gedanke gekommen, Trevor könnte einfach im fünften Stock ausgestiegen und über die Treppe zu Archies Zimmer hinuntergegangen sein.

»Gab es Anzeichen für Spannungen zwischen dem Opfer und Trevor Simpson?«

»Gestern Abend?«, wich Patrick aus. »Nein.«

Mit Wortspielereien ließ sich Michaelson nicht manipulieren. »Wie war das sonst, zum Beispiel gestern Nachmittag im Zimmer von MacInnes?«

Patrick erzählte eine Kurzfassung des Gesprächs, dessen Zeuge er geworden war. Ich merkte, dass er das Gefühl hatte, Trevor mit jedem Wort zu verraten.

»War sich Trevor Simpson vor diesem Gespräch mit MacInnes über die Bestimmungen im Testament seines Bruders im Klaren?«

»Da müssten Sie ihn selbst fragen.«

»Das habe ich auch vor. Hatte man die Trüffel bereits gebracht, als Sie in MacInnes' Zimmer waren?«

Patrick überlegte einen Augenblick. »Wir waren kurz nach dem Mittagessen dort. Ich habe die Schachtel nicht gesehen, aber ich hatte ja auch darum gebeten, dass die Pralinen vor dem Abendessen auf den Zimmern sein sollten. Wahrscheinlich sind sie später am Nachmittag geliefert worden.«

Michaelson zog eine Geschenkpackung Trüffel aus der Jackentasche. Sie war in Gold und Braun gehalten, etwa 15 × 15 cm groß und in Zellophan verpackt. »Waren die Schachteln alle so versiegelt, als sie übergeben wurden?«

Patrick betrachtete die Packung in Michaelsons Hand. »Sie waren in einem großen Versandkarton, als ich sie dem diensthabenden Concierge gab, damit sie verteilt werden konnten. Den größeren Karton habe ich geöffnet, um die Lieferung zu überprüfen, aber nicht jede Geschenkverpackung einzelnen angeschaut, um sicher zu sein, dass alle versiegelt waren.«

»Und danach haben Sie sie nicht mehr gesehen?«

»Nein. Dazu bestand keine Notwendigkeit.«

Michaelsen nickte. »Das wäre im Augenblick alles, aber ich werde sicher noch weitere Fragen an Sie haben. Halten Sie sich bitte bereit.«

»Ich gehe nirgendwo hin«, sagte Patrick finster. »Aber wenn wir nicht aufpassen, werden die Konferenzbesucher weglaufen wie die Ratten, die ein sinkendes Schiff verlassen.«

»Hier geht niemand irgendwohin«, sagte Michaelson mit eisiger Stimme. »Wir ermitteln hier in zwei Mordfällen. Sie werden sich irgendwie alle mit den Unannehmlichkeiten abfinden müssen, die so etwas mit sich bringt. Apropos, haben Sie etwas dagegen, wenn ich Ihr Zimmer durchsuche?«

Patrick erklärte sich mit unglücklicher Miene einverstanden. Wir wussten beide, dass Michaelson sich nur zu leicht einen Durchsuchungsbefehl verschaffen konnte. Es war besser, einfach zu kooperieren, insbesondere da wir nichts zu verbergen hatten. Ich ging ins Bad, setzte mich neben Liam auf den Boden und streichelte ihm den Kopf. Es schien ihm besser zu gehen, nachdem er sich seines Mageninhalts entledigt hatte. Mir dagegen ging es schlechter. Ich hatte einen ganzen Tag darauf verschwendet, einen fahrlässigen Giftmischer zu suchen, während ich nach einem kaltblütigen Mörder hätte suchen sollen.

KAPITEL 12

Michaelson beendete die Durchsuchung, nachdem er nichts gefunden hatte, und zog sich in seinen Vernehmungsraum in der Bibliothek des Hotels zurück. Ich dachte mir, sein nächster Schritt müsse sein, dass er Trevor Simpson mit Patricks Aussage konfrontierte. Ich beneidete Trevor nicht. Während der Durchsuchung hatte Patrick eine Nachricht erhalten, dass man inzwischen Oliver Blaire in die Jury berufen hatte. Der zweite Mann mit einem feinen Gaumen, der keinen Whisky im Wettbewerb um einen Quaich hatte. Patrick machte sich auf den Weg, um einen ganzen Tag lang den Pflichten eines Preisrichters nachzukommen, und wirkte einigermaßen verzweifelt.

Ich war hin- und hergerissen, wusste nicht, wo ich anfangen sollte. Ich hatte mir eingeredet, dass jemand versucht hatte, Richard zum Schweigen zu bringen. Gestern war das noch sinnvoll erschienen, heute war das anders. Hatte Archie möglicherweise herausbekommen, wer der Mörder war? Wenn ja, hätte er das sicher nicht für sich behalten. Hatte er entdeckt, dass jemand den Wettbewerb manipulierte? Auch das hätte er bestimmt sofort ausgeplaudert. Er war kein stiller Held.

Es musste eine andere Verbindung zwischen den beiden Männern geben, die dazu geführt hatte, dass man sie ermordet hatte. Eine Geschäftsbeziehung hatten wir bereits aufgedeckt, doch vielleicht gab es noch weitere. Wenn ja, so würde Patrick sie finden, da war ich mir sicher. Sein Geschick im Umgang mit dem Computer war legendär.

Michaelson würde schon bald die Laborergebnisse erhalten, und dann hätten wir weitere Anhaltspunkte. Doch in der Zwischenzeit wollte ich nicht einfach untätig herumsitzen. Ich schickte Michaelson die Fotos von Archies Zimmer und sah mir meine Mitteilungen an.

Während des Chaos' am Morgen hatte ich eine SMS von Grant bekommen, in der er mir den Namen des Kellermeisters von Eagle Lodge mitteilte: Owen Lachlan. Grant zufolge hatte Lachlan alle Whiskys für den Wettbewerb in seiner Obhut. Irgendwas kam mir an der Sache immer noch verdächtig vor. Im Augenblick hatte ich nichts Sinnvolleres zu tun, beschloss also, Mr Lachlan einen Besuch abzustatten.

Ich ging den Flur entlang in Richtung Lift, und ein wieder viel lebhafterer Liam trottete hinter mir her. Auf dem Weg nach unten hielt der Aufzug im zweiten Stock, und Mrs Easton gesellte sich zu uns. Sie kraulte Liam kurz hinter den Ohren, ehe sie wieder zu ihrem nüchtern professionellen Verhalten zurückkehrte. »Wohin sind Sie beide unterwegs?«, fragte sie.

»Ich versuche, kurz mit Mr Lachlan zu reden, falls ich ihn finde. Ich habe noch ein paar Fragen zu den Whiskys für den Wettbewerb … Für einen Artikel, den ich gerade schreibe«, fügte ich hinzu.

Mrs Easton schaute auf die Uhr. »Er sollte jetzt im Keller sein und sich mit dem Chefkoch über die Weine für das Abendessen beraten.«

Ich hatte gehofft, sofort mit Lachlan reden zu können, denn ich hatte ja gerade nichts zu tun. Also schaute ich wohl etwas enttäuscht drein.

»Möchten Sie, dass ich Sie hinbringe?«

»Könnten Sie das tun?«

»Natürlich, meine Liebe. Ich zeige Ihnen nur zu gern den Weg.«

Wir kamen im Erdgeschoss an, und Mrs Easton führte mich durch einen langen Flur und eine zweiflüglige Tür in eine blitzsaubere Edelstahlküche, in der eine Riege von Hilfsköchen das Gemüse für das Mittagessen vorbereitete. Ich packte Liam beim Halsband. Hier hatte ein Hund nichts zu suchen – die Gesundheits- und Hygienebeauftragten würden durchdrehen.

Wir verließen die Küche rasch durch eine zweite Tür und stiegen über eine Treppe in den höhlengleichen Weinkeller des Hotels hinunter. Ein Mann mit Chefkochhaube und ein grauhaariger Herr in einer Tweedjacke standen, ins Gespräch vertieft, an einem hohen Tisch in einem von Glaswänden umschlossenen Raum. Von diesem durchsichtigen Kokon aus erstreckten sich in alle Richtungen scheinbar endlose, mit Flaschen gefüllte Weinregale, soweit das Auge reichte. Kein Wunder, dass der Rundgang am ersten Abend so lange gedauert hatte.

»Das ist ja unglaublich«, sagte ich.

»Wenn Sie gern Wein trinken, ist es sicher das reinste Paradies«, stimmte mir Mrs Easton zu. »Ich persönlich mag sehr gern ab und zu einmal einen Sherry, doch, ehrlich gesagt, kann ich diesen teuren Flaschen nichts abgewinnen. Sie erscheinen mir als die reine Geldverschwendung, wo man doch bei Sainsbury's einen Hauswein für einen Bruchteil des Preises bekommt, der eine ziemlich ähnliche Wirkung hat.«

Ich musste unwillkürlich darüber lächeln, wie Mrs Easton da einen Weinkeller, der wohl Hunderttausende von Pfund wert war, so pauschal abtat. Doch zumindest trank noch jemand Sherry. Wir brauchten die Fässer.

Mir blieb das Formulieren einer angemessenen Antwort erspart, weil nun die Glastür geöffnet wurde. Der Mann mit der Kochhaube rauschte mit einem freundlichen Kopfnicken an uns vorüber. Der andere Mann, wohl Owen Lachlan, streckte den Kopf heraus und begrüßte Mrs Easton.

»Mabel, was führt Sie denn in mein Verlies hinunter?«

»Ich bringe Ihnen eine Besucherin, die gern mit Ihnen über die Whiskys für den Golden Quaich Award reden möchte.«

»Natürlich, Ms …?«

»Logan, aber nennen Sie mich Abi.« Ich streckte ihm die Hand hin.

»Kommt rein, alle beide.«

Mrs Easton errötete ein wenig und sagte: »Ich muss wieder an die Arbeit, Mr Lachlan. Könnten Sie Ms Logan den Rückweg zeigen, wenn Sie fertig sind?«

Mrs Easton schloss die Tür hinter sich, und ich wandte mich wieder dem Kellermeister zu.

»Womit kann ich Ihnen dienen?«, fragte er.

Ich beschloss, bei der Geschichte zu bleiben, die ich Mrs Easton erzählt hatte, und mich auf meinen Journalistenstatus zu verlassen, um dieses Gespräch zu rechtfertigen. »Ich arbeite an einer kleinen freiberuflichen Sache über den Wettbewerb und würde gern mehr über einige Aspekte des Auswahlverfahrens wissen. Zum Beispiel, wo die Whiskys aufbewahrt werden, ehe sie zur Bewertung durch die Jury kommen. Irgendwo in einem geheimen Gewölbe, unter Verschluss?«

»Nicht ganz, aber ich habe das Vergnügen, über sie zu wachen«, antwortete Lachlan mit einem Lächeln. »Sie werden alle hier im Keller in einem Nebenraum gelagert. Möchten Sie den mal sehen?«

»Liebend gern.« Ich folgte ihm an einem Dutzend Regalen vorbei, in denen Bordeaux selig und süß schlummerte. Der Kellermeister zog einen Schlüsselbund aus der Tasche, wählte einen Schlüssel aus und öffnete eine massive Holztür.

Am anderen Ende des Raumes waren Dutzende von Kisten gestapelt, jede mit dem Namen einer Destillerie versehen, die für einen Preis nominiert war. Ich konnte die Kartons von Abbey Glen unten im Stapel erkennen. An der rechten Wand stand ein langer, schmaler Tisch voller kleiner Gläser auf Tabletts und mit Dutzenden von Glaskaraffen.

»Hier bewahren wir die nominierten Whiskys auf. Zum ausgemachten Zeitpunkt werden die Flaschen jeder Kategorie geöffnet und der Whisky wird jeweils in eine dieser Glaskaraffen dekantiert. Anschließend wird mit einem wischfesten Markierstift eine Zahl auf die Karaffe geschrieben, und alle Whiskys werden unter Aufsicht zur Beurteilung nach oben in den Salon gebracht.«

»Wer öffnet die Flaschen und dekantiert den Whisky in die Karaffen?«

»Einer meiner Sommeliers und ich dekantieren die Whiskys, und anschließend nummeriert der von der Malt Whisky Society benannte Vertreter die Karaffen.«

»Also ist der Vertreter der Society für die Vergabe der Nummern verantwortlich.«

»Ja, ich glaube, die Nummern werden durch Los bestimmt.«

»Hat sonst noch jemand Zugang zu diesem Raum?«

»Außer mir und dem Vertreter der Malt Whisky Society niemand.«

»Wer ist der Vertreter der Society?«

»Der Präsident der Society, Jude MacNamara. Er ist auch Mitglied des Order of the Quaich. Ihm wurde die Aufgabe übertragen, sich mit mir abzustimmen.«

Also hatte man dem Fuchs die Bewachung des Hühnerstalls überlassen. »Und Sie haben das Gefühl, die Nominierten können sicher sein, dass hier nichts manipuliert wird?«, fragte ich.

Lachlans Rückgrat versteifte sich. »Absolut. Der Wettbewerb und unser Hotel haben einen Ruf zu verlieren. Wir nehmen unsere Verantwortung sehr ernst.«

»Da bin ich mir völlig sicher«, sagte ich rasch. »Ich wollte auch nichts anderes andeuten. Man hat mich nur nach den Möglichkeiten gefragt, die Ergebnisse zu manipulieren.«

»Diese Flaschen werden am Freitag unter idealen Bedingungen geöffnet und den Preisrichtern präsentiert. Falls etwas schiefläuft, hat es weder mit der Lagerung noch mit der Übergabe zu tun«, erwiderte Lachlan überzeugt.

»Ich bin mir sicher, dass das stimmt«, sagte ich. Lachlan schien entschlossen, dieses Interview nun unverzüglich zu beenden. Er führte mich durch eine Seitentür aus dem Keller und hinauf in die Lobby neben dem Hauptspeisesaal. Ich schüttelte ihm die Hand und dankte ihm dafür, dass er mir alles gezeigt hatte.

Lachlan hatte recht; die Karaffen würden der Jury in makellosem Zustand präsentiert werden. Da hegte ich keinen Zweifel. Allerdings machte mich das Nummerierungssystem nachdenklich. Auf meine Frage, wie man einen solchen Wettbewerb manipulieren könnte, hatte Patrick vorgeschlagen, man könnte den Preisrichtern vorab sagen, für oder gegen welche Zahlen sie stimmen sollten. Nun war MacNamara für die Nummerierung verantwortlich, und ich konnte mir diese Möglichkeit sehr gut vorstellen. Es gab sicherlich ausreichend Spielraum für ein wenig Trickserei.

MacNamara hatte ich bereits beim Mittagessen mit Findley und Craig gesehen. Waren die auch Teil seines Plans? Was war mit Hugh Ashworth-Jones? Wenn MacNamara diese drei in der Tasche hatte, konnte er das Ergebnis der Abstimmung steuern. Patrick hatte erzählt, dass er ein seltsames Gespräch mit MacNamara geführt hatte, doch bisher hatte ihn niemand gebeten, seine Stimme irgendwie zu wichten. Sicher lag das nur daran, dass er zu eng mit den Simpsons und mit mir verbunden war. Ich glaubte nicht, dass einer der Nationalisten so dämlich sein würde, bei Patrick einen Bestechungsversuch zu unternehmen. Ich musste mehr herausfinden, konnte jedoch unmöglich Patrick bitten, MacNamara oder den anderen Preisrichtern Fragen zu stellen. Dadurch könnte er sich ernsthaft in Gefahr bringen. Ich musste mir jemand anders suchen, der sich im inneren Kreis bewegte und den man dort als neutral einstufte. Und da wusste ich schon genau den Richtigen.

Ich hielt im Erdgeschoss Ausschau nach Oliver Blaire und fand ihn im Business Center, wo er gerade ein Fax abschickte. Ich nahm ihn zu einem vertraulichen Gespräch beiseite.

»Darf ich Ihnen eine seltsame Frage stellen?«

Er lächelte. »Je seltsamer, desto besser.«

»Hat Jude MacNamara Sie während des Wettbewerbs einmal angesprochen?«

»Wir haben uns heute Morgen kurz unterhalten, als ich nachträglich zum Preisrichter ernannt wurde. Er ist der für den Wettbewerb verantwortliche Vertreter der Malt Whisky Society.«

»Ich weiß. Hat er irgendetwas gesagt, das Ihnen merkwürdig vorkam?«

»Er war mit Hugh Ashworth-Jones zusammen. Sie haben was von der Einigkeit der Jury geschwafelt. Dass man nicht ›aus der Reihe tanzen‹ sollte. Ich hatte den Eindruck, dass sie sich größere Übereinstimmung der Preisrichter über die Gewinner erhofften. In den letzten paar Jahren waren die Bewertungen anscheinend außerordentlich unterschiedlich gewesen.«

»So ähnlich hat er sich auch Patrick gegenüber geäußert. Ich mache mir Sorgen, dass dieser Wahnsinn Methode hat.

Ich frage Sie das nur ungern, aber wären Sie bereit, für mich verdeckte Beobachtungen zu machen?«

Oliver schaute mich belustigt an. »Ich wollte schon immer einmal den James Bond spielen. Den eleganten, weltmännischen Spion. Was soll ich denn für Sie tun?«

»Nun, zuallererst seien Sie vorsichtig, 007. Ich möchte nicht, dass Sie sich in Gefahr bringen. Aber versuchen Sie, MacNamara in ein Gespräch über die Bewertung der Whiskys zu verwickeln. Vielleicht könnten Sie andeuten, dass Sie über die Zahl der nicht-schottischen Nominierten keineswegs erfreut sind, und ihm die Gelegenheit geben, Ihnen Vorschläge zu unterbreiten, wie man dafür sorgen kann, dass die ›richtigen‹ Whiskys gewinnen. Falls er das Gefühl bekommt, dass Sie für so etwas offen sind, redet er vielleicht.«

»Ihr Wunsch ist mir Befehl, M.«

Nachdem ich diesen Ball ins Rollen gebracht hatte, zog ich mich mit Liam in unser Zimmer zurück. Mir schwirrte der Kopf, und ich brauchte Zeit zum Nachdenken. Liam streckte sich auf seinem Lieblingsplatz vor dem Kamin aus. Ich holte einen von Patricks Stiften vom Schreibtisch und nahm sein großes Whiteboard zur Hand.

Es gab jede Menge Leute, die vielleicht gern versucht hätten, Sir Richard mit einem gepanschten japanischen Whisky krank zu machen, doch kaltblütiger Mord, und gleich zweimal? Ich war mir sicher, das war eine ganz andere Angelegenheit.

Zwei Tage, zwei Mörder. Ich stützte das Whiteboard auf meinem Schoß auf und schrieb links *Richard*, rechts *Archie* hin. Zwei Opfer. Dazwischen drei wichtige Verbindungen. Der *Wettbewerb*, ihre *Geschäftsinteressen* und *Trevor*. Eine dieser Verbindungen war der Schlüssel zu den Morden. Ein Schlüssel, der mit Patrick nichts zu tun hatte.

Ich dachte über das Wort *Wettbewerb* nach. So hitzig wie die Debatte zwischen den Nationalisten und den Globalisten auch gewesen war, musste ich doch hinterfragen, ob dies tatsächlich ein Motiv für einen Mord sein könnte, selbst wenn jemand diesen Streit einen Schritt weiter verfolgt und versucht hatte, das Ergebnis des Wettbewerbs zu manipulieren. Falls der Mörder beschlossen hatte, Richard und Archie zu beseitigen, weil sie drohten, diese Betrügerei öffentlich zu machen, hätte er sie doch sicherlich beide am selben Abend umgebracht. Sie waren eng befreundet, und wenn der eine es wusste, wusste es auch der andere. Wieso sollte man riskieren, Archie am Leben zu lassen? Der konnte dann ja noch reden.

Das ergab einfach keinen Sinn. Das war weder vernünftig noch praktisch. MacNamara hatte in diesem Szenario am meisten zu verlieren, aber er war an dem Abend, an dem Richard starb, die ganze Zeit mit uns zusammen in der Aerie Bar, und am folgenden Abend, als Archie starb, mit Patrick und anderen unterwegs. Mauscheleien unter den Preisrichtern konnte ich nicht ausschließen, doch ich war mir sicher, dass wir dort unseren Mörder nicht finden würden.

Trevor als Verdächtiger, dieser Fall war bestechend in seiner Schlichtheit. Geldgier war ein altbekanntes Mordmotiv, und ich wusste, dass Michaelson damit gut klarkam. Praktisch gesehen, hätten beide Ermordete Trevor auch spät nachts noch in ihrem Zimmer willkommen geheißen, und an beiden Tagen hatte er genau gewusst, wann jeder in sein Zimmer zurückkehrte. Ich begriff, was an diesem Szenario für Michaelson so verlockend war, doch er brauchte eindeutige Beweise, und die waren bisher nicht aufgetaucht. Ich war mir sicher, dass er sie nicht finden würde, aber er würde weitersuchen.

Zu guter Letzt hatten die beiden Opfer gemeinsame *Geschäftsinteressen*. War irgendeine geschäftliche Angelegenheit aus der Vergangenheit wieder aufgetaucht und suchte sie nun heim? Ich malte ein Fragezeichen hin, schrieb darunter noch *Edenburn / Ashworth-Jones* auf das Whiteboard. Ein dritter Preisrichter, der an dieser Transaktion beteiligt gewesen war, das erschien mir doch ein zu großer Zufall zu sein.

Ich stand da und betrachtete mein Werk. Das fehlende Puzzlesteinchen war der Name eines ganz speziellen Menschen, den einer von Richards und Archies Deals geschäftlich erheblich geschädigt hatte. Und natürlich mussten wir, wenn wir diesen Namen einmal hatten, noch herausfinden, wie dieser Jemand nicht nur einmal, sondern zweimal morden konnte. Arbeitete er allein, oder hatte ihm jemand geholfen, das Gift zu deponieren? Ich fügte die Wörter *Whisky*, *Glas* und *Trüffel* sowie das Wort *Komplize?* hinzu.

Schließlich malte ich unten noch das Bild eines Schlüssels hin. Der Gedanke an die Messingschlüssel ging mir nicht aus dem Kopf, obwohl er Michaelson anscheinend kaltließ. Was mich betraf, waren diese altmodischen Schlüssel der Joker. Trevor hätten die beiden Männer vielleicht spätnachts in ihr Zimmer gelassen, aber ich bezweifelte, dass das auf sonst noch jemanden zutraf. Da während des kritischen Zeitraums kein Zutritt zu Richards Zimmer mit einer Schlüsselkarte verzeichnet war, musste es noch eine andere Möglichkeit geben, dort hineinzugelangen. Mit einem Messingschlüssel hätte jeder jederzeit in die Zimmer der Opfer gehen können, ohne dass es irgendwelche Aufzeichnungen darüber gab. Wie hatte sich der Mörder einen solchen Schlüssel beschaffen können? Von einem Hotelangestellten? Von Sophie oder Ethel? Könnte sich der Mörder in einem unbeobachteten Augenblick einen Schlüssel aus dem Büro des Hoteldirektors genommen haben? Das sollte ich überprüfen.

Michaelson würde erbarmungslos Trevor weiter verfolgen. Ich konzentrierte mich dagegen auf Messingschlüssel und Geschäftsabschlüsse.

Mit neuer Entschlossenheit schnappte ich mir meinen Computer und loggte mich auf der internen Archivseite der *Gazette* ein. Ich begann, nach Artikeln zu suchen, die mit dem Kauf von Edenburn durch Central Spirits zu tun hatten. Richard, Archie und Hugh tauchten alle in Verbindung mit dieser Transaktion auf. Ich schaute mir auch die Liste der Preisrichter für die Quaich Awards in den sieben Jahren seit dem Verkauf an und stellte fest, dass dieses Jahr zum ersten Mal alle drei Männer gemeinsam in der Jury waren.

Ich kehrte zu meinen ersten Suchergebnissen zurück. Patrick sollte sich die finanzielle Seite der Transaktion vornehmen, das war seine Spezialität. Ich wollte die daran beteiligten Personen genauer unter die Lupe nehmen. Die Berichterstattung über den Verkauf war nicht gerade ausführlich, doch es gab mehr Artikel nach dem Verkauf, als Central begann, das angestammte Personal zu entlassen. Es war daraufhin zu einem heftigen Arbeitskonflikt gekommen, der wohl aus Sicht der Zeitung ergiebiger war. Zur damaligen Zeit war die Stimmung entschieden feindselig, insbesondere da Archie MacInnes bei der Sache einen gewaltigen Gewinn gemacht hatte, und zwar auf Kosten seiner Angestellten, zumindest laut Aussage von Bruce Keenan, dem ehemaligen Geschäftsführer von Edenburn. Ich suchte nach Keenans Namen und landete bei einem Gerichtsverfahren gegen Richard, Archie und Central. Ich schickte Patrick eine SMS mit der Bitte um eine Kopie der Akten.

Liam kam zu mir, legte mir den Kopf auf den Schoß und blickte mich mit flehenden Augen an. Ich seufzte, schnappte mir meinen Mantel und ging mit Liam zur Hintertür des Hotels hinaus. Die frische Luft schien ihn wieder munter zu machen, und schon bald lief er im rasch schmelzenden Schnee herum, wo die Kaninchen und andere Tiere im Schneematsch auf der Suche nach Nahrung Spuren hinterlassen hatten. Plötzlich fetzte er noch schneller, verfolgte wohl eine Fährte, und ich musste hinter ihm her, ob ich wollte oder nicht, während ich noch versuchte, das Gedanken-Chaos in meinem Kopf zu ordnen.

Liam führte mich hinter das Hotel. Er schnüffelte wie ein Bluthund am Boden. Plötzlich raste er vorwärts, und ich sah, wie er begeistert in die Höhe sprang, um einen jungen Mann zu begrüßen, der einen dunklen Mantel und eine graue Strickmütze trug. Zunächst erkannte ich den ohne seine typische orangefarbene Kappe nicht. Es war Joey, der Chef der Hundemeute.

»Tut mir leid, ich habe Ihnen ja gesagt, dass seine Manieren schrecklich sind«, sagte ich und gab mir alle Mühe, Liam dazu zu bringen, mit allen vier Pfoten auf der Erde zu bleiben. Joey hatte mit seinen Hunden dieses Problem bestimmt nicht, da war ich mir sicher.

»Wo ist Ihre Mannschaft?«, fragte ich und sah mich nach der Ansammlung begeisterter schwarzer Labradors um, die sonst ihren Rudelführer bewundernd anschauten.

»Im Zwinger. Ich war auf der Suche nach Freya.« Joey schaute sich halbherzig um und blickte auf das Gehölz hinter uns. »Sie hat sich davongemacht.«

»Würde sie denn zum Hotel hochkommen?«

»Das weiß man nie. Ich habe hier in der Nähe der Büsche nach Spuren gesucht.« Joey deutete auf eine Reihe immergrüner Sträucher, die hinter dem Hotel verlief. Seine Augen huschten unruhig hin und her, und irgendwie wusste ich, dass er mir nicht die ganze Wahrheit sagte. Ich konnte mir wirklich nicht vorstellen, dass einer seiner Hunde sich von der Meute absondern würde. Dazu waren sie zu diszipliniert.

Er drehte sich vom Gebäude weg und steckte die Hände in die Taschen. Aus einer Tasche sah ich den Rand seiner orangefarbenen Mütze hervorlugen. Sie sollte dafür sorgen, dass die Jäger im Wald gut zu erkennen waren. Hatte er sie abgenommen, weil er hoffte, so weniger aufzufallen?

»Ich habe gehört, dass im Hotel mal wieder helle Aufregung herrscht«, sagte er.

Allem Anschein nach war Joey nicht nur Jäger, sondern auch Sammler von Neuigkeiten.

»Hier verbreiten sich Nachrichten in Windeseile«, konterte ich.

»Wir leben ziemlich isoliert, also ist Klatsch und Tratsch unser tägliches Brot.«

»Das macht ja dann ein Rendezvous unter Kollegen ganz schön schwierig«, scherzte ich.

»Beziehungen zwischen Mitarbeitern sind in Eagle Lodge streng verboten.«

Ich warf Joey einen Blick aus den Augenwinkeln zu. »Das können die machen?«

»Es ist ein Kündigungsgrund, also ja, die können das machen.« Joey scharrte rastlos mit den Füßen. »Sie glauben doch nicht, dass die jemand vom Personal die Schuld für die Morde zuschieben wollen, oder?«

»Gäbe es einen Grund dafür?«

»Nein, überhaupt keinen. Aber ich bin mir sicher, dass sie so was lieber einem Mitarbeiter als einem der Gäste anhängen würden.« Joey legte Liam eine Hand auf den Kopf, und der setzte sich respektvoll und ohne Zögern hin. Joey war eindeutig ein Hundeflüsterer, oder vielleicht hatte Liam in ihm nur die oberste Autorität erkannt, die er in mir nicht sah. Es war seltsam, denn Joey schien mir im Augenblick ziemlich ängstlich und verwirrt zu sein, doch Liam hatte er trotzdem gut unter Kontrolle.

»Haben Sie viel mit den Gästen zu tun?«, fragte ich.

»Ich bin meistens morgens mit Gruppen auf der Jagd unterwegs.«

»Haben Sie schon mal mit Archie MacInnes oder Richard Simpson gejagt?«

»Am Tag vor dem Wettbewerb bin ich mit MacInnes und einigen anderen auf der Jagd gewesen. Sie haben einen Tag früher eingecheckt, damit sie noch ein bisschen schießen konnten. Die Saison für Fasane geht langsam dem Ende zu, aber es lassen sich noch einige gute Exemplare finden.«

»Wie war MacInnes?«

»Wie die meisten. Er hat mich etwa so behandelt wie die Hunde.«

»Sie erinnern sich wahrscheinlich nicht mehr daran, worüber die Herren gesprochen haben.«

»Nein, eigentlich nicht, obwohl einer von ihnen die ganze Zeit herumgelabert hat, dass ihn ein ehemaliger Mitarbeiter vor Gericht gezerrt hat. Ich erinnere mich daran, dass ich gedacht habe, der hätte es wahrscheinlich mehr als verdient. Doch er schien zu glauben, dass MacInnes mit solchen Sachen Erfahrung hatte.«

»Wissen Sie noch, was MacInnes geantwortet hat?«

»Im Grunde so was wie ›Halt die Klappe, du verscheuchst die Vögel.‹«

»Sonst nichts?«

»Nichts, worauf ich geachtet hätte«, sagte Joey und schaute auf die Uhr. »Also, ich mache mich jetzt besser auf den Rückweg.«

»Was ist mit Freya?«

»Die findet schon allein nach Hause, wenn sie Hunger bekommt.«

Ich schaute Joey hinterher, der im Wald verschwand. Was hast du wirklich hier gemacht, so unauffällig wie möglich?, überlegte ich. Hast du auf jemanden gewartet? Er schien besorgt darüber, dass man die Mitarbeiter im Blick hatte. Hatte er etwas zu verbergen? Ich holte tief Luft, um einen klaren Kopf zu bekommen; ein Bild von Joey hatte nun meine wirren Gedanken verdrängt. Er war gut gebaut, muskulös, hatte dunkle Haare – ein ernster junger Mann mit durchdringenden braunen Augen. Er sah aus, als könnte er sich in einer Prügelei bestens behaupten. *Intensiv*, *berechnend* und *robust*. Aber auf jeden Fall hatte er sich bedeckt darüber gehalten, warum er hier war.

Ich blickte an der beeindruckenden Steinmauer des Hotels empor, und mir fiel auf, dass wir ungefähr unter dem Fenster unseres Zimmers standen. Das hieß, wir standen auch unter Archie MacInnes' Zimmer, das ein Stockwerk tiefer lag. Was hatte Joey hier zu suchen?

Das Gelände war hier etwas höher, als ich heute Morgen beim Blick aus Archies Fenster angenommen hatte. Es wäre ziemlich einfach, das Zimmer durch das Fenster zu verlassen und auf die Erde zu springen.

Leider schienen im Schneematsch schon ziemlich viele Fußabdrücke zu sein. Ich begann, unter dem Fenster herumzusuchen, und Liam beteiligte sich an dem Spiel, obwohl er keine Ahnung hatte, wonach wir Ausschau hielten. Die hatte ich auch nicht. Als ich einen Schritt von den Sträuchern zurücktrat, hörte ich ein Knacken und sah unter meinem Stiefelabsatz nach. Ich war auf ein kleines Glasröhrchen getreten. Unten befand sich darin noch ein rosafarbener Rest, doch riechen konnte ich nichts. War der Mörder durch das Fenster entkommen, nachdem er mich im Korridor gesehen hatte? Hatte er das Röhrchen fallen lassen, als er nach unten sprang? Oder hatte er nur das Röhrchen weggeworfen? Ich machte mit meinem Handy ein Foto von der Fundstelle, ehe ich ein sauberes Papiertaschentuch aus der Manteltasche zog, die Reste des Gefäßes vorsichtig aufhob und einsteckte. Liam versuchte, an dem Papiertuch zu schnüffeln, und nieste laut. Hoffentlich hatte er jetzt nicht schon wieder ein Beweismittel verunreinigt.

Wir gingen zusammen zur Vorderseite des Hotels, und ich bemerkte, dass das Auto des Chief Inspectors noch immer in der Einfahrt parkte. Ich teilte Michaelson in einer SMS mit, ich müsse ihn sprechen, ehe ich Liam in Richtung Speisesaal führte, um zu frühstücken. Inzwischen war es später Vormittag, und der erste Ansturm zum Frühstück war abgeklungen. Liam und ich hatten den prächtigen holzgetäfelten Raum mehr oder weniger für uns allein.

Eagle Lodge nahm die erste Mahlzeit des Tages sehr ernst. Auf einem Speisewagen wurden vier verschiedene Arten Räucherlachs angeboten, es gab sechs Sorten Porridge, eine endlose Auswahl unterschiedlicher Eiergerichte und Feingebäck, wie man es selbst in Paris kaum besser bekommen hätte. Liam und ich wurden an einen Tisch beim Fenster geleitet, von dem aus man einen wunderbaren Blick auf den ausgedehnten schneebedeckten Rasen hatte, der in weiter Ferne in den Golfplatz mündete. Ich fühlte mich weitab von allem, meilenweit entfernt vom Rest der Welt, und doch befanden wir uns in einer Oase des Luxus' und der Ruhe. Es war wunderbar, so verwöhnt zu werden, und hätte nicht wieder der Mord sein hässliches Haupt erhoben, so hätte ich es wirklich genießen können.

Ich bestellte ein komplettes englisches Frühstück, dazu noch eine Portion Würstchen für Liam. Er ließ sich mit erwartungsvollem Blick zu meinen Füßen nieder. Das Erbrechen schien seinem Appetit keinen Abbruch getan zu haben. Unser Essen war kaum eingetroffen, als Michaelson mit großen Schritten durch den Speisesaal zu unserem Tisch kam. Er bestellte sich einen Kaffee und ließ sich häuslich nieder.

Ich zog das Papiertuch mit dem zerbrochenen Glasröhrchen aus der Tasche und legte es vor ihm auf den Tisch.

»Das habe ich unterhalb von Archies Fenster auf dem Boden gefunden«, sagte ich, während ich noch den Mund voll Eier und Speck hatte.

»Was hatten Sie unter MacInnes' Fenster zu suchen?«

»Ich bin mit Liam Gassi gegangen.« Auf Michaelsons skeptischen Blick hin fügte ich hinzu: »Ich habe gesehen, dass das Gelände dort recht hoch ansteigt. Ich wollte nachschauen, ob der Mörder das Zimmer vielleicht auf diesem Weg verlassen haben könnte.«

»Ich habe das Gelände bereits durchsucht.«

»Aber wohl nicht sonderlich gründlich«, merkte ich an.

Michaelson ging über diese Spitze hinweg und löffelte eine widerwärtige Menge Zucker in seinen Kaffee, ehe er ihn in einem Zug herunterstürzte. Die Kellnerin kam herbeigeeilt, um ihm nachzuschenken. Er nahm den unteren Teil des Röhrchens aus dem Papiertuch und schnüffelte daran, ehe er alles eintütete. »Da kann ich eins draufsetzen.«

Michaelson zog eine Beweismitteltüte aus der Manteltasche und ließ sie zwischen uns auf den Tisch fallen.

»Das andere Zimmermädchen, Ethel, behauptet, sie hätte ein leeres Röhrchen mit Liquid für E-Zigaretten unter dem Bett in Trevor Simpsons Zimmer gefunden.«

»Wann?«, fragte ich, während ich versuchte, durch das dicke Plastik der Tüte zu schauen. Das Röhrchen hatte einen Aufkleber in Grellrot und Orange und war beinahe leer.

»Als sie heute Morgen zum Saubermachen ins Zimmer gegangen ist.«

»Was hatte Trevor dazu zu sagen?«

»Er hat natürlich abgestritten, dass es ihm gehört.«

»Haben Sie ihm geglaubt?«

»Keine Sekunde. Er hat mir bereits gesagt, dass er keine

E-Zigaretten raucht, dass er überhaupt nicht raucht. Es gibt keinen Grund, warum er das in seinem Zimmer haben sollte, schon gar nicht unter dem Bett versteckt. Wieso sonst sollte das Fläschchen dort liegen?«

Ich konnte mir verschiedene Gründe vorstellen. Falls der Mörder versuchte, Trevor alles in die Schuhe zu schieben, wäre dies die perfekte Methode. Doch das waren wieder nur Annahmen, und Michaelson wollte Fakten. Außerdem hatte er etwas dagegen, dass ich mich zu sehr in die Untersuchungen gegen Trevor einmischte. Ich musste vorsichtig vorgehen. »Hätte die Flüssigkeitsmenge in diesem Fläschchen gereicht, um zwei Menschen umzubringen?«

»Das vielleicht nicht, aber alles andere hat er unter Umständen schon entsorgt.«

Ich konnte mich des Gedankens nicht erwehren, dass so viel Sirup in einer derart grellen Farbe den Geschmack und die Farbe des Whiskys, den Richard getrunken hatte, sehr verändert haben würde, es sei denn, der Alkohol hätte den Geschmack irgendwie neutralisiert. Ich nahm mir vor, mehr über flüssiges Nikotin herauszufinden.

Inzwischen war Michaelson bei seiner dritten Tasse Kaffee angelangt. Schon bald würde er vor Koffein nur so vibrieren. »Verhaften Sie Trevor?«, fragte ich.

»Noch erhebe ich nicht offiziell Anklage gegen ihn, aber ich habe ihn mit ein paar uniformierten Polizeibeamten auf die Wache geschickt. Dort kann er im eigenen Saft schmoren, bis ich bereit bin, ihn zu befragen.«

Ich strich Butter auf eine Scheibe im Hotel gebackenes Brot und gab einen Klecks Orangenmarmelade darauf. »Das erscheint mir alles zu offensichtlich«, sagte ich.

Michaelson verdrehte die Augen. »Sie meinen wohl, Ihrer hochprofessionellen Ansicht nach.«

Ich beugte mich über den Tisch und ging Michaelson

offen an. »Gut, sagen wir mal, es war Trevor. Warum um alles in der Welt würde er dann in seinem eigenen Zimmer Beweismittel verstecken? Er ist doch nicht dumm.«

»Ich weiß, dass er ein guter Freund von Patrick ist und dass Sie nicht wollen, dass es stimmt, aber das ändert nichts an den Tatsachen. Das Röhrchen wurde in seinem Zimmer gefunden.«

»Fingerabdrücke?«

»Das weiß ich noch nicht.«

»Haben Sie die Möglichkeit erwogen, dass man ihm das Verbrechen anhängen will?«

»Wenn ich jemanden mit einem Mordmotiv finde, ziehe ich das in Betracht.«

»Herausforderung angenommen«, erwiderte ich.

Michaelson beugte sich vor und schaute mich gereizt an. »Das war keine Herausforderung. Das hat mir gerade noch gefehlt, dass Sie in Sachen Trevor irgendwas Übereiltes tun. Ich habe ohnehin schon genug um die Ohren.«

»Ich übereile gar nichts. Ich denke nur gründlich nach. Wenn Sie so sicher sind, dass er es war, wie ist er dann in Archies Zimmer gekommen? Ich kann mir nicht vorstellen, dass er im zweiten Stock zu einem Fenster hinein- und wieder herausgeklettert ist. Zunächst einmal ist er dazu zu massig.«

»Ich vermute, er hat aus Archies Zimmer eine der Schlüsselkarten mitgenommen, als er ihn besucht hat. Das Schlüsselprotokoll verzeichnet, dass jemand mit einer von Archies Schlüsselkarten am Nachmittag mehrere Male die Zimmertür geöffnet hat. Es gibt keine Garantie dafür, dass es Archie persönlich war.« Michaelson schaufelte eine neue Zuckerlawine in seinen Kaffee. »Und falls er den Schlüssel nicht selbst gestohlen hat, könnte er dabei einen Helfer gehabt haben.«

Ich tat das gar nicht gern, aber ich wollte Michaelsons Gedanken von Patrick ablenken, koste es, was es wolle. »Sophie?«, vermutete ich.

»Das ist eine Möglichkeit«, antwortete Michaelson. »Selbst in einem so schicken Hotel wie diesem wird das Personal nicht gerade üppig bezahlt. Wenn der Preis stimmte, war sie vielleicht willens, ihm zu helfen.«

Ich schüttelte den Kopf. »Vielleicht, aber nur vielleicht, könnte ich mir vorstellen, dass sie etwas in eine Flasche kippt, damit jemandem schlecht wird, aber nicht um einen Menschen zu töten.«

Trevor und Sophie. Ich betrachtete die beiden aus verschiedenen Blickwinkeln. Nein. Das wollte ich einfach nicht glauben. Keiner von beiden schien hier zu passen. Sophie war reif für ihr Alter. Kompetent und sehr verlässlich. Sie würde nicht ihren Job riskieren, indem sie sich in einen Streit zwischen Gästen hineinziehen ließ.

»Hat irgendjemand MacInnes' Zimmer kurz vor Mitternacht betreten?«

»Niemand.«

»Dann ist jemand reingekommen, ohne eine Schlüsselkarte zu benutzen.«

»Oder Sie haben sich nur eingebildet, dass die Tür aufging.«

»Ich habe genau gesehen, wie sich die Tür öffnete.« Davon ließ ich mich nicht abbringen. »Das bedeutet, dass der Eindringling entweder einen der altmodischen Schlüssel benutzt hat oder durchs Fenster gekommen ist. Jeder, der Zugang zum Büro des Hoteldirektors hat, hätte sich einen Schlüssel ausleihen können und wäre damit, wann immer er wollte, ins Zimmer und wieder herausgekommen, ohne dass dies im Protokoll für die digitalen Schlüssel auftauchen würde. Auf diese Weise könnte der Mörder auch Sir Richards

Zimmer betreten haben, nachdem Sophie dort fortgegangen war und bevor Richard zurückkehrte.«

»Logan, ich weiß, Sie wollen nicht, dass Trevor Simpson der Täter ist, und ich weiß Ihre Besorgnis um Patrick zu schätzen, aber machen Sie die Dinge nicht unnötig kompliziert, nur damit Ihre Theorie zum Verbrechen passt.«

»Ich mache nichts unnötig kompliziert.« Ich legte meine Gabel ab und blitzte Michaelson wütend an. »Ich erwäge lediglich alle Möglichkeiten, anstatt mich mit der einfachsten Antwort zufriedenzugeben.« Michaelson presste die Lippen zu einer dünnen Linie zusammen. Ich war zu weit gegangen, und ich hätte am liebsten meine Worte wieder zurückgenommen, sobald sie mir über die Lippen gekommen waren.

»Tut mir leid, das habe ich nicht so gemeint«, fügte ich eilig hinzu. »Das ist die Journalistin in mir. Ich hinterfrage instinktiv jede Vermutung. Und ich habe eine große Klappe.« Michaelson sah ganz so aus, als stimme er mir da gern zu. »Ich vertraue Ihnen, und ich weiß, dass Sie Patrick fair behandeln werden.«

Ehe er darauf antworten konnte, brummte zwischen uns auf dem Tisch Michaelsons Handy. Ich sah, dass der Name Grace auf dem Display erschien. Er nahm das Telefon zur Hand und entfernte sich vom Tisch, um den Anruf entgegenzunehmen. Während er fortging, hörte ich noch: »Es passt gerade nicht so gut.«

Als Michaelson zurückkam, wirkte er zerstreut. Bei all unseren Begegnungen hatte ich ihn nie als Privatperson betrachtet, doch er hatte anscheinend mit irgendwas schwer zu kämpfen. Mit etwas, das außerhalb seiner Arbeit lag, vermutete ich.

»Sehen Sie mal«, sagte er, »ich habe mich nicht auf die einfachste Antwort versteift. Antworten sind nie einfach, das können Sie mir glauben. Ich will nur die richtige Antwort finden, und das werde ich.«

Ich nickte.

Michaelson lehnte sich auf seinem Stuhl zurück und betrachtete mich über den Tisch hinweg, während er mit dem Löffel auf das Tischtuch klopfte. »Im Augenblick habe ich nur einen Beamten, der noch fit ist, und selbst der ist völlig vom Hustensaft vernebelt«, erklärte er mir schließlich. »Ich könnte zusätzliche Hilfe gebrauchen, aber nicht in Sachen Trevor. Und ich bin darauf angewiesen, dass Sie das machen, worum ich Sie bitte, nicht das, was Sie für notwendig erachten.«

»Schön und gut«, erwiderte ich. »Was soll ich tun?«

Er zog ein gutes Dutzend Blätter aus der Akte, die er auf dem Schoß hielt. »Fangen Sie mit denen hier an. Larson hat mir Kopien aus dem Gästebuch gegeben, auf denen die Profile aller Leute auf den drei Stockwerken sind, um die sich Sophie kümmert. Fotos, Notizen, Vorlieben, Abneigungen, alles Mögliche.« Er reichte mir die Blätter über den Tisch hinweg. »Sehen Sie sich das an, und lassen Sie es mich wissen, wenn Ihnen irgendwas relevant erscheint.«

Ich steckte den Papierstapel in die Innentasche meines Mantels. »Ich schicke Ihnen eine SMS, wenn mir was auffällt.«

Michaelson fixierte mich mit einem starren Blick. »Nicht vergessen, Sie machen nur, worum man Sie bittet.«

»Nur, worum man mich bittet«, wiederholte ich.

Er ging fort, um unsere neuesten Fundstücke von der Forensik untersuchen zu lassen. Später würde er Trevor befragen. Ich schätzte Trevors Chance, sich aus diesem Schlamassel rauszureden, nicht sonderlich hoch ein. Ich konnte nur hoffen, dass er Patrick nicht mit hineinzog.

KAPITEL 13

Ich hätte gern mehr Zeit darauf verwandt, mir den Verkauf von Edenburn genauer anzusehen, doch ehe ich mich in meine eigenen Ideen verrannte, zog ich die Seiten hervor, die Michaelson mir gegeben hatte. Die Notizen waren überraschend ausführlich. Andererseits war das auch wieder nicht so überraschend. Es war das Gütezeichen eines 5-Sterne-Hotels, dass man auch auf die kleinste Kleinigkeit achtete. In jedem Eintrag standen die Zimmernummer, der Name, die Anzahl bisheriger Aufenthalte und die Vorlieben des Gastes verzeichnet. Im Augenblick war das Hotel weniger als zur Hälfte belegt, doch laut Sophie sollten heute bereits die ersten Gäste einer Hochzeitsgesellschaft eintreffen. Gott sei Dank waren die in den letzten beiden Nächten nicht hier gewesen. Leichensäcke, die aus dem Hotel getragen werden, sind einer romantischen Atmosphäre wohl kaum zuträglich.

Sophie war für die Stockwerke eins, zwei und drei zuständig. Den vierten und fünften Stock hatte man Ethel zugeteilt, dem Zimmermädchen, das in Trevors Zimmer den Liquid für E-Zigaretten gefunden hatte. Zwei Dutzend der Gäste waren noch nie vorher im Hotel gewesen, darunter Patrick, Hinatu, Richard und ich, und achtzehn waren seit über zehn Jahren nicht mehr hier gewesen. Alle Übrigen waren öfter hier abgestiegen. Manche hatten eine ellenlange Liste von Bedürfnissen, von der Art der Federn im Kopfkissen bis hin zur Marke des Mineralwassers und der Anzahl von Kleiderbügeln. Alles Dinge, die mir nie im

Traum eingefallen wären, geschweige denn, dass ich sie gefordert hätte.

Trevor Simpson ließ sich täglich sämtliche Lokalzeitungen und Wettformulare bringen. In den Notizen war alles vermerkt, von seinem Lieblingsdrink, Glenmorangie mit Quellwasser, bis zu der Anmerkung, dass er sein Steak am liebsten blutig mochte.

Die Eintragungen zu Richard Simpson waren ein wenig unterhaltsamer. Er war ein neuer Gast im Eagle Lodge, stieg jedoch häufig in einem Schwesterhotel in London ab. Anscheinend hatte er die Angewohnheit, das Hotel unter Mitnahme von Kleiderbügeln, Aschenbechern, Schreibutensilien und Bademänteln zu verlassen. Das Personal wurde angewiesen, vor dem Auschecken eine Liste aller fehlenden Gegenstände zum Empfang zu schicken, damit die Rechnung des Herrn entsprechend angepasst werden konnte. Seltsam, dass ein Mann, der es sich leisten konnte, ein Dutzend teurer Bademäntel zu kaufen, sie in einem Hotel mitgehen ließ. Richard kam aus einer begüterten Familie. Bereits zu Schulzeiten hätte er sich locker seinen eigenen Whisky kaufen können, zog aber trotzdem die Herausforderung vor, den des Schuldirektors zu klauen. War der Grund Langeweile, das angeborene Gefühl, einen Anspruch darauf zu haben, oder schlicht Arroganz?

Archie MacInnes war auch ein neuer Gast, doch er hatte bereits eine beträchtliche Liste von Notizen verursacht, angefangen von mitternächtlichen Bestellungen von Portwein und neapolitanischer Eiscreme bis hin zum Putzen seiner Gewehre und der Änderung seiner Jagdhose. Er hatte eindeutig vor, sämtliche Dienstleistungen, für die er bezahlte, so weit wie möglich zu nutzen.

Grant kam überraschend häufig hierher; im letzten Jahrzehnt war er mindestens einmal pro Jahr im Eagle Lodge abgestiegen. Er mochte als Erstes am Morgen einen schwarzen Kaffee und zum Frühstück ein Exemplar der *London Gazette*. Sonst keine anderen seltsamen Angewohnheiten. Über die Notizen zu Oliver Blaire musste ich leise lachen. Er wollte jeden Tag frische Bettwäsche und bestand darauf, dass sie hervorragend gebügelt war. Das konnte ich mir gut vorstellen.

Jude MacNamara wohnte als neuer Gast im vierten Stock. Die einzige Anmerkung war »Zimmerreinigung abgelehnt«. Das machte mich neugierig. Was hatte er zu verbergen?

Hugh Ashworth-Jones hielt sich ebenfalls regelmäßig hier auf. Bei einem vorhergehenden Besuch hatte seine Frau das Personal angewiesen, die Wanne mit Single Malt Whisky zu füllen, um darin zu baden. Hochinteressant. Ich konnte mir nur vorstellen, dass sie beabsichtigt hatte, so die Aufmerksamkeit ihres Gatten auf sich zu ziehen.

Wie Michaelson gesagt hatte, war das alles nicht sonderlich ergiebig. Neurosen und Völlerei allein machen noch keinen Mörder. Ich schickte ihm eine kurze SMS und wollte mich nun wieder auf meinen Computer stürzen. Als ich mich zum Schreibtisch wandte, fiel mein Blick auf Liam, der nur noch halb unter dem Bett hervorschaute. Er hatte sich daruntergeschlängelt, weil irgendwas sein Interesse geweckt hatte, und nun hatte er Probleme, sich rückwärts wieder herauszuwinden. Ich packte ihn bei den Hinterbeinen und zerrte. Nachdem ich ihn befreit hatte, schaute er mich schuldbewusst an und versuchte, sich in eine Zimmerecke zu verdrücken. Ein sicheres Zeichen dafür, dass er irgendwas ausheckte.

»Was hast du gefunden, mein lieber Junge?«, säuselte ich, allerdings ohne Erfolg. Er wollte nicht teilen. Ich musste ihm das Maul aufhebeln, um ihm seine Trophäe abzunehmen. Es stellte sich heraus, dass es eine silberne Kette mit einem Anhänger war. Kein Schmuckanhänger, wie ich bei näherem Hinsehen bemerkte, sondern eine kleine silberne Hundepfeife. Sie ähnelte der Plastikpfeife, die Joey mir gegeben hatte, als ich bei den Schießhunden war. Noch mehr erinnerte sie mich an die, die Joey um den Hals trug. War es seine? Und wenn ja, wie um alles in der Welt war sie hier oben gelandet?

»Guter Junge«, sagte ich und tätschelte Liams Kopf. »Ich glaube, du hast ein Indiz gefunden. Ich habe keine Ahnung, was das zu bedeuten hat, aber es hat was zu bedeuten.«

Ich wickelte das Kettchen sorgfältig in ein Papiertuch und legte es in die Schreibtischschublade, ehe ich mich wieder meinen Nachforschungen im Archiv der *Gazette* widmete. Diesmal suchte ich nach Informationen über Hugh Ashworth-Jones, die dritte Verbindung zum Verkauf von Edenburn. Hugh Jones, wie er ursprünglich hieß, war ein waschechter Glasgower. Er war Fußballer gewesen und hatte sich als Mittelstürmer der Glasgow Rangers einen Namen gemacht. Allerdings hatten nie bewiesene Behauptungen über die Manipulation von Spielausgängen einen dunklen Schatten auf seine ansonsten recht erfolgreiche Karriere geworfen. Nach seinem Rückzug aus dem Sport hatte sich Hugh neu erfunden und war das Gesicht der weltbekannten Destillerie von Harris geworden. Zunächst trat er dem Vorstand von Central Spirits lediglich als Vorzeige-Promi bei, doch sein beträchtlicher Charme und sein Geschick bei Geschäftsverhandlungen hatten ihn zu einer Schlüsselfigur im Erweiterungsteam des Unternehmens und bei der Übernahme von Edenburn gemacht.

Hugh war inzwischen bei Ehefrau Nummer fünf angelangt. Der Whisky-Trick von Ehefrau Nummer vier war anscheinend nicht besonders gut angekommen. Nummer fünf stammte aus der Familie Ashworth. Sie war die Tochter des verstorbenen Earl of Denby, und Hugh hatte ihren Namen angenommen und mit einem Bindestrich an seinen gekoppelt. Oberflächlich gesehen war es die perfekte Verbindung. Sie hatte die feine Herkunft und Erziehung; er hatte das Geld.

Ich hatte ihn am ersten Abend in der Bar beobachtet. Hugh und MacNamara hatten beinahe die ganze Zeit die Köpfe zusammengesteckt. Ich war davon ausgegangen, dass sie einfach nur alte Freunde waren, aber da MacNamara für die Whiskys im Wettbewerb zuständig war, ging es hier vielleicht um mehr. Hugh hatte nachsichtig über Richards Brandrede gelächelt, ihn allerdings weder unterstützt noch ihm widersprochen. Man hatte Hugh auch beim Mittagessen mit Findley und Craig gesehen. Nichts Ungewöhnliches, alle drei waren Preisrichter, aber es war doch interessant, dass dies die drei Preisrichter mit entschieden nationalistischen Tendenzen waren.

Hugh schien mir ein Schlüsselelement in diesem Puzzle zu sein, aber war er Schurke oder Opfer? Oder möglicherweise beides? Es würde mich überhaupt nicht überraschen, wenn ich herausfände, dass Hugh in einen Betrugsskandal verwickelt war, aber wäre er auch willens, jemanden umzubringen, um sein Geheimnis zu wahren? Falls der gemeinsame Nenner der Verkauf von Edenburn war, könnte Hugh das dritte und letzte Opfer des Mörders werden?

Ein Klopfen an der Tür schreckte mich aus meinen Gedankengängen. Ich ging aufmachen. Auf dem Flur stand Grant mit einem Teller Sandwiches in der Hand.

»Ich dachte, du möchtest vielleicht ein bisschen was zu Mittag essen«, sagte er.

Liam geleitete unseren Gast zum Sofa und hielt die Sandwiches mit zielstrebiger Entschlossenheit im Auge.

Ich nahm Servietten und zwei Flaschen Mineralwasser aus der Minibar und gesellte mich am Kamin zu Grant.

»Alle reden von Trevors Verhaftung«, sagte Grant. »Ich musste einfach ein paar Minuten von da unten weg. Man munkelt, du seist mit der Polizei gesehen worden, und alle scheinen zu glauben, dass ich, weil du meine Geschäftspartnerin bist, irgendwelche Insider-Informationen darüber besitze, was hier abläuft.«

»Diese Insider-Informationen habe nicht mal ich«, sagte ich mit einem Seufzer. »Allerdings weiß ich, dass Trevor nur festgenommen, nicht verhaftet wurde.«

Grant schüttelte traurig den Kopf. »So wie diese Meute denkt, hätte man ihn ebenso gut verhaften können. In der Gerüchteküche brodelt es nur so.«

»Hat irgendjemand was über Patrick gesagt?«

Grant runzelte die Stirn und schüttelte den Kopf. »Nein. Wieso?«

»Michaelson versucht, Patrick als Komplizen hinzustellen, weil er und Trevor alte Freunde sind.«

»Das ist doch lächerlich.«

»Ich weiß, aber bis der richtige Mörder gefunden wird, ist Patrick in den Augen der Polizei verdächtig. Der Stress, den mir das verursacht, hilft mir nicht gerade beim Denken.« Grant hielt mir den Teller mit den Sandwiches hin, und ich nahm mir eines und kaute gedankenlos darauf herum, obwohl ich eigentlich keinen Hunger hatte. »Ich versuche immer noch, die vielen Fäden dieser Geschichte zu entwirren, und im Augenblick mühe ich mich mit Hugh Ashworth-Jones ab. Ich bin mir nicht sicher, ob er Schurke oder Opfer ist.«

»Kann ich da helfen?«

»Das hast du schon. Der Hinweis auf den Kellermeister war toll, vielen Dank. Ich habe heute Morgen mit ihm gesprochen. Der Bewertungsprozess bietet sicher Möglichkeiten zur Trickserei.« Ich gab Liam den Rest des Schinkens von meinem Sandwich und saß nun da und pulte die Krusten vom restlichen Brot, um sie gesondert zu verzehren. »Ich habe online jede Menge über Hughs Karriere gefunden, doch vielleicht kannst du mir etwas über Hugh als Person erzählen.«

Grant zuckte mit den Achseln. »Ich kenne ihn über die Society, mehr nicht. Er war aktiv daran beteiligt, dass MacNamara zum neuen Präsidenten ernannt wurde. Ich glaube, MacNamara hat damals bei Central gearbeitet, als Hugh dort war. Wieso?«

»Nach allem, was ich herausfinden konnte, sind hier drei Preisrichter, die alle mit dem Verkauf der Destillerie Edenburn zu tun hatten. Zwei davon sind nun tot. Der dritte war Hugh. Ich mache mir Sorgen, dass er in Gefahr sein könnte.«

»Was hat Michaelson dazu zu sagen?«

»Er ist überzeugt davon, dass er den Mörder bereits in Gewahrsam hat, und ich habe nicht genügend Beweise für das Gegenteil, um ihn umzustimmen. Mein Instinkt reicht der Polizei nicht aus.«

»Sicherlich wird er doch zumindest Hugh im Auge behalten wollen.«

»Im Augenblick hat er ein bisschen zu wenig Personal. Daher meine Beteiligung.«

»Hm.« Grant bot mir ein weiteres Sandwich an, das ich ablehnte. »Und warum sollte Hugh ein Schurke sein?«

»Falls dieser Wettbewerb manipuliert wird, zieht jemand irgendwo hinter den Kulissen die Strippen. MacNamara ist eine Schachfigur in diesem Spiel, aber nicht der Anführer. Er ist *genügsam, kurzsichtig* und *leicht zu beeindrucken*. Die Strippen zieht jemand anders.«

»Da würde ich auf Hugh setzen«, stimmte mir Grant zu, »aber viel Glück, wenn du das beweisen willst. Das ist ein aalglatter Scheißkerl.«

Liam hatte inzwischen bei mir die Hoffnung aufgegeben und schaute nun Grant beim Essen zu. Er wurde für seine Mühen mit einem Häppchen Truthahn belohnt.

»Ich habe einen Maulwurf im innersten Kreis«, vertraute ich Grant an. »Oliver. Mit etwas Glück findet er ein paar hieb- und stichfeste Beweise. Doch ich mache mir Sorgen, dass es heute Abend ein weiteres Opfer geben könnte.«

Grant war vom Sofa auf den Fußboden gerutscht und saß nun da und kraulte Liams nach oben gewandten Bauch. Dem konnte man ja auch kaum widerstehen.

»Wie ist die Stimmung in der Whisky-Bruderschaft?«, erkundigte ich mich.

»Mit einem Wort: angespannt«, gab er zu. »Alle sind völlig nervös. Allmählich begreifen sie, dass hier was nicht stimmt, und sie hoffen, dass die Verhaftung der Sache ein Ende gesetzt hat. Michaelson war überall und hat alle befragt. Ich weiß, es ist seine Aufgabe, und ich bin mir sicher, das Hotel hat ihm jede Menge Druck gemacht, die Fälle schnell aufzuklären. Trotzdem wird es weder für das Hotel noch für den Wettbewerb gut sein, sollte das alles in der Presse erscheinen.«

»Etwas anderes wäre sehr unwahrscheinlich, zumal ein Vertreter der Presse in der Jury sitzt«, merkte ich an.

»Bis jetzt hat Gordon Craig die Dinge fest im Griff, in seinem eigenen Interesse, aber ich weiß nicht, wie viel länger er das schafft.«

Ich schaute zu Grant hinunter. Er wirkte erschöpft, und ich war versucht, die Arme auszustrecken und ihm die Spannung aus den Schultern zu massieren. Stattdessen fragte ich: »Und wie steht es mit dir?«

Grant zögerte und schaute mich unter seinen lächerlich dichten Wimpern hervor an. »Ich bin auch angespannt.«

»Ist Brenna immer noch Vergangenheit?« Ich verachtete

mich selbst für diese Frage, konnte sie mir aber nicht verkneifen.

»Ich bin mir nicht sicher. Ich weiß, was sie will, aber inzwischen haben sich die Dinge geändert. In mancher Beziehung vollständig, in anderer kaum.« Er seufzte und wandte den Blick ab. »Im Augenblick wird mir alles zu viel. Es passiert einfach zu viel, als dass ich klar denken könnte.«

Ich musste mich unwillkürlich fragen, ob Brenna hoffte, all dieser Tumult könnte Grants Entscheidung beeinflussen. Sie hatte ihn hängenlassen, und nun war sie wieder da und erwartete von ihm … Was? Dass er es noch einmal riskierte? Dass er einen Neuanfang wagte?

»Ich bin wohl kaum die Richtige, um Beziehungsratschläge zu geben«, sagte ich. »Da bin ich eine Katastrophe. Damit musst du leider ganz allein klarkommen.«

»Ganz allein sein, das ist wahrscheinlich für mich gerade das Beste«, erwiderte Grant mit einer Spur Gereiztheit. »Oder vielleicht sollte ich mir einfach einen Hund anschaffen. Die sind verlässlicher.«

Kurz darauf machte sich Grant auf den Weg zurück zur Konferenz, und ich wollte plötzlich nur noch hier raus. Weg von Grant und Brenna, weg vom Tod und weg von der klösterlichen Gefangenschaft in diesem goldenen Käfig. Was mir ursprünglich wie ein luxuriöser Kokon vorgekommen war, fühlte sich nun an wie eine Zwangsjacke – einengend und furchterregend. Es war Zeit, ein paar Recherchen außerhalb von Eagle Lodge anzustellen. Ich stand in der Lobby, wartete darauf, dass der Hoteldiener mir mein Auto brachte, und schaute zu, wie Larson eine neue Riege von Gästen begrüßte, ehe er sie zu den Lifts führte. Mir fiel auf, dass sich hinter dem Empfangstresen niemand mehr aufhielt, wenn Larson nicht dort stand. Einer plötzlichen Eingebung folgend, ging ich hinüber und trat hinter den Tresen, um ins Büro zu schauen. Gleich neben der Tür links befanden sich altmodische Sortierfächer, die den größten Teil der Wand vom Boden bis zur Decke einnahmen. Unter jedem Fach war in goldenen Zahlen eine Zimmernummer geschrieben. Manche Fächer enthielten Notizzettel, in den meisten lag ein Messingschlüssel. Die Fächer waren von der Tür aus leicht zu erreichen. Ich konnte jetzt durchaus unbemerkt einen Schlüssel entwenden. War dies das Geheimnis des Mörders? Gutes Timing.

Liam zerrte an der Leine, um mich wieder in Richtung Lobby zu bewegen. Ich wusste wirklich nicht, warum, aber ich folgte ihm, weil ich nicht in Larsons Büro ertappt werden wollte. Als wir in die Nähe der Eingangstür kamen, bemerkte ich Joey, der in einer Nische neben dem Tresen des Concierge stand und in ein Gespräch mit einem Mann in grünkarierten Hosen vertieft war, der seine nachdrücklichen Bemerkungen verstärkte, indem er Joey ständig mit dem Finger an die Brust tippte. Joey gab sich alle Mühe, einen neutralen Gesichtsausdruck zu wahren, doch seine Augen verrieten ein gewisses Unbehagen.

In diesem Augenblick kam mein Auto, und so gern ich auch näher an die beiden herangetreten wäre, um zu lauschen, wäre das doch zu offensichtlich gewesen. Ich musste los und zog Liam hinter mir her. Wir wollten die fünf Kilometer bis ins Dorf fahren und dem örtlichen Tabakhändler einen Besuch abstatten. Ich wusste nichts über flüssiges Nikotin und E-Zigaretten, und es war höchste Zeit, dass sich das änderte.

Der uralte Tabakladen war auf der Hauptstraße zwischen dem Metzger und der Post eingeklemmt und wirkte, als sei er einer Reklame aus den vierziger Jahren entsprungen. Sollte der Besitzer auch nur annähernd zu diesem Geschäft passen, so musste ich mich fragen, ob er überhaupt etwas über den modernen Trend zu E-Zigaretten wusste. Das Bimmeln einer Glocke verkündete in dem leeren Laden meine Ankunft. Ich blickte mich in dem schmalen, dämmrigen Raum um. Die hölzernen Kästen in der Griffhöhe von Kindern waren mit Süßigkeiten und Schokoladentafeln angefüllt, und eine kleine Gefriertruhe mit Schiebefenstern in der Ecke pries Eiscreme an, war jedoch im Augenblick leer und ausgeschaltet. Hinter der Ladentheke verliefen rings um die Wände vier Reihen von Regalbrettern, auf denen Zigarren, Zigaretten, Zigarettenpapier und andere Utensilien für Raucher Platz gefunden hatten. Liam schnüffelte am Boden herum, ehe er dreimal laut nieste. Allmählich glaubte ich, dass er gegen irgendwas allergisch war.

Ein älterer Herr, der sich seine Halbbrille auf den Kopf hochgeschoben hatte, tauchte aus dem Hinterzimmer auf, eine reichlich späte Reaktion auf die Türglocke. Die beste Beschreibung für ihn war wohl zerknittert. Sein Gesicht war zerknittert, seine Hände waren zerknittert, sogar seine Kleider waren zerknittert.

»Kann ich Ihnen behilflich sein?« Seine Stimme hatte das raue Knarzen eines lebenslangen Rauchers.

»Ich bin auf der Suche nach Zubehör für E-Zigaretten. Haben Sie so was?«

»Ja, wir haben ein bisschen was davon. Hauptsächlich für die Wochenendgäste.«

Er führte mich in eine hintere Ecke des Ladens, und ich brachte die beste Erklärung vor, die mir gerade einfiel. »Mein Bruder hat kürzlich damit angefangen. Er will sich die Zigaretten abgewöhnen. Ich wollte ihm etwas besorgen, um ihn weiter zu ermutigen.«

Der Zerknitterte zog zwei Fläschchen mit grell bunten Flüssigkeiten aus einer Vitrine und stellte sie auf die Theke.

Die Marke war dieselbe wie die, die mir Michaelson vorhin gezeigt hatte und die aus Trevors Zimmer stammte. »Die beiden hier sind ziemlich beliebt, es sei denn natürlich, er mischt sich selbst was.«

»Das geht?«

»Ja, man kauft einfach das flüssige Nikotin und fügt sein eigenes Aroma hinzu.«

»Mehr braucht man dazu nicht? Nikotin und Aroma?«

»Nö. Man muss das Nikotin verdünnen, sonst kommt man in Teufels Küche. Das ist ziemlich starkes Zeug.«

»Stärker als das hier?«, fragte ich und deutete auf die Fläschchen auf der Theke.

»Viel stärker.«

»Klingt tödlich.«

»Ein normaler Mensch müsste ziemlich viel davon schlucken. Da wird einem erst schlecht, ehe es einen umbringt.«

Ein normaler Mensch, dachte ich. Kein unfitter Mann mittleren Alters mit Herzproblemen. »Verkaufen Sie flüssiges Nikotin?«

»Wird hier nicht viel verlangt. Die meisten Leute bestellen es einfach online und lassen es sich zuschicken.«

Ich nahm eines der Fläschchen auf der Theke in die Hand; auf dem Etikett stand Karamell-Apfel. »Haben Sie davon in letzter Zeit was verkauft?«

»Vor ein paar Tagen an einen Typen aus der Eagle Lodge.«

»Erinnern Sie sich noch daran, wie er ausgesehen hat?«

Er zog seine Brille vom Kopf herunter und betrachtete mich. »Was soll das denn jetzt?«

»Ich wollte nur sichergehen, dass es nicht mein Bruder war. Ich will ja nicht dasselbe Aroma kaufen wie er«, erklärte ich lahm.

»Hm. Da gibt's nicht viel zu erinnern. Durchschnittlicher Typ, gut genährt, bestens polierte Stiefel und eine schnieke

Jagdjacke, die nicht aussah, als wäre sie je im Freien getragen worden.«

Diese Beschreibung passte auf die Hälfte der Männer im Eagle Lodge.

Ich nahm das rote Fläschchen von der Theke und schaute es genauer an. »Schmeckt das gut?«

»Für meinen Geschmack ist es zu süß, aber manche finden es ganz toll.«

Ich kaufte ein Fläschchen von der Karamell-Apfel-Flüssigkeit, verließ den Laden und ging auf einem langen Umweg zum Auto zurück. Es war ziemlich einfach, ein Fläschchen dieses süßlichen Sirups zu kaufen. Anscheinend genauso einfach, wie es war, sich flüssiges Nikotin frei Haus liefern zu lassen. Falls jemand das stärkere Nikotin mit einer kleinen Menge der aromatisierten Flüssigkeit vermischte und das dann in einen Whisky mixte, würde es nur sehr schwer herauszuschmecken sein. Aber doch wohl nicht für Sir Richard, würde ich meinen. Nach allem, was man hörte, hatte er einen ungewöhnlich feinen Gaumen. Es wäre schon überraschend, wenn ihm entgangen sein sollte, dass etwas mit seinem Whisky nicht stimmte. Doch vielleicht hatte er ihn einfach nur zu schnell heruntergestürzt.

Ich wanderte die Straße entlang zum Café und ging auf eine Tasse Kaffee hinein. Inzwischen heulte der Wind schrecklich, und der Gedanke an ein warmes Getränk war unwiderstehlich. Ich überprüfte meine E-Mails und sah, dass Patrick mir eine kurze Notiz geschickt hatte. *Nur eine Transaktion, an der sowohl Archie als auch Richard beteiligt waren – der Verkauf von Edenburn. Im Anhang eine Kopie der Verfahrensakten von dem Prozess, den der ehemalige Manager der Destillerie, Bruce Keenan, gegen Central Spirits angestrengt hat. Interessante Lektüre. P.*

Ich überflog das angehängte Dokument. Keenan hatte unter anderem wegen unrechtmäßiger Kündigung geklagt, und die benannten Beschuldigten waren Archie MacInnes, Richard Simpson und Central Spirits. Im Zusammenhang mit Central tauchte der Name Hugh Ashworth-Jones immer wieder auf; er war derjenige, der den Deal mit Archie und Richard ausgehandelt hatte. Keenan behauptete, man hätte im Kaufvertrag dafür Vorsorge treffen müssen, dass langjährige Mitarbeiter entweder übernommen oder entschädigt würden.

Die Klage wurde zurückgezogen, ehe der Fall vor Gericht kam. Druck von Seiten des Unternehmens? Unter Umständen Schmiergelder? Ich suchte auf meinem Smartphone nach Keenans Namen, und er tauchte unlängst auf der Gästeliste einer Veranstaltung der Malt Whisky Society auf. Er war also noch im Geschäft. Möglicherweise war er sogar hier. Vielleicht konnte mir Cam oder Grant helfen, ihn zu identifizieren.

Ich musste mir nur eine einzige Transaktion näher ansehen. Das war die erste gute Nachricht seit Tagen. Das hieß auch, dass ich weniger Leuten nachspüren musste. Doch wenn sich Edenburn als Sackgasse erwies, stünden Trevor und Patrick wieder mitten im Scheinwerferlicht.

Ich starrte aus dem Fenster, während ich meinen Kaffee austrank. Da fiel mir eine junge Frau auf, die, gut eingemummelt gegen die Kälte, eilig die Straße hinunterging. Als sie am Café vorüberkam, erkannte ich zu meiner Überraschung Sophie. Sie blieb vor dem Büro des Immobilienmaklers auf der anderen Straßenseite stehen und schaute sich nach allen Seiten um, ehe sie eintrat. Ich behielt den Laden etwa zwanzig Minuten im Auge, ehe sie wieder herauskam und die Hauptstraße wieder hinauflief.

Dem musste ich einfach nachgehen. »Was meinst du,

Liam? Höchste Zeit, dass wir uns nach einem kleinen Ferienhäuschen erkundigen?«

Im Fenster des Immobilienmaklers sah man Dutzende von bebilderten Angeboten; es war alles dabei, von der bescheidenen Doppelhaushälfte bis zum großartigen Landhaus. Kaum war ich über die Schwelle getreten, erhob sich schon eine kecke junge Frau hinter ihrem Schreibtisch und kam mit federnden Schritten auf mich zu.

»Wie kann ich Ihnen helfen, Madam?«

Seltsam, wie schnell man zur »Madam« wird, wenn die Leute meinen, man wolle möglicherweise jede Menge Geld ausgeben. »Ich bin diese Woche in Eagle Lodge abgestiegen, und ich muss sagen, wir haben uns einfach in diese Gegend verliebt«, schwärmte ich überschwänglich. »Sie ist so wunderschön, so malerisch. Ich bin einfach nur neugierig, was Sie an Ferienhäuschen anzubieten haben.«

»Wir haben ein paar wunderschöne Anwesen, die zur Golf-Community von Eagle Lodge gehören. Sie hätten da Zugang zum Golfplatz und zum Wellnessbereich des Hotels. Eine unglaublich reizvolle kleine Enklave. Reihenhäuser und einzelstehende Anwesen.«

»Wie ist der Preis für die Reihenhäuser?«

Die Maklerin lächelte immer noch, allerdings jetzt schon weniger herzlich. »Da haben wir eine ganze Reihe von Optionen, von fünfhunderttausend bis zwei Millionen Pfund.«

Anscheinend ist es so, dass man, wenn man nach dem Preis fragen muss, sich den Kauf kaum leisten kann. »Also wohl nicht die Preisklasse, in der die Leute aus dem Ort sich was kaufen würden«, merkte ich an.

»Du liebe Güte, nein. Die Leute aus dem Ort entscheiden sich eher für ländlichere Anwesen.« Die Maklerin schwenkte auf andere Argumente um, da sie offensichtlich der Meinung war, ich könnte der eher rustikale Typ sein. »Gerade eben habe ich ein wunderschönes landwirtschaftliches Anwesen mit einem Häuschen drauf an eines der Mädel vom Ort verkauft. Daraus könnte ein wirklich schönes Wochenendhaus werden, wenn man bereit ist, einiges zu renovieren.« Die Maklerin ging zum Schaufenster, nahm eines der Angebote heraus und klebte ein rotes »Verkauft«-Etikett darauf. »Das markiere ich besser gleich. Es war auch noch jemand anders sehr an diesem Anwesen interessiert.« Sie legte die Karte mit dem Angebot ins Schaufenster zurück, um anzuzeigen, wie erfolgreich ihr Unternehmen Immobilien veräußerte, obwohl der Markt im Augenblick wohl eher schleppend war.

»Die Käuferin hätte das Anwesen beinahe nicht bekommen, hat aber gerade noch rechtzeitig die Anzahlung geleistet. Heutzutage muss man sich rasch entschließen«, deutete sie an.

»Wenn ich mich für eines der Anwesen interessiere, die Sie im Angebot haben, was für eine Anzahlung wäre da etwa fällig?«

»Der Standard sind zwanzig Prozent. Möchten Sie einmal unsere Liste durchschauen?«

»Vielleicht ein andermal«, sagte ich und ließ mich von Liam zur Tür ziehen. Die Maklerin sah ganz so aus, als hätte sie mich am liebsten mit Gewalt festgehalten, wenn sie gekonnt hätte. Da rutschte ihr gerade eine lebende Beute aus den Fängen. Trotz ihres zur Schau gestellten Stolzes spürte ich, dass die Geschäfte nur zäh liefen.

Während ich am Ende von Liams Leine davoneilte, schaute ich noch schnell auf die Anzeige mit dem soeben verkauften Bauernhäuschen im Fenster. Der geforderte Preis war fünfzigtausend Pfund. Sophie war jung und arbeitete als Zimmermädchen. Auch wenn sie einen Job in einem schicken Hotel hatte, wie hatte sie so viel Geld sparen können? Mir kam sofort ein Gedanke, aber es war kein guter.

KAPITEL 14

Ich ging mit Liam in unser Zimmer zurück, ließ mich aufs Bett fallen und starrte an die Decke. Schon bald musste ich mich fürs Abendessen fertig machen, doch ich hatte das Bedürfnis, mich auszuruhen. Nach wenigen Minuten wälzte ich mich herum und zog das Whiteboard unter dem Bett hervor. Nun da ich von Patrick die Informationen zu dem Gerichtsverfahren hatte, fügte ich bei Geschäftsverbindungen noch den Namen Bruce Keenan hinzu. Ganz sicher war er jemand, dem der Edenburn-Deal geschadet hatte. Nach einigem Zögern schrieb ich neben seinen und Trevors Namen auch noch *Sophie / Geld*. Theoretisch hätte jeder von beiden Sophie bestechen können, damit sie ihm half. Ich mochte mich noch immer nicht mit dem Gedanken anfreunden, dass Sophie wissentlich einen Gast vergiftet hatte, aber vielleicht war sie willens gewesen, ein, zwei Messingschlüssel aus dem Büro des Hoteldirektors zu holen, obwohl es, wie ich heute gesehen hatte, wirklich nicht schwer war, einen in die Finger zu kriegen, selbst wenn man nicht zum Personal gehörte.

Ein Klopfen an der Tür ließ mich zusammenfahren. Hastig verstaute ich das Whiteboard unter dem Bett, ehe ich aufmachen ging. Draußen stand Oliver Blaire, und an seiner Miene konnte ich ablesen, dass etwas nicht in Ordnung war. Ich bat ihn herein und schaltete den Kamin an.

»Wie Sie mich gebeten haben, habe ich mit MacNamara gesprochen«, sagte Oliver. »Sie hatten recht. Es gibt eine Art unauffällige Manipulation des Wettbewerbs.«

»Wie manipuliert man denn ›unauffällig‹?«

»Anscheinend haben sie dafür gesorgt, dass alle ›weniger wünschenswerten Whiskys‹ ungerade Nummern und die bevorzugten schottischen Marken gerade Nummern bekommen. Auf diese Weise können Preisrichter, denen der Sinn danach steht, die Getränke mit der geraden Nummer bevorzugen, indem sie ihnen eine außergewöhnlich hohe Punktzahl geben und den Getränken mit den ungeraden Nummern eine außergewöhnlich niedrige.«

Ich fühlte mich gleichzeitig bestätigt und enttäuscht. »Hat man das allen Preisrichtern mitgeteilt?«

»MacNamara hat gegenüber den meisten Preisrichtern deutliche Anspielungen gemacht, doch wenn jemand darauf nicht reagierte, hat er die Sache nicht weiter verfolgt. Ich glaube, sie haben ihr Möglichstes getan, um nicht aufzufallen. Ich muss sagen, man hat keinen Druck auf mich ausgeübt, aber mir wurde mehr oder weniger klar zu verstehen gegeben, dass es für Preisrichter, die wegen der Anzahl ausländischer Wettbewerber besorgt sind, eine Option gibt.«

»Was war mit Sir Richard und Archie?«

»Ich habe gefragt, wie MacNamara es geschafft hat, sie zu überzeugen, doch er hat steif und fest behauptet, man habe keinen von beiden angesprochen, weil ›wir wussten, dass sie damit nicht einverstanden sein würden‹, wie er sich ausdrückte.«

»Wer ist wir?«

»Das hat er nicht gesagt.« Oliver überlegte einen Augenblick. »Ich vermute, sie haben Richards lautstarke Verurteilung der Nationalisten sogar als Deckmantel benutzt. Wer würde sie denn bezichtigen, sie seien gegen die Ausländer, solange Richard in der Jury war?«

»Richard war gerissen. Hätte er das irgendwie herauskriegen können?«

»Wenn ja, so hätte er meiner Meinung nach sofort Alarm geschlagen. Ohne zu zögern.«

Da musste ich ihm zustimmen. Richard hätte niemals Stillschweigen über einen solchen Skandal bewahrt. »Hat MacNamara gesagt, wer sich sonst noch dem schottischen Team zugesellt hat?«, fragte ich.

»Nicht namentlich, doch er hat gemeint, er sei ›mit seinen Sorgen gewiss nicht allein‹. Er schien recht erfreut darüber, dass ich Interesse gezeigt habe.«

»Was machen Sie jetzt?«, fragte ich Oliver.

»Ich habe vor, mich mit dem Kellermeister und dem Vorstand des Order of the Golden Quaich zu unterhalten, und ich vermute, der wird anstelle von MacNamara einen neuen Vertreter der Malt Whisky Society benennen.«

»Es tut mir leid, dass ich Sie in diese Sache hineingezogen habe, Oliver.«

Oliver zuckte mit den Schultern. »Das war bitter nötig. Besser jetzt als nach der Preisverleihung.«

Ich führte Oliver hinaus und fing sozusagen noch einmal von null an. Ich zog mein Whiteboard hervor und strich das Wort *Wettbewerb* durch. Es war eine Erleichterung, zumindest einen Punkt ausschließen zu können. Man hatte Richard und Archie nichts davon erzählt, und hätten sie irgendwie sonst davon erfahren, so hätten sie sofort einen Riesenaufstand gemacht. Das bedeutete, dass die Manipulation des Wettbewerbs als Mordmotiv nicht in Betracht kam.

Nun blieben nur noch Trevor und Richards und Archies geschäftliche Unternehmungen – mit anderen Worten: die Edenburn Destillerie. Ich würde mich auf die Schandtaten der drei in dieser Angelegenheit konzentrieren, doch zunächst musste ich Michaelson anrufen. MacNamara und seine Kumpane waren drauf und dran, einen Skandal zu verursachen, und er sollte besser gewarnt werden. Zumindest waren diese Leute keine Mörder. Diese zweifelhafte Ehre kam wohl jemand anders zu.

Die Nacht zog herein, und die zunehmende Dunkelheit flößte mir Angst ein. Zwei Nächte; zwei Morde. Was würde die heutige Nacht bringen? Ob ich es wollte oder nicht, ich war nervös, fürchtete mich und war völlig unvorbereitet. Gift war eine subtile Waffe, ganz anders, als stünde man einem Mörder mit einem Messer oder einer Pistole gegenüber. Gift konnte sich von überall her an einen heranschleichen.

Alle drei Hauptpersonen bei dem Edenburn-Deal saßen zum ersten Mal zusammen in der Jury. War das ein Zufall, eine seltsame Fügung des Schicksals, die jemanden auf bittere Rachegedanken gebracht hatte? Wenn ja, sah die Lage für Hugh Ashworth-Jones nicht gerade rosig aus. Er war wohl derjenige, der unmittelbar dafür verantwortlich war, dass man die angestammten Mitarbeiter bei Edenburn entlassen hatte, möglicherweise sogar dafür, dass man Bruce Keenan irgendwie dazu gebracht hatte, seine Klage zurückzuziehen. Falls der Mörder tatsächlich die Leute, die mit dem Verkauf der Destillerie zu tun hatten, einen nach dem anderen erledigte, war Ashworth-Jones der letzte Preisrichter, der noch lebte, und damit der Logik nach das nächste Opfer. Irgendetwas sagte mir, dass er in Gefahr war, aber was konnte ich schon tun, ohne Beweise dafür zu haben, dass Bruce Keenan an der Konferenz teilnahm? Hugh warnen? Und wenn ich das machte, was sollte ich ihm sagen? Ihre Schandtaten aus der Vergangenheit werden Sie vielleicht heimsuchen – aber ich wusste es ja nicht genau. Er würde mich für verrückt halten.

In diesem Augenblick erschien Patrick im Zimmer. Er sah völlig erledigt aus. Er ließ sich mit einem Seufzer aufs

Bett fallen. »Ich hätte nie gedacht, dass ich das mal sagen würde, aber so schnell möchte ich keinen weiteren Whisky verkosten.«

»Kopf hoch, mein Freund, vor dir liegt noch ein langer Abend. Hast du mit Oliver geredet?«

»Gerade eben. Er hat mir berichtet, was er rausgefunden hat. Gut gemacht. Aber wo stehen wir jetzt?«

»Weder Richard noch Archie waren von der Manipulation unterrichtet, also gab es von dieser Seite her keinen Grund, sie umzubringen. Ganz im Gegenteil, Oliver glaubt, dass MacNamara unter Umständen Richards lautstarke Verurteilung der Nationalisten als Deckmäntelchen benutzt hat. Wir suchen also immer noch nach einem Mörder«, sagte ich.

Patrick drehte sich auf die Seite und schaute mich an. »Bitte sag mir, dass du was gefunden hast, was Trevor und mir hilft.«

»Ich wünschte, das wäre so, aber die Sache scheint immer komplizierter zu werden«, jammerte ich. Ich erstattete Patrick kurz Bericht über meinen Nachmittag im Dorf.

»Es gibt jede Menge Leute, die im Tabakladen eingekauft haben könnten«, sagte Patrick rasch. »Und nur weil Sophie einen Haufen Geld hat, bedeutet das nicht, dass sie irgendwelche linken Sachen macht, und ganz bestimmt nicht, dass sie mit Trevor unter einer Decke steckt.«

»Richtig, aber ich bin mir nicht sicher, ob Michaelson das auch so sieht. Ihm sind seine Beweise lieber als meine Intuition.«

»Wissen wir überhaupt mit Sicherheit, dass die Trüffel vergiftet waren?«

»Bisher habe ich keine Bestätigung dafür bekommen, aber die Polizei geht davon aus.«

»Wenn man bedenkt, dass ich mich seit Monaten auf diese Woche gefreut habe. Was für ein Alptraum!« Patrick lehnte sich zurück und fasste sich an die Nasenwurzel. Daraus schloss ich, dass er Kopfschmerzen hatte. »Hast du die Gerichtsakten bekommen, die ich dir geschickt habe?«, fragte er.

»Ja. Die sind wirklich vielversprechend. Archie, Richard und Hugh Ashworth-Jones sind alle in diesen Deal verwickelt. Den Kläger, Bruce Keenan, kennst du wohl nicht zufällig?«

»Nicht persönlich«, erwiderte Patrick. »Aber irgendjemand kennt ihn bestimmt. Ist er Gast im Hotel?«

»Nein. Zumindest steht er nicht im Gästebuch.«

»Das bedeutet nicht, dass er nicht an der Konferenz teilnimmt.« Patrick starrte weiter an die Decke.

»Genau«, sagte ich. »Dann besteht unsere erste Aufgabe jetzt darin, Bruce Keenan aufzutreiben. Falls er hier ist, sollte es mir gelingen, Michaelson davon zu überzeugen, auch ihn als Verdächtigen ins Visier zu nehmen. In der Zwischenzeit, denke ich, sollten wir alles tun, was in unseren Möglichkeiten steht, um Hugh im Auge zu behalten. Ich mache mir ein bisschen Sorgen, dass die Leute unvorsichtig werden, jetzt, da sie glauben, dass die Polizei den Mörder verhaftet hat. Das ist für die meisten wahrscheinlich kein Problem, aber für Hugh könnte es tödlich enden. Meinst du, dass du und Grant es hinkriegen könntet, den ganzen Abend über in seiner Nähe zu bleiben?«

»Wir können versuchen, uns dabei abzuwechseln, aber es würde wohl nicht schaden, Hughs Zimmer zu durchsuchen, falls der Mörder bereits dort war und irgendeine vergiftete Gabe hinterlassen hat«, merkte Patrick an.

»Überlass das mir.«

»Es gefällt mir gar nicht, was du gerade denkst. Ich sehe förmlich, wie sich die Rädchen in deinem Hirn drehen.«

»Pass du auf dich auf, und ich passe auf mich auf.« Ich

verschwand im Badezimmer, um mich fürs Abendessen zurechtzumachen, aber auch, um Patricks weiteren Fragen aus dem Weg zu gehen. So schlug ich zwei Fliegen mit einer Klappe. Ich genoss die Wärme des beheizten Fußbodens, während ich Make-up auflegte und irgendwas mit meinem Haar versuchte. Ich hatte keine Ahnung, was ich heute Abend anziehen sollte. Ich hatte eigentlich nicht vorgehabt, zu jedem Anlass ein neues Outfit zu tragen, doch ich wollte ja auch einen guten Auftritt hinlegen. Für Abbey Glen natürlich, aber ebenso sehr auch, um nicht von Brenna, der walisischen Hexe, in den Schatten gestellt zu werden.

Als ich aus dem Badezimmer kam, hatte Patrick mir bereits etwas auf dem Bett zurechtgelegt.

»Tut mir leid«, sagte er. »Ich hab einfach keine Ruhe.«

Ich zog den schwarzen Bleistiftrock an, den Patrick ausgewählt hatte, und nahm den außerordentlich tief ausgeschnittenen schwarzen Kaschmirpullover zur Hand, den er danebengelegt hatte. »Ich sehe aus, als ginge ich zu einer Beerdigung.«

»Zu einer sexy Beerdigung«, fügte er hinzu, »und was könnte für ein wenig heimliche Schnüffelei passender sein als ein völlig schwarzes Outfit?«

Unwillkürlich musste ich daran denken, wie Grant mich mit seinen tiefdunklen waldgrünen Augen ansehen würde. Doch ich schüttelte den Kopf und sagte: »Ich bin nicht deine Barbiepuppe.«

»Dann such dir was anderes aus.«

Ich hatte nicht viel, das ich noch nicht getragen hatte. Vielleicht hatte Patrick doch recht. Vielleicht musste ich mich ein bisschen mehr anstrengen. Ich ging zu meinem Koffer und zog eine dreireihige kurze Perlenkette heraus, die mir Ben vor Jahren einmal geschenkt hatte. Ich hatte sie im letzten Augenblick noch hineingeworfen, weil ich Ben damit irgendwie mit hierher nehmen wollte. Ich legte mir die Kette um den Hals und betrachtete die Wirkung. Das Outfit war nun insgesamt ziemlich spektakulär, und sogar Patrick musste zugeben, dass die Perlen der richtige elegante Touch waren, ein Gegengewicht zu dem erotischen Reiz des restlichen Ensembles.

Liam schien es ganz zufrieden, vor dem Kamin ausgestreckt liegenzubleiben. *Er* bekam Zimmerservice. Mrs Easton hatte versprochen, dass Sophie für ihn einen Teller aus der Küche heraufbringen würde. Als ich die Tür hinter mir schloss, stellte ich fest, dass ich ihn einmal mehr um sein Hundeleben beneidete.

Sobald wir durch die Tür geschritten waren, gesellte sich Patrick zu seinen Kollegen von der Jury und stellte sich, wie ich ihn gebeten hatte, neben Hugh Ashworth-Jones. So allein gelassen, machte ich mich auf den Weg zur Bar, um mir einen Drink zu bestellen. Als ich mich umdrehte und mich im Raum umschaute, merkte ich, dass Grant plötzlich neben mir aufgetaucht war.

Sein Blick wanderte von meinen Augen zu meiner Taille und wieder zurück. »Ich weiß deine Bemühungen zu schätzen, zusätzliche Aufmerksamkeit auf Abbey Glen zu lenken, doch mir wäre es lieber, wenn unser Whisky nach seinem eigenen Verdienst beurteilt würde und nicht nach dir.«

Ich spürte, dass Grant einen Scherz machen wollte, doch es lag auch eine Spur eisiger Missbilligung in seiner Stimme, die mich ahnen ließ, dass er es eher ernst meinte. Ich trat einen halben Schritt zurück und vergrößerte so unbewusst den Abstand zwischen uns. »Dir gehört zwar die halbe Destillerie, doch ich gehöre dir nicht«, blaffte ich. Ich holte tief Luft, was wahrscheinlich nicht gerade von meinen weiblichen Reizen ablenkte, doch ich musste mich ja irgendwie beruhigen. »Du hast vorhin gesagt, dass du bereit bist, mir zu helfen«, fuhr ich leise fort. »Bist du noch dabei?«

Grant neigte leicht den Kopf. »Ja. Was schwebt dir vor?«

»Kannst du zusammen mit Patrick heute Abend Hugh Ashworth-Jones im Auge behalten? Patrick heftet sich bei allen Jury-Treffen an seine Fersen. Du müsstest ihn in der restlichen Zeit beobachten, damit er keinen Verdacht schöpft.«

»Und was machst du?«

»Ich versuche, einen Mann namens Bruce Keenan zu finden.«

»Der wird dich finden, wenn er nicht blind ist.« Grant schluckte den Rest seines Drinks herunter und bestellte sich einen weiteren. »Ich bin mir nicht sicher, ob es Hugh gefallen wird, wenn ich ihn auf Schritt und Tritt verfolge, aber ich werde mein Bestes tun.« Er hielt inne und schien über die Sache nachzudenken. »Wenn Hugh ein potentielles Angriffsziel ist und der Mörder nach seinem bisherigen Muster vorgeht, wird er doch gewiss versuchen, ins Zimmer seines Opfers zu gelangen. Sollten wir da vielleicht einen Wachposten aufstellen?«

Ich konnte es mir gerade noch verkneifen, die Augen zu verdrehen. »Bin ich schon dran«, erwiderte ich ungeduldig.

»Da kommt Patrick«, merkte Grant an. »Das bedeutet wohl, dass jetzt ich an der Reihe bin.«

Ich drehte mich um, als Patrick mich am Arm packte und mir ins Ohr flüsterte: »Ich habe jemanden gefunden, der Bruce Keenan kennt.«

»Na toll, aber wer ist jetzt bei Hugh?«, fragte ich.

»Er redet gerade mit Brenna.«

Ich blitzte Patrick wütend an. »Du hast die doch nicht etwa in diese Sache eingeweiht?«

»Nein. Aber ich kann Hugh gut und gern eine Minute mit ihr allein lassen. Glaub mir, er ist ganz hingerissen.«

»Ich gehe schon«, sagte Grant und machte sich rasch auf den Weg. Ich fragte mich, ob er es so eilig hatte, weil er nicht etwa Hugh, sondern Brenna im Auge behalten wollte.

Ich tat den Gedanken mit einem Kopfschütteln ab und wandte mich wieder an Patrick. »Wer kennt Keenan?«

»Cam.« Patrick dirigierte mich auf unseren Destillerie-Manager zu. »Geh und sprich mit ihm. Man hat mich aufgefordert, mich mit den Vertretern des Order of the Golden Quaich zu treffen. Anscheinend müssen sie mit jedem Preisrichter einzeln über ›etwas Wichtiges‹ sprechen, und wir wissen alle, was das ist.«

Ich ging zu Cam hinüber, der sich durch die Kanapees arbeitete, die man im hinteren Bereich des Zimmers aufgetischt hatte. Er sah mich und hob sein Glas zum Gruß. Als ich näher kam, musterte er mich vom Scheitel bis zur Sohle, verkniff sich jedoch taktvoll jeglichen Kommentar.

»Ich habe gehört, die Polizei hat Trevor Simpson mitgenommen«, sagte er. »Meinst du, die haben den Richtigen?«

»Das kann ich nicht sagen.«

»Das kannst du nicht oder das darfst du nicht sagen?«

»Um ehrlich zu sein, ein bisschen von beidem«, antwortete ich. »Patrick ist überzeugt, dass Trevor unschuldig ist.«

»Wenn die Polizei sich irrt, rückst du bestimmt die Sache wieder gerade, Mädel.«

Ich wünschte, ich wäre mir da so sicher wie Cam. »Ich gebe mir jedenfalls auch alle Mühe«, erwiderte ich. »Vielleicht könntest du auch helfen. Patrick meint, du kennst Bruce Keenan. Ist er hier?«

»Ich habe ihn schon gesehen, aber heute Abend bisher noch nicht.«

»Er wohnt also nicht im Hotel, ist jedoch zum Wettbewerb gekommen?«

»Ja. Woher das Interesse an ihm?«

»Nicht so sehr an ihm wie an seiner Zeit bei der Edenburn Destillerie«, sagte ich.

»Ja.« Cam kaute auf einem weiteren mit Ei belegten Kanapee. »Das war eine üble Angelegenheit. Bruce wurde entlassen, nachdem Edenburn an Central verkauft worden war.«

»Was hat Bruce bei Edenburn gemacht?«

»Er war dort Destillerie-Manager, und ein verdammt guter. Sie haben ihm übel mitgespielt, und er hatte recht, dass er damals darüber so wütend war.«

»Er hat gegen sie geklagt, nicht wahr?«

»Du scheinst schon jede Menge darüber zu wissen«, sagte Cam mit einem leisen Lachen. »Wieso fragst du dann mich?«

»Ich hatte gehofft, etwas mehr über den Mann herauszufinden.«

»Leute, die ihr Leben lang für Destillerien gearbeitet haben, gehören dort irgendwie immer dazu.«

Cam hatte offensichtlich genug Whisky intus, um ins Philosophieren zu geraten.

»Die Destillerie ist ein Teil ihrer Person, ihrer Identität. Dass man ihn so ohne jeden Grund fallen ließ, war für Bruce ein harter Schlag. Das wäre es für jeden. Mit dem Gerichtsverfahren ist er nicht vorangekommen, und dann hat ihn zu allem Überfluss noch seine Frau verlassen. Es waren finstere Zeiten für ihn.«

»Was macht er jetzt?«

»Er hatte Schwierigkeiten, Arbeit zu finden. Er war nicht mehr jung, und es gingen nach seiner Entlassung Gerüchte um, dass er für den Job nicht geeignet wäre. Diese Geschichten kamen von Edenburn, da habe ich keinen Zweifel.«

»Irgendwas Bestimmtes?«

»Eigentlich nicht, aber er war schon immer jähzornig. Schließlich haben sie ihn bei Marchbanks eingestellt.«

Das war mal eine Überraschung. »In der Familien-Destillerie von Oliver Blaire?«

»Ja. Er ist dort für den Vertrieb zuständig.«

Ich nahm mir vor, später mit Oliver darüber zu reden. »Ist das nicht ein Abstieg, nachdem er vorher Destillerie-Manager war?«

»Schon, aber es ist Arbeit, und die Blaires sind gute Arbeitgeber. Großzügig und ehrlich.«

»Meinst du, Bruce hat Archie MacInnes die Schuld daran gegeben, dass er seinen Job verloren hat?«

»Bruce und ich sind schon über zwanzig Jahre befreundet, aber über solche Dinge würde er nicht mit mir sprechen. Doch wenn ich raten müsste, würde ich sagen, er hat damals so gut wie jedem die Schuld daran gegeben.«

»Wenn er heute Abend kommt, würde ich ihn gern kennenlernen.«

»Dafür sorge ich, aber pass gut auf dich auf«, sagte Cam mit gerunzelter Stirn. »Bruce ist kein Kostverächter, und heute Abend stellst du ja einiges zur Schau.«

Brenna hatte sich heute Abend natürlich entschlossen, ein Kleid von großer Schlichtheit und Eleganz zu tragen. Es war aus weicher, winterweißer Wolle, hoch geschlossen und mit langen Ärmeln, und es saß wie angegossen, als wäre es maßgeschneidert. Das war es vielleicht auch. An Geld schien es ihr nicht zu mangeln. Ich sah sie, wie sie sich in einer Ecke mit Hugh und Grant unterhielt. Grant hatte den Kopf zu ihr heruntergeneigt, und ihr Haar fiel wie Seide über den Ärmel seines Jacketts. Sie hatte ihn unter dem Jackett um die Taille gefasst. Diese Geste ließ an Intimität nichts zu wünschen übrig. Aber Eifersucht war unangebracht. Schließlich hatte ich Grant bei jeder Gelegenheit davongejagt. Ich konnte nicht erwarten, dass er meinetwegen sein Leben auf Eis legte.

Eifersucht mochte unangebracht sein, aber ich konnte mich ihrer nicht erwehren. Ich wandte mich ab, knurrig und missgestimmt. Es war nicht gerade die beste Laune, in der mich Cams Freund Keenan erwischte, der kurz vor dem Abendessen auf dem Plan erschien. Cam dirigierte ihn in meine Richtung und stellte uns vor, ehe er taktvoll verschwand, um uns einen Drink zu besorgen.

Keenan schüttelte mir die Hand, hob allerdings den Blick nie höher als bis zu meinem Kinn. Selbst wenn sein Leben davon abgehangen hätte, er hätte meine Augenfarbe nicht nennen können. Trotz der Heizung fröstelte mich ein wenig. Ich erkannte ihn sofort vom ersten Abend in der Aerie Bar. Er war der lautstarke Betrunkene gewesen, den der Sicherheitsdienst fortführen musste. Ich erinnerte mich daran, dass Richard und Archie sich angewidert von der Szene abgewandt hatten. Damals hatte ich vermutet, es sei Verachtung für jemanden gewesen, der trinkt, obwohl er nichts verträgt. Jetzt jedoch fragte ich mich, ob die beiden nicht einfach versucht hatten, nicht gesehen zu werden, damit er sich ihnen nicht näherte.

Keenan schien etwa Mitte fünfzig zu sein. Sein Haar war von einem leblosen Braun, das nur aus einer Flasche stammen konnte. Sein Bart war von derselben langweiligen Farbe, doch seine Nase glänzte in strahlendem Scharlachrot. Er trug eine schwarze Krawatte und grün karierte Hosen zu einem marineblauen Jackett, das mir eher eine nachträgliche Ergänzung zu sein schien.

Diese grün karierten Hosen waren hierzulande eindeutig beliebt. Dies war das zweite Paar, das ich heute zu Augen bekam. Oder wohl eher, wie mir plötzlich klar wurde, dasselbe Paar, das ich zum zweiten Mal erblickte. Keenan musste der Mann gewesen sein, der heute Nachmittag in der Lobby mit Joey geredet hatte. Ich hatte sein Gesicht nicht gesehen, aber ganz gewiss konnte es in einem Hotel wie diesem nicht zwei derart grässliche Hosen in grünem Schottenkaro geben.

Ich ging ein wenig in die Knie und schaffte es tatsächlich, Blickkontakt mit Keenan aufzunehmen. Dabei registrierte ich, dass seine Gedanken augenblicklich nicht um Whisky oder verlorene Jobs kreisten. Cam hatte recht, Keenan dachte nur an das Eine, doch er hatte dabei auch etwas Urwüchsiges, das viele Frauen wohl attraktiv fanden.

Er lächelte spitzbübisch. »Prima, dass Abbey Glen von einer wunderschönen jungen Frau geleitet wird und nicht einfach an einen von den großen Scheißkerlen verkauft wurde.«

»So hatte Ben es gewollt«, erwiderte ich und ging über seine schmierige Anmache hinweg. »Es werden zu viele von den besten kleinen Destillerien aufgekauft, aber ich nehme an, das ist keine Überraschung. Es ist ein teures Geschäft.«

»Ja, es kostet eine Menge, aber man kann auch ordentlich dabei verdienen; das gilt besonders für die großen Jungs.«

»Cam sagt, Sie haben für Edenburn gearbeitet, ehe Sie zu Marchbanks gegangen sind.« Keenans Miene verfinsterte sich. »Edenburn war eine wunderbare Destillerie«, flüsterte ich ihm ein, und nach den Bildern zu urteilen, die ich mir vorhin angeschaut hatte, stimmte das.

»Ziemlich großartig, bis MacInnes verkauft hat, er ruhe in Frieden.« Keenan machte einen halbherzigen Versuch, sich zu bekreuzigen.

»Nach allem, was ich so gehört habe, hätte ich nicht gedacht, dass Sie ihn sonderlich mochten.«

»Den Toten gebührt Respekt«, murmelte Keenan. »Allerdings würde ich, wenn er noch lebte, sagen, dass er ein echter Schweinehund war. Hat Edenburn an Central verkauft, ohne einen Gedanken an die Belegschaft zu verschwenden.

Er und seine Kumpel haben dabei einen verdammten Reibach gemacht, wirklich wahr. Ich hatte damals über zwanzig Jahre für ihn gearbeitet. Die meisten anderen, die verkauft haben, trafen Vorkehrungen für ihre besten Angestellten, Archie nicht. Der hat uns einfach den Wölfen zum Fraß vorgeworfen.«

»Das muss einen Haufen Leute wütend gemacht haben?«

»Und wie. Ich habe Klage eingereicht, aber für meine Zeit und mein Geld nichts bekommen. Central hat die großen Staranwälte aus London. Die fressen Männer wie uns zum Frühstück.« Keenan nahm einen herzhaften Schluck von seinem Whisky. »Ich hatte keine Chance.«

Ich setzte meine allermitfühlendste Miene auf. »Das war bestimmt frustrierend.«

»Ja, aber man muss ja für die Kinder das Essen auf den Tisch bringen, also macht man weiter.«

Cam kam wieder zu uns und reichte uns beiden einen neuen Whisky. »Freut mich, dass du heute Abend zum Essen geblieben bist, Bruce. Du hättest auch gestern bleiben sollen.«

Keenan zuckte mit den Achseln. »War nicht eingeladen.«

»Aber Sie waren am ersten Abend hier, nicht?«, fragte ich.

»Das war vielleicht ein turbulenter Tag«, gestand Keenan. »Da gab es einige wunderbare Whiskys zu verkosten. Viele haben mir gefallen, aber bei einigen war ich mir nicht so sicher, musste also noch ein paar Mal probieren«, sagte er und zwinkerte, um seine witzige Bemerkung zu unterstreichen. »Nach einem ganzen Tag und einem Abend im Suff wollte ich mich nicht auf dem Heimweg schon wieder mit der Polizei anlegen. Schließlich habe ich in Cams Zimmer auf dem Fußboden geschlafen.«

»Du warst ganz schön übel dran«, sagte Cam mit einem

leisen Lachen. »Ich musste ihn von der Bar des Golfklubs abholen und praktisch halb nach Hause tragen.«

Da war er also gelandet. »Schade, dass Sie den gestrigen Abend verpasst haben«, sagte ich und schlug den Bogen zurück.

Keenan legte den Kopf auf die Seite und warf mir einen fragenden Blick zu. »Na ja, ich hatte eine eigene kleine Veranstaltung, an der ich teilnehmen wollte.«

Spielte sich diese Veranstaltung etwa um Mitternacht in Archies Zimmer ab? Meine drei Wörter zu Keenan schwebten in meinen Gedanken nach oben wie Bläschen in einem Glas Champagner: *hitzköpfig, schrill* und *halsstarrig*. Ein Mann, der sich nicht scheute, seine Meinung zu sagen oder die Aufmerksamkeit auf sich zu lenken. Ein sturer Kerl, aber loyal, das spürte ich.

Nur war MacInnes ihm gegenüber nicht genauso loyal gewesen. Und jetzt saßen alle drei Männer, die er verachten musste, in der Jury eines Whisky-Wettbewerbs, der vor seiner Haustür stattfand. Hatte Keenan beschlossen, nun sei die Zeit der Rache gekommen? Sicher hatte auch er in der Zeitung von dem jungen Mann gelesen, der seinen Vater vergiftet hatte. Laut Michaelson war es damals in allen Zeitungen des Landes die Titelgeschichte gewesen. Ich hatte sie verpasst, aber ich hatte mich zu der Zeit höchstwahrscheinlich im Ausland aufgehalten. Patrick hatte mir außerdem berichtet, dass die Liste der Preisrichter bereits vor einem Monat veröffentlicht wurde. Falls Keenan gelesen hatte, dass Richard, Archie und Hugh diese Woche hier sein würden, hätte er seine Rache schon seit vor Weihnachten planen können.

Cam konnte ihm für die Nacht, in der Richard starb, ein Alibi geben, aber vorher hatte Keenan am Abend jede Menge Zeit gehabt, sich in Richards Zimmer zu schleichen, falls er über den entsprechenden Messingschlüssel verfügte. Michaelson würde jetzt sofort an Sophie denken, mir jedoch kam Joey in den Sinn. Keenan hatte vorhin in der Lobby mit ihm geredet. Und ich könnte schwören, dass Joey auf jemanden gewartet hatte, als ich ihn unter Archies Fenster antraf. War es Keenan? Falls es Joey gelungen war, die Messingschlüssel zu Richards und Archies Zimmer aus dem Büro des Hoteldirektors zu stehlen, hätten er und Keenan dort nach Belieben kommen und gehen können. Ich dachte an die Hundepfeife unter meinem Bett. War Joey in unserem Zimmer gewesen? Der Gedanke machte mir Angst, doch plötzlich hatte ich das Gefühl, als sei ich in den letzten beiden Minuten besser vorangekommen als in den letzten beiden Tagen.

Der Gong erklang und rief uns zum Essen, und Cam und Bruce begaben sich zu einem Tisch in einer hinteren Ecke. Ich saß mit Grant und Hugh am Tisch. Hugh hatte es so gedreht, dass er den Platz zwischen mir und Brenna hatte, Grant saß an Brennas anderer Seite. Hugh war für einen Mann seines Alters ziemlich fit. Es würde nicht so einfach sein, ihn zu vergiften, wie es bei Richard und Archie gewesen war.

In vielerlei Hinsicht erinnerte mich Hugh immer noch an einen Fußballer. Rotzfrech, ein bisschen schrill und stur, jederzeit bereit, seinen Charme spielen zu lassen, wenn es seinen Zwecken diente. Gerade versprühte er Charme in Richtung Brenna, doch unter dem Tisch spürte ich den Druck seiner Hand auf meinem Bein. Ich entfernte seine Pranke von meinem Knie und hieb ihm die Fingernägel fest ins Handgelenk. Er verzog das Gesicht, schaute aber nicht zu mir hin. Grant schien verwirrt, doch Brenna hatte wohl kapiert.

Ich blickte immer wieder über die Schulter, um mich zu versichern, dass Keenan den Raum nicht verlassen hatte. Er blieb während des gesamten Essens bei Cam, und als man ein weiteres kurzes Treffen aller Preisrichter zusammenrief, zogen er und Cam sich in die Lobby Bar zurück.

Während der Besprechung behielt Patrick Hugh im Auge, und ich wusste, dass dies meine Gelegenheit war, in sein Zimmer zu gehen, denn jetzt konnte ich sicher sein, dass er dort nicht auftauchen würde. Ich folgte den anderen von unserem Tisch in die Bar und bestellte mir einen Drink, ehe ich mich entschuldigte, um auf die Damentoilette zu verschwinden. Alle waren ins Gespräch vertieft, und gewiss hatte niemand mein Weggehen bemerkt.

Ehe wir zum Essen aufbrachen, hatte ich im Gästebuch Hughs Zimmernummer nachgesehen. Er wohnte in Zimmer 243. Wenn ich es geschickt anstellte, konnte ich bestimmt den Schlüssel aus dem Büro stehlen und damit in sein Zimmer gelangen. Ich ging zum Empfangstresen, hatte aber kein Glück: Er war besetzt. Ich musste mir also etwas einfallen lassen. Das Namensschildchen des Angestellten hinter dem Tresen wies ihn als Norman aus, und ich freute mich, dass ich ihn noch nicht kannte.

»Ich würde gern etwas im Safe deponieren, wenn ich darf.«

»Gewiss, Ms Logan.«

Ich kannte ihn vielleicht nicht, aber als gut dressierter Angestellter von Eagle Lodge kannte er natürlich mich. Sein Erscheinungsbild war makellos, wie das aller Angestellten hier, doch seine Nase gefiel mir nicht. Sie war krumm, als hätte er sie sich einmal gebrochen und sie wäre nicht wieder ordentlich gerichtet worden. Ein solcher Mangel an Symmetrie machte mir stets zu schaffen; ich bekam das Bild nicht aus dem Kopf.

Norman die Nase führte mich durch die Tür hinter dem Empfangstresen ins Büro des Hoteldirektors. Bei meinem vorherigen Besuch war mir der Safe aufgefallen, ein altmodisches Trumm mit einem riesigen Rad aus Kupfer und Stahl vorn, stand er am entferntesten Ende des Raums hinter Larsons prächtig verziertem Mahagonischreibtisch.

Ich nahm die Perlenkette ab und wartete, während Norman den Safe öffnete und mir den Rücken zuwandte. Auf seine Bitte hin reichte ich ihm die Halskette, und er legte sie sorgfältig in eine Schachtel, versiegelte sie mit Klebefilm und bat mich, meine Unterschrift darüber zu schreiben. Als er die Schachtel in den Safe legte, den er peinlich genau wieder abschloss, schlich ich mich rückwärts an die Sortierfächer heran und langte mit der Hand in das Fach von Zimmer 243. Ich war erleichtert, als ich kühles Metall unter den Fingern spürte. Lautlos zog ich den Messingschlüssel heraus, ließ dabei Norman die Nase keine Sekunde aus den Augen. Ich stopfte mir den übergroßen Schlüssel in meinen Rockbund. Viel Platz war dafür nicht, dank Patricks Auswahl meines Outfits.

Ich bekam eine Einlieferungsbestätigung für meine Perlen, bedankte mich bei der Nase und ging die Treppe hinauf, so schnell wie es möglich war, ohne Aufmerksamkeit zu erregen. Inzwischen würden die Betten wohl aufgedeckt sein, und die meisten Gäste hielten sich entweder im Speisesaal oder in der Bar auf. Ich sah niemanden, als ich den Korridor entlanghastete, die Schritte vom dicken Teppich gedämpft, aber ich wusste, dass ich mich beeilen musste. Das Treffen der Preisrichter sollte nur kurz sein, und ich hatte keine Vorstellung davon, wie viel Zeit mir blieb, ehe Hugh in sein Zimmer zurückkehrte. Ich zog den Schlüssel hervor und probierte ihn im Schloss aus, aber er wollte sich nicht drehen. Ich zog ihn wieder heraus und betrachtete ihn näher.

Verdammt, verdammt, verdammt!

Ich hatte den falschen Schlüssel erwischt.

KAPITEL 15

Hinten auf dem Schlüssel in meiner Hand war in winzigen Zahlen 334 eingraviert. Es war der Schlüssel zu unserem Zimmer ein Stockwerk höher. Jemand hatte ihn ins falsche Fach gelegt.

Wie zum Teufel kam ich noch einmal ins Büro des Hoteldirektors, ohne Misstrauen zu erregen? Ich hatte die Perlenkette gerade erst im Safe deponiert. Ich konnte sie jetzt schlecht gleich wieder herausholen lassen. Norman die Nase würde mich für verrückt halten. Einen Augenblick lang stand ich da und zermarterte mir das Hirn, ehe ich mir an die Ohrläppchen fasste. In der Hoffnung, die Aufmerksamkeit ein wenig von meinem Dekolleté abzulenken, trug ich zum ersten Mal seit Jahren wieder Ohrclips, und sie zwickten gewaltig.

Trotz all meiner Jahre mit Verletzungen und Entbehrungen in den Krisengebieten der Welt war ich seltsamerweise immer davor zurückgeschreckt, mir Löcher in die Ohrläppchen stechen zu lassen. Ausnahmsweise war ich froh darüber. Ich zog den Ohrclip von meinem linken Ohr und rieb mir die schmerzende Haut. Ich verbarg Schlüssel und Ohrring und spazierte mit einem neuen Plan zum Empfangstresen zurück.

»Es tut mir leid, Sie zu stören, aber anscheinend habe ich einen meiner Ohrclips hier verloren«, sagte ich und deutete auf das nun ungeschmückte Ohrläppchen.

Norman blickte von seinem Computerbildschirm auf, das Gesicht eine wohl einstudierte Maske der Besorgnis.

»Ich weiß, dass ich ihn nach dem Essen noch hatte, und ich war nur hier, sonst nirgends.«

»Selbstverständlich, Miss. Ich schaue gern nach.«

»O nein, machen Sie sich keine Mühe. Das kann ich auch selbst tun«, erwiderte ich.

»Ich brauche nur eine Sekunde«, säuselte die Nase.

Ich stand unruhig am Empfangstresen und überlegte, was nun weiter zu tun wäre.

»Tut mir leid, ich habe nichts gefunden«, sagte er, nachdem er an seinen Platz zurückgekehrt war. »Vielleicht ist er in Ihrem Zimmer?«

»So weit bin ich nicht gekommen, er *muss* hier sein.«

»Ich kann das Personal bitten, in der Bar und im Speisesaal gründlich nachzuschauen.«

Das lief gar nicht gut. Ich würde alle Register ziehen müssen. »Dieser Ohrclip ist ein lieb gewordenes Geschenk meines kürzlich verstorbenen Onkels«, stöhnte ich. »Ich kann es nicht fassen, dass ich ihn verloren habe.« Ich lehnte mich schwer an den Tresen, gab vor, auf den Beinen zu schwanken.

»Bitte beunruhigen Sie sich nicht, Miss. Kommen Sie her und setzen sich hier drin hin. Ich bin sicher, wir werden ihn finden.«

Ich stützte mich auf Norman die Nase und gestattete ihm, mich ins Büro zurückzuführen, wo er mir auf einen Stuhl half.

Ich lächelte schwach. »Vielen herzlichen Dank. Wenn ich vielleicht ein Glas Wasser bekommen könnte?«

Norman die Nase hastete fort, um das Wasser zu holen, und ich sprang auf die Füße. Ich musste schnell sein. Ich schob unseren Schlüssel ins richtige Fach und begann, die anderen Fächer durchzuschauen, angefangen bei denen zu beiden Seiten des leeren Fachs von 243. Doch schon

Augenblicke später hörte ich Schritte, die den Korridor entlangkamen. Mir lief die Zeit davon. Ich musste rasch einen Schlüssel nehmen, oder ich hatte meine Chance verpasst. Ich griff mir den Schlüssel aus dem Fach direkt über 243 und steckte ihn wie zuvor in den Rockbund. Ich konnte nur hoffen, dass es jetzt der richtige war. Während ich zum Stuhl zurückhastete, ließ ich den Ohrring aus meiner Hand zu Boden gleiten und beförderte ihn mit einem Tritt vor mir unter den Schreibtisch.

Ich nahm das Wasserglas, das Norman mir reichte, dankbar an und spielte weiterhin die Rolle des verstörten Hotelgasts, wickelte mir nervös ein Papiertaschentuch um die Finger, ließ es schließlich fallen. Ich beugte mich hinunter, um es aufzuheben, und schrie plötzlich aufgeregt, dass ich den verlorenen Ohrclip gefunden hatte.

»Ich verstehe gar nicht, wie ich den übersehen konnte«, sagte Norman nachdenklich. »Unter dem Schreibtisch habe ich besonders gründlich nachgeschaut.«

»Macht nichts. Jetzt ist ja alles gut«, erwiderte ich, plötzlich wieder munter. Ich entfernte mich hastig unter überschwänglichen Dankesbezeugungen und mit dem Versprechen, morgen ein Belobigungsschreiben für ihn an Mr Larson zu schicken.

Als ich den ersten Stock erreicht hatte, zog ich den Schlüssel hervor und linste auf die winzigen eingravierten Zahlen. Mein gewagtes Unternehmen hatte sich gelohnt. Es war der richtige Schlüssel. Ich seufzte erleichtert. Wenn ich jetzt nur noch genug Zeit hätte, ins Zimmer zu gelangen, mich umzuschauen und unentdeckt wieder fortzukommen.

Als ich mich der Tür näherte, war ringsum niemand zu sehen. Ich steckte den Schlüssel ins Schloss und war beinahe zu Tode erschrocken, als Grant aus dem nahe liegenden Treppenhaus auftauchte.

»Wusste ich doch, dass du was im Schilde führst«, flüsterte er.

»Du hättest mich beinahe zu Tode erschreckt«, zischte ich. »Was hast du hier zu suchen?«

»Ich versuche, dir Ärger zu ersparen.«

»Ich brauche keinen Babysitter.«

Grant zog eine Augenbraue in die Höhe, widersprach aber nicht. »Komm schon. Mach die Tür auf, und dann schauen wir mal, was da drin los ist.«

»Schon schlimm genug, dass einer von uns einbricht«, sagte ich. »Aber es geht nicht an, dass wir beide erwischt werden.«

»Prima, dann stehst du Schmiere, und ich gehe rein.«

Ich sah ihn mit weit aufgerissenen Augen an. »Auf keinen Fall. Ich habe den Schlüssel besorgt«, sagte ich und drehte den Schlüssel im Schloss. Diesmal hörte man ein leises Klicken.

»Sieht aus, als wären wir beide drin«, meinte Grant, als er mich durch die Tür schob und sie hinter uns schloss.

Ich funkelte ihn im Dunkeln stumm an.

»Nun, wir konnten schlecht auf dem Flur stehen bleiben und streiten, oder?«, merkte er an. »Schauen wir mal, ob hier irgendwas verdächtig wirkt.«

Ich betätigte den Lichtschalter und blickte mich im Zimmer um. Sophie war schon hier gewesen und hatte das Bett aufgedeckt. Sie hatte neue Handtücher gebracht, und das Toilettenpapier war zum obligatorischen Dreieck gefaltet. Ich werde nie begreifen, warum das so wichtig ist. Warum sollte einem daran gelegen sein, dass jemand anders das Toilettenpapier angefasst hat? Auf dem Kopfkissen lag ein Plan für mögliche Unternehmungen für den nächsten Tag neben einer Schoko-Minz-Praline. Ich hob die Praline mit einem Papiertuch hoch und roch daran.

»Die sollte ich vielleicht mitnehmen, sicher ist sicher«, sagte ich. Soweit ich sehen konnte, war sonst nichts zu essen oder zu trinken im Zimmer, außer den Vorräten in der Minibar, die alle noch in geschlossenen Verpackungen waren.

Ich hob die beiden Gläser neben dem Eiskühler hoch und roch an beiden. Nichts außer Spülmittel.

»Vielleicht sollten wir sie noch einmal auswaschen, für alle Fälle«, schlug Grant vor.

»Wir würden damit möglicherweise Beweise vernichten«, merkte ich an.

»Wir könnten ein Leben retten«, konterte Grant.

»Dann können wir morgen ja Ausschau nach jemandem halten, der ein überraschtes oder enttäuschtes Gesicht zieht, wenn es Hugh noch immer gut geht«, sagte ich. Grant trug die Gläser ins Bad, und ich hörte, wie er den Wasserhahn aufdrehte.

Hugh Ashworth-Jones hatte einige Aktendeckel auf dem Schreibtisch in der Zimmerecke abgelegt, dazu einen ganzen Stapel Telefonnachrichten. Die meisten waren von Jude MacNamara, drei davon erst heute Nachmittag eingetroffen. Ich blätterte die Aktendeckel durch. Der erste enthielt Informationen von einem Anlageberater, der zweite eine Liste der Nominierten für die Quaich Awards, nach Kategorien sortiert. Neben allen Kategorien hatte Hugh mit dem Füller Zahlen geschrieben. Ein kurzer Blick reichte aus, um zu beweisen, dass Oliver recht hatte. Den ausländischen Wettbewerbern hatte man eine ungerade Zahl zugeordnet, ebenso einigen der kleineren Destillerien. Alle Destillerien mit geraden Zahlen waren schottische Destillerien, und Abbey Glen war eine davon. Ich würde jede Wette eingehen, dass Hugh der andere Teil des »wir« war, das MacNamara Oliver gegenüber erwähnt hatte. Kater werden älter und sogar freundlicher, aber sie lassen das Mausen nicht. Aus

Hugh, der Fußballspiele manipuliert hatte, war nun Hugh geworden, der Whisky-Wettbewerbe manipuliert.

Sonst schien es hier nichts zu sehen zu geben, und so packte ich, nachdem Grant die Gläser abgetrocknet und wieder an ihren Platz gestellt hatte, die Schoko-Minz-Praline in das Trockentuch und folgte ihm zur Tür, wobei ich im Vorbeigehen das Licht ausknipste. Plötzlich erstarrten wir, denn auf dem Flur waren Stimmen zu hören, und eine Karte wurde in den Schlüsselschlitz gesteckt. Wir schauten uns hektisch um. Grant deutete auf den Schrank. Ich schüttelte den Kopf, packte ihn bei der Hand und zog ihn zu den dicken Brokatvorhängen, die vor dem Fenster hingen. Wir zerrten sie vor uns und blieben stocksteif stehen, als die Tür aufschwang. Grant zog mich eng an sich, und wir drehten uns beide zur Seite, um sicher zu sein, dass auch unsere Schuhe von dem schweren Stoff verborgen wurden.

Jemand schaltete die Deckenbeleuchtung ein, und ich linste durch einen Spalt in den Vorhängen. Es war Hugh. Dicht gefolgt von Patrick. Das Treffen der Preisrichter war vorbei.

»Also wirklich, Patrick, alter Junge«, sagte Hugh. »Ich glaube nicht, dass die Aussicht aus meinem Fenster sich von der aus deinem Zimmer groß unterscheidet. Du wohnst doch nur ein Stockwerk weiter oben, nicht wahr?«

»Ich schau mir solche Sachen gern genau an«, erwiderte Patrick ziemlich lahm. »So weiß man, wenn man reserviert, um welches Zimmer man bitten soll.«

»Na, schau sie dir an«, meinte Hugh. »Ich ziehe mich nur rasch um.«

Hugh summte leise vor sich hin, während er sein Jackett ablegte und in den begehbaren Schrank hängte.

Patrick kam zum Fenster. Er zog die Vorhänge zurück. Da standen wir nun alle drei und starrten einander schockiert und überrascht an. Patrick machte große Augen und zog die Stoffbahnen rasch wieder zu. »Du hast tatsächlich recht«, meinte er mit leicht brüchiger Stimme. »Von weiter oben ist die Aussicht viel besser.«

Ich gab mir alle Mühe, mich nicht zu bewegen, doch die außerordentliche Nähe zu Grant hatte die Temperatur in dem beengten Raum erheblich erhöht, und die Fenster hinter uns beschlugen bereits. Grant regte sich hinter mir und versuchte, auch durch den Spalt in den Vorhängen zu schauen. Ich drückte mich gegen ihn, um meine günstige Position nicht zu verlieren. Ich spürte, dass sein Herz raste. Meines raste auch, allerdings vor Panik bei dem Gedanken, dass Hugh sich vielleicht entschließen könnte, selbst noch einmal die Aussicht zu überprüfen.

Endlich tauchte Hugh in brauner Hose und Sportjackett wieder aus dem begehbaren Kleiderschrank auf. »Ich hab dir doch gesagt, der Blick ist derselbe.« Hugh hantierte immer noch mit ärgerlicher Langsamkeit herum. »Ich weiß wirklich nicht, worum es hier eigentlich geht, Patrick«, ertönte nun Hughs Stimme aus dem Badezimmer. »Aber eins möchte ich klarstellen, du bist überhaupt nicht mein Typ, weißt du? Ich spiele mit größtem Vergnügen für die Gegenmannschaft. Und ich habe auch keine Lust, die Seiten zu wechseln, wenn du mich verstehst.«

»Oh, gut.« Ich hörte die Demütigung in Patricks Stimme. »Na ja, vielleicht sollten wir einfach …« Er zögerte ein wenig. »Die warten alle unten schon auf uns.«

Ich hörte die Toilettenspülung und dann das Geräusch von Gurgeln. Als Hugh ins Zimmer zurückkehrte, waberte eine schwere Wolke von Aftershave hinter ihm her.

Bei dem Geruch kam mir ein unbändiger Niesreiz, und ich musste mir die Hand vor die Nase und den Mund halten, um ihn zu unterdrücken. Ich schloss die Augen und konzentrierte mich mit aller Kraft darauf, bloß keinen Mucks zu machen.

Patrick hielt Hugh die Tür auf, und die beiden gingen fort. Ich stand noch ein, zwei Herzschläge länger als nötig wie erstarrt in Grants Umarmung, ehe ich mich von ihm löste. Wir taumelten hinter dem Vorhang hervor, und ich nieste gewaltig. Es schien mir, als hätten wir uns ewig dort versteckt, doch der Uhr zufolge waren es gerade mal zehn Minuten gewesen.

»Na also, jetzt haben wir gesehen, was wir sehen wollten«, sagte ich und griff nach einem Papiertuch. »Nichts wie raus hier, ehe er zurückkommt.«

Wir standen noch ein, zwei Augenblicke länger schweigend da, um Hugh und Patrick Zeit zu geben, den Flur zu verlassen. Schließlich öffnete Grant die Tür einen Spalt weit und schaute in beide Richtungen, ehe er mir signalisierte, dass die Luft rein war.

»Wie bist du an den Schlüssel gekommen?«, fragte er, während wir die Treppe hinuntergingen.

»Ich habe ihn aus dem Büro des Hoteldirektors gestohlen, während der Mann am Empfang etwas für mich in den Safe legte. Ich muss ihn zurückbringen.«

»Lass uns den noch behalten, zumindest bis morgen früh«, schlug Grant vor. »Dann kann ihn niemand anderer benutzen.« Ich reichte Grant den Schlüssel, und er steckte ihn in seine Jackentasche. Da war er besser aufgehoben als in meinem engen Rock.

Unten angekommen, gingen wir zur Bar hinüber. Brenna trat heraus, als wir uns gerade der Tür näherten.

»Da bist du ja«, sagte sie zu Grant. »Wir dachten schon, du wärst verloren gegangen.«

»Ich war einen Augenblick oben im Zimmer«, antwortete er vage.

»Und ich auf der Damentoilette«, verkündete ich völlig unnötigerweise. Meine Wangen waren noch rosig, und jetzt, da ich ihr eine Lüge aufgetischt hatte, ohne dass sie mich auch nur gefragt hatte, errötete ich noch mehr.

Brenna schaute zwischen uns beiden hin und her. Ich konnte ihr an der Nasenspitze ablesen, dass sie vermutete, wir hätten ganz was anderes angestellt, doch sie hakte nicht nach.

Ich entschuldigte mich und ging Patrick suchen, den ich schließlich in der hintersten Ecke der Bar abseits von den anderen aufspürte. »Du hättest Hugh wirklich nicht bis ins Zimmer folgen müssen«, sagte ich.

»Ich hatte Angst, dass der Mörder irgendein vergiftetes Geschenk hinterlassen haben könnte, und ich konnte mir nicht vorstellen, wie wir sonst dort hineinkommen könnten«, zischte Patrick. »Woher sollte ich wissen, dass ihr beide, du und Grant, euch inzwischen im Nebenberuf als Einbrecher betätigt?«

»Zumindest weißt du jetzt, dass du nicht sein Typ bist«, erwiderte ich mit leisem Lachen.

»Der ist mir viel zu alt«, blaffte Patrick. »Aber mit dir altere ich rasch, meine Liebe. Macht das bloß nie wieder. Das hält mein Herz nicht aus.«

Ich bestellte uns beiden einen Whisky – ich stand schwer in Patricks Schuld – und ließ den Blick durch die Bar wandern. Grant war wieder bei Brenna und redete mit ihr und Oliver Blaire. Cam saß immer noch mit Bruce Keenan und ein paar älteren Männern zusammen, die ich nicht kannte. Ihren Anzügen nach zu urteilen hätte ich eher auf Mitarbeiter von Destillerien getippt als auf Besitzer.

Ausnahmsweise waren die Whisky-Leute nicht die Einzigen in der Bar. Allmählich trudelte die Hochzeitsgesellschaft ein, war bereit für die Ereignisse des Wochenendes, und

Hugh, der mit einem der Vertreter von Central eine spontane Verkostung inszenierte, versprühte seinen Charme in Richtung einer jungen Frau, die sehr erpicht darauf war, die ungeheuer teuren Whiskys zu probieren, die Hugh bestellte. Ich hörte ihn sagen: »Bloß nichts verschwenden!«, als er sie ermutigte, das ganze Glas auszutrinken. Sie würde sich vorsehen müssen. Dieser lüsterne Casanova war eindeutig auf der Pirsch, und im Gegensatz zu Patrick spielte sie für die richtige Mannschaft.

Patrick blieb bei mir, und wir tranken zusammen. Er hatte sich wohl überlegt, dass Hugh kein fünftes Rad am Wagen brauchte, und da hatte er sicher recht. Besonders solange Hugh sich so sehr um diese junge Frau bemühte. Während wir redeten, kam Cam herüber, um sich nachschenken zu lassen.

»Bruce und du, amüsiert ihr euch gut?«, fragte ich.

»Bruce amüsiert sich prächtig. Er macht gerade irgendein Mädel an.« Cam schien pikiert zu sein. »Ich denke mal, ich trinke das aus und hau mich hin. Bruce weiß ja, wo er mich finden kann, wenn er ein Sofa für die Nacht braucht.«

Bisher hatte ich es vermieden, Cam in diesen Schlamassel hineinzuziehen, doch nun, da Patrick bei Hugh nicht mehr so willkommen war, wurde die Sache mit der Überwachung komplizierter. Ich wusste, dass Cam bereit sein würde, uns zu helfen, wenn wir ihn brauchten. Er war der perfekte Assistent, *treu, pragmatisch* und *unerschütterlich.* Er würde tun, worum man ihn bat, und keine Antworten auf schwierige Fragen verlangen. Ich erklärte ihm im Vertrauen unsere Vermutung, dass die Morde eine Folge eines Geschäfts waren, das jemanden sehr vergrätzt hatte und an dem Richard, Archie und Hugh beteiligt gewesen waren. Keenan erwähnte ich mit keinem Wort. Cam brauchte nicht zu wissen, dass wir ihn verdächtigten – noch nicht.

Cam erklärte sich einverstanden, Hugh im Auge zu behalten und ihm am Ende des Abends bis zu seinem Zimmer zu folgen. Anschließend sollte er die Tür zu Hughs Zimmer bewachen, bis einer von uns beiden ihn um Mitternacht ablöste. Um halb elf reichte es mir, und Patrick ermunterte mich, nach oben zu gehen und mich vor meinem Wachdienst ein wenig auszuruhen.

Sobald ich aus dem Aufzug getreten war, kickte ich die Schuhe von den Füßen und tappte auf Strümpfen den Korridor entlang. Ich freute mich auf den gemütlichen Komfort unserer luxuriösen Unterkunft. Ich war mehr als bereit für eine Dusche, mit der ich die Reste des Tages von mir spülen konnte. Dankbar stand ich unter dem strömenden heißen Wasser und ließ mir die Muskeln in Nacken und Rücken von dem wohltuend warmen Strahl massieren. Es waren weniger als zehn Minuten vergangen, als ich Patrick ins Zimmer kommen hörte. Ich grunzte nur, als er an die Badezimmertür klopfte und hereintrat, um etwas von der Ablage zu holen. Ich war zu müde, um mir darüber Gedanken zu machen.

Wir hatten Bruce Keenan gefunden, und das war ein guter Anfang. Heute Nacht würde er Hugh nichts antun können, und morgen würde ich mit Michaelson reden. Mit etwas Glück würden die Beweise aus dem Labor hieb- und stichfest genug sein, um Michaelsons Verdacht von Trevor auf Keenan zu lenken. Nach einer guten Viertelstunde trat ich unter der Dusche hervor, trocknete mich ab, hüllte mich in einen der kuscheligen weißen Bademäntel des Hotels und schlüpfte mit den Füßen in die Pantoffeln, die dazugehörten. Patrick saß gerade auf der Bettkante und zog sich die Schuhe aus.

»Ist die Party zu Ende?«, fragte ich, während ich mir das Haar mit einem Handtuch trocken rubbelte.

»Sagen wir mal, sie hat sich an andere Orte verlagert. Hugh ist mit seiner kleinen Freundin auf sein Zimmer gegangen, und Cam ist ihm hinterhergeschlichen, um bis Mitternacht Wache zu halten.«

»Ist Grant auch gegangen?«

»Ja, er ist mit mir zusammen hochgekommen. Ohne Brenna«, fügte Patrick hinzu. »Sie ist mit einem der Vertreter von Quinn losgezogen.«

Ich ging rasch ins Bad zurück, um zu verbergen, dass mir nach Patricks Bemerkung die Röte in die Wangen gestiegen war. Im Badezimmer war es noch so feuchtneblig, dass ich mich im Spiegel nicht sehen konnte. Ich öffnete das Fenster einen Spalt weit, um den Dampf herauszulassen. Dann wandte ich mich wieder zum Waschbecken und suchte gerade nach meiner Zahnpasta, als ich von irgendwo in der Nähe ein lautes Krachen hörte. Ich schaute durch die Tür nach Patrick und Liam. Patrick saß in T-Shirt und Boxershorts im Bett und sah sich die Spätnachrichten an, doch Liam, der neben ihm lag, gab ein kehliges Knurren von sich.

»Was war das?«

»Ich dachte, das wärst du gewesen«, erwiderte Patrick.

»Es kam aus dieser Richtung«, sagte ich und deutete auf Grants Zimmer nebenan.

»Vielleicht hat er umdisponiert und jetzt die reizende Brenna bei sich zu Gast.« Patrick zog eine Augenbraue in die Höhe. »Er war gerade hier, um sich eine Tube Zahnpasta zu leihen. Ich habe ihm übrigens deine gegeben.«

Ich spürte, wie mir die Kopfhaut kribbelte. »Meine? Du hättest ihm ja auch deine geben können.«

Patrick schaute ein wenig verlegen drein. »Die Sache mit dem Gift hat mich ein bisschen nervös gemacht. Nach Archies Tod habe ich mir unten im Hotelshop ein paar von diesen kleinen Packungen mit Zahnpasta und Mundwasser gekauft und meine anderen Sachen weggeworfen.«

Ich hörte Patricks Erklärung kaum. Meine Nerven waren angespannt wie Drahtseile, ich stand neben der Tür und zögerte. Irgendwas war hier nicht in Ordnung. Aber ich wollte mich nicht zum Deppen machen, indem ich in Grants Zimmer stürmte, besonders wenn er tatsächlich Brenna zu Gast hatte.

Ich scheuchte Patrick vom Bett hoch. »Geh bei ihm nachgucken.«

»Geh doch selbst«, stöhnte Patrick.

»Es ist weniger peinlich, wenn du's machst«, murmelte ich.

»Für wen?«

»Geh einfach. Ich habe kein gutes Gefühl bei der Sache.« Patrick verdrehte die Augen wie ein Teenager, zog sich aber eine Hose an und ging auf den Flur. Ich hörte, wie er mehrere Male bei Grant anklopfte, aber niemand reagierte. Patrick kam zurück.

»Siehst du. Er ist nicht einmal da. Ist wahrscheinlich zu Cam gegangen, um nach ihm zu sehen.«

Danach hätte ich beruhigt sein müssen, war es jedoch nicht. »Vor einer Minute war da drinnen noch jemand.« Davon ließ ich mich nicht abbringen.

Patrick schloss die Tür fest hinter sich. »Vielleicht hat er Besuch und möchte nicht gestört werden. Er hat bei Hugh erst ab drei Uhr morgens Wachdienst. In der Zwischenzeit kann er machen, was er will.«

Patrick zog die Hose aus und legte sich wieder ins Bett. »Du bist einfach übernervös, nach allem, was hier passiert ist.«

Ich machte mich weiter bettfertig, schaute aber immer wieder nach Liam, ob der sich inzwischen beruhigt hatte.

Er hatte den Kopf hingelegt, doch seine Ohren waren noch gespitzt. Hier stimmte etwas nicht, und er wusste es auch.

Ich raste auf den Flur und stieß mit Brenna zusammen, die gerade aus Grants Zimmer kam. Ihr Gesicht war leichenblass. »Einen Arzt… schnell!«

KAPITEL 16

Patrick, der mir auf den Flur gefolgt war, zog sein Handy hervor und begann zu wählen, während ich mich an Brenna vorbeidrängte und zum Bett schaute, ehe ich auf das Licht aus dem Badezimmer zurannte. Grant lag zusammengekrümmt auf der Seite neben der Badewanne auf dem Boden. Ich fasste sein Handgelenk und betete, dass ich den Pulsschlag spüren würde. Da war er, sehr schwach, aber Gott sei Dank, er war noch da.

Brenna schaute mich an, die Angst auf ihrem Gesicht offensichtlich. »Er lebt«, sagte ich, als ich meine Stimme wiedergefunden hatte.

Ihre Schultern entspannten sich sichtlich.

Patrick kam in Jeans und Pullover zurück. »Der Arzt, der für das Hotel Rufbereitschaft hat, ist unterwegs nach oben, aber ich habe gesagt, sie sollen auch einen Krankenwagen rufen.«

»Ich halte nach dem Arzt Ausschau«, sagte Brenna und trat aus dem Zimmer.

»Geht es ihm gut?«, fragte Patrick, sobald wir allein waren.

Ich kniete mich neben Grant und legte vorsichtig meine Hand auf seine. »Ich weiß es nicht, aber er lebt, und das ist schon mal was.« Ich schaute Grant an, wie er da auf dem kalten, harten Boden lag, und meine Gefühle übermannten mich. In diesem Augenblick wurde mir klar, dass ich alles, buchstäblich alles dafür geben würde, dass es ihm wieder gut ginge.

Patrick beugte sich herunter, um die Zahnbürste aufzuheben, die neben dem Waschbecken auf dem Boden lag.

»Lass die«, sagte ich instinktiv. Ich hatte nichts anderes im Raum wahrgenommen, als ich Grant dort liegen sah, doch nun wurde mir klar, dass er sich wohl gerade die Zähne geputzt hatte, als er umfiel. Er hatte immer noch die Hose und das Oberhemd an, Jackett und Krawatte hatte er bereits abgelegt. Das Krachen, dass ich gehört hatte, hatte er wahrscheinlich verursacht, als er zu Boden ging. Grant würde nicht einfach so umfallen. Irgendetwas musste seinen Zusammenbruch ausgelöst haben.

Plötzlich rappelte ich mich auf die Beine, schnappte mir ein Papiertuch, hob die Zahnpastatube auf und untersuchte sie sorgfältig. Mein erster Gedanke war, es müsse ein schrecklicher Unfall sein, aber was, wenn es anders war? Patrick hatte in Erwägung gezogen, dass ihn jemand mit Zahnpasta oder Mundwasser vergiften würde. Er hatte solche Angst davor gehabt, dass er sich im Hotelshop kleine Einzelpackungen besorgt hatte, als er noch glaubte, der Mörder sei hinter den Preisrichtern her. Könnte er recht gehabt haben? Aber warum sollte jemand *meine* Zahnpasta vergiften?

Ich roch an der Tube, konnte jedoch nichts Ungewöhnliches feststellen. Allerdings war der Pfefferminzduft so stark, dass man kaum etwas anderes wahrnahm. Ich hatte die Zahnpasta benutzt, ehe wir zum Essen gingen, und mir ging es gut. Wie konnte das passiert sein? Mein Hirn funktionierte nicht mehr ordentlich. Ich konnte nur an Grant denken.

In diesem Augenblick traf der Hotelarzt ein und scheuchte uns alle aus dem Badezimmer. Brenna hockte auf der Bettkante, und ich ging in unser Zimmer zurück, um Michaelson anzurufen. Plötzlich hatte ich das Gefühl, dass mir alles über den Kopf wuchs. Ich brauchte Michaelsons Unterstützung und den Trost seiner ruhigen Logik.

Von seinem Handy wurde ich zum diensthabenden Polizisten auf der Wache weitergeleitet. Ich sagte dem Sergeant, Detective Inspektor Michaelson würde in Eagle Lodge benötigt, und man versicherte mir, dass er so bald wie möglich dort eintreffen würde. Grants Zimmer war vielleicht kein Tatort, unter Umständen aber doch. Mein logisches Denkvermögen und meine Instinkte waren völlig durch den Wind, doch Michaelson würde helfen, die Dinge zu klären. Ich ging hastig nach nebenan zurück, wo Patrick auf dem Bett saß und Brenna den Arm um die Schultern gelegt hatte. Sie hatte geweint, hatte aber die Augen nicht von Grant gelassen, während der Arzt im Badezimmer war.

Alle drei warteten wir nun, schwiegen benommen und fühlten uns ungeheuer hilflos.

Der Krankenwagen kam, und Grant wurde auf eine Trage gehoben und über den Flur fortgerollt. Ich hatte das Gefühl, als ginge ein Teil von mir mit ihm fort. Neugierige Gesichter schauten aus den Türen, als er vorbeikam, obwohl Mr Asher sich große Mühe gegeben hatte, die neueste Störung nicht an die große Glocke zu hängen. Brenna bestand darauf, Grant im Krankenwagen zu begleiten. Patrick bot an, er könne uns beide in meinem Auto zum Krankenhaus fahren. Ich stand auf dem Flur und war hin- und hergerissen. Einerseits wollte ich bei Grant bleiben, doch ich wusste auch, dass ich, falls ich mitfuhr, dort nichts tun könnte, außer mir Sorgen zu machen. Schließlich schickte ich Patrick mit meinem Auto los, nachdem ich ihn streng angewiesen hatte, sich sofort zu melden, sobald es irgendetwas Neues gab.

Ich tigerte ruhelos im Flur auf und ab, während ich auf

Michaelson wartete. Ich war diejenige, die ihn hergerufen hatte, also musste ich vor Ort sein, wenn er eintraf. Meine Gedanken begannen, ein Eigenleben zu führen. Vielleicht hatte ich mich völlig verrannt. Ich hatte noch keinerlei Beweise dafür, dass das, was gerade passiert war, mehr war als ein Unfall, doch es erschien mir denn doch ein wenig zu unwahrscheinlich, dass es eine solche Häufung von Zufällen gab. Drei Nächte, drei Vorfälle. Der einzige Unterschied war, dass diesmal niemand zu Tode gekommen war. Jedenfalls noch nicht. Der bloße Gedanke, dass Grant sterben könnte, weil jemand es auf mich abgesehen hatte, ließ mich vor Angst und Wut zittern.

Ich war eine gute halbe Stunde auf und ab gelaufen, ehe ich vor der Tür zu Grants Zimmer zusammensackte, meinen schwirrenden Kopf in den Händen. Sobald ich hörte, wie die Lifttür aufging, sprang ich auf die Füße. Michaelson kam den Flur entlang, und es sah ganz so aus, als hätte auch er eine schwere Nacht hinter sich. Er hatte auf seine Kontaktlinsen verzichtet und trug nun eine Nickelbrille auf der Nase. Sein Haar stand in alle Richtungen, als hätte er wiederholt mit den Händen darin gewühlt. Die Brille ließ ihn irgendwie jünger und verletzlicher aussehen.

»Wie geht es Grant?«, fragte er sofort.

»Die Sanitäter haben ihn nach Stirling ins Krankenhaus gebracht«, sagte ich und hatte Mühe, meine Stimme ruhig zu halten. »Er war noch bewusstlos, als sie mit ihm das Hotel verließen, aber er hat gelebt.«

Michaelson schaute finster drein. »Gehen Sie alles Schritt für Schritt mit mir durch«, sagte er.

Ich machte die Tür zu unserem Zimmer auf und bat ihn herein. Liam sprang freudig an mir hoch. Er wusste, dass etwas nicht stimmte, und warf sich immer wieder auf mich, um meine Aufmerksamkeit auf sich zu lenken.

Michaelson stand da und beobachtete mich, den Notizblock in der Hand. »Das Abendessen war gegen neun Uhr zu Ende«, hob ich an, setzte mich auf das Bett und ließ Liam neben mir hochspringen. »Die Preisrichter wurden noch zu einem Kriegsrat in einen der Konferenzräume gebeten, und wir anderen haben uns entweder in die Lobby Bar oder in die Aerie Bar zurückgezogen.«

»Und Grant?«

»Er war in der Lobby Bar.« Unseren kleinen Umweg über Hugh Ashworth-Jones' Zimmer erwähnte ich an dieser Stelle lieber nicht. Es war nichts Konkretes dabei herausgekommen, und ich hatte nicht vor, Zeit damit zu verschwenden, mir wieder eine Strafpredigt von Michaelson anzuhören.

»Patrick war auch da?«, bohrte Michaelson weiter.

»Ja, es waren jede Menge Leute in der Bar, ganz normale Hotelgäste und die Whisky-Mannschaft. Dieses Wochenende ist hier eine große Hochzeit, und langsam trudeln die Gäste ein. Ich bin gegen halb elf auf mein Zimmer gegangen, und Patrick ist kurz danach gekommen.«

»Was ist dann geschehen?«

»Wie gesagt, ich bin hierher zurückgekommen, zuerst habe ich mal geduscht. Als ich fertig war, habe ich das Badezimmerfenster einen Spalt geöffnet, um den Dampf herauszulassen. Da habe ich ein lautes Krachen aus der Richtung von Grants Zimmer gehört.«

»Was haben Sie dann gemacht?«

»Ich habe Patrick rübergeschickt, um an die Tür zu klopfen, aber es hat niemand reagiert. Etwa zehn Minuten später hörten wir einen Schrei und rannten auf den Flur. Da stand Brenna Quinn. Sie sagte, sie sei in Grants Zimmer gegangen und habe ihn dort auf dem Fußboden liegend gefunden.« Das klang sehr viel zweideutiger, als ich es beabsichtigt hatte.

Michaelson blickte von seinen Notizen auf. »Wie ist Ms Quinn an einen Schlüssel gekommen?«

»Ich kann nur vermuten, dass Grant ihr einen gegeben hat«, antwortete ich steif. Ich konnte Brenna keine Vorwürfe machen, weil sie über Grants Zustand bestürzt war, aber warum musste sie diejenige sein, die seinen Schlüssel hatte, und warum musste sie ihn finden, wenn er in einer Notlage war?

Weil du ihn weggescheucht hast, dachte ich traurig für mich.

Michaelson klappte seinen Notizblock zu. »Gut. Holen Sie Ihre Sachen.«

Ich nahm meine Kamera aus dem Schrank und zwang Liam, im Zimmer zu bleiben. Sobald wir durch die Tür gegangen waren, begann er zu jaulen, und ich musste noch einmal den Kopf ins Zimmer strecken und ein energisches »Nein« rufen.

Man hatte Michaelson einen Schlüssel zu Grants Zimmer gegeben, doch als wir den nun stillen Raum betraten, fühlte ich mich unwillkürlich wie ein Eindringling. Grant lebte noch, da war ich mir sicher, und mir schien es eine Verletzung seiner Privatsphäre, dass wir hier seine persönlichen Dinge durchgingen. Doch ich wappnete mich, um weitermachen zu können. Wenn es irgendwelche Beweise zu finden gab, die erklärten, was mit ihm geschehen war, so war ich wild entschlossen, sie zu finden. Die Sache war für mich nun sehr persönlich geworden.

Ich zeigte Michaelson, wo wir Grant gefunden hatten. Es war noch ein Blutfleck auf dem Boden, denn er hatte sich beim Fallen eine Kopfverletzung zugezogen. »Er muss sich wohl gerade die Zähne geputzt haben, als er umfiel. Sobald die Sanitäter ihn bewegten, sahen wir die große Platzwunde an der Seite, wo er mit dem Kopf auf die Kante der

Badewanne aufgeschlagen ist. Gott sei Dank hat er einen harten Schädel, sonst hätte ihn allein schon dieser Sturz umgebracht.« Meine Stimme begann zu beben.

»Wenn die Vorfälle der letzten beiden Nächte nicht gewesen wären, würde ich darauf bestehen, auf den Arztbericht zu warten, ehe ich weitermache«, sagte Michaelson. »Doch da Grant vorher keinerlei Anzeichen einer Erkrankung gezeigt hat, neige ich dazu, diesen Vorfall als verdächtig einzustufen, bis wir das Gegenteil beweisen können.« Michaelson untersuchte Grants Zahnbürste und die Zahnpastatube, ehe er sie eintütete.

»Ich muss Ihnen sagen, dass die Zahnpasta eigentlich mir gehört«, sagte ich.

Michaelson wandte sich überrascht zu mir. »Ihnen?«

»Grant hatte keine mehr und ist gekommen, um sich welche von uns zu borgen, während ich unter der Dusche stand. Patrick hat ihm meine Tube aus dem Badezimmer gegeben.«

»Ihre, nicht Patricks?«

»Nur um sicherzugehen, hat sich Patrick seit der Sache mit Archie im Hotelshop kleine Tuben Zahnpasta gekauft«, erklärte ich. »Patrick ist manchmal ein bisschen paranoid.« Mir war nie in den Sinn gekommen, dass Zahnpasta oder Mundwasser ein Thema sein könnten, und plötzlich machte ich mir Sorgen, dass wir in Hughs Zimmer vielleicht einiges übersehen hatten.

»Ich schicke das sofort zur Untersuchung los.«

»Aber wieso sollte jemand meine Zahnpasta vergiften wollen? Oder Patricks«, ergänzte ich. Schließlich konnte jemand, der in unser Badezimmer eindrang, nicht wissen, wem was gehörte.

»Was Patrick betrifft, so weiß ich es nicht«, meinte Michaelson und schaute mich über seine Brille hinweg an.

»Aber was Sie betrifft? Überlegen wir mal: Vielleicht glaubte der Mörder, Sie hätten Ihre Nase in Angelegenheiten gesteckt, die Sie nichts angehen? Oder unter Umständen hat jemand angenommen, Sie seien daran beteiligt gewesen, dem Schwindel bei den Preisvergaben ein Ende zu setzen.«

»Ich habe nie gesagt, dass *ich* damit etwas zu tun haben könnte.«

»Sie sind nicht die Einzige, von der ich Informationen bekomme. Ich habe meine Verbindungsleute bei der Society. Die haben mir gesagt, Oliver Blaire hätte die Manipulationen auffliegen lassen, aber es ist ihnen nicht entgangen, dass Sie und Oliver in den letzten paar Tagen ziemlich oft die Köpfe zusammengesteckt haben. Es wurde bereits spekuliert, ob Sie nicht auch daran beteiligt wären.«

»Glauben Sie, die vergiftete Zahnpasta könnte eine Rache dafür sein, dass wir den Betrug aufgedeckt haben?«

»Wie Sie schon so oft gesagt haben, hält die Whisky-Bruderschaft zusammen wie Pech und Schwefel. Der Skandal war bestimmt Thema so mancher Diskussion und Spekulation, genau wie die Morde an Sir Richard und MacInnes. Ich denke, dass möglicherweise das Vergiften der Zahnpasta, wenn es denn Gift war, auf das Konto eines Nachahmers geht. Der damit niemanden töten, sondern ihn nur verletzen und einschüchtern wollte.«

»Wenn das so ist, sollten wir uns dann nicht auch um Oliver sorgen?«

Michaelson runzelte die Stirn. »Ja, das sollten wir.«

Ich griff nach dem Telefon und wählte die Nummer von Olivers Zimmer. Es war mitten in der Nacht, aber ich musste mich vergewissern, ob es ihm gut ging. Ich hielt die Luft an, bis er schlaftrunken antwortete.

Oliver erklärte mir, alles sei in Ordnung. Ich berichtete ihm in kurzen Worten von den jüngsten Ereignissen, ehe ich

Michaelson das Telefon in die fordernd ausgestreckte Hand legte.

Ab jetzt hörte ich leider nur noch die Hälfte des Gesprächs.

»Nein, im Augenblick können wir noch nicht sicher sein.«

»Ja, ich behalte Ms Logan im Auge.«

»Momentan eine reine Vorsichtsmaßnahme. Verriegeln Sie die Tür, wenn Sie sich im Zimmer aufhalten, und bitte essen oder trinken Sie nichts, bis Sie wieder von mir hören. Ich komme gleich morgen früh bei Ihnen vorbei, um mit Ihnen zu reden.«

Michaelson beendete das Gespräch und wandte sich erneut mir zu. »Rache ist eine Option«, sagte er, »aber wir können nicht von der Hand weisen, dass dies vielleicht passiert ist, weil der Mörder glaubte, Sie kämen der Wahrheit über die Morde an Sir Richard und MacInnes ein wenig zu nahe.«

Mir drehte sich der Magen um, als ich darüber nachdachte, wie viel Zeit wir gestern Abend damit verbracht hatten, hinter Hugh Ashworth-Jones herzulaufen. Vielleicht waren wir dabei nicht ganz so unauffällig vorgegangen, wie ich geglaubt hatte. Hatte Keenan uns bemerkt?

Der Schreck muss mir im Gesicht gestanden haben, denn Michaelson schaute mich an und fragte: »Was haben Sie wieder angestellt?«

»Ich wollte morgen mit Ihnen darüber reden, ich meine heute. Ich habe nach jemandem gesucht, der außer Trevor Simpson noch ein Motiv für die Morde haben könnte. Genau wie Sie es mir geraten haben«, fügte ich rasch hinzu.

Michaelson seufzte tief, unterbrach mich aber nicht. »Es gibt da einen Mann namens Bruce Keenan, der vor sieben oder acht Jahren für Archie MacInnes gearbeitet hat, als der noch Besitzer der Edenburn Destillerie war. Archies Kumpel Richard Simpson war derjenige, der den Deal eingefädelt hat, als Edenburn an Central Spirits verkauft wurde.«

»Ich habe mir diese Transaktion angesehen«, sagte Michaelson, »und ich habe Keenans Klageschrift gelesen, aber er ist nicht zu Gast in diesem Hotel.«

»Er wohnt vielleicht nicht im Hotel, aber er ist hier«, erwiderte ich. »Zumindest war er das gestern und vorgestern.«

Michaelson fuhr sich erneut mit der Hand durchs Haar, und es stand hoch wie die Stacheln eines Igels. »Ich nehme an, Sie haben mit ihm geredet.«

»Man hat uns gestern Abend beim Essen miteinander bekannt gemacht.«

»Und?«

»Er hat gewiss ein Motiv, und er ist ein Charmeur. Zumindest würden das manche Frauen denken.«

»Haben Sie ihm viele Fragen gestellt?«

»Ein paar«, gab ich zu. »Die bei geselligen Anlässen übliche Menge«, stellte ich klar, als ich begriff, worauf Michaelson hinaus wollte. »Nichts Ungewöhnliches.«

»Die übliche Menge für eine Reporterin oder die übliche Menge für einen normalen Menschen?«

Ich zuckte mit den Achseln. Ich hatte versucht, den Ball flach zu halten, aber ich war nicht immer so vorsichtig, wie ich es sein sollte.

»Könnte ihm jemand erzählt haben, dass man Sie mit mir gesehen hat?«, fragte Michaelson.

»Sie meinen, hatte Keenan einen Grund, mich zum Schweigen bringen zu wollen?«

Michaelson schaute mich erwartungsvoll an.

»Ich denke mal, Cam könnte etwas gesagt haben«, räumte ich ein. »Aber Keenan hätte wirklich fix sein müssen, um in unser Zimmer zu gelangen, ohne dass man seine Abwesenheit bemerkte.«

»Wo war er nach dem Essen? Hat er sich in der Bar zu Ihnen gesellt?«

»Ja, er war mit Cam dort. Der könnte Ihnen sicher besser erzählen, was Keenan gemacht hat. Er … o verdammt!«

»Was ist jetzt wieder?« Michaelsons Frust war deutlich zu spüren.

»Cam. Wir haben ihn als Wache draußen vor Hughs Zimmer postiert. Er sollte um Mitternacht abgelöst werden.« Nach Grants Sturz hatte ich Cam vollkommen vergessen. Ich schaute auf die Uhr. Es war nach zwei.

»Logan, warum bewacht Cam die Tür eines Gastes?«

Es war höchste Zeit, Michaelson zu beichten, was wir gestern Abend unternommen hatten. »Außer Richard und Archie war noch ein dritter Preisrichter mit in den Verkauf der Edenburn Destillerie verwickelt. Hugh Ashworth-Jones hat bei dem Geschäft Central Spirits vertreten.«

»Und Sie meinen, Ashworth-Jones könnte auch in Gefahr sein?«

»Wenn es bei den Morden um diesen Deal ging, dann ja, dann halte ich es für sehr wahrscheinlich. Wir haben ihn daher heute Abend im Auge behalten, sicher ist sicher.«

»Wer ist wir?«

»Grant, Cam, Patrick und ich. Wir haben geglaubt, dass wir noch nicht genug Beweise hätten, um Sie davon zu überzeugen, dass Bruce Keenan als Verdächtiger infrage kommt. Also haben wir uns entschlossen, abwechselnd vor Hughs Zimmer Wache zu halten.« Ich redete hastig weiter, da Michaelsons Gesicht immer finsterer wurde. »Was ist, wenn die Zahnpasta nichts als ein Ablenkungsmanöver war?«, fragte ich nervös. »Was ist, wenn der Mörder es eigentlich auf Hugh abgesehen hatte?«

»Bringen Sie mich da hin.«

Cam saß am Ende des Flurs in der Nähe von Hughs Zimmer auf einem Stuhl und schaute sauer drein. »Wurde auch Zeit«, knurrte er, als er mich im Treppenhaus sah, doch beim Anblick von Michaelson sprang er auf.

»Was ist los?«

»Es ist schon wieder was passiert«, antwortete ich. »Diesmal hat es Grant erwischt.«

Cam wurde blass. »Er ist doch nicht …«

»Nein, nein«, erwiderte ich rasch. »Wir wissen noch nicht genau, was geschehen ist, aber er ist schwer gestürzt und hat sich den Kopf am Rand der Badewanne aufgeschlagen. Sie haben ihn ins Krankenhaus gebracht.« Ich wollte Cam nicht unnötig in Panik versetzen. Wenn es hart auf hart kam, würde ich ihm später alles erklären.

»Ich fahre ins Krankenhaus«, sagte Cam mit Bestimmtheit.

»Patrick und Brenna sind bei ihm«, antwortete ich so ruhig ich nur konnte, wobei mir erneut die Tränen in die Augen zu steigen drohten. Ärgerlich unterdrückte ich sie. Ich musste mich konzentrieren.

Michaelson deutete auf Hughs Tür. »Ist er in seinem Zimmer?«

»Ja, seit etwa viertel vor elf«, antwortete Cam, »aber er ist nicht allein.«

»Wer ist bei ihm?«, fragte Michaelson.

»Das Mädel aus der Bar.«

»Die Frau, die er vorhin angebaggert hat?«, erkundigte ich mich.

»Ja, genau die.«

Ich wandte mich wieder an Michaelson. »Er hat vorhin in der Bar eine junge Frau ziemlich mit Alkohol abgefüllt.«

»Sind Sie sicher, dass sie noch drin ist?«, fragte Michaelson.

»Wenn sie nicht aus dem Fenster geklettert ist«, erwiderte Cam.

Ich schaute auf die Tür von Hughs Zimmer, dann wieder zu Michaelson. »Sie sind der Profi. Was machen wir jetzt?«

»Da lässt sich nicht viel machen. Wir haben keine echten Beweise dafür, dass Ashworth-Jones in Gefahr ist.«

Ich legte mein Ohr an die Tür und lauschte. »Ich kann nichts hören. Was ist, wenn er schon vergiftet wurde? Wenn sie beide vergiftet wurden?«

»Und was, wenn nicht?«, konterte Michaelson.

»Wir müssen was unternehmen.« Ich zog mein Telefon hervor und suchte eine App mit Klangeffekten.

»Was machst du da?«, fragte Cam.

»Versteckt euch irgendwo«, sagte ich.

Cam schaute verwirrt drein. »Was wird das?«

»Versteckt euch«, wiederholte ich und schob Cam in Richtung Treppenhaus.

Ich stellte mein Telefon auf volle Lautstärke und löste eine mehr als glaubwürdige Nachahmung eines Feueralarms aus.

Michaelsons Lippen waren nur noch ein dünner Strich, und er versuchte, mir das Telefon aus der Hand zu reißen, doch es war zu spät. Schon gingen im Flur überall die Türen auf, schlaftrunkene Gäste tauchten auf und blinzelten verwirrt um sich.

»Stellen Sie das sofort ab!«, blaffte Michaelson.

Er holte seine Dienstmarke hervor und zeigte sie im Flur herum. »Alles in Ordnung, Leute, nur ein blinder Alarm. Bitte gehen Sie wieder ins Bett.«

Die Gäste zogen sich grummelnd und leise schimpfend in ihre Zimmer zurück. Meine Augen blieben auf Hughs Tür gerichtet. Ich verbarg mich neben Cam hinter der Ecke des Treppenhauses.

Endlich öffnete sich die Tür, und Hugh Ashworth-Jones höchstpersönlich trat auf den Flur, in einem violetten Brokatmorgenmantel mit schwarzem Revers. »Was zum Teufel ist hier los?«, wollte er wissen.

»Wir bitten um Verzeihung, Sir«, sagte Michaelson. »Anscheinend ein Fehler im Alarmsystem.«

Michaelson gab sich alle Mühe, an Hugh vorbei einen Blick in dessen Zimmer zu werfen. »Möchten Sie, dass wir Ihr Zimmer inspizieren? Dann können wir ausschließen, dass Sie erneut gestört werden?«

»Auf gar keinen Fall.« Hugh knallte ihm die Tür vor der Nase zu.

Cam und ich tauchten aus unserem Versteck auf.

»Es scheint ihm gut zu gehen«, meinte Michaelson. »Ich kümmere mich darum, dass jemand vom Sicherheitspersonal das Zimmer im Auge behält.« Er schaute zu Cam. »Sie können jetzt gehen.«

»Aber was ist mit Grant?«

»Er ist in guten Händen«, erwiderte ich. »Ruh dich ein bisschen aus. Jemand muss ja morgen fit sein.«

Michaelson und ich kehrten zu Grants Zimmer zurück. Er hielt die Tür auf, während ich meine Kameraausrüstung herausholte. »Lassen Sie uns zurück in Ihr Zimmer gehen«, sagte er. »Da dieser Anschlag eindeutig Ihnen galt, hat es wenig Sinn, hier weiter nach Indizien zu suchen.«

Ich trottete hinter Michaelson her und kam mir ziemlich töricht vor. Darauf hätte ich selbst kommen können. Mein Verstand funktionierte immer noch nicht richtig. Ich machte Fotos von unserem unaufgeräumten Zimmer und suchte nach Anzeichen dafür, dass jemand hier eingedrungen war.

Michaelson nahm Fingerabdrücke von der Konsole im Bad ab, wo die Zahnpasta gelegen hatte. Er war sehr schweigsam, und ich spürte, dass ich immer noch in Ungnade war. Damit, dass wir Hugh Ashworth-Jones bewacht hatten, hatte ich eindeutig den Bogen überspannt.

»Wir hätten Ihnen das mit Hugh früher erzählen sollen«, sagte ich.

»Ja, das hätten Sie. Sie können nicht ständig auf eigene Faust vorpreschen. Irgendwann wird das echt gefährlich für Sie.«

»Zumindest wissen wir jetzt, wer es nicht war«, sagte ich, um dem Geschehen eine positive Seite abzugewinnen. »Trevor ist ja seit dem gestrigen späten Morgen unfreiwillig bei Ihnen zu Gast.«

»Er hätte Ihre Zahnpasta durchaus vergiften können, ehe wir ihn mitgenommen haben«, tat Michaelson meine Anmerkung ab.

»Ja, aber ich habe diese Zahnpasta noch heute am Spätnachmittag benutzt«, entgegnete ich ihm, »ehe ich zum Essen nach unten gegangen bin, und mir ist nichts passiert.«

»Vielleicht hat Trevor die Zahnpasta nicht selbst vergiftet, hatte möglicherweise einen Helfer«, erwiderte Michaelson. »Ich bin noch nicht so weit, dass ich Trevor von der Liste der Verdächtigen streichen kann, aber es freut Sie bestimmt, dass ich bereit bin, Patricks Namen zu streichen.«

»Gott sei Dank.« Endlich mal eine gute Nachricht! »Warum? Ich meine, ich bin voll und ganz damit einverstanden, aber was hat Sie davon überzeugt?«

»Harte Fakten«, betonte Michaelson. »Wir haben die Fingerabdrücke von dem Glas in Sir Richards Zimmer abgeglichen, und es waren nur welche von Richard und Sophie drauf. Und nicht nur das, im Protokoll sieht man, dass der Zeitpunkt, zu dem Richard sein Zimmer mit der Karte betreten hat, nur eine Minute vor dem liegt, an dem Patrick mit seiner Karte in Ihr gemeinsames Zimmer Zutritt bekam. Das reicht nicht, um eine Flasche und ein Glas zu vergiften und vier andere verschwinden zu lassen.«

»Was ist mit den Trüffeln? Waren die vergiftet?«

»Ja, aber nur die eine Schachtel. Der Junge aus dem Postraum hat bestätigt, dass er und Sophie die Einzigen waren, die die Pralinenschachteln in der Hand hatten, nachdem man sie aus dem Versandkarton genommen hatte. Sie sind erst nach fünf Uhr dazu gekommen, die für den fünften Stock auszuliefern, und Patrick hat ein Alibi für die Zeit danach. Zumeist hat er sie mit seinem Kollegen aus der Jury, Hugh Ashworth-Jones, verbracht.«

Ich sagte das gar nicht gern, doch der logische Teil meines Hirns konnte die Tatsache nicht ignorieren, dass Sophies Fingerabdrücke auf dem Glas waren, das Richard vergiftet hatte, ebenso auf den Pralinenschachteln. »Sie glauben also, dass Sophie vielleicht Trevor geholfen hat.«

»Ich kann es jedenfalls nicht ganz ausschließen.«

»Genauso gut könnte sie auch Keenan helfen«, erwiderte ich.

»Das werde ich mir anschauen.«

Ich sprang auf, denn mein Mobiltelefon in der Hosentasche vibrierte. Es war Patrick.

»Wie geht es Grant?«, fragte ich, ehe er überhaupt zu Wort kam.

»Er lebt.«

»Gott sei Dank.« Meine Bestürzung war mit Händen zu greifen.

Michaelson trat zu mir und tätschelte mir unbeholfen den Arm. Ich stellte das Telefon auf Lautsprecher. »Michaelson ist hier.«

»Haben die Ärzte schon etwas über die Ursache für den Sturz gesagt?«, fragte der Detective Inspektor.

»Nichts Spezielles. Sie haben jede Menge Fragen gestellt,

ob er viel getrunken hat, ob er ein starker Raucher war. Das Hauptproblem scheint die Kopfverletzung zu sein. Im Augenblick steht er unter Beruhigungsmitteln. Später machen sie noch ein MRT, um innere Blutungen auszuschließen.«

»Dann hat niemand von Nikotinvergiftung gesprochen?«, fragte ich.

»Das Wort ist nicht gefallen«, antwortete Patrick und unterdrückte ein Gähnen, »aber andererseits verraten sie uns sowieso ziemlich wenig.«

»Wer ist der Arzt?«, meldete sich Michaelson zu Wort.

»Bartlett. Gregory Bartlett.«

Michaelson nickte. »Mit dem habe ich schon gearbeitet. Mal sehen, was ich rauskriegen kann.«

Er zog sich ins Bad zurück, um zu telefonieren, und ich stellte das Mobiltelefon wieder leise.

»Bleibst du da?«, fragte ich Patrick.

»Zumindest, bis sein Zustand stabil ist«, erwiderte er müde.

»Danke.« Wieder spürte ich, wie mir Tränen in die Augen stiegen, aber ich bezwang sie. »Wo ist Brenna?«

»Sie ist mit mir im Warteraum. Wir lassen ihn nicht allein. Mach dir keine Sorgen.«

Mit einiger Mühe hielt ich meine Stimme ruhig. »Ich weiß. Halte mich auf dem Laufenden«, fügte ich noch hinzu, während Patrick das Gespräch schon beendete.

Michaelson tauchte aus dem Badezimmer auf. »Bartlett zufolge war es Gift.«

»Nikotin?«

»Sie sind sich nicht sicher, aber jetzt suchen sie gezielt danach.«

Falls sich Keenan darüber geärgert hatte, dass wir Hugh Ashworth-Jones so viel Aufmerksamkeit schenkten, hatte er sich vielleicht entschlossen, rasch zu handeln. Hatte er

Sophie gebeten, ihm zu helfen, indem sie etwas in meine Zahnpasta mischte, als sie ins Zimmer kam, um die Betten aufzudecken? Sie kümmerte sich nun bereits seit drei Tagen um unser Zimmer. Da konnte sie durchaus herausgefunden haben, welches meine Zahnpasta war. Oder hatte Keenan Joey auf seine Seite gezogen? Falls Joey mit einem Schlüssel ins Zimmer eingedrungen war, hätte er das machen müssen, während wir beim Abendessen waren. Und er hätte den Schlüssel wieder ins Büro des Hoteldirektors zurückbringen müssen, ehe ich um Viertel nach neun dorthin kam. »Falls Keenan heute Abend nervös war, wäre es für ihn garantiert sinnvoller gewesen, einen Komplizen an Bord zu nehmen, der die Zahnpasta vergiftete, als es selbst zu versuchen.« Ich ging zur Schreibtischschublade und zog die Halskette mit der Hundepfeife heraus, die Liam gefunden hatte. »Sie sollten vielleicht auch den Trainer der Schießhunde in Betracht ziehen. Das haben wir heute hier unter dem Bett gefunden.«

Michaelson untersuchte die Halskette und gab sie mir zurück. »Derlei Ketten sind bei den Land- und Jagdfreunden nicht selten. Vielleicht hat sie ein früherer Gast hier vergessen. Schließlich sind Sie in einem hundefreundlichen Zimmer. Ich versuche, später mit Joey zu reden, doch im Augenblick konzentriere ich mich auf Trevors potenzielle Komplizen.«

Allmählich frustrierte es mich, wie beharrlich Michaelson an Trevor als Verdächtigem festhielt. »Wie?«, wollte ich wissen. »Wie hätte Trevor eine Nachricht an einen Komplizen übermitteln können, nachdem Sie ihn festgenommen hatten? Hat er Telefongespräche geführt?«

»Nur mit seinem Rechtsanwalt«, gestand mir Michaelson widerwillig ein. »Aber er hätte dem Komplizen seine Anweisungen schon früher am Tag geben können, ehe wir ihn mitgenommen haben.«

»Doch Keenan war den ganzen Abend hier vor Ort. Für ihn wäre es viel einfacher gewesen, einem Komplizen Anweisungen zu geben. Was genau haben Sie gegen ihn als Verdächtigen?«

»Nichts, ich denke nur, dass ein Groll von vor sieben Jahren heute weniger dringend ist als Trevors unmittelbare Geldnot.«

»Für Keenan nicht. Außerdem ist er …« Ich wollte »schmierig« sagen, wusste jedoch, dass Michaelson nicht sonderlich erfreut davon war, wie sehr ich mich auf meine persönlichen Instinkte verließ. »Er scheint mir nur die logischere Wahl zu sein.«

»Ich begreife, dass Sie der Meinung sind, Keenan hätte ein starkes Motiv, doch sie können Trevor nicht weiterhin einfach ignorieren, nur weil er ein Freund ist und Ihr Bauchgefühl Ihnen sagt, dass er es nicht war.«

»Er ist der Freund eines Freundes«, blaffte ich, und meine Stimme war in meiner Wut recht laut geworden. Liam rutschte in einer Geste der Solidarität näher an meine Seite. »Außerdem ist es nicht nur ein Bauchgefühl. Hinter meiner Meinung steckt jede Menge Logik.« Ich stand trotzig da und zählte meine Argumente an den Fingern ab. »Erstens, wenn Trevor seinen Bruder loswerden wollte, hätte er ihn jederzeit umbringen können. Wieso hier und jetzt, wo all diese Leute ringsum sind? Zweitens, wenn er dieses Verbrechen im Voraus geplant hätte, hätte er sich für die fraglichen Zeiten ein besseres Alibi besorgt. Und drittens, er hätte auf keinen Fall ein belastendes Fläschchen mit Liquid für E-Zigaretten in seinem eigenen Zimmer hinterlassen.«

»Alles gute Argumente«, gab Michaelson zu, »und ich werde Bruce Keenan später gründlich unter die Lupe nehmen, aber bis ich beweisen kann, dass es Trevor nicht war, bleibt er für mich von Interesse.«

Ich war müde, und meine Nerven waren am Ende. »Ich bin kein Inspektor«, sagte ich wütend, »aber es kann nicht nur um DNA und Fingerabdrücke und harte Fakten gehen. Sie müssen auch dem Instinkt und den Gefühlen ihren Raum lassen. Ich sehe ein, dass Trevor seinen Bruder getötet haben könnte. Habgier ist ein starkes Motiv – das Gefühl kennen wir alle. Die Frage ist nur, geben wir ihm nach, und mein Bauchgefühl sagt mir, dass Trevor das nicht täte. Fakten und Gefühle. Sie brauchen beides.«

»In diesem Geschäft darf man sich keine Gefühle leisten«, sagte Michaelson, dessen Stimme nun genauso heftig wie meine geworden war. »Weder im beruflichen noch im persönlichen Kontext.« Ich sah die Wut, die unter der Oberfläche brodelte. »Man darf sich den Leuten nicht zu sehr annähern, und todsicher führt man kein auch nur halbwegs normales Leben. Kinder, Geburtstage, Freunde, all das wird von der Flut mit weggerissen.« Michaelson schritt unruhig im Bad auf und ab, schlug sich unbewusst die Hand vor den Mund, als wolle er die Worte, die ihm gerade entfahren waren, wieder zurückzwingen.

Ich hatte das Gefühl, Michaelson zum ersten Mal wirklich als Menschen wahrzunehmen. Es war mitten in der Nacht, und zur Abwechslung zeigten wir einmal unser wahres Selbst. Nicht die höflichen, gefassten Gesichter, hinter denen wir uns am hellen Tag versteckten.

Ich hatte immer nur mit Michaelsons professioneller Seite zu tun gehabt. Mit dem Teil von ihm, der unerbittlich gegen Verbrecher vorging. Ich dachte an die letzten paar Tage zurück. Er war zerstreut und reizbar gewesen, und es lag anscheinend nicht nur an diesem Fall. Wäre ich nicht so sehr in die Dinge verstrickt gewesen, die um mich herum geschahen, so hätte ich es früher bemerkt.

»Polizist sein ist eine undankbare und einsame Aufgabe«,

sagte ich und gab meinen aggressiven Tonfall auf. »Da steht mir kein Urteil zu.«

Das Schweigen dehnte sich zwischen uns aus, während Michaelson sichtlich um Fassung rang.

»Was haben Sie heute Abend verpasst?«, fragte ich leise.

»Den Geburtstag meiner Tochter«, sagte er schließlich. Die Bitterkeit war laut und deutlich herauszuhören. »Ich hätte sie zum Abendessen ausführen sollen, doch stattdessen saß sie allein zu Hause, während ich bis nach elf Uhr auf der Wache gehockt habe, weil ich einen Verdächtigen vernehmen musste. Und als ich gerade nach Hause fahren wollte, um mich wieder einmal aus einer Scheißsituation rauszureden, wurde ich hierher zurückgerufen.«

Ich hatte keine Ahnung, was ich auf diesen Gefühlsausbruch erwidern sollte, vermutete jedoch, dass das alles schon eine ganze Weile in ihm gegärt hatte. Mein schlichtes »Tut mir leid« war wohl nicht angemessen, aber etwas Besseres fiel mir nicht ein.

»Mir auch«, sagte Michaelson leise. Der Sturm war so rasch abgeflaut, wie er aufgezogen war.

»Es ist das Gleiche mit jedem Job, in dem man etwas bewirken kann«, erklärte ich ihm. »Man zahlt einen Preis dafür. Das tu ich seit Jahren. Zumindest haben *Sie* eine Familie. Ich habe nie eine gehabt, die ich hätte enttäuschen können.« Außer Ben, dachte ich.

Michaelson hatte eine Tochter, aber mir fiel auf, dass er keine Ehefrau erwähnt hatte. War er alleinerziehender Vater? Ich hatte keine Ahnung. Im letzten Jahr hatten wir so viele stressige Situationen miteinander durchgestanden, und doch hatte ich dem Mann hinter der Dienstmarke keine Aufmerksamkeit gewidmet.

»An den meisten Tagen habe ich nicht das Gefühl, dass ich etwas bewirken kann«, erwiderte Michaelson müde.

»Meiner bescheidenen Meinung nach tun Sie das sehr wohl.«

Michaelson stopfte seine Sachen in den Rucksack, den er mitgebracht hatte, und sagte: »Wenn Patrick aus dem Krankenhaus zurückkommt, möchte ich, dass Sie beide in diesem Zimmer bleiben. Essen oder trinken Sie nichts, das Sie nicht von einer zuverlässigen Person bekommen haben. Und ziehen Sie um Himmels willen den Kopf ein.«

Ich wollte nicht riskieren, dass er sich wieder aufregte. »Wir werden uns benehmen«, versprach ich.

KAPITEL 17

Ich schaute zu, wie der Zeiger der Uhr auf vier wanderte, als Michaelson fortging, um weiter zu ermitteln. Ich stieg ins Bett, konnte aber nicht einmal an Schlaf denken, sondern saß nur da, streichelte Liams Kopf und wartete darauf, dass Patrick zurückkehrte.

Michaelson hatte gesagt, er würde Keenan später gründlich unter die Lupe nehmen. Allerdings hatte er Trevor nicht vollständig entlastet. Was mich betraf, war Trevor nicht mehr im Rennen. Die Argumente, die ich gegenüber Michaelson vorgebracht hatte, hatte ich schon vorher unbewusst im Kopf gehabt, allerdings waren sie erst zum Vorschein gekommen, als ich gezwungen war, Michaelson gegenüber meine Einstellung rational zu begründen. Dabei wurde mir klar, dass es durchaus ein logisches Fundament für mein Bauchgefühl zu Trevor und anderen gab, selbst wenn ich das nicht immer sofort artikulieren konnte.

Ein leises Klopfen an der Tür holte mich aus meinen Gedanken, und ich tappte hin und schaute durch den Spion. Draußen stand Mrs Easton mit einem Tablett.

Ich öffnete, und sie rauschte herein.

»Der Inspektor hat mich gebeten, mal hochzugehen und nach Ihnen zu sehen«, sagte sie.

Michaelson hatte wohl bemerkt, wie bestürzt ich über Grants Unfall war, und wollte nun auf seine Art ein wenig Fürsorge zeigen. Ich wusste diese Geste zu schätzen.

»Ich dachte, falls Sie noch wach wären, hätten Sie vielleicht nichts gegen ein Tässchen Tee.« Mrs Easton setzte das schwere Tablett auf dem Schreibtisch ab und trug die Teekanne und eine Tasse zu dem Tisch beim Kamin. »Was für ein paar schreckliche Tage Sie hatten, Mädel! Was müssen Sie nur von uns denken!«

Ich zögerte ein wenig, ehe ich die Tasse entgegennahm, die sie mir reichte.

Sie tätschelte mir die Schulter. »Keine Sorge. Den habe ich selbst gemacht, meine Liebe. Genau wie es der Inspektor wollte. Da hatte sonst niemand die Hände im Spiel.«

»Bitte, setzen Sie sich doch zu mir«, sagte ich, während ich mich auf dem Sofa niederließ und die Füße unterschlug, um mich zu wärmen. Liam kam vom Bett herüber, machte es sich in der Hoffnung auf einen späten Snack neben uns beiden bequem.

Ich nippte am Tee, ließ mir die süße Wärme durch und durch rinnen. Sie vertrieb alle Kälte. Die arme Mrs Easton. Ihre Arbeit war genauso schlimm wie die von Michaelson. Immer auf Abruf. »Kommen Sie eigentlich je nach Hause?«, fragte ich.

»Dies ist mein Zuhause«, antwortete sie mit einem Lächeln. »Das ist das Beste und das Schlechteste an diesem Job. Ich habe eine kleine Wohnung hier auf dem Gelände. Ich weiß nie, wann ich vielleicht gebraucht werde, also erscheint das nur sinnvoll.«

»Dann kommen Sie aber nie wirklich von der Arbeit weg, oder?«

»Eigentlich nicht, doch es macht mir nichts aus.« Mrs Easton wischte ein unsichtbares Stäubchen vom Sofa. »Ich bin schon seit jungen Jahren Witwe, und dieser Job ist mein Leben geworden.«

»Keine Kinder?«, erkundigte ich mich vorsichtig.

Mrs Easton schüttelte den Kopf und blickte auf ihre Hände.

Ich spürte die Traurigkeit, die wie eine Aura um sie lag. Kein Ehemann, keine Kinder, sogar der Hund war fort. »Leben Sie schon immer hier?«, fragte ich.

»Nein, ich bin in England aufgewachsen, in der Nähe von Dover, doch nachdem mein Ehemann gestorben war, fand ich, dass ich einen Tapetenwechsel brauchte. Einen richtigen Tapetenwechsel. Wir waren in den Flitterwochen nach Schottland gereist.« Mrs Easton schaute träumerisch in die Ferne, und ihre Augen füllten sich mit Tränen. »Wir haben hier so glückliche Tage verbracht«, sagte sie. Einen Augenblick lang versank sie in ihren Erinnerungen, ehe sie wieder zu mir in die Gegenwart zurückkehrte. »Da habe ich beschlossen, hierher zu gehen, mir ein neues Leben aufzubauen. Ich wusste nicht, was ich tun würde, als ich ankam, doch ich hatte echt Glück. Ich habe einen Job bei der Lodge gefunden, und sechsundzwanzig Jahre später bin ich noch immer hier.«

»Da muss es Ihnen hier ganz gut gefallen haben, wenn Sie so lange geblieben sind.«

»Ich habe mich hochgearbeitet, vom Zimmermädchen wie Sophie bis zur Hausdame«, sagte Mabel Easton voller Stolz. »Ich habe eine wunderschöne Wohnung, einen guten Job, und im Laufe der Jahre ist das Personal wie eine Familie für mich geworden. Ich habe zugeschaut, wie die Leute einander kennengelernt, wie sie geheiratet und Kinder bekommen haben.« Sie zog ein Taschentuch aus der Jacke und tupfte sich die Augen. »Ich nehme an, deswegen setzt mir das alles jetzt so zu. Es ist, als hätte es jemand darauf angelegt, den Ruf unserer Familie zu schädigen.«

Ein paar Minuten saßen wir gedankenverloren da und schauten ins Feuer, beide froh über die Wärme der Gesellschaft.

Mrs Easton kannte Sophie wahrscheinlich besser als die

meisten anderen. Die Indizien sprachen sehr gegen Sophie, aber das alles passte nicht zu dem Eindruck, den ich von ihr hatte. Mein Instinkt sagte mir, dass sie einfach nicht der Typ war, der sich durch eine Bestechung verführen ließ, doch das könnte Mrs Easton wahrscheinlich besser beurteilen. »Was können Sie mir über Sophie erzählen?«, fragte ich.

»Über Sophie? Nun, sie arbeitet hart, das ist mal sicher. Sie gönnt sich kaum mal eine Pause. Sie und Ethel waren Mitte dieser Woche die einzigen Zimmermädchen hier. Wir versuchen, dem übrigen Personal ein wenig Freizeit zu verschaffen, wenn wir zwei verrückte Wochenenden hintereinander haben, aber Sophie möchte immer gern länger arbeiten. Gestern habe ich sie förmlich zwingen müssen, um acht Uhr nach Hause zu gehen. Sie war völlig erschöpft. In ein paar Stunden tritt sie bereits wieder ihren Dienst an.«

»Ist Sophie aus dieser Gegend?«

»Ihre Familie stammt aus der Nähe von Inverness. Ihre Eltern betreiben dort ein Bed & Breakfast, aber ihre Schwester wohnt ganz in der Nähe, in Stirling.«

»Es kann nicht einfach sein, mit dem Gehalt eines Zimmermädchens allein zu leben«, sagte ich und dachte an die Anzahlung, die Sophie gerade für das Häuschen gemacht hatte. Vielleicht planten sie und ihre Schwester, es sich gemeinsam zu kaufen.

»Sie zahlen gut hier, besser als die meisten, aber gewiss kein Vermögen. Sophie wohnt im Dorf mit drei anderen Mädels, die im Wellness-Bereich arbeiten, in einer WG. Das ist für die jungen Leute die beste Methode, um mit ihrem Geld zurechtzukommen.«

»Was macht ihre Schwester?«

»Sie ist eine Art Sozialarbeiterin, glaube ich. Ich erinnere mich daran, dass Sophie mal erwähnt hat, sie hätte für irgendwas vor nicht allzu langer Zeit einen Preis bekommen.«

Die Schwester verdiente also auch keine goldenen Berge. Ich schenkte mir eine weitere Tasse Tee ein, enttäuscht darüber, dass es für Sophies Zahlungsfähigkeit keine einfache Erklärung gab.

»Es hat mir so leidgetan, von Mr MacEwans Unfall zu hören«, sagte Mrs Easton mit einem Kopfschütteln. »Gibt es schon was Neues?«

»Sein Zustand ist stabil.« Ich wollte Mrs Easton nicht in Panik versetzen, aber auch keinen weiteren Klatsch und Tratsch lostreten. »Im Augenblick machen sie noch ein paar Tests, aber ich bin mir sicher, dass er es schaffen wird.« Ich fügte ein stummes Stoßgebet hinzu, während mir diese Worte über die Lippen kamen.

»Der arme Mann«, meinte sie mitfühlend.

Ich nickte, musste ein Gähnen unterdrücken.

»Nun, jetzt lasse ich Sie besser schlafen. Sie und der kleine Kerl hier schlüpfen rasch unter die Decke und versuchen, sich ein bisschen auszuruhen. Rufen Sie mich, wenn Sie irgendwas brauchen.«

»Vielen Dank, Mrs Easton. Sie sind wirklich ein Schatz.«

Eine Stunde später war ich zwar völlig erledigt, konnte jedoch immer noch nicht schlafen. Meine Gedanken rasten nur so. War dies die Rache eines Nachahmungstäters, eines Teilnehmers am Wettbewerb, der eine Wut auf mich hatte, weil ich daran beteiligt war, dass man den Betrügereien ein Ende gesetzt hatte? Oder war es das Werk eines Mörders, den die Angst trieb, dass ich der Wahrheit zu nahekam? Ich konnte mir gut vorstellen, dass ein erzürnter Whisky-Nationalist mir was heimzuzahlen hatte, doch nicht, dass jemand tatsächlich in der Lage war, in so kurzer Zeit einen Plan auszuhecken, wie man Gift in mein Zimmer schmuggeln konnte. Wer immer das getan hatte, hatte die nötigen

Werkzeuge dazu, und er hatte die Möglichkeit, in die Gästezimmer zu gelangen. Da war ich mir sicher. Dieses Mal war ich das Ziel des Angriffs gewesen, weil ich dem Mörder auf die Schliche gekommen war, und die Person, die ich nun im Visier hatte, war Keenan.

Cam hatte Keenan den größten Teil des Abends über im Auge behalten, also war es unwahrscheinlich, dass er selbst unser Zimmer betreten hatte. Es wäre viel einfacher gewesen, sich einen Komplizen zu suchen. Hätte Joey bis Viertel nach neun, als ich zum Empfang kam, unser Zimmer finden, dort hineingehen und zum Büro zurückkehren können, um den Schlüssel wieder dort zu deponieren, ohne dass Norman ihn sah? Schwierig, aber nicht unmöglich. Einfacher wäre es für Sophie gewesen, während sie das Zimmer saubermachte, und sie war ja diejenige, die in letzter Zeit Geld aus einer nicht erklärbaren Quelle bekommen hatte.

Ich schaute zu Liam, der neben mir lag. Er war heute Abend allein im Zimmer gewesen. Wäre ein Fremder hereingekommen, so hätte der Hund wie verrückt gebellt. Mit Sicherheit hätte das jemand gehört und sich beschwert. Also war derjenige, der das Zimmer betreten hatte, jemand, den Liam kannte und dem er traute. Das Herz wurde mir schwer. Ich war hundemüde und, offen gesagt, nicht in der Lage, zu diesem Zeitpunkt klar zu unterscheiden, ob mein Bauchgefühl stimmte, was Sophie und Joey anging, oder ob ich einfach nur nicht glauben mochte, dass sie schuldig waren.

Liam hob den Kopf, als eine Karte in die Tür gesteckt wurde. Patrick kam hereingetaumelt, kickte die Schuhe von den Füßen und krabbelte voll angezogen unter die Bettdecke.

»Wie geht es Grant?«, fragte ich.

»Zustand stabil, aber sie haben ihn ins künstliche Koma versetzt, damit die Schwellung im Gehirn abklingen kann«, erwiderte er müde.

Mir lief es kalt über den Rücken. »Ins Koma? Das ist eine ernste Sache.«

Patrick hob müde die Hand. »Es ist nur eine Vorsichtsmaßnahme für die nächsten paar Tage. Sie können ihn, wann immer sie wollen, wieder aufwecken, doch so hat sein Körper die Chance, ohne allzu viel Stress gesund zu werden.«

Ich vergrub das Gesicht in den Händen. »Ich habe das Gefühl, als hätte ich Grant schon wieder in die Bredouille gebracht.«

»Das war nicht deine Schuld. Wer konnte wissen, dass ihm die Zahnpasta ausgehen und er deine leihen würde? Das war nur ein unwahrscheinlicher Zufall.«

Ich fuhr mir mit den Händen durchs Haar und zog mir die Strähnen aus der Stirn. »Diese Zahnpasta war für mich bestimmt.«

»Aber warum?«

»Michaelson meint, dass ich zu neugierig war und der Mörder es auf mich abgesehen hatte.«

Patrick stützte sich auf einen Ellbogen und schaute mich an. »Du hast wirklich viele Fragen gestellt. Vielleicht solltest du es ein wenig langsamer angehen. Lass lieber die Polizei ihren Job machen.«

»Du hast mich doch gebeten, deine Unschuld und die von Trevor zu beweisen. Apropos, die einzige gute Nachricht ist, dass Michaelson dich als Verdächtigen nicht mehr auf der Liste hat.«

»Gott sei Dank«, sagte Patrick. Der Verdacht der Polizei hatte ihn offensichtlich weit mehr gestresst, als er zugeben wollte. »Ist jetzt Keenan der Hauptverdächtige?«

»Bei mir schon.«

»Also zieh du dich zurück und lass Michaelson machen.«

»Du weißt, dass ich die Sache nicht auf sich beruhen

lassen kann. Außerdem bin ich jetzt auf der Hut. Mir passiert schon nichts«, sagte ich leichthin. »Wenn du helfen willst, kannst du dich mal an deinen Freund bei der Londoner Polizei wenden und ihn bitten, alles über Bruce Keenan rauszufinden und dann noch alles, was uns bisher zu Richard, Archie und Hugh entgangen ist. Und wenn du schon mal dabei bist, lass ihn auch unsere Freunde Sophie und Joey überprüfen.«

»Klar. Hat das Zeit bis zum Morgen?«

Ich beugte mich vor und blickte Patrick durchdringend an. »Uns rennt die Zeit davon«, erinnerte ich ihn. »Es ist schon Freitag. Der letzte Tag und der Abend des Wettbewerbs. Sollte Keenan der Mörder sein, hat ihn unsere Einmischung gestern Abend ein bisschen aus dem Gleichgewicht gebracht. Falls ich recht habe und er es auf die drei Hauptbeteiligten an dem Edenburn-Deal abgesehen hat, bleibt ihm nur noch eine weitere Nacht hier und ein weiteres Opfer – Hugh Ashworth-Jones. Wenn wir überhaupt eine Chance haben, ihn aufzuhalten, müssen wir gleich morgen früh loslegen, und zwar flott.«

Patrick rollte sich auf die Seite und angelte nach seinem Handy. »In Ordnung, ich schicke Matthew eine SMS.«

»Hast du Brenna mit ins Hotel zurückgebracht?«, fragte ich, während ich ihm beim Tippen zusah.

»Nein. Sie ist im Krankenhaus geblieben. Als ich gegangen bin, hat sie auf dem Sofa im Warteraum ein bisschen gedöst.« Patrick stellte sein Telefon wieder ins Ladegerät. »Du solltest auch versuchen, ein bisschen zu schlafen. Bis morgen früh kannst du sowieso nichts machen.«

Patrick ließ sich aufs Bett fallen und schlief ein, sobald sein Kopf das Kissen berührte. Ich lag wach und lauschte auf Liams leises Atmen neben mir, bis das erste Morgenlicht über dem Horizont auftauchte. Ich konnte es kaum erwarten, endlich loszulegen, und ich kannte eine andere Person, die zu dieser unchristlichen Zeit bestimmt schon wach war.

Liam genoss seinen Luxusurlaub mehr als wir anderen, doch zur Abwechslung war er im Moment nicht gerade begeistert davon, dass wir durch den Schneematsch liefen. Ich konnte förmlich sehen, wie seine Gedanken sehnsuchtsvoll zu der warmen Decke und dem weichen Bett zurückwanderten, aus dem man ihn so rüde herausgezerrt hatte. Während wir zu den Zwingern stapften, stand uns der Atem in weichen Wolken wie Zigarettenrauch vor dem Mund. Das ließ mich an Nikotin denken. Eine so einfache und problemlos erhältliche Substanz, und doch konnte sie eine tödliche Wirkung haben. Zwei Leben waren ausgelöscht, ein weiteres stand auf der Kippe. Ich beschleunigte meine Schritte.

Es war noch schrecklich früh, als wir bei der Akademie ankamen, doch die Hunde tollten bereits im Freigehege herum. Das bedeutete, dass Joey auch hier war. Ich ließ Liam durch das Tor ein, und er gesellte sich freudig zur Meute und sprang über die Trainings-Hindernisse. Ich probierte es an der Tür zum Zwingergebäude; sie ging leicht auf. Ich betrat das Haus zum ersten Mal. Von der Tür gelangte man zunächst in eine Stiefelkammer mit zwei Wasserhähnen und flachen Abflussbecken, in denen man verdreckte Hunde abwaschen konnte. Dahinter befand sich ein großer offener Bereich mit zwei Reihen von stallartigen Unterkünften zu beiden Seiten. Jeder Hund hatte in seinem Verschlag eine Wasserschüssel und ein großes kariertes Kissen. Die Namen der Hunde waren mit Kreide auf eine Tafel geschrieben, die an der vorderen Tür angebracht war. Alle Namen stammten aus der nordischen Mythologie. Baldur und Odin waren in ihren Verschlägen. Ihre grauen Schnauzen verrieten ihr

Alter, doch beide blickten auf und wedelten hoffnungsfroh mit dem Schwanz, als ich vorbeikam.

Ich ging weiter den Korridor entlang und, wie ich hoffte, auf das Büro zu. Die Tür stand auf, und als ich eintrat, sah ich Joey in inniger Umarmung mit einer Frau, deren Gesicht ich nicht erkennen konnte. Eindeutig nicht der richtige Augenblick für einen Besuch. Ich wollte mich gerade zurückziehen, als ich mit meiner üblichen Grazie gegen den Türrahmen donnerte. Das laute Geräusch ließ die beiden auseinanderfahren, als hätte man ihnen einen Eimer kaltes Wasser übergekippt. Sophie stand da und schaute mich mit puterrotem Gesicht und weit aufgerissenen Augen an.

Ich brauchte eine Sekunde, um zu verarbeiten, was ich da gesehen hatte. »Tut mir leid. Ich wollte nicht stören«, sagte ich.

Joey packte mich an der Schulter, zog mich in den Raum und schloss die Tür hinter mir.

»Sind Sie allein?«

»Nur Liam ist mitgekommen«, antwortete ich und fragte mich, ob ich mich jetzt fürchten müsste.

»Bitte, bitte, sagen Sie niemandem etwas davon«, flüsterte Sophie verzweifelt. »Sonst fliegen wir beide raus, und wir können es uns im Augenblick wirklich nicht leisten, unsere Jobs zu verlieren.«

War Sophie so in Panik, weil ich noch quicklebendig war, oder hatte sie Angst, weil ich sie mit Joey ertappt hatte? »Das geht nur Sie beide etwas an«, erwiderte ich. »Niemand im Hotel wird von mir etwas davon erfahren.«

Joey schaute verdattert. »Normalerweise ist so früh am Morgen nie jemand hier. Nur ich und die Hunde, und Sophie war so aufgewühlt.« Er legte eine kleine Pause ein. »Brauchen Sie irgendwas?«

Ich war voller Tatendrang hergekommen, doch nun wusste ich nicht mehr so recht, was ich sagen sollte. Ich konnte nicht einfach geradeheraus fragen, warum Joey unter dem Fenster eines ermordeten Gastes herumgelungert hatte oder ob er einem Mörder half, in Gästezimmer einzudringen. Sophies Anwesenheit war für mich überraschend, doch als ich sie beide zusammen dort sah, begriff ich, dass vielleicht beide in die Sache verwickelt waren. »Ich konnte nicht schlafen«, sagte ich schließlich, »also habe ich mir überlegt, dass ich Liam herbringe, damit er ein bisschen Auslauf bekommt.« Das klang ziemlich lahm, aber etwas Besseres fiel mir nicht ein.

»Ich habe gehört, dass gestern Abend wieder Krankenwagen beim Hotel waren«, flüsterte Sophie, als hätte sie Angst, man könnte uns belauschen.

»Ja, mein Geschäftspartner wurde ins Krankenhaus eingeliefert«, sagte ich und beobachtete Sophies Gesicht genau, um dort auch nur die geringste Spur von Verwirrung zu entdecken.

»Mr MacEwan?« Sie runzelte die Stirn. »Geht es ihm jetzt gut?«

»Im Augenblick schon«, antwortete ich. Ich versuchte, nicht an eine andere Möglichkeit zu denken. »Es war alles so seltsam«, sagte ich und sah sie weiterhin sehr genau an. »Er hat nichts Böses geahnt und sich nur die Zähne geputzt, und ehe er sich's versah, ist er hingestürzt und hat sich den Kopf aufgeschlagen.«

Sophies Augen weiteten sich entsetzt, und sie sah aus, als wäre sie selbst nun völlig aus dem Gleichgewicht geraten. »Ich muss zum Hotel zurück.« Sie warf sich ihren Mantel über. »Mrs Easton wird deswegen völlig aus dem Häuschen sein. Ich muss ... Na ja, ich muss einfach da sein.«

Sophie öffnete die Tür und eilte an den Zwingern vorbei

fort, Joey ihr dicht auf den Fersen. Die Neuigkeit hatte sie eindeutig bestürzt, und sie schien ziemlich überrascht zu sein, dass ich heute so früh am Morgen gesund und munter war. Die Beweise gegen Sophie häuften sich mit furchterregender Geschwindigkeit. Jetzt war nur noch die Frage, ob Joey auch mit in der Sache steckte.

Joey folgte Sophie nach draußen und schaute ihr hinterher, ehe er begann, Trocken- und Nassfutter auf zehn gleiche Edelstahlschüsseln zu verteilen.

Seine Körpersprache verriet, dass er äußerst angespannt war. Ich überlegte, ob er noch unschlüssig war, wie er auf meine Anwesenheit reagieren sollte.

»Die Mannschaft muss gefüttert werden«, sagte er schließlich. »Es geht nicht an, dass das Leben der Hunde völlig in Unordnung gerät, selbst wenn unseres aus den Fugen ist.«

»Sophie scheint sehr bestürzt zu sein.«

»Wären Sie das nicht?«, fragte Joey wütend. »Zwei Todesfälle, beide in Zimmern, für die sie verantwortlich ist, und jetzt ist noch jemand schwer verletzt.«

»Aber niemand hat ihr irgendwas vorgeworfen, oder?«

»Noch nicht, aber sie quetschen sie andauernd aus. Das ist nur eine Frage der Zeit, oder? Die geben immer dem Personal die Schuld.«

»Wenn die Polizei keine Beweise hat, muss Sophie sich keine Sorgen machen«, merkte ich an. Obwohl sie meiner Meinung nach durchaus Grund zur Beunruhigung hatte. Ich machte die Tür zu einem Zwinger auf und ging hinein, um Odin den Bauch zu kraulen, sehr erpicht darauf, das Gespräch wieder auf Joey zu lenken. »Müssen Sie hier auch nachts bei den Hunden bleiben?«, fragte ich.

»Nur wenn es irgendwelche Probleme gibt. Meistens übernachte ich bei meiner Oma im Dorf.«

»Dann waren Sie in den letzten drei Nächten nicht hier?«

Joey blickte finster zu mir herunter. »Nein. Wieso?«

Ich zuckte mit den Schultern. »Ich habe mich nur gefragt, ob Sie vielleicht irgendwas von all den Vorkommnissen im Hotel gehört oder gesehen haben.«

»Ich war nicht hier, also nein, ich habe nichts mitbekommen.« Joey wurde allmählich gereizt. Ich wusste, dass ich ein Risiko einging, aber mir lief die Zeit davon, ich musste direkt fragen.

Ich zog die Hundepfeife mit der Halskette aus der Tasche. »Erkennen Sie das hier?«

»Wo haben Sie das gefunden?«

»Oben im Hotel«, antwortete ich vage.

»Das gehört Sophie. Ich habe es ihr zum Geburtstag geschenkt.« Joey blickte verlegen. »Ich wollte ihr damit sagen, dass ich jederzeit kommen würde, wenn sie mich riefe.«

Das war eigentlich wirklich süß, und es erklärte natürlich auch, warum ich die Kette in meinem Zimmer gefunden hatte. Ich war mir nicht sicher, ob ich enttäuscht oder erleichtert sein sollte. »Gut, dann gebe ich sie ihr zurück, wenn ich sie das nächste Mal sehe«, sagte ich. »Was können Sie mir inzwischen über einen Mann namens Bruce Keenan sagen?«

Joey runzelte die Stirn. »Nie gehört.«

»Sie haben gestern in der Lobby mit ihm geredet.«

Joey schaute mich verständnislos an.

»In einer Ecke. Er schien seine Argumente sehr nachdrücklich vorzubringen.«

»Ach der? Das war nur so ein dämlicher Typ, der über die Ausbildung von Schießhunden labern wollte. Er versuchte mir klarzumachen, dass ich die Hunde nicht richtig behandele.«

»Sie hatten ihn noch nie vorher gesehen?«

»Nein.« Joey antwortete mit Bestimmtheit, fühlte sich jedoch eindeutig unbehaglich. »Ich muss jetzt wieder an die Arbeit«, sagte er.

Er rief die Hunde zum Frühstück, und ich ging mit Liam zum Hotel zurück und dachte über die neuesten Entwicklungen nach. Sophie *und* Joey. Ich hatte sie zusammen erwischt, vielleicht hatte das vorher schon jemand. Die Panik hatte deutlich auf ihren Gesichtern gestanden. Könnte es sein, dass der Mörder beide erpresste, damit sie ihm halfen?

Mein Gefühl sagte mir nach wie vor, dass dies anständige Menschen waren, doch sogar anständige Menschen lassen sich zuweilen in schlimme Dinge hineinziehen.

Liam und ich zogen uns in die willkommene Wärme des Hotels zurück. Es war gerade mal sieben Uhr, doch Cam bereitete bereits im Verkaufsraum den Tisch von Abbey Glen vor. Sein Gesicht war eingefallen, und seine sonst so rosige Haut sah bleich aus. Ich ging hin, um ihm zur Hand zu gehen.

»Gibt es Neuigkeiten von Grant?«, fragte er.

»Ich habe gerade mit Louisa gesprochen. Sie ist im Krankenhaus. Alles unverändert«, antwortete ich und bückte mich, um einige dekorative Flaschen auszupacken. Ich wollte Cam die Angst in meinen Augen nicht sehen lassen.

Cams Lippen waren zu einem dünnen Strich zusammengepresst. »Das gefällt mir gar nicht. Kein bisschen. Der Tod ist uns unablässig auf den Fersen, seit …« Er legte eine unbehagliche Pause ein.

»Seit ich hergekommen bin«, vollendete ich seinen Satz. »Ich weiß.«

»Seit Ben gestorben ist«, verbesserte mich Cam, und seine Züge wurden weicher. »Ich weiß sehr wohl, dass es nichts mit dir zu tun hat, Mädel, aber manchmal habe ich das Gefühl, als läge ein Fluch auf uns. Bitte sag mir, dass du versuchst, aufzuklären, was geschehen ist.«

»Nicht offiziell«, erwiderte ich leise. »Aber inoffiziell natürlich schon. Ich lasse diesen Angriff auf Grant nicht einfach auf sich beruhen.«

Cam nickte. »So ist's recht.«

»Kommst du heute hier allein klar?«, fragte ich.

»Ja. Konzentrier du dich darauf, was du am besten kannst. Und ich bleibe bei dem, was ich am besten kann. Jemand muss ja für Abbey Glen die Stellung halten.«

Auf der anderen Seite des Raumes sah ich Keenan hereinkommen. Er hielt sich an einer großen Tasse Kaffee fest, als hinge sein Leben davon ab. Er wirkte eindeutig ziemlich angeschlagen.

»Dein Freund Bruce ist ja früh da«, stellte ich fest.

»Er hat eine neue Bekanntschaft gemacht«, erwiderte Cam mit einer Spur Missbilligung. »Ich glaube, er hat ihr letzte Nacht Gesellschaft geleistet.«

»Ist sie ein Hotelgast?«

»Ja. Wegen der Hochzeit hergekommen. Die Tante der Braut oder so was.«

Ich packte die Fotografien von Abbey Glen aus und stellte sie gedankenverloren auf einer Seite des Tisches auf. »Habt ihr beide überhaupt mal über den Tod von Richard und Archie gesprochen?«, fragte ich. »Ich meine, ehe die Hochzeitsgesellschaft aufgetaucht ist.«

»Kurz beim Abendessen. Ich will ja nichts sagen, aber darüber reden im Augenblick doch alle.«

»Ich weiß. Das sollte keine Kritik sein.« Ich fragte mich, ob Cam derjenige war, der über meine Kontakte zur Polizei geplaudert hatte. Natürlich nicht absichtlich, sondern nur weil er ehrlich und besorgt war. »Hast du erwähnt, dass ich der Polizei zur Hand gehe?«

Cam überlegte kurz. »Wir haben über deine Fotos gesprochen. Da habe ich unter Umständen einfließen lassen, dass du welche für den Inspektor machst. War das verkehrt?«

»Nein, nein«, erwiderte ich und versuchte, ihn zu beruhigen. Cam wusste nicht, dass die Zahnpasta vergiftet war, und das brauchte er erst mal auch noch nicht zu erfahren.

Cam sah so traurig aus, dass ich ihn kurz umarmte und ihm versprach, ihn sofort zu informieren, sobald ich etwas Neues über Grant hörte. Auf dem Weg aus dem Verkaufsraum begegnete ich Patrick, der sich gerade an der Selbstbedienungsbar in der Lobby eine große Tasse Kaffee einschenkte. Ich zog ihn in eine Ecke beim Kamin.

»Es sieht so aus, als hätte Cam unbeabsichtigt Keenan wissen lassen, dass ich der Polizei helfe.«

»Du hattest also recht. Es könnte sein, dass Keenan es auf dich abgesehen hatte.«

»Keenan oder sein Komplize.«

Patrick nickte. »Ich habe erste Informationen von meinem Kontakt bei der Londoner Polizei. Du hast Glück, er war bereit, die Sache sofort in Angriff zu nehmen. Er schickt, was er gefunden hat. Übrigens, muss ich Hugh immer noch im Auge behalten?«

»Das fände ich klug. Soweit wir wissen, hat gestern Nacht niemand ohne Einladung sein Zimmer betreten, aber er muss einfach das nächste Opfer sein.« Ich erzählte Patrick in knappen Worten von dem Fiasko mit dem Feueralarm aus der vergangenen Nacht.

»Hier ist Tanz in allen Räumen, was?«, sagte Patrick mit einem Kichern. »Das ist mein erstes Lachen seit Tagen. Aber es wird nicht einfacher, die Leute nicht aus den Augen zu verlieren, wenn sie mitten in der Nacht von einem Zimmer ins andere huschen.«

Ich dachte an Brenna, die gestern Nacht kurz in Grants

Zimmer gehuscht war. Wäre sie heute Morgen immer noch dort gewesen, wenn Grant nicht gestürzt wäre? Ich schob diesen Gedanken weit von mir.

Patrick ging ins Business Center, um einige berufliche E-Mails zu beantworten, ehe er seinen Pflichten als Preisrichter nachkam. Ich machte mich auf die Suche nach Oliver Blaire, schaute dabei in die verschiedenen Konferenzräume, die für den Wettbewerb genutzt wurden, ehe ich am Empfang nach ihm fragte und zum Hauptspeisesaal gewiesen wurde.

Dort trafen Liam und ich Oliver an, der sich in einer Ecke des Raumes rasch ein kleines Frühstück genehmigte, ehe die Bewertung der Whiskys anfing. Liam fand offensichtlich die Aussicht auf ein richtiges Frühstück sehr spannend.

Oliver blickte auf und lächelte. »Bitte gesellt euch zu mir, ihr zwei. Ich brauche was Anständiges im Magen, sonst kann ich einen ganzen Tag mit Verkostungen nicht durchhalten. Mein Stehvermögen ist nicht mehr das, was es einmal war.«

Ich bestellte eine Schüssel Cornflakes, für Liam einen Teller Würstchen und für mich einen großen Cappuccino. Ich hatte eigentlich kaum Hunger, doch ich musste etwas essen, um irgendwie die Nacht ohne Schlaf auszugleichen.

»Wie geht es Grant heute Morgen?«, fragte Oliver.

Ich wiederholte meine Litanei: »Zustand stabil, aber immer noch gefährdet.«

»Ihr Inspektor Michaelson ist heute Morgen in aller Frühe bei mir aufgetaucht«, sagte Oliver mit einem Lächeln. »Er hat mir gesagt, ich solle auf der Hut sein, aber zum Glück hat er nicht darauf bestanden, dass ich auf dem Zimmer bleibe.«

Mir fiel auf, dass Oliver abgepacktes Müsli und Joghurt aß, vielleicht eine unnötige Vorsichtsmaßnahme, aber trotzdem klug. »Im nüchternen Licht des Tages betrachtet, glaube ich, dass diese Tat weniger mit Rache zu tun hat«, gab ich zu, »doch wie der Inspektor schon gesagt hat, seien Sie auf der Hut.«

»Ich vertraue darauf, dass Sie die Angelegenheit energisch verfolgen.«

»Inoffiziell«, antwortete ich.

»Offiziell oder inoffiziell, ich wette, dass Sie das aufklären können. Kann ich noch irgendwas tun, um Ihnen zu helfen?«

Ich wollte Oliver gar nicht gern noch tiefer in diese Sache hineinziehen, doch ich benötigte alle Informationen, die ich nur bekommen konnte. »Was können Sie mir über Bruce Keenan sagen?«

Oliver wirkte überrascht. »Er ist für den weltweiten Vertrieb unseres Marchbanks-Whiskys verantwortlich. Zuverlässiger Typ.«

»Aber ein bisschen jähzornig?«

»Das sind wir von Zeit zu Zeit alle«, merkte Oliver mit seinem üblichen Takt an.

»Haben Sie je gehört, dass sich Keenan über den Verkauf von Edenburn beschwert hat?«, fragte ich.

»Ständig. Es ist ja nur natürlich, dass ihn diese veränderten Umstände sehr zornig gemacht haben. Aber damals war das nicht so außergewöhnlich. Viele Destillerien hatten Probleme, sich über Wasser zu halten. Eine ganze Anzahl wurde völlig geschlossen, andere wurden verkauft. So liefen in jenen Zeiten die Geschäfte, und natürlich wollten die Käufer ihre eigenen Leute dort unterbringen.«

»Sie würden also sagen, dass Keenans Klage gegen Archie unbegründet war?«

»Juristisch? Nein, aber ich kann verstehen, dass er sich betrogen fühlte und auf irgendeine zivilrechtliche Lösung spekuliert hat.«

»Das Gericht war nicht dieser Meinung.«

»Sie wollten keinen Präzedenzfall schaffen. Wenn sie in diesem Fall für eine Abfindung entschieden hätten, wären jede Menge ähnliche Zahlungen angefallen.«

Die Kellnerin erschien mit unserem Essen. Ich schnitt Liams Würstchen in mundgerechte Happen und löffelte den Schaum von meinem Cappuccino in ein Schälchen. Beides setzte ich Liam vor, und er stürzte sich mit Begeisterung darauf. Dies war sein Lieblingsessen.

»Cam hat mir erzählt, dass Bruce Probleme hatte, einen Job zu finden.«

»Er war ab und an ziemlich … ungestüm vorgegangen.«

»Aber Sie waren bereit, ihn einzustellen?«

»Er ist ein alter Hase, und ich war der Meinung, er verdiene diese Chance. Wir waren uns der Probleme bewusst und haben ihm deutlich gesagt, dass wir weitere Vorfälle nicht tolerieren würden. Bis heute haben wir kein einziges Mal Ärger mit ihm gehabt.«

Widerwillig musste ich mir eingestehen, dass ich ein wenig enttäuscht war. Ich hatte zu hören gehofft, dass Keenan immer noch Schwierigkeiten hatte, seinen Jähzorn im Zaum zu halten. Irgendetwas, das darauf hindeutete, er könne sich vielleicht auch zu äußerster Gewalt hinreißen lassen. »Glauben Sie, dass Bruce nach wie vor einen Groll gegen MacInnes und Central hegt?«

»Sie meinen, einen so großen Groll, dass er seinen ehemaligen Chef ermorden würde?« Man musste es Oliver hoch anrechnen, dass er gründlich nachdachte, ehe er antwortete. »Ich kann nicht ausschließen, dass er etwas Unüberlegtes macht, doch dass er eiskalt einen Mord plant, nein, das kann ich mir bei ihm nicht vorstellen.«

Ich dachte an mein Gespräch mit Keenan vom Vorabend und ließ meine Gedanken schweifen, während ich in meinem Kaffee rührte. *Hitzköpfig*, *schrill* und *halsstarrig*, das war mein erster Eindruck von Keenan gewesen. Ein schwieriger Mensch mit extremen Gefühlen. Ein Mann mit einem ganz besonderen Motiv für einen Racheakt. Gestern Abend hatte ich Michaelson gesagt, ich könne akzeptieren, dass Trevor theoretisch seinen Bruder umgebracht haben könnte, aber mein Bauchgefühl sage mir, er würde dies niemals tun. Keenan hätte ebenfalls einen Mord begehen können, doch auch hier stand die Frage: Würde er das wirklich tun? In seinem Fall sagte mein Bauchgefühl, dass das sehr wohl im Bereich des Möglichen lag.

KAPITEL 18

Wenn man bereits vor sechs Uhr morgens aus dem Haus geht, wird der Tag sehr lang. Es war gerade einmal zehn vor acht, als ich Oliver zu seinen Pflichten als Preisrichter losziehen ließ und selbst zum Empfangstisch ging, um nach dem Hoteldirektor zu fragen. Larson hatte mich zusammen mit Michaelson gesehen. Hoffentlich nahm er an, dass wir die Untersuchung gemeinsam führten, und ich konnte ihm einiges entlocken.

Larson kam aus seinem Büro, und sein Rückgrat versteifte sich beinahe unmerklich.

»Ms Logan, wie schön, Sie zu sehen! Womit kann ich behilflich sein?«

»Man hat mir gesagt, dass Sie die Schlüsselprotokolle für alle Zimmer mit Schlüsselkarten in Ihrer Obhut haben.«

»Das stimmt.«

»Ich würde gern die Aufzeichnungen von meinem Zimmer für die letzten vierundzwanzig Stunden sehen.«

»Normalerweise stellen wir diese Informationen unseren Gästen nicht zur Verfügung.«

»Ich kann Inspektor Michaelson bitten, einen Untersuchungsbefehl zu beantragen«, sagte ich und deutete auf den improvisierten Vernehmungsraum am anderen Ende der Lobby.

Larson erschauderte sichtbar. »Nun ja, meinetwegen, es geht ja um die Daten für Ihr eigenes Zimmer«, gestand er mir widerwillig zu.

Er ging ins Büro zurück und kehrte kurz darauf mit einem

zusammengefalteten Computerausdruck zurück, den er mir überreichte, als wäre es Schmuggelware. Ich dankte ihm und steckte das Papier in die Tasche.

Als ich mich auf den Weg zum Aufzug machte, sah ich, wie Trevor das Hotel betrat, eine schwarze Mütze tief in die Augen gezogen.

Ich machte kehrt und ging rasch auf ihn zu, doch Trevor hob eine Hand vor das Gesicht, als wolle er sich vor mir schützen. »Sagen Sie Ihrem Kumpel Michaelson, dass ich kein Kindermädchen brauche, das mir auf Schritt und Tritt folgt.«

»Ich folge Ihnen nicht.«

»Den kriege ich noch wegen Polizeischikane dran. Ich habe ihm doch gesagt, dass ich mit alldem nichts zu tun habe. Ich will nur hier weg, verdammt noch mal.« Trevor drängte sich an mir vorbei auf den offenen Aufzug zu. Ich überging seine wütende Tirade und folgte ihm in die Kabine. Er drückte auf den Knopf für den fünften Stock. Als wir losgefahren waren, presste ich den Finger auf den Halteknopf und stellte mich zwischen Trevor und das Bedienfeld. Liam kam als Beschützer an meine Seite, doch ich bemerkte, dass er bei Trevor nicht fremdelte.

»Schauen Sie, ich weiß, dass Sie mich mit Michaelson gesehen haben, aber ich arbeite nicht für die Polizei, und mehr noch, ich bin nicht der Meinung, dass Michaelson recht hat. Ich glaube nicht, dass Sie irgendwas mit dem Tod von Richard oder Archie zu tun hatten.«

Trevor ließ die Schultern sinken.

»Außerdem waren Sie letzte Nacht nicht hier«, fuhr ich fort.

»Was ist letzte Nacht passiert?«, murmelte er.

»Jemand hat versucht, mich zu vergiften.«

Trevor blickte abrupt auf. »Wieso?«

»Vielleicht, weil er gedacht hat, dass ich mehr weiß, als in Wirklichkeit der Fall ist. Keine Ahnung. Das Wichtigste ist, dass mein Geschäftspartner im Augenblick im Koma liegt, und alles nur meinetwegen. Ich bin wild entschlossen, den Grund dafür herauszufinden.«

Trevor schien das nicht zu überzeugen. »Das tut mir leid, aber das ist Ihr Problem, nicht meins.«

»Ja, mein Problem, doch potenziell zu Ihrem Nutzen«, versuchte ich ihn zu überreden. »Wenn ich den wirklichen Mörder finde, sind Sie aus dem Schneider.«

Trevor dachte einen Augenblick darüber nach. »Was wollen Sie wissen?«

»Kennen Sie einen Typ namens Bruce Keenan?«

»Vielleicht. Wieso?«

»Erinnern Sie sich an irgendwas aus seiner Zeit bei Edenburn?«

»Nicht viel, außer der Sache mit diesem Mädel von der Steuer.«

»Was?« Jetzt stand ich völlig im Dunkeln. »Keenan hatte Probleme mit der Steuer?«

»Nö. Er hatte Probleme mit dem gut aussehenden Mädel aus dem Büro des Steuerinspektors. Das Finanzamt schickt in regelmäßigen Abständen Beamte, die die Zollverschlusslager überprüfen. Keenan hat versucht, mit der jungen Dame einen äußerst privaten Rundgang zu veranstalten, wenn Sie wissen, was ich meine. Er war schon immer ein geiler Hund. Hielt sich für einen echten Casanova, doch dieses Mädel hat sich das nicht gefallen lassen. Sie hat damit gedroht, ihn zu verklagen.«

»Was ist passiert?«

»Ich meine zu wissen, dass Richard damals Archie geraten hat, das Problem mit Geld zu lösen. Sie hatten Glück. Das Mädel hat das Geld genommen und ist gegangen.«

»Und dann hat Keenan sich gegen Archie gewandt und ihn nach dem Verkauf an Central verklagt.«

»Das hat er, aber Archie erinnerte ihn daran, dass er ja bereits vom Unternehmen Geld bekommen hatte, als sie die Anklage wegen sexueller Belästigung abgebogen haben. Richard und Archie haben damit gedroht, den Vorfall öffentlich zu machen, und Keenan hat die Klage zurückgezogen. Er konnte diese Art von Aufmerksamkeit nicht brauchen, da er doch auf der Suche nach einem neuen Job war.«

Deswegen hatte Keenan also klein beigegeben, und zweifellos war das auch der Vorfall, auf den Oliver mit seiner Anspielung auf ungestümes Verhalten hinweisen wollte. Inzwischen piepte der Lift penetrant, und ich ließ den Halteknopf los. Wir fuhren weiter aufwärts. »Ist Bruce Keenan überhaupt mal in Ihr Zimmer gekommen, während Sie sich hier aufhielten?«

»Nein. Wieso sollte er? Wir kennen einander kaum.«

»Jemand hat dieses Nikotinfläschchen in Ihrem Zimmer hinterlassen«, erläuterte ich ihm.

Ich sah, wie in Trevors Kopf die Rädchen langsam in Bewegung kamen. »Sie meinen, Keenan hätte versucht, es Richard und Archie heimzuzahlen, und hat noch dazu beschlossen, mir die Sache in die Schuhe zu schieben?«

»Möglich ist es.«

Trevor dachte kurz nach. Wir hatten seine Tür erreicht; sein Zimmer lag auf dem Flur unmittelbar neben Cams. Bei Cam hatte Keenan am ersten Abend auf dem Fußboden geschlafen. Keenan hätte leicht mitbekommen können, wie Trevor am nächsten Morgen sein Zimmer betrat oder es verließ.

»Bruce ist nicht in mein Zimmer gekommen, während ich hier war, aber, ehrlich gesagt, es hätte jeder hereinspazieren können. Das Zimmermädchen hat die Tür immer sperrangelweit offen gelassen.«

»Ethel?«

»Heißt sie so? Dumm wie Brot. Sie hat die Tür weit offen stehen lassen, während sie hin- und herrannte und Handtücher holte und so weiter. Im Saubermachen ist sie auch nicht gerade ein Champion. Ich kann mir nicht vorstellen, dass sie auf die Knie geht und unter dem Bett wischt. Das Fläschchen muss jemand dort hingelegt haben, damit Sie es finden.«

Falls es stimmte, dass Ethel immer davonspazierte und die Tür offen ließ, hätte es jede Menge Möglichkeiten gegeben, ins Zimmer zu schlüpfen und das Fläschchen dort zu hinterlassen. Endlich eine belastbare Idee für das Wie.

»Das hilft uns tatsächlich weiter«, sagte ich. »Danke, Trevor. Sie sollten sich jetzt ein bisschen ausruhen.«

Ich eilte in unser Zimmer hinunter, Larsons Computerausdruck noch in der Tasche. Liam sprang aufs Bett, und ich gesellte mich zu ihm und faltete das Blatt auseinander, um es sorgfältig zu studieren. Der Schlüssel zu unserem Zimmer hatte einen Mastercode mit einer vierstelligen Zahl am Ende, die wohl für jede Schlüsselkarte anders war. Ich konnte Patricks Bewegungen nachvollziehen. Immer mit derselben Seriennummer. Auch mein Betreten und Verlassen des Zimmers war zu den richtigen Zeiten aufgezeichnet. Derselbe Mastercode, aber eine andere Seriennummer. Die einzige andere Eintragung war von der Schlüsselkarte des Zimmermädchens. Jedes Mal dieselbe Schlüsselkarte, das musste also Sophie gewesen sein. Sie hat das Zimmer einmal um elf Uhr zwölf und einmal um siebzehn Uhr vierunddreißig betreten. Beides die üblichen Zeiten für den Zimmerservice. Keine Eintragungen von weiteren Schlüsselkarten.

Liams Halsband klirrte, als er vom Bett sprang und zur Tür lief. Ich hörte ein Klopfen und zögerte, aber er knurrte nicht. Durch den Spion sah ich Michaelson auf dem Flur stehen.

Ich ließ ihn ein und deutete auf das Sofa, wobei mir auffiel, dass er noch immer dieselben Kleidungsstücke trug wie heute Morgen um vier Uhr, als wir uns voneinander verabschiedet hatten. Von wegen nach Hause gehen und die Dinge mit seiner Tochter klären.

»Gibt es Neuigkeiten?«, fragte ich, ehe er noch Guten Tag sagen konnte.

»Vor ein paar Minuten hat mir das Labor bestätigt, dass Ihre Zahnpasta mit einer kleinen Menge hochkonzentriertem Nikotin versetzt war.«

»Hätte das tödlich sein können?«

»Schon möglich, wenn jemand gesundheitlich angeschlagen ist, aber Sie und Grant sind beide stark und gesund. Normalerweise wäre Ihnen nur schwindelig und schrecklich übel geworden. Es scheint so, als wäre Grant schwindelig geworden, und er wäre deswegen gestürzt. Inzwischen würde es ihm wahrscheinlich wieder gut gehen, wenn er nicht mit dem Kopf auf der Kante der Badewanne aufgeschlagen wäre.«

»Dann wollte der Täter mich mit dem Gift nicht aus dem Weg räumen, sondern lediglich krank machen«, sagte ich. Ich sollte mich wohl freuen, dass Keenan nicht wirklich versuchte, mich umzubringen, aber für Grant, der gestürzt war, schien das nur ein schwacher Trost. »Ich habe gesehen, Sie haben Trevor Simpson wieder laufen lassen. Bedeutet das, dass Sie ihn als Verdächtigen nun nicht mehr im Auge haben?«

»Ohne förmliche Anklage konnte ich ihn nicht länger festhalten«, erwiderte Michaelson mit einem Seufzer. »Aber ich bin noch längst nicht bereit, ihn von der Liste zu streichen.«

»Waren seine Fingerabdrücke auf dem Fläschchen unter dem Bett?«

»Nein. Auch nicht auf den Glasscherben unter dem Fenster von MacInnes. Wer immer mit dem Fläschchen oder den Scherben in Berührung gekommen ist, hat Handschuhe getragen, doch an beiden fanden sich Spuren von Nikotin.«

»Was ist mit der Zellophanverpackung der Pralinenschachtel?«

»Da sind Dutzende von Fingerabdrücken drauf. Die von Arthur, dem Jungen, der im Postraum den Versandkarton ausgepackt hat, die von MacInnes und die von Sophie.«

Sophies Fingerabdrücke, als sie die Trüffel ins Zimmer brachte oder als sie sie vergiftete?, fragte ich mich. »Irgendwas darüber, wie man das Nikotin in die Trüffel hineinbekommen hat?«

»Im Labor haben sie unten an allen Pralinen einen kleinen Einstich entdeckt. Es sieht so aus, als hätte der Mörder das Nikotin in das weiche Innere injiziert.«

»Jemand, der gerade zufällig eine Spritze zur Hand hatte«, merkte ich an.

»Die Dinger sind nicht schwer zu bekommen«, sagte Michaelson. »In jeder Apotheke kann man derlei Bedarf für Diabetiker kaufen. Und bei all den uralten Gästen, die hier absteigen, kann es für ein Zimmermädchen nicht gerade schwer gewesen sein, eine herumliegende Spritze zu finden.«

»Und die Zahnpasta?«

»Sauber abgewischt. Nur die Fingerabdrücke von Patrick und Grant.«

»Ich bin Sophie heute Morgen begegnet. Sie sagte, sie habe etwas gehört, dass gestern Abend Krankenwagen zum Hotel gekommen sind. Sie wollte wissen, was passiert ist.«

»Was haben Sie ihr gesagt?«

»Ich habe ihr erwidert, dass alles sehr seltsam war, dass sich Grant die Zähne putzte und im nächsten Augenblick bewusstlos auf dem Boden lag.«

Michaelsons Mundwinkel zuckten leicht belustigt. »Ein guter Reportertrick. Wie hat sie reagiert?«

»Ich würde sagen, überrascht und besorgt. Sie ist sofort davongerannt, angeblich, um nach Mrs Easton zu schauen, doch sie könnte genauso gut Keenan gesucht haben.«

»Mit beiden Zimmermädchen habe ich bereits gesprochen«, sagte Michaelson und blätterte in seinen Notizen. »Sophie behauptet, sie habe das Hotel gestern Abend um acht Uhr verlassen. Ist sofort nach Hause gegangen. Das haben ihre Mitbewohnerinnen bestätigt. Sie streitet ab, die Zahnpasta überhaupt angefasst zu haben. Am Abend zuvor war sie zu Hause und um zehn Uhr bereits im Bett; wiederum von ihren Mitbewohnerinnen bestätigt.«

Ich zog die Aufzeichnungen über die Schlüsselkarten von meinem Zimmer hervor. »Laut diesen Aufzeichnungen war sie um neunzehn Uhr dreißig hier, um sauber zu machen und Liam zu füttern.« Ich reichte Michaelson den Ausdruck. »Was ist mit dem anderen Zimmermädchen, Ethel? War sie auch hier?«

»Mrs Easton hat ausgesagt, dass Ethel gestern Abend freihatte. Seit gestern ist Team eins wieder im Einsatz.«

»Ich habe heute Morgen noch etwas anderes herausgefunden, das vielleicht von Bedeutung ist. Sophie und Joey von der Akademie für Schießhunde sind ein Paar. Das ist allerdings nicht öffentlich bekannt, da das Hotel Beziehungen zwischen Angestellten gar nicht gern sieht.«

Michaelson machte sich eine Notiz auf seinem Block. »Joey war ohnehin auf der Liste der Leute, mit denen ich heute reden wollte.«

»Er hat mir erzählt, dass er Sophie die Halskette, die ich

gefunden habe, geschenkt hat. Sie hatten also recht, es war nichts Schlimmes dabei, dass ich sie in meinem Zimmer gefunden habe. Sie muss heruntergefallen sein, als Sophie hier sauber machte. Aber ich glaube trotzdem, dass Sie mit Joey reden sollten. Ich habe Ihnen ja erzählt, dass ich ihn neulich gesehen habe, wie er sich mit Keenan in der Lobby unterhielt, und ich habe ihn auch getroffen, als er am Morgen nach dem Mord unter Archies Fenster herumlungerte.«

Michaelson blickte auf. »Warum haben Sie mir das nicht erzählt?«

»Ich nehme an, dass es mir zu dem Zeitpunkt nicht wichtig erschien. Ich war mehr auf das Fläschchen konzentriert, das ich gefunden hatte.«

»Entscheiden Sie bitten nicht, was für mich wichtig ist und was nicht«, erwiderte er knurrig.

»Das wollte ich nicht.« Ich dachte darüber nach, was Trevor heute Morgen über Ethel gesagt hatte. Es würde sich vielleicht lohnen, das an Michaelson weiterzugeben, nur war es nicht immer einfach, solche Dinge in ein Gespräch einfließen zu lassen. »Wussten Sie, dass Ethel Trevors Zimmermädchen war?«, fragte ich.

»Ja. Wieso?«

»Wussten Sie auch, dass sie die Angewohnheit hat, die Türen zu den Gästezimmern offen stehen zu lassen, während sie sauber macht, selbst wenn sie im Korridor Handtücher holen geht?«

»Sie versuchen wohl, mir anzudeuten, dass es einfach gewesen wäre, ein Nikotin-Fläschchen in Trevors Zimmer zu schmuggeln, um ihm die Sache in die Schuhe zu schieben.«

»Ich erzähle Ihnen das ja nur.«

»Ich war mir darüber im Klaren. Haben Sie Bruce Keenan heute Morgen schon gesehen?«

»Er war in aller Herrgottsfrühe hier unten. Anscheinend hat er die Nacht bei einer Damenbekanntschaft verbracht, laut Aussage von Cam.«

»Ich habe mich mit verschiedenen Gästen unterhalten, die gestern Abend in der Lobby Bar waren. Er war eindeutig auch dort, doch niemand konnte schwören, dass er die ganze Zeit über anwesend war. Er hätte einen Umweg über Ihr Zimmer nehmen können.«

»Dann stimmen Sie mir zu, dass er möglicherweise verdächtig ist.«

»Das habe ich nie bestritten«, beteuerte Michaelson, ohne näher darauf einzugehen.

»Ich habe die ganze Nacht wach gelegen und darüber nachgegrübelt«, sagte ich, von Michaelsons Aussage ermutigt. »Es ist reine Spekulation. Keenan hätte das gut vorbereiten müssen, er hätte das Gift sozusagen bei der Hand haben und den Schlüssel genau zum richtigen Zeitpunkt aus dem Büro des Hoteldirektors stehlen müssen. Und zudem hätte Liam fürchterlich gebellt, hätte ein Fremder unser Zimmer betreten. Wenn nun aber Joey einen der Messingschlüssel gehabt hätte und in unser Zimmer gegangen wäre – den hätte Liam freudig begrüßt.«

»Zur Hölle mit diesen verdammten Messingschlüsseln!«, sagte Michaelson. »Die sind ein echtes Sicherheitsrisiko. Ich weiß nicht, warum das Management darauf besteht, sie unbedingt beizubehalten.«

»Ich bin selbst ins Büro des Hoteldirektors spaziert, als niemand am Empfangstresen war«, sagte ich. »Jeder hätte so einen Messingschlüssel stehlen können, wenn er gewollt hätte.«

»Höchste Zeit, dass ich mir diese Schlüssel noch einmal ansehe«, meinte Michaelson.«

»Darf ich mitkommen?«

Michaelsons Telefon brummte. Er hob die Hand, um unser Gespräch zu unterbrechen, und ging ans andere Ende des Raums, um den Anruf entgegenzunehmen. Ich verzog mich ins Badezimmer, um mir das Haar zu bürsten. Ich mopste mir eines von Patricks kleinen Zahnpastapäckchen und putzte mir die Zähne. Als ich fertig war, blieb ich noch ein wenig im Bad, während Michaelson mir den Rücken zuwandte und weiter telefonierte. Während unserer beruflichen Kontakte war er zumeist bedächtig und beherrscht, doch dieses Gespräch entwickelte sich offensichtlich nicht so, wie er es gern gewollt hätte. Ich hörte die Anspannung in seiner Stimme.

Er beendete das Gespräch und wandte sich wieder dem Zimmer zu. »Entschuldigung«, murmelte er.

Ich hatte mir Michaelson nie als Vater vorgestellt, doch ich hatte eigentlich nie allzu viel über Michaelson nachgedacht. »Haben Sie die Angelegenheit mit Ihrer Tochter geklärt?«, fragte ich.

Er schüttelte den Kopf. »Das muss warten, bis ich hier fertig bin.«

»Vierzehn ist ein schwieriges Alter«, brachte ich vor.

»Für alle Beteiligten.«

Ich hätte nur zu gern nach seiner Ehefrau gefragt, aber Michaelson sah so aus, als bedauerte er, gestern Abend überhaupt etwas gesagt zu haben.

»Wenn Sie mitkommen möchten, dann machen wir uns auf den Weg.« Er schob mich zur Tür hinaus und den Flur entlang. Liam ließen wir winselnd im Zimmer zurück.

Es war halb zehn, und am Empfangstresen hatte eine neue Schicht begonnen. Eine junge Frau namens Bianca führte uns ins Büro und deutete auf die Wand mit den Fächern. »Wir benutzen die immer noch, wenn jemand einen handgeschriebenen Zettel für einen Gast hinterlässt. Den legen wir ins Fach, damit er zum Zimmer gebracht werden kann.«

»Wer bringt die Nachrichten hin?«, fragte ich.

»Normalerweise einer von den Pagen, es sei denn, es ist dringend, dann trägt jemand vom Empfang den Zettel hoch.«

»Und dies ist der einzige Ort, an dem die Messingschlüssel aufbewahrt werden?«, wollte Michaelson wissen.

»Soweit ich weiß.«

»Gibt es irgendwelche Sicherheitsmaßnahmen, damit nicht jeder einfach hereinspazieren und sich einen nehmen kann?«, fragte ich.

Bianca zuckte mit den Achseln. »Normalerweise ist jemand am Empfangstresen.«

»Normalerweise schon, aber nicht immer«, stellte Michaelson klar. »Wenn Sie vom Empfang weggehen, schließen Sie das Büro ab?«

Bianca richtete sich auf und zog ihre Kostümjacke zurecht. »Wenn wir länger nicht da sind, ja.«

Die Messingschlüssel waren so sperrig. Ich konnte mir nicht vorstellen, dass ich gern einen davon in meiner Handtasche oder Hosentasche herumtragen würde. »Behalten die Gäste diese großen Schlüssel bei sich, genauso wie sie es mit den Plastikkarten machen?«, erkundigte ich mich.

»Nein, normalerweise bringen sie sie zum Empfang, wenn sie das Hotel verlassen, und wir legen sie ins richtige Fach zurück.«

Michaelson machte sich Notizen. »Benutzt im Augenblick jemand seinen Messingschlüssel?«

»Ja, wir haben im Moment ein paar solche Gäste.« Ich schaute in das Fach für unser Zimmer 334. Der Schlüssel lag noch da, wo ich ihn gestern Abend hingelegt hatte. Doch die Fächer daneben, 332 für Richards Zimmer und 336 für Grants Zimmer waren leer. Ich nahm einen Schlüssel aus einem anderen Fach und stellte fest, dass es der falsche war, genauso wie Hughs Schlüssel gestern Abend im falschen Fach gelegen hatte.

»Werden die Schlüssel oft falsch einsortiert?«, fragte ich.

»Ich denke, das ist unvermeidlich«, sagte Bianca. »Die sehen alle doch gleich aus.«

»Möchten Sie mir helfen?«, fragte Michaelson, zu mir gewandt. »Gehen Sie all diese Fächer durch und schauen Sie nach, wie viele der Schlüssel falsch einsortiert wurden, und schreiben Sie auf, welche fehlen.«

»Aber …«

»So sind Sie eine Weile in Sicherheit und stellen keinen Unsinn an.«

Michaelson ging fort, um Joey zu suchen. Ich hätte schwören können, dass ich zum ersten Mal seit Tagen ein kleines Funkeln in seinen Augen gesehen hatte. Die Glocke am Empfang bimmelte, und Bianca eilte hinaus und ließ mich allein, damit ich die Schlüssel durchschauen konnte.

Es schien reine Zeitverschwendung zu sein, doch ich fand acht Schlüssel, die im falschen Fach lagen, einschließlich des Schlüssels zu Grants Zimmer. Die Schlüssel zu Richards und Archies Zimmern fehlten. Und natürlich der Schlüssel zu Hughs Zimmer. Doch der zu Trevors Zimmer war noch da. Was ich allerdings nicht sehen konnte, war, seit wann die Schlüssel fehlten oder ob andere weggenommen und wieder hingelegt worden waren.

Als ich das Büro verließ und hinter dem Empfangstresen hervortrat, rief ich auf der Internetseite von Marchbanks ein Bild von Bruce Keenan auf meinem Handy auf. Ich hielt es Bianca hin. »Haben Sie diesen Mann im Hotel gesehen?«

»Er ist kein Hotelgast, aber ich habe ihn hin und wieder hier gesehen.«

»Können Sie mir etwas über ihn sagen?«

Bianca nahm einen Stapel Papiere in die Hand und wendete sich von mir ab. »Fragen Sie das Sicherheitspersonal. Ich weiß nichts über ihn.«

Bianca würde eindeutig nicht reden, also beschloss ich, es bei den Zimmermädchen auf der vierten und fünften Etage zu versuchen. Ich hatte kein Glück, Ethel fand ich nicht. Doch das Zimmermädchen, das heute Morgen im fünften Stock arbeitete, erkannte Keenan. Ihr Namensschildchen wies sie als Gloria aus.

»Den habe ich heute früh gesehen«, meinte Gloria. »Das hat mich ein bisschen überrascht, denn im Gästebuch steht er nicht. Wahrscheinlich war er nur ein Übernachtungsbesuch, denke ich mal.«

»In welchem Zimmer hat er übernachtet?«

Gloria presste die Lippen zusammen. »Kann ich nicht sagen.«

»Können Sie nicht oder wollen Sie nicht?«

»Beides.«

»War es ein weiblicher Gast auf dieser Etage?«

»Das kann ich weder bestätigen noch bestreiten«, erwiderte sie steif. »Es ist uns nicht gestattet, über die Privatangelegenheiten unserer Gäste zu reden.«

Gesprächig war Gloria wirklich nicht. Ich musste hoffen, dass ich beim restlichen Personal mehr Glück haben würde. »Ist Ethel da?«, fragte ich.

»Die haben sie wieder in die Wäscherei zurückgeschickt. Sie hilft hier oben nur aus, wenn wir nicht genug Leute haben.«

Ich ließ mir von ihr den Weg zur Wäscherei beschreiben. Als ich erneut durch die Lobby ging, rief mir Bianca vom Empfang her zu: »Eine Nachricht für Sie, Miss.«

Ich öffnete den Umschlag und fand darin eine Nachricht von Joey. »Bin mit Liam spazieren. Können wir uns hinter dem Hotel treffen? Dort, wo Sie mir schon mal begegnet sind.«

Ich schaute in unserem Zimmer vorbei, schnappte mir meinen Mantel und trabte die Hintertreppe hinunter und zur Tür hinaus. Joey warf einen Ball für Liam, der gerade mit wehenden Ohren und mit dem Ball im Maul auf uns zugerannt kam. Falls Hunde überhaupt lachen können, dann lachte Liam.

Joey drehte sich herum, als Liam an ihm vorbeischoss und den Ball zu meinen Füßen fallen ließ. Er kam steif auf mich zu. »Ich hatte gerade Besuch von Inspector Michaelson, und nun ist er unterwegs zu Sophie, um noch einmal mit ihr zu reden.« Joey trat voller Wut gegen einen Stein auf dem Weg, der weit davonflog. »Ich nehme an, das haben wir Ihnen zu verdanken?«

»Ich habe Ihnen gesagt, dass ich niemandem in Eagle Lodge etwas davon erzählen würde. Mit der Polizei ist das eine ganz andere Sache. Außerdem hat Michaelson Sie keineswegs als Einzige auf der Liste, er redet mit jedem, der mit den Opfern oder Bruce Keenan Kontakt hatte.«

»Aber sie scheinen sich auf Sophie zu konzentrieren«, schnaubte er. »Sie hat nichts Schlimmes getan.«

»Wenn sie nichts Schlimmes getan hat, dann passiert ihr nichts.«

Joey ging unruhig auf und ab. »Wieso verdächtigen die sie überhaupt?«, rief er. »Ich versteh's einfach nicht.«

»Sie hat Zugang zu allen Gästezimmern«, erklärte ich.

»Na und? Das ist ihr Job, Herrgott noch mal. Sie kennt keinen von diesen Männern. Wieso sollte sie einem von denen was antun wollen?«

»Sie könnte jemand anderem helfen«, schlug ich vor.

»Ihm helfen, Gäste umzubringen?« Joey schaute wütend drein. »Niemals!«

Ich zuckte zusammen. In meinem tiefsten Inneren neigte ich dazu, Joey zuzustimmen, doch es gab einige Indizien. »Wie können Sie da so sicher sein?«, forderte ich ihn heraus.

»Sie würde es einfach nicht tun.«

Die Angst in Joeys Augen verriet mir, dass die beiden mir eine Menge vorenthielten. »Ich vermute, das zwischen Sophie und Ihnen ist eine ernste Sache?«

Joey bot ein Bild des Jammers. »Wir heiraten im Sommer.«

»Dann wissen Sie, dass Sophie kürzlich eine größere Summe Geld erhalten hat?«, fragte ich.

Joey schien verdattert. »Ja, ich weiß das, aber woher wissen Sie das?«

»In Fällen wie diesem überprüft die Polizei beinahe alles«, antwortete ich ausweichend. »Wenn die sehen, dass jemand, der gewöhnlich nicht viel Bares hat, auf einmal eine größere Geldsumme ausgeben kann, fangen sie an, Fragen zu stellen.«

Joey begann erneut, hin- und herzulaufen. »Das Geld stammt von Tante Vi. Sie ist Weihnachten gestorben. Das müssen die doch dabei auch herausgefunden haben. Sie hat Sophie über hunderttausend Pfund vererbt. Wir haben es als Anzahlung für unser eigenes Häuschen benutzt.«

Nun, damit war diese Frage beantwortet. »Das wird sie der Polizei sagen müssen.«

»Wenn die fragen, dann macht sie's, aber was ist, wenn die immer noch glauben, dass sie irgendwie in die Sache verwickelt ist? Sie könnte ihren Job verlieren. Sie haben doch bei der Polizei einigen Einfluss«, sagte Joey ernst. »Sophie meint, dass Sie mit diesem Ermittler ganz gut klarkommen. Können Sie uns nicht helfen? Bitte?«

»Ich weiß nicht, wie viel ich erreichen kann, aber ich versuche es. Doch zunächst müssen Sie ehrlich zu mir sein.

Was hatten Sie gestern Morgen hier zu suchen? Ich weiß, dass Sie nicht nach Freya gesucht haben. Ihre Hunde sind viel zu gut erzogen, um wegzulaufen.«

Joey errötete. »Ich habe auf Sophie gewartet. Sie hat mich gebeten, sie hier zu treffen. All das hat sie so mitgenommen, doch sie kann immer nur ein, zwei Minuten fort, wenn Mrs E. in der Nähe ist. Die hält sie ganz schön auf Trab.«

»Haben Sie sonst noch jemanden hier draußen gesehen?«

»Nein, nur Sie.«

Ich wusste nicht, ob ich ihm glauben sollte oder nicht.

Joey packte mich beim Arm. »Bitte, Sie müssen ihr helfen.«

»Ich sehe, was sich machen lässt.« Liam stupste mich ans Bein, und ich beugte mich hinunter, um den Ball aufzuheben. Ich warf ihn in Richtung der Bäume, und er preschte begeistert los. »Nur so aus Neugierde, wie haben Sie Liam aus meinem Zimmer rausbekommen?«

Joey wurde verlegen. »Ich bin zur Tür gegangen, und Sie waren nicht da. Also habe ich zu Mrs E. gesagt, Sie hätten mich gebeten, Liam auszuführen, und sie hat mich reingelassen. Sie weiß, dass er ziemlich regelmäßig zu mir runtergekommen ist. Sie ist aber mit mir ins Zimmer gegangen«, sagte Joey und wirkte plötzlich nervös. »Sie würde niemals jemanden allein in ein Gästezimmer lassen.«

»Das weiß ich«, sagte ich, aber Mrs Easton war eine vertrauensselige Person, und sie hätte wohl nicht bemerkt, wenn Joey etwas im Zimmer zurückgelassen hätte. Plötzlich wollte ich hinaufgehen und unser Zimmer noch einmal gründlich untersuchen.

Liam kam zurück, und ich reichte Joey den Ball. Ich schaute ihm hinterher, wie er mit großen Schritten in Richtung des Hundezwingers ging. *Gefühlstief*, *abwägend* und *verlässlich*. Das Wort abwägend ließ mich stutzen. Nachdenklich und analytisch oder skrupellos und intrigant? Diese Eigenschaft konnte sich in beide Richtungen entwickeln. Die Sache mit Sophies Geld war nun geklärt. Das konnte Michaelson recht leicht überprüfen. Joeys Erklärung für seine Anwesenheit unter Archies Fenster war weniger überzeugend.

KAPITEL 19

Liam und ich kehrten ins Zimmer zurück, um uns ein wenig aufzuwärmen. Er ließ sich sofort auf den Kaminvorleger fallen, und schon stieg Dampf von seinem nassen Fell auf. Ich schaute mich im Zimmer um. Sophie war zum Aufräumen hier gewesen, doch mir fiel nichts auf, das anders aussah oder an einer anderen Stelle lag. Kein neues Essen oder Getränk, keine neuen Gläser. Das Einzige, das vorher nicht hier gewesen war, war ein großer Umschlag, der an mein Kopfkissen gelehnt stand und auf dem in Patricks Handschrift »Von Matthew« gekrakelt war. Ich öffnete dieses Dokumentenpäckchen und begann, mich durch die Erkenntnisse der Londoner Polizei zu arbeiten.

Mir war immer noch kalt, und ich war hundemüde. Ich rief Mrs Easton, um zu fragen, ob sie mir etwas zum Mittagessen und einen Kaffee besorgen könnte. Es war beinahe Mittag, und ich hatte nur eine kleine Schüssel Cornflakes gegessen. Zeit für mehr Kohlenhydrate und eine gehörige Dosis Koffein.

Mrs Easton brachte, wie erhofft, eine köstlich duftende Lauchsuppe, einen Korb mit frischen Brötchen und eine Kanne Kaffee. Liam rannte sofort zu ihr hin und begann, an den Leckerlis in ihrer Tasche zu schnüffeln. Ein typisches Bratkartoffelverhältnis. Sie tätschelte ihm kurz den Kopf und ließ mich weiter in meinen Papieren lesen.

Ich wühlte mich durch einen gewaltigen Haufen von Informationen. Oliver hatte recht, Keenan war mal beim Militär gewesen. Er hatte im Krieg zwischen dem Iran und dem Irak bei den Bodentruppen gedient und hatte dort zwei Einsätze mitgemacht. Dafür gab es mehrere Auszeichnungen und eine Entlassung in Ehren. Sein Leben als Zivilist schien er hauptsächlich mit der Arbeit in der Whiskybranche verbracht zu haben. Zweimal hatte man ihn wegen Alkohol am Steuer verurteilt, und eine Zeit lang hatte man ihm den Führerschein entzogen. In den späten Neunzigerjahren gab es noch eine Anklage wegen grober Körperverletzung nach einer Schlägerei in einer Kneipe in Stirling, doch die Anklage wurde später zurückgezogen. In jüngerer Zeit hatte man ihn wegen Vandalismus in der Edenburn Destillerie angezeigt. Wahrscheinlich nach seinem erfolglosen Gerichtsverfahren. Er war Jäger und Mitglied des örtlichen Jagdvereins. Ein preisgekrönter Schütze. War er einer jener Männer, die mit dem Übergang vom Krieg zum Frieden Probleme hatten? Über die Anschuldigung wegen sexueller Belästigung fand sich nichts in den Papieren. Das hatte man wohl unter den Teppich gekehrt, nachdem die junge Frau das Schweigegeld akzeptiert hatte.

Sophies Geschichte passte mit dem zusammen, was Mrs Easton erzählt hatte. Sophie Wilson, aus dem Norden. Seit vier Jahren in Eagle Lodge. Keine Beanstandungen irgendwelcher Art. Ihr Verlobter war interessanter. Er war in England geboren, und als er dreizehn Jahre alt war, hatte seine Mutter ihren zweiten Mann geheiratet, und Joey wurde zu Pflegeeltern gegeben. Aufzeichnungen über irgendwelche jugendlichen Verfehlungen waren unter Verschluss, doch eine Notiz von Matthew deutete an, dass es dabei größtenteils um Kleindiebstähle und Schuleschwänzen ging. Mit sechzehn Jahren wurde Joey in eine Einrichtung auf einem Bauernhof verlegt, die sich in Schottland in der Nähe seiner Großmutter befand. Dort gestattete man ihm, mit den Tieren zu arbeiten. Er schien in der neuen Umgebung aufgeblüht zu sein und hatte zahlreiche Preise für seinen geschickten Umgang mit Hunden bekommen. Mehrere Jahre hatte er als Hilfstreiber für den Jagdklub von Eagle Lodge gearbeitet, ehe vor zwei Jahren die Akademie für Schießhunde eröffnet wurde, wo er seither beschäftigt war.

Waren sich Joey und Keenan vielleicht einmal bei einem der Jagdtreffen vor Ort begegnet? Hatte Keenan Joey angesprochen, bevor der Wettbewerb überhaupt begann, weil er wusste, dass Joey in der Lodge arbeitete? Falls Michaelson diese pikante Einzelheit nicht längst entdeckt hatte, sollte ich sie ihm gleich mitteilen. Ich schrieb ihm eine SMS und lehnte mich zurück, während ich eines der buttrigen Brötchen des Hotels mampfte.

Matthew hatte gründlich gearbeitet. Wir schuldeten ihm eine Flasche von unserem Besten. Er hatte sogar Kreuzverweise geprüft, um Verbindungen zwischen Keenan, Archie, Richard und Hugh zu finden. Der Prozess zwischen Keenan, Archie und Central war das Hauptergebnis seiner Sucharbeit, doch es gab auch verschiedene zusätzliche Treffer zu Archie und Richard. Einer betraf einen Polizeibericht, der von Archie, Richard und Hinatu unterzeichnet war und Einzelheiten zum Diebstahl verschiedener Gegenstände aus ihren Zimmern im College beinhaltete. Ich hatte ganz vergessen, dass die drei ja zusammen auf der Universität waren. Man hatte Anzeige gegen einen Mitarbeiter des Collegepersonals erstattet, und der Fall war wohl nach wie vor »ungeklärt«. Alle anderen Hinweise stammten aus Lokalzeitungen aus Oxford von vor dreißig Jahren, darin waren die Empfänger der Jahrespreise der verschiedenen Colleges aufgeführt. Archie, Richard und Hugh waren anscheinend hervorragende Studenten gewesen.

Inzwischen war Liam vom Kaminfeuer ins Badezimmer geschlichen; er schaute bemitleidenswert drein. Ich ging zu ihm und streichelte ihm den Kopf. Daraufhin würgte er und übergab sich. Irgendwas in diesem Hotel bekam ihm gar nicht. Ich betastete seine Nase, und sie war warm und trocken. Ein finsterer Gedanke stahl sich mir in den Kopf, als ich in Liams traurige Augen blickte. Jemandem war es nicht gelungen, mich zu vergiften. Versuchte derjenige es nun vielleicht bei meinem Hund?

Ich recherchierte online die Symptome. Hunde vergifteten sich oft an der Flüssigkeit für E-Zigaretten. Der süße Geschmack lockte sie an. Die Symptome waren Übelkeit, Erbrechen und Lethargie. So etwas hatte ich in den letzten paar Tagen mehrmals an Liam beobachtet. Der einzige Ort, an dem er heute Morgen und an allen anderen Morgen ohne mich gewesen war, war bei Joey, wenn ich es recht bedachte. Könnte es sein, dass Joey versuchte, mich von meinen Ermittlungen abzulenken, indem er Liam vergiftete? Bei diesem Gedanken lief es mir kalt über den Rücken.

Nachdem Liam alles losgeworden war, schien er sich recht schnell zu erholen. Ab jetzt würde ich ihn nahe bei mir behalten. Ich machte mich auf die Suche nach Sophie und fand sie nebenan in Grants Zimmer, wo sie sauber machte.

Ich stand wie angewurzelt da und sah zu, wie sie das restliche Blut aus den Fugen der Badezimmerkacheln schrubbte. »Die Polizei hat uns gerade eben erst reingelassen«, sagte sie traurig. »Es ist einfach eine Tragödie.«

Ich nickte und hielt mit Mühe die Tränen zurück. »Ich habe gehört, die Polizei hat Sie noch einmal befragt.«

»Ja, das war furchbar. Die haben mich immer wieder gefragt, was genau ich gestern Abend zwischen sechs und acht Uhr gemacht habe. Das steht doch alles im Schlüsselprotokoll! Ich muss mich um drei Etagen kümmern. Ich habe keine Ahnung, wie die darauf kommen, dass ich noch

Zeit hätte, irgendwelchen Mist anzustellen«, grummelte sie.

»Mehr wollten die nicht wissen?«

»Die haben dauernd von einem Typ namens Bruce Keenan geredet. Sie meinten, den müsste ich kennen, aber ich schwöre, ich habe noch nie von ihm gehört. Das schienen sie mir nicht zu glauben.«

»Sind Sie sicher, dass Sie ihn nicht kennen? Er ist diese Woche ziemlich oft im Hotel gewesen.« Ich rief Keenans Foto auf meinem Handy auf.

Sophie schaute vom Badezimmerboden hoch auf das Display. »Ach, der Idiot«, zischte sie, dann hielt sie sich erschrocken die Hand vor den Mund. »Das hätte ich nicht sagen sollen. Es ist nur, dass er neulich Ethel das Leben schwer gemacht hat. Er hat sie einfach nicht in Ruhe gelassen. Ich habe ihr geraten, den Sicherheitsdienst zu rufen, doch das wollte sie nicht. Sie sagte, sie würde schon allein mit ihm klarkommen.«

Schon wieder Ethel. Es war eindeutig Zeit, ihr einen Besuch abzustatten. »Haben Sie eine Ahnung, wo ich Ethel finden könnte?«

»Ich habe sie vor einer Weile am Wäscheschrank im zweiten Stock gesehen«, antwortete Sophie. »Sie ist ziemlich langsam, also ist sie wahrscheinlich noch dort.«

Liam und ich gingen die eine Etage hinunter und fanden den von Sophie erwähnten Wäscheschrank am Ende des Flurs. Ich streckte den Kopf um die Ecke und erblickte eine junge Frau, die Handtücher von einem Wagen in die Fächer legte, immer hübsch eines nach dem anderen.

»Entschuldigung?«

»Ach, haben Sie mich erschreckt! Ich hab Sie gar nicht gesehen.«

»Tut mir leid, ich suche Ethel.«

»Sie haben sie gefunden«, antwortete sie mit einem fröhlichen Lächeln.

Ethel war eine kleine, blonde junge Frau, ein wenig rundlich und mit einem Busen, an dem sich jede Menge Männer ausweinen könnten.

»Was kann ich für Sie tun?«

»Darf ich Ihnen ein paar Fragen stellen?«

»Klar dürfen Sie das. Ich weiß allerdings nicht, ob ich sie beantworten kann. Ich versuche mein Bestes.«

»Was können Sie mir über einen Mann namens Bruce Keenan erzählen?«

»Wer soll das denn sein?«

»Mitte fünfzig, braunes Haar, brauner Bart und Schnurrbart, massiv gebaut.« Wieder rief ich das Foto auf meinem Handy auf.

»Ach, Sie meinen Jacob.« Ethel rümpfte kurz die Nase und warf mir ein reuiges Lächeln zu. »Hätte ich mir ja denken können, dass das nicht sein richtiger Name war. Er ist nicht der Typ, der einem seinen richtigen Namen verrät.« Ethel musterte mich von Kopf bis Fuß. »Sie sind nicht etwa seine Frau, oder?«

»Nein«, antwortete ich. »Oh, absolut nicht.«

»Hatte mir schon gedacht, dass der verheiratet ist. Man kennt das ja. Erst lassen sie dich nicht in Ruhe und versprechen dir alles Mögliche, dann sagst du okay, und schließlich landest du auf der Rückbank eines alten Fords.«

»Sie haben also«, sagte ich leicht zögernd, »Zeit mit Bruce, ich meine Jacob, verbracht?«

»Hat Mrs Easton Sie hergeschickt?«

»Nein. Und Sie bekommen auch keine Schwierigkeiten«, versicherte ich ihr. »Wenn jemand Probleme kriegt, so ist das Jacob.«

Ein leichtes Lächeln spielte um Ethel grellrosa Lippen. »Wenn das so ist: Ich habe ihn am Dienstagabend kennengelernt. Er ist für diese Whisky-Sache hier. Ich hatte Spätschicht in der Wäscherei. Er stand draußen und hat eine geraucht, als ich zur Pause rauskam. Er war sturzbetrunken. Konnte kaum noch stehen, aber seine Hände waren noch höchst lebendig. Ich hab ihm gesagt, er soll sich verpissen.«

»Hat er aber nicht gemacht?«

»An dem Abend schon, aber am nächsten Tag ist er wieder bei mir aufgetaucht. Ich habe gerade im vierten Stock geputzt, und er kam aus einem der Zimmer.«

»Aus welchem?«

»Ich bin total schlecht, wenn's um so was geht. Dabei soll ich mir all die Namen der Hotelgäste merken, krieg ich aber nicht hin. Der ist mir überallhin gefolgt, ist mir echt auf den Wecker gegangen.«

Ich spitzte die Ohren. »Er ist Ihnen in die Gästezimmer gefolgt?«

»Ja, aber ich habe ihn immer wieder rausgeschubst.«

Hatte er dabei herausgefunden, wie leicht es sein würde, sich in ein Zimmer zu schleichen und das Fläschchen Trevor unters Bett zu legen? Laut Trevors Aussage ließ Ethel die Türen meist sperrangelweit offen.

»Der hat mich ohne Pause belabert, mit ihm was trinken zu gehen«, fuhr Ethel fort. »Ich dachte mir, ich würde bestimmt Schwierigkeiten kriegen, wenn Mrs E. ihn sehen sollte, hab also schließlich okay gesagt, nur damit er endlich abhaute.«

»Sind Sie mit ihm ausgegangen?«

»Punkt acht Uhr, als ich mit der Arbeit fertig war, hat er dagestanden.«

»Das war am Mittwoch, stimmt's?«

Ethel zählte an den Fingern rückwärts. »Genau, Mittwoch. Wir sind in den Pub im Dorf gegangen. Haben uns Fish and Chips geteilt und uns ein paar Drinks genehmigt. Als wir gingen, habe ich gedacht, wir würden vielleicht hierher zurückkommen und auf sein Zimmer gehen. Ich habe überlegt, dass es doch schön wäre, zur Abwechslung einmal Gast zu sein, und der Weg zur Arbeit wäre auch echt kurz gewesen«, sagte sie lachend.

»Aber er war nicht in der Lodge abgestiegen.«

Ethel verdrehte die Augen. »Der hat viel geredet, dieser Typ, nur nie erwähnt, dass er nicht hier übernachtete. Ich hätte es wissen müssen, aber Sie wissen ja, wie das ist.« Ethel kicherte. »Ehe ich mich versah, parkte er den Wagen im Wald vor dem Dorf. Er war total charmant, das muss ich ihm lassen. Der Abend ist nicht so ausgegangen, wie ich es mir vorgestellt hatte, aber es war auch nicht schlecht. Der weiß, was den Mädels Spaß macht.«

Ich redete weiter, wollte auf keinen Fall nähere Einzelheiten über diese Begegnung erfahren. »Können Sie sich erinnern, um wie viel Uhr Sie ihn verlassen haben?«

»Er hat mich nach Hause gebracht, Moment, das muss so um halb zwölf rum gewesen sein.«

»Haben Sie eine Ahnung, wo er danach hingegangen ist?«

»Hat mich nicht sonderlich interessiert. Ich habe mir gedacht, den werde ich nie wiedersehen.«

»Hat er Sie gebeten, irgendwas zu machen, bei dem Sie sich, nun ja, nicht so recht wohlgefühlt haben?«

Ethel grinste. »Da gibt's nicht viel, worum ein Mann mich bitten könnte, wobei ich mich nicht wohlfühle.«

»Nein, ich meine, er hat nicht versucht, Sie zu überreden, ihn in eins der Gästezimmer zu lassen? Vielleicht ins Zimmer eines Freundes? Hat er gesagt, er hätte dort was vergessen?«

»Nein. Der wollte eigentlich nur das Eine.«

»Hat er Ihnen Fragen zu den Messingschlüsseln im Büro gestellt?«

»Wir benutzen keine Messingschlüssel«, sagte Ethel mit Nachdruck. »Wir nehmen stattdessen Plastikkarten. Diese altmodischen Schlüssel taugen nichts.«

»Sie benutzen immer die Karten?«

»Ja.« Ethel schaute mich an, als wäre ich ein bisschen begriffsstutzig.

»Diese Plastikkarten sind toll, da weiß man immer, wo die Gäste und das Personal sich aufhalten. Wussten Sie, dass der Sicherheitsdienst genau überwachen kann, wann Sie die Zimmer betreten und verlassen?« Ich behielt ihr Gesicht fest im Blick.

Ethel seufzte. Das war ihr wohl neu. »Mannomann. Dann mach ich jetzt besser voran. Sonst krieg ich wieder Probleme.«

Ich zog eine Zehnpfundnote aus der Tasche und reichte sie Ethel. »Danke für das Schwätzchen. Das wollen wir Mädels aber für uns behalten, okay?«

»Klar doch«, antwortete sie, und ihr Lächeln wurde noch breiter. »Aber immer.«

Ich kehrte in die Lobby zurück und hoffte, Michaelson in seiner Höhle anzutreffen. Die Tür zur Bibliothek war offen, und ich schaute hinein. Der Raum war ein kleines Juwel – am Fenster stand ein Schreibtisch aus Walnussholz, die Bücherregale ringsum reichten bis zur Decke. Unter normalen Umständen hätte ich mich nur zu gern gründlich dort umgeschaut, aber ich verspürte großen Druck, denn mir rannte die Zeit davon. Ich stellte mich ans Fenster und blickte auf den Rasen vor dem Hotel. Dort jagten zwei Kinder einander durch den Schnee. Eine idyllische Szene, ein idyllischer Ort, doch die Schrecken der vergangenen Tage hingen wie eine dunkle Wolke über der Sonne.

Während ich den Kindern vor dem Fenster zusah, wanderten meine Gedanken zu Ethel zurück. Wenn ich ihr Glauben schenken durfte, so hatte sie Keenan nicht in Archies Zimmer gelassen, doch wenn er sich um halb zwölf im Dorf von ihr verabschiedet hatte, hätte er es leicht ins Hotel zurück schaffen und in Archies Zimmer sein können, als ich kurz nach Mitternacht dort vor der Tür stand. Ich versuchte, mir Ethel als mögliche Komplizin vorzustellen, musste aber zugeben, dass Ethel es meiner Meinung nach nicht mal schaffen würde, mit einer genauen Karte den Weg aus einer Papiertüte rauszufinden, geschweige denn, mit den Schachzügen einer Geheimoperation klarzukommen.

Sophie wäre eine kompetente Komplizin. Sie war eine gescheite junge Frau, doch laut Michaelson hatten ihre Mitbewohnerinnen bestätigt, dass sie in der Nacht, in der Archie umgebracht wurde, zu Hause und um zehn Uhr im Bett war. Das hieß, dass jemand anders im Zimmer war, als ich um Mitternacht davorstand. War es Bruce oder Joey? Beide hätten durchs Fenster einsteigen oder einen Messingschlüssel stehlen können, doch hatte meine Anwesenheit auf dem Korridor den Schuldigen wohl gezwungen, sich rasch durch das Fenster zurückzuziehen, wobei er das Röhrchen fallen ließ, das ich am nächsten Morgen gefunden hatte.

Inzwischen war es halb zwei, und der Sand rann in furchterregender Geschwindigkeit durch meine innere Sanduhr. Ich versank in Unmengen von Details, die sich einfach nicht zu einem sinnvollen Muster zusammenfügen wollten. Bruce allein? Bruce und Sophie? Bruce und Joey? Wir brauchten noch mehr Informationen, um Keenan einen Komplizen zuordnen zu können.

Der Concierge war inzwischen draußen vor dem Hotel und dirigierte eine Gruppe von Gästen mit Kindern an eine Stelle, von der aus sie die täglichen Vorführungen der Schießhunde beobachten konnten. Keine sonderlich subtile Werbetechnik, mit der das Hotel Familien dazu bringen wollte, sich für das gesamte Programm einzutragen. Joey war mit Thor und Loki da, bereit, das Publikum mit ihren Kunststückchen zu begeistern.

Falls Joey der Komplize von Bruce war, war ich möglicherweise doch nicht paranoid, wenn ich glaubte, dass er Liam vergiften wollte. Wenn es mir gelang, das zu beweisen, wäre es vielleicht die Verbindung, die Michaelson noch fehlte. Joey würde jetzt etwa eine halbe Stunde beschäftigt sein. Das war meine Chance, um mich im Zwingergebäude umzuschauen, ohne dass mich jemand dabei störte. Joey fing gerade erst mit der Vorführung an. Wenn wir uns beeilten, könnten Liam und ich es in dieser Zeit zum Zwingerhaus und zurück schaffen.

Liam war froh, wieder in der Nähe seiner Freunde zu sein, diesmal bestand ich jedoch darauf, dass er bei mir blieb. Er winselte, weil er spielen gehen wollte, aber ich zerrte ihn hinter mir her, während ich mich in das lange Gebäude schlich. Ich ließ den Blick über die Regale im Zwingerbereich schweifen, bemerkte jedoch nichts Ungewöhnliches. Liam folgte mir ins Büro. Ich behielt die Handschuhe an und blätterte die Papiere auf Joeys Schreibtisch durch. Rechnungen vom Tierarzt, für die Reinigung von Gewehren, für Futter und Arzneimittel. Nichts Unerwartetes. Ich wühlte die Schubladen durch. Kugelschreiber, Bleistifte, Wurmtabletten, einige zusätzliche besonders leise Hundepfeifen, Zigarettenpapiere und ein Tabakbeutel. Ich machte ihn auf und schnüffelte daran. Er roch nach Pfeifentabak, ein weiches und schweres Aroma.

Ich wandte mich dem Vorratsschrank zu und fand 50-Pfund-Säcke mit Futter und Kisten voller Leckerlis. Schmerztabletten für Hunde, Flohmittel. Ich zog einen Stuhl heran, um im oberen Schrankfach nachzuschauen. Ich musste mich beeilen. Die Vorführung dauerte nicht lange, und Joey würde schon bald zurück sein. Ich fuhr mit der Hand bis in den hinteren Bereich des Fachs und stieß auf zwei Plastiktüten, die hinter einem Vorrat von Küchenrollen verborgen waren. In einer befand sich ein beinahe leeres Fläschchen mit einer blassrosa Flüssigkeit und dem Etikett Nikotin-Ditartarat, in der anderen schien wieder Tabak zu sein, doch ein kurzes Schnüffeln verriet mir, dass es Hasch war.

Ein wenig Hasch, das überraschte und verstörte mich nicht, das Nikotin jedoch schon. Ich spürte, wie mich Enttäuschung überkam. Gegen jeglichen Verstand hatte ich heimlich gehofft, dass wir es hier nur mit Keenan zu tun hatten, obwohl das unlogisch war. Blieb nur die Frage, ob Sophie auch mit in der Sache steckte. Vielleicht wusste sie nichts davon. Vielleicht war es Joey allein. War er deswegen so bestürzt, dass Sophie befragt wurde?

Joey konnte sich gewiss leicht Zugang zum Hotel verschaffen, hatte jedoch kein Motiv. Keenan hatte ein Motiv, aber weniger Möglichkeiten. Zusammen würden sie einen starken Verdächtigen abgeben, insbesondere wenn sie bereits über den lokalen Jagdklub Verbindung zueinander gehabt hatten. Jetzt, da ich das versteckte Nikotin entdeckt hatte, konnten sie nicht mehr leugnen.

Ich schob die Tüten wieder hinten in den Schrank und stellte den Stuhl an seinen alten Platz zurück. Als ich mich umdrehte und gerade gehen wollte, hörte ich, wie die Tür zum Zwingergebäude aufging. Joeys Vorführungen dauerten gewöhnlich nicht sonderlich lange, doch die heutige war wegen des kalten Wetters wohl außerordentlich kurz geraten. Ich versuchte, Liam am Halsband zu packen, doch er hatte seinen Freund gehört und war schon weg. Ich blickte mich in Panik um, aber es gab nirgends ein Versteck. Also stellte ich mich hinter die offene Bürotür und betete, dass Joey nicht kommen und sie schließen würde. Er sprach im anderen Raum mit leiser Stimme zu Baldur und Odin, die in ihren Zwingern lagen. Ich konnte hören, wie ihre Schwänze auf den Boden klopften.

»Hallo, Kumpel. Wo kommst du denn her?«, richtete er sich an Liam. »Bist du mir vom Hotel gefolgt? Da wird dein Frauchen aber nicht erfreut sein.«

Ich atmete erleichtert auf. Gott sei Dank. Joey dachte anscheinend, dass Liam von draußen hereingekommen war, nicht schon vorher im Zwingergebäude gewesen war. Wäre Joey nicht mit Baldur und Odin beschäftigt gewesen, so hätte er mich erwischt.

Ich hörte, wie die Zwingertür aufging und Joey die beiden älteren Hunde ermutigte, ihm nach draußen an die frische Luft zu folgen. »Komm schon, Liam«, rief er. »Du auch.«

Sobald er mit den Hunden draußen war, ging ich leise in den Zwingerbereich und öffnete die Seitentür. Vorsichtig schlich ich mich auf die hohen Büsche zu und im großen Bogen um das Gebäude herum, ehe ich mich Joey mit klopfendem Herzen vom Hauptweg her näherte.

Ich rannte auf das Zwingergebäude zu, rief dabei nach Liam. Auf keinen Fall wollte ich ihn länger mit Joey allein lassen.

»Er ist hier«, sagte Joey. »Tut mir leid. Ich glaube, er ist mir von der Vorführung hierher gefolgt.«

»Kein Problem«, erwiderte ich und packte Liam beim Halsband. »Aber ich muss schnell weg. Danke.«

Ich zerrte Liam von seinen Spielgefährten weg und in

Richtung Lodge. Ich konnte ihn gar nicht schnell genug von Joey wegbekommen. Michaelson würde nicht begeistert sein, wenn er von meiner Unternehmung erfuhr. Meine unerlaubte Durchsuchung von Joeys Büro ließ sich durch nichts rechtfertigen, außer dadurch, dass ich eine besorgte Hundemama war. Aber ich war auf Gold gestoßen. Das könnte endlich die Fährte sein, die wir suchten.

Sobald ich außer Hörweite des Zwingergebäudes war, rief ich Michaelsons Mobiltelefon an.

Ich dachte schon, dass ich an die Sprachbox weitergeleitet werden würde, als Michaelson endlich das Gespräch annahm.

»Kann ich Sie zurückrufen?«, fragte er ohne jede Vorrede.

»Es ist wirklich wichtig«, beteuerte ich.

»Dann machen Sie schnell.«

»Könnten Sie einen Vorwand dafür erfinden, das Zwingergebäude durchsuchen zu lassen? Insbesondere Joeys Büro.«

Michaelsons Antwort war knapp. »Wieso?«

»Ich habe Grund zu der Annahme, dass er versucht, Liam zu vergiften.«

»Warum sollte er das tun?«

»Vielleicht weil es ihm bei mir nicht gelungen ist? Ich weiß es nicht, aber Sie müssen dort hin. Stellen Sie nicht zu viele Fragen. Die Antworten werden Ihnen nicht gefallen, aber glauben Sie mir, Sie werden finden, wonach Sie suchen.«

KAPITEL 20

Wieder im Hotel, machte ich mich auf den Weg in die Lobby Bar, um mir dort eine Kanne Tee und ein paar Scones zu bestellen. Bei Erschöpfung und Stress war ich auf die regelmäßige Zufuhr von Koffein und hochwertigen Kohlehydraten angewiesen, damit mein Gehirn weiter funktionierte. Ich nahm mein Telefon zur Hand und rief Louisa an. Sie trank gerade Kaffee in der Krankenhauskantine. Es gab keine Neuigkeiten, was Grant betraf, aber Louisa versprach geduldig, mich anzurufen, sobald da etwas zu berichten war. Ich beendete das Gespräch und fühlte mich schrecklich machtlos, weil ich so rein gar nichts machen konnte, außer warten.

Ich konnte überhaupt nichts für Grant tun. Nichts, nur herausfinden, warum das geschehen war und wer dafür die Verantwortung trug. Die Antwort war zum Greifen nah, das spürte ich. Ich brauchte nichts weiter als einen ruhigen Ort, wo ich mich hinsetzen konnte, damit sich die vielen Stränge von Bruce Keenans Geschichte in meinem Kopf zu einem sinnvollen Bild verflochten.

Bruce war offensichtlich ohne eigenes Verschulden aus seinem Job entlassen worden. Wie Cam gesagt hatte, Männer, die ihr Leben lang für eine Destillerie gearbeitet haben, gehören für immer dazu. Gemeinsam hatten ihm Richard, Archie und Hugh nicht nur die Grundlage für seinen Lebensunterhalt genommen, sondern auch seine Identität. Schlimmer noch, er hatte kein Glück gehabt, als er sich gegen dieses Schicksal wehren wollte. Diesen Schmerz hatte

Bruce nie losgelassen, hatte ihn in den letzten sieben Jahren nur weiter schwären lassen.

Vielleicht hatte er von Rache geträumt, und plötzlich bot sich ihm eine Gelegenheit dazu. Patrick hatte mir erzählt, dass man die Liste der Preisrichter vorab in der Lokalzeitung veröffentlicht hatte. Bruce hatte also gewusst, dass sie alle hier sein würden. Die Geschichte des jungen Mannes, der seinen Vater mit Nikotin umgebracht hatte, war noch in aller Munde, und so war ihm das womöglich wie eine perfekte Abfolge von Ereignissen erschienen.

Hatte er sich an Joey gewandt, weil er wusste, dass der in der Lodge arbeitete? War Joey, der künftige Bräutigam, bereit, ihm gegen Bares zu helfen? Noch war nicht klar, wie die beiden zusammengekommen waren, aber irgendwie war es geschehen.

Bruce schien ein rechter Clown zu sein, doch möglicherweise war das alles nur Show. Er hatte dafür gesorgt, dass alle ihn am ersten Abend volltrunken in der Bar sahen, aber war er wirklich betrunken gewesen? Es hatte ganz so ausgesehen, aber das hätte er auch spielen können. War er vorher bereits heimlich in Richards Zimmer geschlichen, hatte dort den Whisky vergiftet und alle Gläser mitgenommen, außer dem einen? War sein Auftritt in der Bar nur eine Methode gewesen, die Aufmerksamkeit auf sich zu lenken und sich so ein Alibi zu verschaffen?

Ethel hatte gesagt, dass er in der Nacht, in der Archie starb, bei ihr war. Noch ein Alibi, aber nur eins bis halb zwölf. Um Mitternacht hätte er wieder im Hotel und in Archies Zimmer gewesen sein können. War er derjenige, der die Tür aufmachte, um auf den Flur zu treten, als ich dort auftauchte, und der dann durchs Fenster fliehen musste? Oder war das Joey gewesen?

Während Bruce Ethel hinterherstieg, hatte er die Gelegenheit, ihren Arbeitsablauf zu beobachten. Er könnte ganz leicht in Trevors Zimmer geschlichen sein, um dort die E-Zigaretten-Flüssigkeit unter dem Bett zu deponieren. Sein Alibi für den Abend, an dem Grant gestürzt war, war perfekt, doch Joey hätte für ihn meine Zahnpasta vergiften und anschließend den Schlüssel im Büro ins falsche Fach legen können.

Logisch betrachtet hätte es so gewesen sein können. Diese Art von Lösung wollte Michaelson doch. Ich lauschte auf mein Bauchgefühl, um mir Bestätigung zu holen, doch ich war ganz erschlagen von den vielen Einzelheiten und Möglichkeiten. Keenan der Täter – das klang sinnvoll. Es gab schlagkräftige Argumente für jeden Aspekt des Verbrechens. Das sollte reichen. Aber was sagte mein Instinkt dazu? Ich versuchte, in mich hineinzuhören, schaffte es aber aus irgendwelchen Gründen nicht.

Als hätten ihn meine chaotischen Gedanken heraufbeschworen, betrat Bruce Keenan die Bar und kam auf mich zu. Er wirkte erschöpft und verkatert.

Ohne zu fragen, ließ er sich auf den Stuhl mir gegenüber fallen. »Wie geht's MacEwan?«, wollte er wissen.

»Zustand stabil«, erwiderte ich.

»Hab gehört, er ist gefallen.«

»Man hat ihn vergiftet.« Ich forschte in Keenans Zügen nach einer Reaktion.

Er kniff die Augen zusammen, und seine Finger trommelten auf die Stuhllehne. »Ich dachte, die hätten bereits Trevor Simpson verhaftet?«

»Verhaftet und wieder freigelassen«, sagte ich. »Ich glaube, die Polizei hat mehrere Verdächtige im Visier.«

Keenan war wohl ein wenig unbehaglich zumute. Das war meine Chance, ihn auszufragen.

»Sie haben mit allen vom Personal gesprochen«, sagte

ich. »Als Letztes wohl mit dem Trainer der Schießhunde.« Das ließ ich einen Augenblick wirken. »Sie wissen schon, Joey, der mit den Labradors.«

»Ich kann mir den ganzen Touristenmist nicht leisten«, blaffte Keenan.

»Ach wirklich? Ich dachte, Sie kennen ihn. Ich habe Sie beide neulich miteinander reden sehen«, sagte ich unschuldig.

Das Trommeln seiner Finger intensivierte sich. »Ja und?«, erwiderte er.

Ich strich Marmelade auf die Ecke meines Scones, ehe ich wieder zu Keenan aufblickte. »Da fragt man sich doch, was sich die Polizei von ihm zu erfahren erhofft.«

»Na ja, nichts über mich, wenn Sie darauf anspielen«, behauptete Keenan.

»Nun gut, aber die müssen doch glauben, dass er etwas weiß. Das ist die zweite Befragung, und sie haben in den letzten paar Tagen jeden ausgequetscht, wollten in allen Einzelheiten wissen, wo sich jeder aufgehalten hat.«

Keenan zuckte die Achseln. »Ich wohne nicht mal hier.«

»Aber Sie waren ziemlich viel im Hotel«, merkte ich an. »Ich bin sicher, das zählt auch.«

Keenan rutschte weiter unruhig auf seinem Stuhl hin und her. Augenscheinlich wurde ihm das Gespräch immer unangenehmer. Es sah so aus, als wolle er sich jeden Augenblick aus dem Staub machen. »Nun, wenn Sie MacEwan sehen sollten, sagen Sie ihm, dass alle bei Marchbanks ihm gute Besserung wünschen.« Er entschuldigte sich und war weg.

»Was war das denn?«, murmelte ich Liam zu.

Keenan war eindeutig nervös. Ich war neugierig, was er als Nächstes tun würde. Ich spendierte Liam den letzten Brocken von meinem Scone und ließ Keenan ein wenig Vorsprung, ehe ich durch die Lobby ging und ihm hinterhersah, wie er durch einen Flur neben dem Wellnessbereich verschwand. Ich flitzte so ladylike wie möglich hinterher, Liam mir dicht auf den Fersen, und schaute gerade noch rechtzeitig um die Ecke, um unseren Gejagten durch eine Tür am Ende des Flurs verschwinden zu sehen. Auf der Tür stand »Nur für Personal«, doch Keenan hatte das nicht interessiert. Er wusste genau, wo er hinwollte.

Ich drückte die Tür gerade weit genug auf, um zu sehen, dass sie zu einer Servicegasse im Freien führte. Ich zog den Kopf zurück, als ich merkte, dass Keenan in der Nähe an der Wand lehnte und sich mit jemandem in einem angrenzenden niedrigen Backsteingebäude unterhielt. Der Boden der Gasse war mit Zigarettenstummeln übersät. Zweifellos das Refugium aller Raucher, doch über dem Rauchgestank lag der Duft von Waschpulver. Ich musste an Ethels Geschichte vom ersten Abend denken, an dem sie »Jacob« kennengelernt hatte, und kam zu dem Schluss, dass dies der Zugang zur Hotelwäscherei sein musste.

Ich würde jede Wette eingehen, dass er mit Ethel redete, konnte jedoch nicht hören, was gesagt wurde. Es juckte mich, zu erfahren, was er im Schilde führte, aber ich hatte keine Möglichkeit, näher heranzukommen, ohne mich zu verraten. Verzweifelt blickte ich mich um und sah rechter Hand eine zweite Tür auf dem Flur, der in den Wellnessbereich führte. Ich öffnete sie einen Spalt weit und befand mich auf der Umrandung des Hallenbads. Liam folgte mir hinein, und ich deutete in eine Ecke neben den Schwimmnudeln und sagte mit so viel Autorität, wie ich aufbringen konnte: »Bleib!« Ich bewegte mich in die Richtung der hinteren Gebäudewand, kam dabei durch die Damenumkleide und versuchte, so gut es ging, die Orientierung nicht zu verlieren.

Mehrere Damen saßen schwatzend, mit Frotteeschlappen und in flauschige weiße Bademäntel gehüllt, bei den Spinden. Sie warfen mir misstrauische Blicke zu, als ich in Straßenkleidung an ihnen vorbeispazierte. Ich ging an den Duschkabinen vorüber und nahm mir von einem Stapel einen Bademantel, den ich über meine Kleider zog. Zumindest passte ich jetzt optisch besser hierher. Die Duschkabinen waren entlang der Rückwand angeordnet, und wenn ich mich nicht irrte, stand Keenan genau davor. Rasch ging ich die Reihe entlang und wählte eine aus, die hoch oben in der gekachelten Wand ein Fenster hatte. Ich zog den Duschvorhang zu und kletterte auf die Teakholzbank, ehe ich das Fenster aufdrückte. Nun stand ich auf Zehenspitzen und verrenkte mir den Hals, um das Gespräch zu belauschen, das auf der Gasse vor dem Fenster geführt wurde.

Es war schlecht zu verstehen, doch ich konnte Keenans Stimme ausmachen.

»Schau mal, ich will doch nur, dass du sagst, wir waren bis mindestens ein Uhr morgens zusammen.«

Das Rauschen des Wassers in der Dusche gegenüber übertönte die Antwort.

»Warum, das ist doch egal«, fuhr Keenan fort. »Hier sind fünfzig Pfund. Bleib einfach bei der Geschichte. Wir waren nicht hier, und du warst bis spät mit mir zusammen.«

Plötzlich wurde die Dusche abgestellt, und ich hörte Ethels Stimme.

»Na, das ist aber komisch, du bist heute schon der Zweite, der mit mir über Mittwochabend reden will.«

»Wer sonst hat denn gefragt?«, wollte Keenan wissen. »Die Polizei?«

Ich wand mich, weil ich dachte, Ethel würde mich jetzt gleich verraten.

»Geht dich gar nichts an, Jacob«, sagte sie spöttisch.

Braves Mädel, dachte ich.

»Was hast du denen erzählt?«

»Da gibt's nichts zu erzählen. Nur ein schäbiger Abend mit einem schäbigen Typen. Aber es ist jemand hinter dir her, und mir scheint, du brauchst mich wirklich, damit ich deine Geschichte bestätige. Wenn dir so sehr daran liegt, denke ich mal, das ist mehr als fünfzig Pfund wert.«

»Na gut, da hast du noch dreißig, mehr habe ich wirklich nicht.«

Der Rest des Gesprächs ging im Geräusch der Duschen unter, die zu beiden Seiten meiner Kabine angestellt wurden. Keenan war schnurstracks zu Ethel gegangen, um sich ein Alibi zu besorgen. Er musste sich wirklich Sorgen machen.

Ich kletterte von der Bank und legte den Bademantel im Umkleideraum ab, ehe ich wieder zum Pool zurückging. Ich hielt Ausschau nach Liam, doch der war nicht mehr da, wo ich ihn zurückgelassen hatte. Irgendwie beschlich mich das Gefühl, dass das keine gute Entwicklung sein konnte. Ich trat weiter vor, um einen besseren Blick auf den eleganten Pool des Wellnessbereichs zu haben. Er war in Türkis und Silber gekachelt, und ringsum standen riesige Liegen mit Frotteebezug. Glücklicherweise war heute nicht viel los. Zwei Herren schliefen auf ihren Stühlen und hatten sich Handtücher über die Augen gelegt. Ein Paar genoss den Whirlpool. Im Pool war niemand, Gott sei Dank. Niemand außer Liam jedenfalls. Der paddelte fröhlich am flachen Ende im Kreis. Ich hatte gar nicht gewusst, dass er schwimmen konnte. Ich schnappte mir von einem Regal neben der Tür ein Handtuch, rannte zum Rand des Pools und hoffte, ich könnte ihn herauslocken, ehe diese Verfehlung bemerkt wurde, aber so viel Glück hatte ich nicht.

Ein Schwimmmeister mit Badehose und einem Sweatshirt mit dem Logo von Eagle Lodge kam stirnrunzelnd auf mich zu.

»Verzeihung, Madame, die Einrichtungen sind unseren menschlichen Gästen vorbehalten.«

»Absolut richtig«, antwortete ich. »Ich hole ihn sofort raus.«

Da stand ich nun am Rand und rief meinen Hund, dessen einziger Lebenszweck anscheinend darin besteht, mich öffentlich zu demütigen. Je luxuriöser der Ort, desto besser. Er ließ sich Zeit, ehe er aus dem Wasser stieg, schüttelte sich heftig und spritzte damit den Schwimmmeister von Kopf bis Fuß nass. Ich rubbelte Liam hastig mit dem Handtuch ab, packte ihn beim Halsband und machte mich daran, ihn zur Tür zu zerren. Ich versuchte, dem Bademeister das Handtuch zurückzugeben.

»Behalten Sie es«, zischte er zwischen den Zähnen hindurch.

Ich hatte mich schon gefragt, was nötig sein würde, um den beeindruckenden Gleichmut des hervorragend ausgebildeten Personals der Lodge ins Wanken zu bringen. Ich glaube, jetzt hatte ich die Antwort.

Als ich aus der dampfigen Hitze des Pools auf den Flur zurücktrat, war mir kalt. Liam hingegen wirkte erfrischt. Er kannte wirklich keine Scham. Ich blickte mich nach Keenan um, konnte ihn jedoch nicht entdecken. Ich spazierte wieder zum Verkaufsraum zurück und sah, wie er in einer Ecke Kisten für Olivers Laden einpackte. Man hatte den Eindruck, als könnte er gar nicht schnell genug von hier wegkommen.

Keenan war außerordentlich nervös, seit er erfahren hatte, dass man Joey befragte, und sein Gespräch mit Ethel ließ den Schluss zu, dass er sehr erpicht darauf war, in der Nacht, in der Archie gestorben war, so weit wie möglich vom Hotel entfernt gewesen zu sein. Ich rief auf dem Polizeirevier an, wo man mir sagte, Michaelson sei in der Lodge. Hoffentlich gerade bei einer Durchsuchung des Zwingergebäudes.

Patrick tauchte aus dem Juryraum auf und kam schnurstracks auf mich zu. Als Hugh Ashworth-Jones in Richtung Bar ging, schwenkte Patrick plötzlich um. Ich folgte ihnen und setzte mich an einen Tisch nahe der Tür, von wo ich den Eingang zum Verkaufsraum im Auge hatte. Falls Patrick Hugh beobachtete, während ich Keenan im Blick behielt, sollte zurzeit alles in Ordnung sein. Nachdem sich Hugh an der Bar niedergelassen hatte, kam Patrick zu mir. Er wirkte gestresst und erschöpft.

»Du wirst dir jemand anders suchen müssen, der Hugh folgt«, stöhnte er. »Der glaubt allmählich, dass ich eine perverse Vorliebe für ihn habe.«

»Wie kommt ihr mit den Bewertungen voran?«

»Wir haben eben die letzte Runde hinter uns. Momentan addieren sie die Stimmen. Was ist hier draußen in der echten Welt passiert?«

»Ich warte auf Michaelson. Ich glaube, wir haben den Täter gefunden, doch du solltest an Hugh dranbleiben, während ich Keenan weiterhin verfolge. Er könnte versuchen, hier blitzschnell abzuhauen.«

»Na gut«, erwiderte Patrick mit einem schweren Seufzer und kehrte an Hughs Seite zurück.

Ich bestellte mir einen Drink und hielt mich weiter an meinem Tisch am Rand der Lobby auf. Ich war unruhig und besorgt, doch ich musste alle Gedanken an Grant aus meinem Kopf verbannen. Gebetsmühlenartig wiederholte ich: Erst den Mörder finden, erst den Mörder finden.

Ich musste nicht lange warten, ehe Michaelson voller Schwung zur Eingangstür hereinkam. Er nahm Blickkontakt mit mir auf und bat mich mit einer Geste, ihm in die Bibliothek zu folgen, wo er sogleich die Tür hinter uns schloss.

»Danke für den Hinweis. Ich frage Sie nicht, woher Sie wussten, was wir im Zwingergebäude finden würden, aber es hat sich gelohnt. Wir haben Joey in Polizeigewahrsam genommen.«

»Hat er irgendwas gesagt?«

»Er hat bestritten, irgendeine Verbindung zu Keenan oder den Opfern zu haben, hat jedoch keinen Widerstand geleistet, als wir fragten, ob wir alles durchsuchen dürften. Er hat darauf bestanden, dass das Nikotin ein Mittel wäre, mit dem sie bei den Hunden Würmer bekämpfen. Ein altes Bauernmittel.«

»Ich habe gerade mitgehört, wie Keenan probiert hat, sich ein Alibi für die Nacht zu verschaffen, in der Archie gestorben ist. Er ist nervös.«

»Gut, höchste Zeit, ihn auch festzunehmen. Haben Sie eine Ahnung, wo ich ihn finden kann?«

»Er ist im Verkaufsraum und packt. Ich habe versucht, ihn im Blick zu behalten.«

»Jetzt bin ich damit an der Reihe«, sagte Michaelson ohne Groll. »Und Sie ruhen sich ein wenig aus.«

Ich verließ hinter ihm die Bibliothek und sah ihm nach, als er zum Verkaufsraum ging. Wenige Minuten später begleitete er Keenan in die Bibliothek, und die Tür wurde geschlossen. Nun war allen bewusst, dass Michaelson anwesend war. Wenn er einen in die Bibliothek bat, war das so, als würde man ins Zimmer des Schuldirektors zitiert. Ich ließ mich auf einen Sessel vor dem Kamin in der Lobby fallen, und Liam machte es sich neben mir auf dem Kaminvorleger bequem. Er musste noch vollständig abtrocknen, und ich brauchte Ruhe. Ich war hundemüde, konnte aber einfach nicht still sitzen. Ich stand wieder auf und begann, im Kreis herumzugehen.

Nach einer halben Stunde sah ich, wie zwei uniformierte

Polizisten die Lobby betraten und auf die geschlossene Tür der Bibliothek starrten. Jetzt hätte ich mich eigentlich lieber entfernen sollen, aber mich interessierte die Sache zu sehr, also blieb ich, gefesselt von dem Drama, das sich vor meinen Augen abspielte.

Endlich ging die Tür auf, und Michaelson schob Keenan vor sich heraus.

»Ich will einen Anwalt sprechen«, verlangte Keenan lautstark.

»Sie können vom Revier aus telefonieren«, erwiderte Michaelson. Er steuerte Keenan durch die Lobby. Als sie sich mir näherten, trat Keenan nahe an mich heran. Liam begann, leise zu knurren.

»Dahinter stecken Sie«, fauchte Keenan. »Ich weiß nicht, wie Sie es gemacht haben, aber irgendwie haben Sie mich da reingeritten.«

»Sie haben sich da selbst reingeritten«, antwortete ich. »Und Sie hätten verdammt noch mal beinahe meinen Geschäftspartner umgebracht, als Sie versucht haben, mich zu vertreiben.«

»Ich bin nicht mal in die Nähe Ihres beschissenen Partners gekommen.«

Ich hätte schneller reagieren müssen. Ich sah, wie er mit der Hand ausholte, duckte mich aber nicht mehr rechtzeitig weg. Der Schlag erwischte mich schwer an der linken Wange. Ich schmeckte Blut, wo meine Lippe mit den Zähnen in Kontakt gekommen war. Liam stürzte sich mit gefletschten Zähnen auf Keenan. Genau deswegen liebte ich ihn, auch wenn er sich danebenbenahm. Ich packte ihn am Halsband und riss ihn zurück.

Michaelson zerrte Keenan zurück und stieß ihn auf die wartenden Polizisten zu. »Schafft den Kerl von hier weg«, knurrte er.

KAPITEL 21

Ich sah zu, wie Keenan aus dem Hotel geleitet wurde. Die Sicherheitsleute hielten sich im Hintergrund, um in der Lobby so wenig Aufsehen wie möglich zu erregen. Liams gesträubtes Fell legte sich wieder, und er setzte sich neben mich und lehnte sich an mein Bein. Ich kraulte ihn am Kopf und flüsterte: »Braver Junge.«

Michaelson wandte sich mir zu, reichte mir ein Taschentuch und deutete auf seinen linken Mundwinkel.

Ich tupfte mir mit einer kleinen Grimasse das Blut weg.

»Kommen Sie«, sagte er und steuerte mich in Richtung Bar. »Sie haben sich einen Whisky verdient.«

Er bestellte für uns beide je einen 15 Jahre alten Abbey Glen.

Michaelson trank mit sichtlichem Genuss, ehe er sich zu Liam hinunterbeugte und ihm die Ohren kraulte. »Er passt gut auf Sie auf, was? Nur schade, dass Sie es nicht immer hinkriegen, nicht in Schwierigkeiten zu geraten.«

Ich weigerte mich, an diesem Köder anzubeißen, sondern nippte langsamer als sonst an meinem Whisky, da der Alkohol in der Wunde in meiner Wange brannte. Zumindest würde er dort alle Bakterien abtöten. »Ich vermute, Keenan war nicht zu einem Geständnis bereit?«

»Noch nicht. Er hat bestritten, dass er Joey kennt oder irgendwas über die Messingschlüssel weiß, und er hat bestritten, die Opfer vergiftet zu haben. Zweifellos sagt ihm sein Rechtsanwalt, dass er den Mund halten soll, bis er sich eine Verteidigungsstrategie ausgedacht hat. Ich vermute, dass wir von Joey eher was erfahren, aber das müssen wir erst sehen.«

Ich nahm mir eine Handvoll Erdnüsse aus dem Schälchen vor mir. »Mir wäre wohler, wenn er gestanden hätte«, meinte ich.

»Sie waren doch immer überzeugt, dass es Keenan war«, sagte Michaelson. »Ändern Sie Ihre Meinung jetzt?«

»Nein, nein, ich wünschte nur, dass mein Bauchgefühl zu den Fakten passen würde. Keenan war immer zur richtigen Zeit am falschen Ort, und er ist unbestritten jähzornig, doch auf Joey trifft das alles meiner Einschätzung nach nicht zu. Ich weiß, Sie halten nicht viel von meinen Instinkten, doch ich habe das Gefühl, da total nachzulassen.«

»Sie haben ein verlässliches Bauchgefühl und ein hervorragendes Auge für Details, aber Sie sind oft nicht in der Lage, auszuloten, wozu die Menschen fähig sind, wenn Sie sich nur auf Ihren Instinkt verlassen.«

»Aber das habe ich jahrelang hingekriegt«, erwiderte ich voller Überzeugung. »Ich habe auf dieses Bauchgefühl hin so manches Mal mein Leben riskiert.«

»Dann hatten Sie Glück.«

»Vielleicht.« Mir gefiel der Gedanke gar nicht, dass ich mich bisher nur auf mein Glück verlassen hatte.

»Beweise und Instinkt, man braucht beides«, sagte Michaelson.

»Instinkt und Beweise«, konterte ich lächelnd. »Vielleicht sind wir deswegen ein gutes Team.«

Michaelson widersprach mir nicht, sondern saß nur da und spielte mit seiner Serviette. Er schien drauf und dran, etwas zu sagen, das ihm zu schaffen machte. Vielleicht ein Kompliment zu meinen Fähigkeiten als Ermittlerin?

Ich wartete geduldig, und schließlich sagte er: »Darf ich Ihnen eine Frage stellen?«

»Klar.«

»Sie waren doch einmal ein Mädchen.«

»Bin ich noch«, erklärte ich.

»Sie wissen, was ich meine. Sie waren einmal vierzehn. Was will ein vierzehnjähriges Mädchen?«

»Einen fünfzehnjährigen Jungen.«

Michaelson warf mir einen vernichtenden Blick zu.

»Okay, dann will sie … älter sein«, sagte ich schlicht. »In dem Alter konnte ich es gar nicht erwarten, erwachsen zu werden.«

»Das macht mir ja gerade Angst«, entgegnete Michaelson leise. »Und schlimmer noch, ich habe keinen blassen Schimmer, was ich ihr zum Geburtstag schenken soll. Über Puppen und Lego ist sie raus. Jetzt habe ich leider überhaupt keine Idee mehr.«

»Sie haben kein Geschenk für sie? Ihr Geburtstag war gestern.«

Michaelson zuckte zusammen. »Ich habe ihr einen Geschenkgutschein für diesen Laden gegeben, den sie so mag. Aber ich weiß nicht, was ich ihr sonst schenken soll.«

»Etwas, bei dem sie sich erwachsen fühlt«. Ich nippte an meinem Whisky und versuchte, mir etwas einfallen zu lassen. »Ich weiß was. Warum laden Sie sie nicht zu einem eleganten Abendessen hier im Hotel ein? Dann kann sie sich schick anziehen und wie eine Erwachsene ausgehen.«

Michaelson schien darüber nachzudenken. »Aber ich bin schon zu spät dran, ich brauche etwas, das ich heute Abend mit nach Hause bringen kann.«

»Dann reservieren Sie gleich einen Tisch«, sagte ich. »Die sind Ihnen was schuldig. Sie haben zwei Morde im Hotel mit einem Minimum an Aufhebens aufgeklärt. Da ist es das Mindeste, dass die Ihnen für heute Abend einen guten Tisch im Speisesaal geben.«

»Ich glaube nicht, dass das heute Abend geht. Ich habe zwei Verdächtige in Untersuchungshaft, und …«

»Genau«, unterbrach ich ihn. »Es gibt keine bessere Zeit. Sie sind nicht im Dienst. Morgen wird es hektisch, sobald Sie aufs Revier kommen. Papierkram, Aussagen, Rechtsanwälte. Heute Abend sind Ihre Verdächtigen sicher weggesperrt, und wir haben alle Hände voll mit dem Bankett für die Preisträger zu tun. Uns sind Sie also los. Perfekt!«

»Versuchen könnte ich's ja mal«, sagte Michaelson und wirkte ungewohnt nervös.

»Tun Sie's«, drängte ich. »Rufen Sie sie an, und sagen Sie ihr, sie soll ihr schönstes Kleid anziehen und sich ein bisschen aufbrezeln.«

»Und Sie glauben, das gefällt ihr?«

»Sie wird begeistert sein«, sagte ich.

Michaelson stand auf und zog seine Brieftasche heraus. Ich schubste ihn freundlich in Richtung Tür. »Los. Diese Runde geht auf mich.«

Ich trank aus und klopfte mir anerkennend auf die Schulter ob dieses nie dagewesenen Erfolges als Beziehungsratgeberin. Ich zahlte unsere Zeche und gab mir alle Mühe, unbemerkt die Lobby zu durchqueren. Ich war noch nicht bereit, Fragen zu beantworten. Meine Lippe blutete wieder, und trotz der vorsorglichen Behandlung mit Alkohol spürte ich, dass sie anschwoll. Ich hielt mir ein Papiertuch an den Mundwinkel und richtete den Blick nach unten, was dazu führte, dass ich mit Hinatu zusammenstieß, der aus dem Business Center kam.

»Alles in Ordnung mit Ihnen?«, fragte er.

»Kleiner Zusammenstoß mit einer Tür«, erwiderte ich, weil ich nicht zugeben wollte, dass ich einen Verdächtigen so getriezt hatte, dass er mir ins Gesicht schlug.

»Da muss man aber was machen. Erlauben Sie?«

Mir war ein wenig schwindelig, also gestattete ich Hinatu, Liam und mich in sein Zimmer zu führen. Er geleitete mich zum Sofa und brachte mir ein nasses Tuch und Eis, ehe er eine blaue Tube mit einer Salbe holen ging, die er vor mir auf den Tisch legte. Liam machte sich auf meinen Füßen breit wie eine pelzige Wärmflasche.

»Kühlen Sie das so etwa zwanzig Minuten mit Eis, und dann können wir diese Salbe benutzen. Die wirkt wahre Wunder. Heute Abend wird niemand auch nur ahnen, dass Sie einen Kampf mit einer Tür verloren haben.«

»Das klingt ganz so, als hätten Sie damit Erfahrung.«

»Ob Sie's glauben oder nicht, mein Hobby war früher einmal Kickboxen. Dabei zieht man sich eine ganze Reihe von Verletzungen zu. Mit dieser Salbe ist es mir gelungen, die meisten vor meiner Frau zu verbergen.«

»Für einen Kickboxer hätte ich Sie nicht gehalten«, sagte ich und versuchte nicht zu lächeln, weil dann meine Lippe wehtat.

»Erscheine ich Ihnen nicht rabiat genug?«

»Nein, aber Sie sind ein Gentleman, und das ist doch ein ziemlich rauer Sport.«

»Das ganze Leben ist ein rauer Sport«, erwiderte Hinatu philosophisch. »Ich habe gelernt, meinen Mann zu stehen, wie man bei Ihnen wohl sagt. Sogar im brutalen Wettbewerb des Whiskygeschäfts.«

»Mir tut all das hier so leid. Ich weiß, es ist für Sie unangenehm, aber Sie wissen, dass diese Vorurteile nur bei einer winzigen Minderheit der Branche bestehen. Gute Destillerien fürchten den Wettbewerb nicht.«

»Wie ich schon gesagt habe, liegt mir allein an der Meinung meiner Freunde. Apropos, wie geht es Grant?«

»Leider ist sein Zustand noch ernst.«

»Und haben Sie und der Inspektor den Schuldigen gefunden?«

»Die Polizei hat zwei Verdächtige in Gewahrsam.«

»Und ist einer von ihnen Trevor Simpson?«

Ich verzog das Gesicht. »Nein. Nein, das war bedauerlich. Die Polizei hat sich geirrt. Man hat ihn freigelassen.«

»Aber Sie haben das Gefühl, dass sie jetzt die Richtigen haben?«

Ich nahm das Tuch von meiner eiskalten Lippe. »Ich glaube schon, ja. Bruce Keenan war ein früherer Geschäftspartner von Sir Richard und Archie MacInnes, und man hat ihn und einen jungen Mann vom Personal der Lodge verhaftet.«

»Versuchen Sie, das Eis noch ein wenig länger dort zu behalten«, schimpfte Hinatu freundlich, während er das Tuch noch einmal anfeuchtete und mir wieder an den Mund drückte. Er musterte mein Gesicht genau. »Habe ich recht, wenn ich vermute, dass Sie noch Zweifel bezüglich dieses Verdächtigen hegen?«

»Ich gebe es nur sehr ungern zu, aber ja. Ein wenig«, sagte ich und deutete mit Daumen und Zeigefinger einen winzigen Abstand an. »Ich weiß, es ist albern, es ist nur ein Bauchgefühl, doch es widerspricht allen Indizien, die Michaelson hat.«

Hinatu schaute mich weiterhin mit schräg gelegtem Kopf forschend an.

»Ich denke, man kann nie hundertprozentig sicher sein, wenn es kein Geständnis gibt«, sagte ich.

»Es ist wichtig, dass wir nicht vorschnell über andere urteilen«, meinte Hinatu feierlich. »Die Folgen können tödlich sein. Selbst wenn es um etwas geht, das wir für eine Kleinigkeit halten.«

Ich blickte auf und bemerkte, dass Hinatu ungewöhnlich zerstreut wirkte. Er hatte einen kleinen flachen Jadestein aus der Tasche gezogen und rieb immer wieder mit dem Daumen über eine Delle darin. Das entsprach ihm gar nicht, den ich sonst immer als so ruhig und gelassen wahrgenommen hatte.

»Als ich in den letzten paar Tagen wieder mal mit Archie und Richard zusammen war, sind viele Erinnerungen aus unseren jungen Jahren in mir aufgestiegen«, gestand mir Hinatu. »Gute wie schlechte.« Er saß lange gedankenverloren da, ehe er fortfuhr: »Heute ist mir etwas Schlimmes aus unserer Zeit in Oxford in den Kopf gekommen. Ein Fehler, der dem nicht unähnlich ist, den die Polizei hier anscheinend gemacht hat.«

»Was war das?«, murmelte ich hinter dem Eis hervor.

Hinatu schaute wie gebannt in die Flammen. Ich vermutete schon, dass er nicht antworten würde.

»Wir waren im dritten Studienjahr«, hob er an. »Im Frühling dieses Jahres wurde einigen von uns dies und das aus dem Zimmer gestohlen. Nichts besonders Teures oder Großes, aber es wurde allmählich ärgerlich, also sind einige von uns zur Polizei gegangen und haben Anzeige erstattet. Die Polizei ist recht locker mit der Sache umgegangen. Ich nehme an, dass Kleindiebstähle auf ihrer Prioritätenliste nicht sehr weit oben standen, und so haben sie die Fälle an die Sicherheitsleute der Universität verwiesen und die gebeten, das Personal zu überprüfen. Wie sagt man so schön: ›Der Butler war's.‹«

Aus meinem Lächeln wurde eine Grimasse. »So geht das eben.«

»Ich kann mich nicht mehr genau erinnern, wie es anfing, aber irgendwie fiel auf einmal der Verdacht auf einen der Nachtwächter. Einen Mann namens William Gates. Es ließ sich nichts beweisen, und es wurde auch nie Anklage gegen ihn erhoben. Trotzdem wurde er schließlich entlassen, und dieser Verdacht klebte weiter an ihm.«

Ich erwähnte nicht, dass ich in den Unterlagen der Londoner Polizei den Polizeibericht dazu gelesen hatte. Ich wollte Hinatu nicht verraten, dass wir über alle hier Nachforschungen anstellten. »So ein nicht überprüfter Verdacht kann wie Gift wirken«, sagte ich und dachte dabei an die Gerüchte, die über Hinatus Takai-Whisky im Umlauf waren.

»Wahrhaftig«, stimmte mir Hinatu zu. »Aus Sicht der Universität war es leichter, Gates zu ersetzen, als sich die Mühe zu machen, den Verdacht zu klären. Ich habe festgestellt, dass bei Menschen aus der Oberschicht oft eine gewisse Sorglosigkeit herrscht, wenn es um Leute aus der Unterschicht geht. Sie behandeln das Personal, als könne man frei darüber verfügen, als seien die Menschen austauschbar.«

»Da bin ich ganz Ihrer Meinung«, murmelte ich.

»Schon bald war dieser Vorfall vergessen, und wir gingen alle in die Sommerferien und dachten nicht mehr darüber nach, doch kurz nachdem wir zum Herbstsemester unseres Abschlussjahres zurückgekehrt waren, begannen die Diebstähle erneut.«

»Dann war es also nicht Gates«, merkte ich an. »Haben Sie je herausgefunden, wer es war?«

»Ja, schließlich doch. Es stellte sich heraus, dass es einer unserer Kommilitonen war. Keine große Überraschung eigentlich, denn Reichtum bringt oft Langeweile mit sich. Zufällig war es jedoch der Sohn eines prominenten Parlamentsmitglieds, so dass alles unter den Teppich gekehrt wurde.«

Ich dachte an Sir Richard. Sein Vater war Abgeordneter. Archie hatte Witze darüber gemacht, dass er Whisky aus dem Arbeitszimmer eines Dozenten gestohlen hatte, und sein Eintrag im Gästeregister berichtete davon, dass er ständig Hoteleigentum mitgehen ließ. Ich hätte wetten können, dass er der Kommilitone war, von dem Hinatu gesprochen hatte.

»Leider kam das für Mr Gates zu spät. Mit diesem Schatten, der über seinem Namen lag, hatte er keine neue Stellung finden können, und eine Woche vor Semesterbeginn hat er sich im Fluss ertränkt. Sie sehen also, es ist ungeheuer wichtig, dass man den richtigen Mann findet, nicht nur den, der gerade am besten passt.«

Ich nahm das Eis vom Mund. »Eine Lektion fürs Leben«, sagte ich mit einem Seufzer.

Hinatu kam zu mir und strich mit sanften Fingern ein wenig von seiner Salbe auf meine Mundwinkel.

Ich ließ mich gern von ihm behandeln. Er war ein freundlicher Mann. Ein anständiger Mann. Er verdiente so viel mehr Respekt von seinen schottischen Kollegen. »Danke, dass Sie mich verarztet haben, aber es ist schon spät, und ich muss mich jetzt zum Abendessen umziehen.«

Hinatu reichte mir die Tube. »Nehmen Sie die bitte mit. Sie werden feststellen, dass die Salbe hilft.«

Er brachte mich zur Tür, und auf der Schwelle zögerte ich kurz. Es würde für Hinatu ein schwieriger Abend werden. Sein Whisky war einer der ausländischen Whiskys gewesen, die diesen Sturm der Fremdenfeindlichkeit ausgelöst hatten, man hatte ihn dazu benutzt, Sir Richard umzubringen, und einige der Barley Boys hatten angedeutet, dass er beim Wettbewerb nun nicht mehr willkommen sei. Er musste mir einfach leidtun.

»Hören Sie«, sagte ich. »Patrick muss heute Abend seine Pflicht als Preisrichter tun, und Grant kann nicht hier sein, also müsste ich ganz allein hingehen. Hätten Sie etwas dagegen, heute Abend mein Begleiter zu sein?«

»Sind Sie sicher, dass Sie mit einem alten Mann wie mir gesehen werden möchten?«

»Es wäre mir eine Ehre, mit einem Freund gesehen zu werden«, bestärkte ich meine Einladung.

Zum ersten Mal in dieser Woche erreichte Hinatus Lächeln auch seine Augen. »Wenn das so ist«, erwiderte er, »würde ich mich höchst geehrt fühlen, Ihr Begleiter sein zu dürfen.«

KAPITEL 22

Als ich im dritten Stock aus dem Aufzug trat, sah ich Sophie, die vor unserer Tür unruhig auf- und abging. Ich machte mich auf eine schwierige Begegnung gefasst. Sophie kam über den Flur gerannt, sobald sie mich erblickte. Ihre Augen waren rot geweint, die Schürze ihrer Dienstkleidung war zerknittert, als hätte sie sie zusammengeknüllt und als Taschentuch benutzt.

»Die haben Joey verhaftet«, jammerte sie.

»Das habe ich gehört.«

»Die haben mich nicht einmal mit ihm sprechen lassen. Ich habe keine Ahnung, was hier vorgeht und warum sie das getan haben.«

»Kommen Sie erst mal rein.« Ich öffnete die Tür, bugsierte Sophie in unser Zimmer und schloss die Tür hinter uns. »Die Polizei hat Indizien dafür gefunden, dass er vielleicht bei den Todesfällen dieser Woche eine Rolle gespielt hat«, sagte ich.

Sophies Züge verhärteten sich, und sie richtete sich steif auf. »Dann irren die sich eben. Total. Joey ist kein Mörder. Darauf würde ich mein Leben wetten.«

»Es ist immer schwierig, wenn jemand, den wir lieben, uns enttäuscht«, sagte ich vorsichtig. »Doch die Beweise sind nun mal da.«

»Was für Beweise?«

»Man hat im Zwingergebäude in einem Fläschchen etwas von dem Gift gefunden, mit dem Sir Richard und Mr MacInnes umgebracht wurden.«

Sophie verdrehte die Augen. »Genauso haben die eine Flasche mit Gift unter Mr Simpsons Bett gefunden, und der war es auch nicht, oder? Den haben sie wieder gehen lassen. Da versucht jemand, es so aussehen zu lassen, als trüge Joey die Schuld.« Sophie ließ sich nicht von ihrer Meinung abbringen.

Ich schaute nach unten und sah, dass Liam Sophies Knie leckte und sich alle Mühe gab, sie zu trösten. Er vertraute ihr. Doch er vertraute auch Joey. Jedes Mal rannte er ohne das geringste Zögern zu ihm hin. Gewöhnlich war Liam ein hervorragender Menschenkenner. Seine Einschätzung war durch keinerlei Vorurteil getrübt. Ich merkte, wie der Zweifel in mir stärker wurde. Ein Fläschchen mit Nikotin bewies lediglich, dass der Mörder im Zwingerhaus gewesen war, aber nicht, dass Joey der Mörder war. Falls Keenan versucht hatte, Trevor die Schuld in die Schuhe zu schieben, warum sollte er das nicht auch mit Joey versuchen? Ich tröstete mich mit dem Gedanken, dass Michaelson mehr als nur das Fläschchen brauchen würde, um Joey anzuklagen. Wenn wir uns irrten, würde Joey nichts passieren. Das hoffte ich zumindest.

»Es tut mir so leid, Sophie. Ich wünschte, ich könnte Ihnen helfen, aber ich kann da nichts ausrichten. Falls Joey wirklich unschuldig ist, kriegt die Polizei das raus. Die machen ihren Job gut.«

»Und in der Zwischenzeit wird unser Leben ruiniert«, schluchzte Sophie. »Immer kriegt das Personal die Schuld. Nie ihr, die besseren Leute. Wir sind vielleicht nicht reich, aber wir sind ehrlich. Wir würden nicht untätig zusehen, wenn ein Leben durch Gerüchte und Lügen zerstört wird.«

Sophie stürmte aus dem Zimmer, und ich ließ es geschehen. Sie hatte jedes Recht, bestürzt zu sein, besonders da sie anscheinend keine Ahnung von dem ganzen Nikotin-

Schlamassel gehabt hatte. Ich konnte nichts daran ändern. Mir waren die Hände gebunden. Ich dachte an die Geschichte, die Hinatu mir erzählt hatte, und mir lief ein kalter Schauer über den Rücken. Die Wahrheit würde ans Licht kommen, doch jetzt war die Polizei am Zug.

Ich duschte rasch und versuchte, Make-up aufzulegen, aber ich war nur halb bei der Sache. Ich nahm mein Telefon zur Hand und rief bei Louisa an, um zu erfahren, ob es von Grant etwas Neues gab. Sie war wieder in The Larches und bereitete gerade Essen für Luke vor.

»Mach dir möglichst nicht so viele Sorgen. Die Schwellung geht zurück. Es besteht die Möglichkeit, dass sie morgen versuchen, ihn aus dem Koma zu holen«, sagte sie. »Kommst du ins Krankenhaus?«

»Morgen«, versprach ich. »Ich habe mir gelobt, dass ich hier erst wegfahre, wenn ich rausgekriegt habe, wer das getan hat und warum.«

»Und, hast du's rausgekriegt?«

»Ich glaube schon.«

»Gut, dann sieh zu, dass du morgen ins Krankenhaus kommst. Er muss dich da sehen, wenn er aufwacht.«

»Ich komme bestimmt«, flüsterte ich.

Als ich das Gespräch beendete, stiegen mir die Tränen in die Augen. Ich hatte normalerweise nicht so nah am Wasser gebaut, aber der Gedanke an Grant, der im Koma lag, nur wegen eines Giftes, das für mich bestimmt gewesen war, drohte mich völlig zu erdrücken. Was war, wenn er nicht mehr aufwachte? Was war, wenn er dauerhaft Schaden gelitten hatte? Ich kam mir auf einmal so töricht vor, weil ich ihn immer so erbarmungslos von mir gestoßen hatte. Wenn ihm jetzt etwas passiert war, würde ich es mir nie verzeihen. Ich hatte diese Angst, die schwer auf mir lastete, so lange verdrängt, bis wir den Schuldigen gefunden hatten. Jetzt blieb mir nichts anderes mehr übrig, als klein beizugeben und so zu schluchzen, dass es meinen ganzen Körper schüttelte.

Liam hockte verzweifelt neben mir. Diese Art von Gefühlsausbruch war er von mir nicht gewöhnt, und ihm fiel nichts Besseres ein, als mir die salzigen Tränen aus dem Gesicht und von den Händen zu schlecken. Als der Sturm abgeebbt war, saß ich vor dem Kamin und versuchte meine Gedanken zu sammeln. Patrick hatte vage angedeutet, dass ich bereit sein solle, heute Abend ein paar Worte zu sagen. Wahrscheinlich wusste er bereits, dass wir einen Preis gewonnen hatten. Doch ich konnte nicht über Abbey Glen reden, ohne über Grant zu sprechen. Ich saß da, starrte in die Flammen des seelenlosen Gaskamins und wartete vergeblich auf eine Eingebung. Ich war Journalistin, Herrgott noch mal! Wörter und Bilder waren mein Handwerkszeug, doch in diesem Augenblick rang ich schwer um die richtigen Worte, um diesen ganz besonderen Mann gebührend zu würdigen. Einen Mann, den seine Kollegen liebten, den seine Freunde liebten und den ich liebte – wie mir jetzt erst klar wurde.

Ich dachte an Grants drei Wörter. Er war der einzige Mensch, zu dem mir nicht sofort alle drei gleichzeitig eingefallen waren. Das erste Wort war *leidenschaftlich*. Das hatte ich von Anfang an gesehen. Er war ein Mann von großer Gefühlstiefe, der sich voll und ganz in seinen Beruf einbrachte. Die Liebe zu seinem Whisky strahlte in seinen Augen, wenn er redete, und er setzte seinen ganzen Elan und seine Energie dafür ein, einen handwerklich gemachten Whisky von seltener Qualität zu schaffen.

Mein zweiter Eindruck war *anständig* gewesen. Grant war ein Mann, der stets das Richtige tun würde, egal, was es ihn persönlich kostete. Er würde nie zum Sklaven seiner Privilegien und seines Ranges werden, trotz seiner noblen Familie. Er war gelegentlich knurrig, doch stets warmherzig und großzügig.

Sein drittes Wort fehlte mir bisher noch, doch nun, da ich es am meisten brauchte, flog es mir förmlich zu. *Wertvoll.* Grant machte mein Leben und das Leben anderer reicher und gab ihm mehr Sinn, allein dadurch, dass er ein Teil davon war. Er war ein unschätzbarer und wichtiger Teil unserer kleinen Gemeinschaft und der größeren Whiskybruderschaft. Und was immer auf lange Sicht geschehen mochte, für mich war er es wert, ein Risiko einzugehen. Diese drei Wörter würde ich meiner Rede zugrunde legen, und ich konnte nur hoffen, dass sie bei seinen Freunden Resonanz finden würde.

Ich spritzte mir Wasser ins Gesicht und begann erneut, mich für die Gala fertig zu machen. Heute vertrat ich Abbey Glenn allein, und ich wollte Ehre für uns einlegen. Als ich mich gerade anzog, kam Patrick kurz hereingeflitzt, warf sich in seinen Smoking und eilte sofort wieder nach unten, um seine Tätigkeit als Preisrichter abzuschließen. Er erwähnte, dass Brenna ins Hotel zurückgekommen war, um sich auszuruhen, dass sie aber an der heutigen Abendveranstaltung nicht teilnehmen würde. Die Tränen schienen sogar meine Eifersucht auf Brenna fortgespült zu haben. Sie tat mir leid. Offensichtlich hatte sie noch sehr viel für Grant übrig, und sein Unfall war ein schrecklicher Schock für sie. Zumindest würden wir alle heute Nacht gut schlafen, weil wir nicht fürchten mussten, beim Aufwachen eine neue Leiche vorzufinden.

Hinatus Zaubersalbe hatte die Schwellung an meiner Lippe beseitigt, und die einzige verbleibende Erinnerung daran war in meinem Mund. Als ich endlich fertig war, konnte niemand außer Liam meine Bemühungen würdigen. Das rote Seidenkleid fiel zwischen den Schultern in weichen Falten, lag an den Hüften und Oberschenkeln eng an, ehe es zum Boden hin breiter auslief und eine kleine Schleppe bildete. Die Wirkung war ziemlich atemberaubend, doch die rote Farbe erinnerte mich an Blut. Wenn ich in den Spiegel schaute, sah ich immer nur das Blut an Grants Kopf, wie er da auf dem Boden lag.

Neben mir winselte Liam leise. Er wusste, dass ich ohne ihn fortgehen würde. Ich beugte mich zu ihm hinunter und küsste ihn auf den Kopf, hinterließ dabei einen roten Lippenstiftabdruck auf seinem Fell. »Du hast recht«, sagte ich. »Hier wird nicht geweint und nicht gewinselt.« Ich würde diesen Abend durchstehen – für Grant und für Abbey Glen. Ich würde ihm und Abbey Glen alle Ehre machen. Ich holte tief Luft, straffte die Schultern und war bereit, in die Schlacht zu ziehen.

Ein leises Klopfen an der Tür verriet mir, dass Hinatu gekommen war. Er reichte mir seinen Arm, und wir brachen auf und ließen Liam am Kaminfeuer zurück.

»Sie sehen atemberaubend aus, meine Liebe«, sagte Hinatu anerkennend.

»Nach uns werden sich heute einige den Hals verrenken«, antwortete ich und drückte ihm den Arm. »Sie und ich, wir sind das neue Gesicht des Whiskygeschäfts. Die alten Traditionen verdienen Respekt, aber sie können die neuen Aromen, die neuen Menschen und die neuen Orte nicht aufhalten. Daran wird sich die alte Garde gewöhnen müssen.«

Hinatu lächelte. »Ich bewundere Ihren jugendlichen Optimismus, Abi. Es wird kein leichter Weg werden, doch jemand muss ja vorangehen. Ich bin froh, dass ich Sie auf dieser Reise an meiner Seite habe.«

Ich richtete mich voll auf, als Hinatu und ich den Ballsaal betraten, und das Summen der Gespräche ebbte kurz ab. Diesmal hatten *wir* den großen Auftritt, nicht Brenna. Aber mehr noch, das war auch eine Botschaft an die Nationalisten. Ob es ihnen gefiel oder nicht, das neue Zeitalter des Whiskys war angebrochen.

Patrick erschien an meiner Seite. Seine Augen strahlten voller Stolz, als er mich umarmte und mir zuflüsterte: »Du siehst fabelhaft aus.« Rasch gesellten sich auch Cam und Oliver zu uns.

Oliver schüttelte Hinatu die Hand und gab mir einen Kuss. »Gratuliere, meine Liebe. Ich wusste, Sie würden das alles klären. Und gerade noch rechtzeitig.«

»Einen Toast«, sagte Patrick. »Auf Abi und ihr Gespür fürs Verbrechen.«

Ich trank und ich lächelte, aber ich konnte nicht die gleiche Begeisterung aufbringen wie die Jungs. Am liebsten wäre ich mit der Tapete verschmolzen, doch die Neuigkeit über meine Hilfe bei der Suche nach Sir Richards und Archies Mörder hatte sich wie ein Lauffeuer ausgebreitet, und die Whiskys und Trinksprüche jagten einander mit besorgniserregender Geschwindigkeit. Und natürlich erkundigte sich jeder nach Grant. Ich wiederholte die Geschichte so oft, dass ich ganz benommen war und ein noch schlechteres Gewissen als jemals zuvor hatte. Schließlich fügte ich mich in mein Schicksal und hoffte, dass der Whisky die Stimmen zum Schweigen bringen würde, die da in meinem Kopf flüsterten.

Es folgte ein Trinkspruch auf den anderen. Noch ehe wir uns zum Essen hinsetzten, drehte sich mir bereits der Kopf von dem vielen Whisky, den ich getrunken hatte. Ich entschuldigte mich, holte mir rasch an der Bar ein Glas Wasser und wankte auf wackeligen Beinen zur Damentoilette.

Ein Blick auf mein Gesicht im Spiegel, und ich wusste, dass ich es bereits übertrieben hatte. Ich ließ mich auf einen der Plüschsessel fallen und konzentrierte mich darauf, meinen Wasserhaushalt wieder in Ordnung zu bringen. Ich leerte das Glas in einem Zug und lehnte mich zurück, um mich kurz auszuruhen. Das Zimmer schien um mich zu kreisen, und ich schloss die Augen. Nun bewegte sich der Raum nicht mehr, doch das änderte nichts an der Tatsache, dass mir die Wörter und Bilder im Kopf herumschwirrten wie in einem psychedelischen Alptraum.

Keenans Gesicht, wie man ihn fortzerrte. Seine Wut und seine Bitterkeit, aber mehr noch: Angst. Eine Angst, die ich bei einem Mann nicht erwartet hätte, der bereit gewesen war, aus Rache zu töten. Und die arme Sophie. Untröstlich über Joeys Verhaftung. Joey mit Liam und den anderen Hunden. All das Vertrauen, die Disziplin. Nun da der analytische Teil meines Hirns in einem Meer aus Alkohol schwamm, kreischten meine Instinkte nur umso lauter. Irgendwas stimmte hier nicht.

Trevors Gesicht trat mir vor Augen. Er war heute Abend nicht gekommen. Seine Verhaftung neulich hatte ein ganzes Fest des Klatsches und Tratsches ausgelöst. Ich nahm es ihm nicht übel, dass er sich heute nicht zeigen mochte. Das zumindest hatte Michaelson verpfuscht und nicht ich. Wie Hinatu gesagt hatte, es war so wichtig, Menschen nicht vorschnell zu verurteilen.

Hatten wir es zu eilig gehabt, als wir uns zu sehr bemühten, eine Antwort auf eine Frage zu finden, auf die es keine einfache Antwort gab, wie selbst Michaelson meinte? Richard und Archie hatten während ihrer Zeit in Oxford einem Mann nicht wiedergutzumachendes Leid zugefügt und niemals einen Gedanken darauf verschwendet. Und beim Verkauf von Edenburn hatten sie vielen Familien geschadet.

War Keenan der Einzige? Oder hatten wir andere Geschädigte übersehen?

Die Worte von Sophie hallten in meinem Kopf wider: »Immer kriegt das Personal die Schuld.« Das Personal. Das Personal im Hotel, das Personal bei Edenburn, das Personal im College. Gedankenlose Männer und gedankenlose Jungs.

Ich schrak auf; Übelkeit überkam mich. Ich hatte Angst. Angst, dass wir zwar den Richtigen hatten, aber aus dem falschen Grund.

Ich rappelte mich mühsam vom Plüschsessel hoch und wankte über den Flur zum Business Center. Dabei versuchte ich krampfhaft, nicht auf den Saum meines Kleides zu treten. Ich nahm am erstbesten Computer Platz, loggte mich in der Datenbank der *Gazette* ein und führte eine schnelle Suche im Archiv der *Oxford Daily News* durch. Es war mehr als dreißig Jahre her, aber da war der Bericht, eine jämmerlich kurze Notiz darüber, dass ein gewisser William Joseph Gates, ehemaliger Wachmann am University College, Oxford, ertrunken war. Trotz aller Proteste seiner Hinterbliebenen hatte man auf Tod durch Selbstmord befunden.

Ich lehnte mich auf dem Stuhl zurück. Mir schwirrte der Kopf, doch während meine Gedanken wild wirbelten, bewegten sich die Informationsfetzen wie von selbst an die richtige Stelle. Viele Jahre hatte das Motiv für diese Morde im Dunkeln geschwärt – Rache an den gedankenlosen jungen Männern. William Gates konnte sich nicht an den Männern rächen, die sein Leben ruiniert hatten, doch ein Mitglied seiner Familie konnte das sehr wohl tun.

KAPITEL 23

Diese Erkenntnis wirkte auf mich wie ein Schwall kaltes Wasser und vertrieb sofort den Whiskynebel aus meinem Kopf. Ich musste mit Hinatu reden.

Ich überlegte, ob ich Michaelson anrufen sollte, doch auf mein Drängen hin genoss er ja gerade im Speisesaal ein feudales Abendessen mit seiner Tochter. Das wollte ich auf keinen Fall verderben. Jedenfalls nicht gleich.

Ich schickte eine dringende SMS an Patrick und bat ihn, Hinatu mitzubringen und mich in der Bibliothek zu treffen.

Unruhig schritt ich vor den Regalen auf und ab, würdigte die Bücher, die mir ansonsten so viel Freude gemacht hätten, keines Blicks. Schon wollte ich in den Saal gehen und Patrick beim Kragen packen, als er mit Hinatu hereinkam.

»Was ist los?«, wollte Patrick wissen.

»Ich glaube, ich habe möglicherweise einen schrecklichen Fehler gemacht.« Ich wandte mich an Hinatu und legte ihm eine Hand auf den Arm. »Könnten Sie für Patrick bitte in kurzen Worten die Geschichte wiederholen, die Sie mir vorhin erzählt haben? Die mit dem falschen Schuldigen.«

Hinatu schaute überrascht, lieferte Patrick jedoch eine Zusammenfassung der Geschichte. Als er fertig war, sahen die beiden mich erwartungsvoll an.

Ich holte tief Luft, um einen klaren Kopf zu bekommen. »Die Polizei hat Bruce Keenan verhaftet. Er ist die logische Wahl. Seine Verhaftung ist sinnvoll, und es gibt sogar einige

Indizien für seine Schuld, doch mein Instinkt wehrt sich nach wie vor dagegen. Ich habe nach den unumstößlichen Beweisen gesucht, die Michaelson braucht, und ich habe das Gift gefunden, doch irgendetwas kommt mir immer noch falsch vor. Wir haben etwas übersehen. Dies ist kein Verbrechen, das seine Ursache im Verlust eines Arbeitsplatzes hat, wie passend die Beweise auch sein mögen. Bei diesem Verbrechen ging es um tiefe Gefühle, um Liebe und persönlichen Verlust.«

»Wenn nicht Keenan, wer dann?«, fragte Patrick.

»Ich glaube, der Schlüssel zu allem ist Ihre Geschichte, Hinatu. Vor dreißig Jahren haben drei Jungs vom College eine eidesstattliche Erklärung unterzeichnet, die mit dem Finger auf einen unschuldigen Mann zeigte. Er verlor seinen Job und seinen guten Ruf, und selbst nachdem man ihn entlastet hatte, gab es keinerlei öffentliche Verlautbarung, die seinen Namen reingewaschen hätte. Schließlich hat er sich umgebracht.«

»Das ist eine tragische Geschichte, aber was hat das mit all dem hier zu tun?«, wollte Patrick wissen.

»Ich denke nicht, dass die Geschichte mit seinem Tod zu Ende war. Im Nachruf steht, dass seine Familie das Urteil auf Selbstmord infrage stellte. Ich weiß nicht, warum, der springende Punkt daran ist wohl, dass er eine Familie hatte«, betonte ich. »Eine Familie, die höchstwahrscheinlich die Wunde, die sein Selbstmord gerissen hat, ihr ganzes restliches Leben lang spürt. Die diesen Männern, die ihn des Diebstahls bezichtigt hatten, die Schuld dafür gab. Ich habe diese Woche Michaelson beobachtet, wie er mit den Problemen mit seiner Tochter gerungen hat, und mir ist gerade eben eingefallen, dass auch Gates Kinder gehabt haben könnte. Die waren damals wahrscheinlich noch klein, aber das wären sie heute nicht mehr. Sie wären alt genug, um an den Männern Rache zu nehmen, die ihnen den Vater geraubt haben.«

Patrick schaute unsicher. »Also ist ihnen einer von Gates' Kindern hierher gefolgt?«

»Nein«, sagte ich, frustriert über meine Unfähigkeit, den beiden zu vermitteln, was mir so sonnenklar erschien. »Eines von Gates' Kindern war bereits hier und stand auf einmal den drei Männern aus der Vergangenheit seines Vaters von Angesicht zu Angesicht gegenüber.«

Hinatu und Patrick blickten mich verständnislos an. »William *Joseph* Gates«, sagte ich.

Patricks Gesicht hellte sich auf. »Joey?«

»Das wäre so mein Gedanke«, sagte ich und war erleichtert, dass auch Patrick diese Verbindung sah. Mein Hirn war so müde, dass ich langsam zweifelte, ob es überhaupt noch funktionierte.

»Ich nehme an, sein Nachname ist nicht mehr Gates, sonst hätten Sie es sofort gewusst«, meinte Hinatu.

»Die Informationen, die ich zu Joey bekommen habe, setzen erst ein, als er so ungefähr dreizehn war. Seine Mutter hat kurz nach dem Tod seines Vaters wieder geheiratet und ihren Familiennamen geändert, doch es werden keine Angaben zu seinem Geburtsnamen gemacht. Er ist dann zu einer Pflegefamilie gekommen und hat den Namen seiner Großmutter angenommen.«

»Na, es hätte schlimmer kommen können«, meinte Patrick. »Zumindest ist er jetzt hinter Gittern. Den Rest können wir morgen klären.«

»Leider ist es etwas komplizierter. Denkt doch mal nach, da ist eine weitere Person, die damals die eidesstattliche Erklärung unterzeichnet hat und noch am Leben ist.«

»Ich«, sagte Hinatu ruhig.

»Ja.«

»Aber da Joey im Gefängnis ist, ist das doch kein Problem«, sagte Patrick, der wohl unbedingt zum Preisverleihungsdinner zurückwollte.

»Sophie hat vorhin etwas gesagt, das mir Sorgen bereitet, nämlich dass immer das Personal die Schuld kriegt. Das Personal, das niemals zusehen würde, wenn ein Leben durch Gerüchte und Lügen ruiniert wird. Joey und sie sind verlobt. Sie liebt ihn von ganzem Herzen, und wahrscheinlich weiß sie, was seinem Vater zugestoßen ist. Sie hat ihm vielleicht sogar geholfen, Rache zu nehmen. Sie ist schließlich auch diejenige, die am leichtesten Zugang zu den Zimmern und den Schlüsseln hat. Wenn ich an ihrer Stelle wäre, würde ich die Sache zu Ende bringen wollen, solange sich die Gelegenheit bietet. Und nicht nur das, sie ist schlau. Ich würde wetten, sie hat begriffen, dass ein weiterer Mord, während Joey im Gefängnis sitzt, dazu beitragen könnte, seinen Namen reinzuwaschen.«

»Also glaubst du, dass Hinatu noch gefährdet ist?«

»Leider ja.«

»Dann verspreche ich, dass ich keinen Bissen esse, ehe all dies geklärt ist«, sagte Hinatu lächelnd.

»Das ist kein Witz«, mahnte ich. »Anscheinend sind Joey und sie bisher sehr geschickt vorgegangen. Gott weiß, was Sophie als Nächstes versucht. Wir müssen sie auf frischer Tat ertappen. Das wäre dann der unumstößliche Beweis, den die Polizei braucht, die einzige Methode, wie wir hundertprozentig sicher sein können.«

»Ruf Michaelson an«, verlangte Patrick.

»Natürlich mache ich das«, erwiderte ich, »in einer Stunde oder so. Der arme Hund soll wenigstens einmal ein Dinner mit seiner Tochter ungestört genießen können.«

»Dann reden Sie nach dem Dinner mit ihm«, meinte Hinatu. »So wie die Dinge stehen, bin ich nicht unmittelbar in Gefahr. Gehen wir in den Saal zurück, schauen uns die Preisverleihung an und vertreiben uns die Zeit. Falls jemand versucht, mir etwas anzutun, wird er das wohl nicht vor einer ganzen Menschenmenge tun. Zumindest jetzt bin ich in der Menge am sichersten.«

Hinatus Takai erhielt den Preis für den Besten Newcomer und wurde Zweiter in der Kategorie Bester Whisky Insgesamt. Dass man die Zahlen für die Karaffen unbesehen vergeben hatte, hatte für faire Ausgangsbedingungen gesorgt. Der Applaus war halbherzig, doch Patrick und ich machten das mit unserer lautstark verkündeten Begeisterung wieder wett. Abbey Glen erhielt den Chairman's Award für die Beste Kleine Destillerie. Da Grant nicht anwesend war, nahm ich den Preis entgegen. In meinem blutroten Abendkleid kam ich mir sehr auffällig vor. Ich sprach mit von Herzen kommenden Worten über Grant. Über seine Leidenschaft für das Handwerk des Whiskymachens und darüber, wie geehrt ich mich fühlte, dass er in der Destillerie Bens Tradition fortführte. Der Applaus für Grant und Abbey Glen war lang andauernd und aufrichtig.

Als die Preisverleihung ihrem Ende entgegenging, schickte ich eine SMS an Michaelson, in der ich ihn bat, mich in der Lobby zu treffen. Ich wurde langsam nervös und wollte ihn erwischen, ehe er vom Hotel nach Hause aufbrach.

Als er aus dem Speisesaal kam, sah er in seinem marineblauen Anzug mit dem burgunderroten Schlips, dem zurückgekämmten Haar und dem frisch rasierten Gesicht sehr attraktiv aus. Ich hatte ihn nie in etwas anderem als seiner Arbeitskleidung gesehen.

»Wie kommen Sie klar?«, fragte ich.

»Am Anfang war es ein bisschen heikel, doch sie scheint das ganze Getue sehr zu genießen.«

»Das ist toll«, sagte ich gedankenverloren. »Schauen Sie, ich mache das wirklich sehr ungern, doch ich glaube, dass ich mich möglicherweise wegen Keenan geirrt habe.«

Michaelson starrte mich an, als hätte ich gerade behauptet, die Königin sei eine Außerirdische. »Was?«

»Bei Joey stimmt es, aber vielleicht nicht bei Keenan.« Ich machte mich innerlich auf einen Schwall von Schimpfworten gefasst.

Michaelson trat näher an mich heran. »Das ist jetzt nicht die Zeit für Spielchen«, zischte er, doch der Rest seiner Rede wurde abgeschnitten, als eine gertenschlanke junge Frau in einem kurzen schwarzen Kleid und hochhackigen Schuhen aus dem Speisesaal kam. Sie schwankte ein wenig auf ihren Pumps, doch sonst gelang es ihr wunderbar, sehr erwachsen zu wirken.

Sie blickte mich grimmig an, ehe sie sich an ihren Vater wandte. »Ich dachte, du wolltest zum Klo?«

»Dahin war ich auch unterwegs, als ich eine alte Freundin getroffen habe«, sagte Michaelson aalglatt. »Abi, das ist meine Tochter Gracie.«

Ich schüttelte ihr die Hand und sagte ihr, dass sie wunderschön aussehe.

»Warum gehst du nicht und machst dich kurz frisch, und dann essen wir unseren Nachtisch«, sagte Michaelson mit einem steifen Lächeln.

Als Gracie zur Damentoilette ging, wandte sich Michaelson wieder zu mir; das Licht war aus seinen Augen verschwunden.

»Rasch, was zum Teufel soll das?«

Ich erklärte ihm meine Theorie über Joey und dessen Motiv.

»Ich lasse Joeys Familiengeschichte bereits untersuchen«, sagte Michaelson. »Gleich morgen früh sehe ich nach, ob er irgendwie mit diesem Gates verwandt ist. Wenn ja, denken wir noch einmal neu über Keenan nach, aber im Moment sitzen beide hinter Schloss und Riegel, und ich bin Ihrem Ratschlag gefolgt und esse mit meiner Tochter. Das hat Zeit bis morgen früh.«

»Sie glauben nicht, dass Hinatu noch in Gefahr sein könnte?«

»Nun da Joey im Gefängnis ist? Nein.«

»Seine Verlobte ist noch hier.«

Michaelson zog eine Augenbraue in die Höhe.

»Was ist, wenn Sophie versucht, die Sache zu Ende zu bringen?«

»Ich habe diverse Male mit ihr gesprochen«, antwortete er. »Ich erachte das nicht für ein wirkliches Risiko, und außerdem haben Sie ihn gewarnt. Hinatu weiß, dass er nichts essen oder trinken sollte, was in sein Zimmer gebracht wurde, und er wird auch niemanden hereinlassen.«

»Sie hätten ihr Gesicht sehen sollen, als sie zu mir kam, nachdem Joey verhaftet worden war«, sagte ich. »Ich würde sie nicht unterschätzen.«

»Schauen Sie mal, folgen Sie Ihrem eigenen Ratschlag und akzeptieren Sie, dass Sie Erfolg hatten. Das kann jetzt alles bis morgen warten.«

Michaelson ging wieder in den Speisesaal und zu seinem Dinner zurück, und ich gesellte mich zu Patrick und Hinatu in der Bar.

»Vielleicht versucht Sophie ja nicht, an Joeys Stelle weiterzumachen«, sagte Patrick ruhig. »Du musst zugeben, das ist nur eine Vermutung.«

»Wärst du bereit, das Risiko einzugehen?«, wollte ich wissen. »Das Schicksal hat diese drei Männer hierhergebracht. Eine solche Chance wird sich vielleicht nie wieder bieten. Ich behaupte noch immer, dass Hinatu in Gefahr ist.« Als ich mich in der Bar umschaute, konnte ich sehen, dass die Feier nach der Preisverleihung in vollem Gange war und der Whisky in Strömen floss. Ich versuchte, mich in die Lage des Mörders zu versetzen. Was würde ich tun? Sophie war wild entschlossen. Hatte sie vielleicht entschieden, dass sie den Whisky seine Wirkung tun lassen wollte, und hoffte sie, Hinatu würde tief und fest schlafen, wenn sie sich zum Angriff in sein Zimmer schlich? So würde meine Strategie aussehen.

»Ich glaube, ich kann mich gegen eine nächtliche Attacke selbst verteidigen«, warf Hinatu ein. »Besonders jetzt, da ich darauf vorbereitet bin.«

Ich nahm an, dass er als ehemaliger Kickboxer damit recht haben könnte, doch ich fühlte mich trotzdem unbehaglich. »Nein. Niemand wird alleingelassen«, sagte ich. Grants Schicksal machte mir noch immer zu schaffen, und ich würde, verdammt noch mal, Hinatu nicht im Stich lassen, jetzt, wo er so angreifbar war. Schließlich einigten wir uns, dass Patrick und ich die Nacht über abwechselnd bei Hinatu im Zimmer bleiben würden, um Wache zu halten, falls jemand dort eindrang.

Es war nach ein Uhr früh, als wir endlich Hinatu auf sein Zimmer zurückbegleiteten, doch, soweit wir sehen konnten, war dort alles unberührt. Hinatu nahm ein Glas von der Minibar und wollte sich gerade aus einer versiegelten Flasche aus dem Kühlschrank Wasser einschenken.

»Warten Sie.« Ich griff nach dem Glas und roch daran. Kein verräterisches dumpfes Aroma, kein rosafarbener Bodensatz, der auf Nikotin hindeuten würde.

Ich gab ihm das Glas zurück, und wir nahmen auf dem Korridor lautstark und weithin hörbar Abschied und sagten Gute Nacht. Patrick und ich gingen auf unser Zimmer, und ich war heilfroh, endlich das rote Abendkleid loszuwerden.

Es war wunderschön, doch ich fühlte mich darin unbehaglich, so gar nicht wie ich selbst. Ich schrubbte mir das Make-up aus dem Gesicht und bemerkte, dass sich an meinem Mundwinkel ein kleiner blauer Fleck bildete. Ich schlüpfte in schwarze Jeans und ein dunkles Sweatshirt. Patrick stellte den Wecker auf halb vier und versprach, mich dann abzulösen. Er und Liam sackten auf das Bett, und ich schlich auf den Flur und über die Hintertreppe nach unten.

Hinatus Zimmer lag in der zweiten Etage, doch wegen einer Anhöhe, die sich hinter dem Anwesen erhob, war sein Teil des Stockwerks ebenerdig. Ich zählte die Balkone auf der Rückseite des Hotels, bis ich seinen erreicht hatte. Ich kletterte aufs Geländer und schwang meine Beine auf den Boden des Balkons. Hinatu wartete an der Schiebetür. Er öffnete sie und bat mich ins Zimmer, verriegelte aber die Tür nicht, damit Patrick später hereinkommen und mit mir den Platz tauschen konnte.

Er hatte sich umgezogen und trug nun statt des Smokings ein T-Shirt und eine lose Flanellhose, war bettfertig. Einen Augenblick lang stand ich unentschlossen da. Wo konnte ich mich am besten verbergen? Hinter den Vorhängen? In der Nähe der Schiebetür war es kalt, und dort würde ich von draußen zu sehen sein. Wir einigten uns auf den Schrank gegenüber vom Bett. Von dort würde ich alles, was passierte, gut im Auge haben, und ich konnte immer noch, falls nötig, schnell reagieren.

Ich stieg in das nach Zeder duftende Möbelstück und verschob die Hemden, die rechts hingen, nach links. So konnte ich gerade eben aufrecht stehen, wenn ich mich an die Rückwand lehnte und die Füße etwa fünfundzwanzig Zentimeter nach vorn rutschen ließ.

Ich schaute zu, wie Hinatu seine abendlichen Medikamente aus einem Schächtelchen auf dem Nachttisch nahm.

Er stellte das Wasserglas neben das Bett und schlüpfte unter die Decke, zog sie bis zum Kinn hoch. Er reckte einen Daumen in meine Richtung hoch und knipste die Nachttischlampe aus.

Jetzt mussten wir warten.

Die erste halbe Stunde war in Ordnung. Ich stand da in meiner recht verkrampften Position und spitzte die Ohren. Nach einer Stunde ließ ich mich nach unten gleiten und saß nun mit dem Rücken an die Seitenwand des Schrankes gelehnt. Ich konnte hören, wie Hinatu im Zimmer draußen schnarchte. Entweder mimte er das nur, oder er war wirklich die Ruhe selbst. Ich hätte nicht schlafen können, während ich darauf wartete, dass jemand kommen und mich angreifen würde.

Es war schon nach halb drei, und allmählich fragte ich mich, ob ich mich wieder völlig geirrt hatte. Mir fielen die Augen immer mal zu, und ich drohte wegzudämmern, doch dann weckte mich das leise Klirren von Metall auf Metall. Jemand steckte einen Schlüssel in das Türschloss. Ich erhob mich und kauerte mich hin. Durch den Spalt zwischen den Schranktüren sah ich, wie die Tür zum Flur aufging und ein Lichtstrahl den Boden erhellte. Eine Gestalt schlich sich ins Zimmer und bewegte sich lautlos neben das Bett. Nun stand die dunkle Gestalt da und starrte auf den schlafenden Mann, ehe sie etwas aus der Jackentasche zog.

Ich schaute wie gebannt zu. Hinatu hatte sich nicht bewegt. Ich beobachtete, wie der Stöpsel aus einem Glasfläschchen gezogen wurde, und mir wurde klar, dass die Mörderin drauf und dran war, die Flüssigkeit in Hinatus geöffneten Mund zu träufeln. Jetzt war die Zeit zum Handeln gekommen, aber Hinatu regte sich nach wie vor nicht. Warum nicht? Er schlief doch sicher nicht immer noch tief und fest?

Ich konnte nicht länger warten. Ich stürzte mich aus dem Kleiderschrank, die Beine noch steif vom beengten Hocken. Das Überraschungsmoment war auf meiner Seite, und so konnte ich die Angreiferin zu Boden werfen, die sich mit Händen und Füßen wehrte. Noch immer regte sich Hinatu nicht.

So polterten wir im Dunkeln im Zimmer herum, bis ich spürte, wie ein starker Arm uns beide packte und die Angreiferin von mir wegzog. Ich erhob mich taumelnd auf die Beine, knipste die Nachttischlampe an und sah gerade noch, wie Michaelson Mabel Eastons üppige Gestalt zu Boden rang.

KAPITEL 24

Ich schaute ungläubig von Michaelson zu Mabel Easton und wieder zurück. Wo war er hergekommen, und wo war Sophie?

»Was haben Sie hier verloren?«, wollte ich zuerst von Michaelson wissen.

»Ich wusste, Sie würden die Sache nicht auf sich beruhen lassen. Ich habe Gracie nach Hause gebracht und bin zurückgekommen, um ein waches Auge auf Sie zu haben. Ich stehe bereits seit Ihrer Ankunft draußen auf dem Balkon und beobachte alles.«

So unglaublich es auch war, versetzte mich die Anwesenheit von Mabel Easton in noch größeres Erstaunen.

Ich rannte zum Bett und rüttelte Hinatu. Endlich richtete er sich schlaftrunken auf und blickte verwirrt und verwundert um sich.

»Ich weiß nicht, was mit mir los ist«, nuschelte er.

»Ich würde mal sagen, man hat Ihnen irgendwas verabreicht«, meldete sich Michaelson zu Wort und rüttelte Mabel. »Was haben Sie ihm gegeben?«

Mabel wandte sich mürrisch ab.

Ich nahm mit einem Papiertuch vom Nachttisch das Fläschchen auf, das zu Boden gefallen war, und hielt es Michaelson hin. »Das hier hatte sie in der Hand.« Inzwischen war es leer, die Flüssigkeit war während unseres Gerangels auf den Boden geronnen.

»Lassen Sie es, wo es ist«, wies mich Michaelson an. »Es ist noch genug drin für einen Test.«

»Nehmen Sie die Hände weg!«, verlangte Mabel, die versuchte, sich mit aller Gewalt aus Michaelsons festem Griff zu befreien.

»Sie müssen uns ein paar Fragen beantworten«, erwiderte Michaelson, zerrte sie auf die Beine und schob sie mit Nachdruck auf einen Stuhl. »Fangen wir mal damit an, was Sie mitten in der Nacht im Zimmer dieses Gastes zu suchen haben.«

»Warum fragen Sie nicht die da, was die hier zu suchen hat?«, erwiderte Mabel und funkelte mich wütend an.

»Ich habe auf einen Mörder gewartet«, antwortete ich. Ich hätte mich treten können. Richtige Idee, falsches Familienmitglied. Meine Gedanken waren so schnell zu den Kindern gewandert, eigentlich zu Joey, dass ich alle anderen Möglichkeiten ausgeschlossen hatte. Ich starrte auf Mabel und hatte Mühe, diese neue Wendung in der Sache zu verdauen. Mabel Easton, die überaus nette, einsame Witwe. Ich war davon ausgegangen, dass ihr Ehename Easton war, doch nun war ich sicher, dass ich mich geirrt hatte.

»Richard war weg, Archie war weg, nun war nur noch Hinatu übrig, nicht wahr, Mrs Gates? Der Einzige von den dreien, die zur Polizei gegangen sind, der noch nicht dafür bezahlt hatte, was Ihrem Mann widerfahren ist.«

»Die hatten alles auf der Welt.« Mabel Eastons sonst so wohlklingende Stimme hatte nun schrille Untertöne. »Diese Jungs hatten Geld, Rang, Bildung, aber das hat ihnen nicht gereicht. Sie waren Diebe. Die haben genommen und immer wieder genommen, und schließlich haben sie das Einzige genommen, was mein Bill hatte – seinen guten Ruf. Sie haben ihn ruiniert, und dann sind die einfach ohne einen Blick zurück davonspaziert. Ich konnte mich mit meinem Ehenamen nicht einmal mehr auf der Straße sehen lassen. Die Leute hätten mich beschimpft.«

Hinatu schüttelte sich noch immer, um wieder einen klaren Kopf zu bekommen.

»Warum sind Sie nicht einfach zusammen weggezogen?«, fragte ich. »Sie hätten doch irgendwo ein neues Leben anfangen können.«

»Wieso sollten *wir* uns fortschleichen?«, rief Mabel. »Unser Leben war in Oxford. Bill wollte nicht weg, und ich hatte noch meinen Job als Dienerin im College. Ich habe versucht, die Angelegenheit ins Reine zu bringen. Ich bin sogar zum Rektor gegangen und habe ihn angefleht, eine Verlautbarung zu veröffentlichen, die Bills guten Namen wieder herstellen würde, nachdem die Polizei die Akte geschlossen hatte, doch er sagte nur, das sei nicht notwendig.« Mabel machte ein angewidertes Gesicht, und ihre Stimme hatte sich nun zu einem schrillen Falsett gesteigert. »Nicht notwendig, weil dann die Leute vielleicht weiter Fragen stellen und versuchen würden, herauszufinden, welcher dreckige kleine Schweinehund es wirklich gewesen war.« Mabel spuckte die Worte mit aller Gewalt hervor. »Also nein, kein Widerruf. Und nein, er könne seinen Job nicht wiederbekommen; man habe ihn bereits neu besetzt. Die Uni zeigte Schulterschluss, wie immer, wenn einer von denen Mist baut.«

Es war eine schreckliche Situation, und für einen stolzen Mann muss sie niederschmetternd gewesen sein. Ich konnte begreifen, warum Mabel schließlich doch weglaufen wollte. »Also sind Sie hierher gezogen, als Mabel Easton«, soufflierte ich ihr.

»Nach Bills Tod habe ich Oxford hinter mir gelassen, und ich habe versucht zu vergessen. Vergeben habe ich nie, das wollte ich auch nicht, aber ich versuchte zu vergessen. Ich bin ein paar Mal umgezogen, ehe ich mich schließlich hier niedergelassen habe. Ich habe einen Job gefunden, ein Zuhause und eine Familie.«

Mabel sackte auf dem Stuhl zusammen und starrte auf ihre Hände.

»Und kürzlich haben Sie erfahren, dass die drei ehemaligen Studenten diese Woche hier sein würden?«, fragte Michaelson.

»Ich habe die Namen in der Zeitung gelesen, zusammen mit den Nominierungen für die Quaich Awards, und ich konnte es einfach nicht glauben. Gott schenkte mir die Gelegenheit, Rache für meinen armen Bill zu nehmen.« Kurz flackerte ein Leuchten in ihren Augen auf. »Die konnte ich nicht ungenutzt verstreichen lassen. Und richtig, da stand es im Gästebuch, dass es jeder sehen konnte. Ich habe über sie nachgelesen, einen nach dem anderen. Ich konnte kaum glauben, dass das wirklich geschah. Alle drei zur gleichen Zeit. Sie waren noch nie zuvor hier gewesen, doch nun kamen sie zum Wettbewerb. Hierher, in mein Zuhause, und sie brachten ihre widerlichen Angewohnheiten mit. Selbstgefällig, satt und zufrieden. Betranken sich wie immer, völlig sorglos. Und dieser Sir Richard Simpson, der war der Allerschlimmste.«

»Wann haben Sie herausbekommen, dass Richard Simpson der Dieb war?«, fragte ich.

»Ich hatte von Anfang an so meinen Verdacht. Im College ging das Gerücht um, dass es einer von den Jungs war. Einer von den Unberührbaren. Richard war ständig in Schwierigkeiten, wurde aber nie bestraft. Übermut nannten sie das. Jugendliche Verfehlungen. Ich hatte meinen Verdacht, doch ich konnte nichts beweisen. Dann sah ich hier bei uns den Eintrag im Gästebuch. Da wusste ich es. Er ist heute ein Dieb, und er war damals einer.«

»Aber Archie nicht«, merkte ich an.

»Der war genauso schlimm.« Mabel blieb bei ihrer Meinung. »Er hätte was sagen können, hat es aber nicht getan.

Er muss es gewusst haben. Nie hat einer von denen den Dreck aufgewischt, den sie hinterlassen haben. Das war nur ein Haufen verzogener Blagen, und jetzt bin ich hier, dreißig Jahre später, und räume immer noch hinter ihnen auf.«

»Wo haben Sie das Nikotin her?«, wollte Michaelson wissen.

»Die hatten immer welches im Zwingergebäude«, sagte Mabel. Sie schien nun klein beizugeben, und die Worte strömten nur so aus ihr heraus. Es schien beinahe eine Katharsis zu sein. »Joey benutzt immer ein klein bisschen davon, wenn die Hunde Würmer haben. Er hat einmal meine Sally damit behandelt. Ich wusste also, dass es dort war, und ich hatte in den Nachrichten im Fernsehen den Bericht über den feinen jungen Mann gesehen, der seinen Vater umgebracht hat, und es erschien mir so einfach. Ich habe das, was ich brauchte, aus dem Zwingerhaus gestohlen und mit etwas von dem aromatisierten Mist gemischt, den die Leute heutzutage so mögen. Einer der Gäste hatte etwas davon im Ort gekauft, und ich habe mir die halbleere Flasche geschnappt. Es war perfekt.«

»Woher wussten Sie, wie viel Sie nehmen mussten?«, fragte ich, denn ich war mir sicher, dass die Zeitung in der Berichterstattung über den Mord nicht so sehr ins Detail gegangen war.

»Ich hatte keine Ahnung«, antwortete Mabel und lachte freudlos. »Ich habe mich einfach nur darauf verlassen, dass sie beide schwach und gierig waren. Sir Richard hat gesoffen wie ein Loch, und dieser MacInnes hat alles gefressen, was nicht niet- und nagelfest war. Wir mussten jeden Abend den Mini-Kühlschrank völlig neu auffüllen. Ich wusste, dass er es nicht schaffen würde, die Finger von den Trüffeln zu lassen. Beide waren nicht gerade fit, also habe ich einfach eine ordentliche Portion reingemixt und gebetet, dass es sie umbringen würde, damit mein Bill endlich in Frieden ruhen kann.«

»Und was ist mit Trevor?«, fragte Michaelson.

Mabel zuckte die Achseln. »Sie waren ihm ja schon auf den Fersen, also habe ich das Fläschchen mit dem Aroma in seinem Zimmer fallen lassen, um Ihnen ein bisschen auf die Sprünge zu helfen. Doch vor allem wollte ich Ihren Verdacht von Sophie ablenken. Die ist ein braves Mädchen. Ich wollte nicht, dass sie Schwierigkeiten bekam.«

»Und ich?«, wollte ich wissen.

»Sie sind schlau, und Sie haben zu viel herumgeschnüffelt. Sie mussten weg. Ich wollte Ihnen aber nicht wirklich schaden, und Mr MacEwan ganz gewiss nicht.

»Haben Sie deswegen versucht, auch Liam zu vergiften? Damit ich verschwinde?«

Mabel schaute ehrlich betroffen drein. »So was habe ich nie getan. Ich würde ihm niemals etwas tun.«

»Menschen sind also kein Problem, aber wenn es um Hunde geht, ziehen Sie eine Grenze«, sagte Michaelson angewidert. Er schüttelte den Kopf und klärte Mabel über ihre Rechte auf, ehe er ihr Handschellen anlegte. Da wurde sie ganz still und schien in sich zusammenzusinken. Das Ende war gekommen.

KAPITEL 25

Später an diesem Morgen saß ich mit Hinatu und Patrick zusammen und genoss ein wohlverdientes Frühstücksfestmahl. Sobald sie auf dem Revier waren, hatte Michaelson es geschafft, Mabel zu dem Geständnis zu bewegen, dass sie eine starke Schlaftablette unter Hinatus allnächtliche Vitaminpillen gemischt hatte. Er hatte sie geschluckt, ohne es zu merken, was seinen tiefen Schlaf erklärte, doch nun war er wach und munter. Er widmete sich mit großer Begeisterung einem Teller voller Räucherlachs und Reis.

Die Sonne war endlich aufgetaucht, und der Eismatsch auf dem Rasen vor den Fenstern des Speisesaales schmolz und brachte wieder grüne Flecken zum Vorschein. Am Horizont hielt sich noch ein zarter Hauch Schnee, der wie Puderzucker auf den Bergen lag und im Morgenlicht glitzerte.

»Was ich nicht kapiere«, sagte Patrick, während er auf Toast und Speck herumkaute, »ist, wie du in letzter Minute auf diese Gates-Story gekommen bist, nachdem du so lange hinter Keenan hergejagt warst.«

»Die Zusammenarbeit mit Michaelson war sehr aufschlussreich«, sagte ich laut. »Er verlässt sich nur auf handfeste Beweise und ich wesentlich mehr auf meinen Instinkt. Wir haben eine Menge Beweise gefunden und sie so gut gedeutet, wie wir konnten, aber wir haben nicht immer die richtigen Schlüsse gezogen. Eine solche Ermittlung ist hohe Kunst, nicht einfach nur Naturwissenschaft.«

»Wie das Whiskymachen«, meinte Hinatu.

»Letztlich kommt dem Whisky hier große Ehre zu, denn er hat mich inspiriert«, sagte ich. »Alle haben darauf getrunken, dass ich Keenan ins Gefängnis gebracht hatte. Auf meinen Erfolg. Aber irgendwas daran erschien mir nicht ganz richtig. Ich war übermüdet und hypernervös, und ich konnte mir einfach nicht erklären, was da nicht stimmte – also habe ich schlicht weitergetrunken. Irgendwann begannen alle Dinge, von denen ich glaubte, sie zu wissen, und all die Dinge, die ich irgendwie wusste, in meinem Kopf herumzuwirbeln wie ein Tornado, und ich hatte Glück, dass sämtliche Puzzleteile an die richtige Stelle fielen. Doch ich hätte das niemals geschafft, wenn Sie mir nicht die Geschichte von dem falsch beschuldigten Mann erzählt hätten, Hinatu.«

»Du kannst doch Leute sonst so gut einschätzen«, jammerte Patrick, »und doch hast du dich, sogar nachdem du das richtige Motiv gefunden hattest, noch immer auf Joey und Sophie versteift.«

»Ich kann Leute gut beurteilen, aber ich mache dabei durchaus Fehler.« Ich schnitt ein Stückchen Wurst ab und reichte es Liam hinunter. »Ich hatte den ganzen Abend über so viel an Michaelson und seine Tochter gedacht, dass daher wohl Kinder mein Hauptgedanke waren. Als ich dann den Nachruf gelesen und gesehen habe, dass dort William *Joseph* Gates stand und eine Familie erwähnt wurde, richteten sich meine Gedanken sofort auf Joey. Er hatte das passende Alter, und sein Vater war gestorben, als er noch ein Kind war. Es schien mir verständlich, dass man ihn nach seinem Vater benannt hatte, außerdem hielt er das Nikotin in seinem Büro versteckt. Das waren Indizien, und ich habe meine Schlussfolgerung zu rasch gezogen. Das war vielleicht Michaelsons Einfluss, oder du hast recht, und mein Bauchgefühl lässt nach.«

»Das würde ich nicht sagen«, wandte Hinatu ein. »Intuition ist wertvoll. Sie hat mir im Geschäft stets gute Dienste geleistet. Mörder sind jedoch komplexe menschliche Wesen – sie sind niemals eindimensional. Das Gute im Menschen ist leichter zu erspüren, doch vom Schlechten gibt es sehr viele Schattierungen.«

»Das ist wohl so«, gestand ich ihm zu.

»Sie haben das Gute in Joey und Sophie gespürt, und Sie hatten Ihre Zweifel, was Bruce anging. Das habe ich gemerkt, als ich neulich am Abend vor dem Dinner mit Ihnen gesprochen habe. Bei Mabel Easton lagen Sie falsch, weil sie im Herzen ein guter Mensch ist. Wenn jemand, der einen Mord begeht, einfach nur Gerechtigkeit will, denke ich, dass es sehr viel schwerer fällt, die üble Absicht zu erkennen.«

Ich musste lächeln. »Vielen Dank, Hinatu. Sie sind immer so großzügig. Und übrigens, Patrick, Liam hat bei Mabel auch keinen Verdacht geschöpft.«

»Ich hätte nie auf Mabel Easton getippt«, gab Patrick zu.

»Im Nachhinein ergibt es einen Sinn«, sagte ich. »Denn schließlich würde niemand Fragen stellen, wenn die Hausdame in einem Gästezimmer ein- und ausgeht, eigentlich in jedem Zimmer. Mehr noch, sie hatte problemlos Zugang zu den Messingschlüsseln für alle Zimmer. Michaelson glaubt, dass er die fehlenden Schlüssel in Mabels Zimmer finden wird. Wir wussten, dass sie in Sir Richards Zimmer gegangen ist, um Sophie bei der Arbeit zu überprüfen. Ich vermute, sie wollte nur sicher sein, dass noch Whisky da war. Später ist sie dann zurückgekommen, hat das vergiftete Glas neben das Bett gestellt, den restlichen Whisky vergiftet und die übrigen Gläser mitgenommen.«

»Und die Pralinen?«

»Da hat sie es genauso gemacht. Sie hat sicher den Messingschlüssel benutzt, um in Archies Zimmer zu kommen und dort die Trüffel zu vergiften. Ich muss schon sagen, sie hat sehr schnell reagiert. Sie hat den Streit zwischen Archie und Trevor über die Aktien belauscht. Mir hat sie gesagt, dass sie durch die Tür nichts hören konnte, doch als Grant und ich in Hughs Zimmer waren, konnten wir euch beide auf dem Flur hören, ehe ihr reinkamt. Da muss sie also gelogen haben. Wie du schon gesagt hast, war Trevor immer sehr laut. Dann hat Mabel wohl begriffen, dass man Trevor sehr rasch verdächtigen würde, seinen Bruder und Archie umgebracht zu haben, wenn sie ihre Karten geschickt ausspielte.«

»Daher hat sie das leere Fläschchen mit der aromatisierten E-Zigaretten-Liquid unter Trevors Bett deponiert, um sicherzustellen, dass die Polizei weiterhin ihre Aufmerksamkeit auf ihn konzentriert«, meinte Patrick.

Ich nickte. »Ich vermute, sie ist da reingekommen, während Ethel das Zimmer aufräumte. Einer ihrer Überraschungsbesuche. Ethel hat anschließend das Bett gemacht, und nicht einmal sie konnte das Fläschchen übersehen.«

»Und die Zahnpasta?«

»Mabel hat sich rührend um mich gekümmert. Sie hat wohl dabei auch begriffen, wie sehr ich in die Ermittlungen einbezogen war. Sie hat die Zahnpasta vergiftet, weil sie hoffte, dass dadurch einer von uns oder wir beide krank würden und dass wir verschwinden würden.«

»Aber wir waren zu sehr damit beschäftigt, hinter Hugh Ashworth-Jones herzujagen, um etwas zu merken.«

»Genau. Ich glaube nicht, dass sie uns wirklich schaden wollte, und ganz gewiss hatte sie nicht vor, Grant etwas anzutun.«

»Wann haben Sie begriffen, dass Richard damals der Dieb an der Universität war?«, fragte Hinatu.

»Sobald Sie die Geschichte erzählt hatten. Richard war immer noch Kleptomane. Das stand im Gästebuch des Hotels. Außerdem haben Sie irgendwann erwähnt, dass Sie und Richard im letzten Uni-Jahr Streit hatten. Ich wusste, dass sein anmaßendes Benehmen und seine Unehrenhaftigkeit Sie zutiefst verstört haben müssen. Dass er nicht willens war, seinen eigenen Ruf aufs Spiel zu setzen, um den eines anderen Menschen zu retten.«

»Das Personal ist auswechselbar«, meinte Hinatu traurig. »Ich hätte etwas sagen sollen, aber ich war ein Außenseiter, genau wie ich es jetzt bin. Ich hatte noch ein Jahr in Oxford, um mein Studium abzuschließen, und das wollte ich nicht gefährden. Auch ich war egoistisch.«

Patrick fütterte heimlich unter dem Tisch Liam mit einem Stückchen Speck. »Du bist wirklich eine begabte Detektivin, weißt du.«

»Kein bisschen«, widersprach ich. »Ich hätte beinah alles vermasselt. Es gab noch so viele andere Fährten, die ich hätte sehen können, wenn ich mich nur konzentriert hätte. Liam war immer wieder schlecht. Ich habe Joey die Schuld daran gegeben, weil ich dachte, es läge an etwas, das er gefressen hatte, als er mit der Meute unterwegs war.«

»Was war es denn?«

»Mabel hatte immer ein paar Hundekuchen für die vierbeinigen Gäste in der Tasche. Sie hatte nicht bedacht, dass sie in derselben Tasche auch das Fläschchen mit dem flüssigen Nikotin herumtrug. Es muss wohl ein Rest in der Tasche auf die Hundekuchen gekommen sein. Zum Glück nicht viel, doch genug, dass es Liam stets übel wurde, wenn er einen gegessen hatte.«

»Der arme Kerl.« Patrick beugte sich hinunter und kraulte Liam die Ohren.

Der war begeistert, dass auf seinem Speiseplan nun wieder ausschließlich Würstchen und Speck standen. Er hatte seine Zeit in Eagle Lodge in vollen Zügen genossen. Er hatte neue Freunde gefunden und die Einrichtungen bestens genutzt. Mehr als wir anderen, doch nun war es Zeit, nach Hause zu fahren.

Ich mühte mich damit ab, alles wieder in die Taschen zu stopfen, die wir mitgebracht hatten. Irgendwie schienen unsere Sachen während des Aufenthalts hier mehr geworden zu sein. Trevor hatte eine Flasche Islay-Whisky für Liam geschickt. So wollte er uns dafür danken, was wir getan hatten, um seinen Namen reinzuwaschen, und zudem waren jede Menge Blumen und Pralinen mit Glückwünschen eingetroffen. Ein Klopfen an der Tür kündigte Sophies Ankunft an. Sie stand mit einem weiteren Riesenblumenstrauß auf dem Flur.

Sie kam herein und umarmte mich spontan. »Die hier sind von Joey und mir – ganz besonders von mir. Ich wollte mich entschuldigen, dass ich gestern so unhöflich war. Ich hätte wissen müssen, dass Sie uns nicht im Stich lassen würden. Vielen, vielen Dank, dass Sie mitgeholfen haben, diesen Schlamassel aufzuklären.«

»Ich nehme an, Joey ist wieder zu Hause«, sagte ich mit einem Lächeln.

»Ja. Und wir geben unsere Verlobung bekannt, sobald er wieder bei der Arbeit ist. Kein Verstecken, keine Heimlichtuerei mehr.«

»Das ist wunderbar. Wie kommen die Leute hier mit der Nachricht über Mrs Easton klar?«

»Etwa so, wie man erwarten würde«, antwortete Sophie. »Sie sind schockiert. Das alles hätte ich auf keinen Fall vermutet. Niemals. Sie war wie eine zweite Mutter für uns alle. Die Lodge hat ihr alles bedeutet. Und sie hat immer so peinlich genau darauf geachtet, dass man sich anständig benahm. Ich kann einfach nicht glauben, dass sie so was getan hat.«

Ich dachte daran, wie ich selbst Mabel eingeschätzt hatte: *präzise*, *korrekt* und *pingelig*. Sie mochte es, wenn Ordnung herrschte. Richard Simpson und seine Lügen hatten ihr Leben aus dem Gleichgewicht gebracht. Ihr den Ehemann geraubt und dessen guten Namen infrage gestellt. Das musste über all die Jahre an ihr genagt haben. Und dass sie die drei Schuldigen so plötzlich hier vor sich hatte und nur den Arm ausstrecken musste, um sie zu berühren, war wohl mehr gewesen, als sie aushalten konnte.

Sie umzubringen, das bedeutete für sie, dass sie bekamen, was sie verdienten. Damit wäre das Gleichgewicht in ihrer Welt wieder hergestellt. Ich war mir sicher, dass diese Morde ihrer Meinung nach eine angemessene Strafe für die Vergehen der drei waren.

Sophie beugte sich hinunter und kraulte Liam. »Du wirst uns fehlen, Junge«, sagte sie leise.

»Er wird euch auch alle vermissen. Sagen Sie Joey, dass wir bald einmal zu Besuch kommen«, fügte ich hinzu. »Wer weiß, vielleicht kann ich Liam für einen Kurs in der Hundeschule anmelden.«

Bei diesen Worten sprang Liam elegant mitten auf das Doppelbett und schaute mich voller Verachtung an.

Sophie lachte. »Na dann viel Glück damit.«

Schließlich kam ich sehr viel später, als ich vorgehabt hatte, im Krankenhaus an. Michaelson hatte darauf bestanden, dass ich noch im Revier in Stirling vorbeifuhr, um meine offizielle Aussage schriftlich zu machen, und der Papierkram schien ewig zu dauern. Danach stattete ich noch Oliver Blaires Laden einen kurzen Besuch ab, um Oliver für all seine Hilfe zu danken.

Nun eilte ich die Treppe zur Intensivstation hinauf. Ich hatte ja wirklich lange gebraucht, bis ich begriffen hatte, wer der Mörder war, doch sehr schnell herausgefunden, wie sehr mir Grant am Herzen lag, sobald man ihn im Krankenwagen fortgeschafft hatte. Plötzlich erschienen mir all meine Entschuldigungen dafür, dass ich keine Beziehung wollte, völlig lächerlich. Nur meine Eitelkeit und Sturheit hatten meinem Glück im Weg gestanden. Das sollte sich ab heute ändern.

Louisa hatte angerufen, um mir zu sagen, dass Grant aus dem Koma aufgewacht war. Die Schwellung in seinem Schädel war merklich zurückgegangen, und er schlief friedlich. Plötzlich hatte ich das Gefühl, ich könne endlich wieder frei atmen. Ich musste zu ihm. Selbst wenn er noch schlief, ich musste eine Weile in seiner Nähe sein. Um über ihn zu wachen und mich zu versichern, dass alles gut werden würde.

Ich erreichte die Tür zu seinem Zimmer und drückte sie vorsichtig auf. Er schlief noch und hatte den Arm um die ebenfalls schlafende Brenna gelegt. Ihre Schuhe standen vor dem Bett, und sie hatte ein Bein über Grants Beine geworfen, ihre Hand ruhte auf seinem Herzen, hob und senkte sich mit seinen Atemzügen. Einen Augenblick lang stand ich da und hatte das Gefühl, mir hätte jemand gerade einen Schlag in die Magengrube verpasst.

Grant hatte es schon mal gesagt, aber ich hatte ihm nicht geglaubt, dass er, wenn ich bereit wäre, vielleicht nicht mehr auf mich warten würde. Wieder einmal schienen wir völlig aus dem Tritt gekommen zu sein. Ich legte die Blumen, die ich mitgebracht hatte, auf den Tisch und wollte schnellstmöglich das Zimmer verlassen, schaffte es jedoch nicht, die Augen von der Szene vor mir zu wenden, so schmerzlich sie auch war.

Hinter mir ging die Tür auf, und eine Krankenschwester mit einem Klemmbrett trat ein. Sie lächelte, als sie die beiden Gestalten im Bett sah. »Er ist jetzt auf dem Weg der Besserung«, sagte sie leise. »Das arme Mädel ist völlig erschöpft. Sie hat kaum geschlafen, seit er hier angekommen ist. Aber zumindest war ihr Gesicht das Erste, was er gesehen hat, als er aufgewacht ist.« Mir war speiübel.

Die Krankenschwester legte eine Decke über Brennas Beine und bugsierte mich aus dem Zimmer. »Wir wollen ihnen ein bisschen Ruhe gönnen. Ich bin sicher, morgen werden sie für Besuch bereit sein«, sagte sie fröhlich. »Ich sage ihnen gern, dass Sie vorbeigekommen sind.«

»Nein, das geht schon in Ordnung«, stammelte ich. »Nicht nötig. Ich komme einfach wieder.« Ich spürte, dass mein Gesicht flammend rot war. »Später – irgendwann.«

Ich steckte die Medaille für den Golden Quaich wieder in die Manteltasche. Die konnte warten. Im Augenblick schien Grant alles zu haben, was er brauchte.

Ich machte kehrt, um von hier zu fliehen, und stieß mit Louisa zusammen, die den Flur entlangkam. Ein Blick auf mein Gesicht, und sie hatte begriffen, dass ich es wusste.

»Komm schon, meine Liebe«, sagte sie leise, legte mir den Arm um die Schulter und führte mich fort. Sobald wir außer Hörweite waren, wandte sie sich zu mir. »Du darfst auf keinen Fall aufgeben«, sagte sie mit Bestimmtheit. »Brenna ist Schnee von gestern. Klar, sie ist hier reingerauscht, als Grant angreifbar war, aber er will dich, das weiß ich.«

Ich schüttelte den Kopf. »Früher vielleicht, aber jetzt nicht mehr. Ich habe meine Chance verpasst.« Ich verdrehte die Augen über meine eigene Dummheit, wischte zornig die Tränen fort, die mir in die Augen stiegen. »Ich war wütend auf Brenna, weil sie abgehauen war und nun dachte, sie könne einfach wieder auftauchen und da anknüpfen, wo sie aufgehört hatte. Ich war so wütend, dass mir nicht einmal aufgefallen war, dass ich genau dasselbe getan habe.

Ich habe Grant bei jeder Gelegenheit von mir weggeschoben und dann erwartet, dass er da sein würde, wenn ich meine Meinung änderte.«

»Du und Brenna, ihr habt dieses Verhalten wahrhaftig nicht für euch gepachtet«, sagte Louisa. »Ich kann gar nicht zählen, wie oft ich diesen Fehler schon beobachtet habe.«

»Grant hat mir sehr deutlich gesagt, dass er vielleicht nicht mehr da sein würde, wenn ich endlich bereit wäre«, erwiderte ich mit Nachdruck. »Es ist mein Fehler. Ich habe zu lange gewartet.«

Louisa schüttelte den Kopf. »Das mag ja alles sein. Aber seit wann gibst du auf, nur weil die Dinge nicht genauso laufen, wie du es dir in den Kopf gesetzt hast? Ben hat immer damit geprahlt, wie beherzt und wie wild entschlossen du bist. Er hat mir gesagt, dass du in deinem Leben nie vor einer Auseinandersetzung zurückgeschreckt bist. Darauf war er so stolz. Wieso fängst du jetzt damit an?«

»Ich habe das Kämpfen satt«, sagte ich müde. »Und ich habe nicht den Wunsch, mich jemandem aufzudrängen, der mich nicht haben will.«

»Der dich nicht haben will, pah! Den hättest du sehen sollen, wie er zu Weihnachten Trübsal geblasen hat. Du bist diejenige, die er wirklich will. Er weiß es vielleicht noch nicht, aber Ben hat es gewusst. Ben wusste, dass ihr beide perfekt für einander sein würdet. Wieso, meinst du, hat er darauf bestanden, dass du persönlich hierherkamst, um dein Erbe zu regeln?«

»Das erfindest du jetzt aber.«

»Kein bisschen. Du hast vergessen, dass ich im letzten Jahr seines Lebens sehr viel Zeit mit Ben verbracht habe. Wir waren gute Freunde, und er war ein weiser Mann.«

»Ben hat wirklich gedacht, dass Grant und ich als Paar funktionieren könnten?«

»Er war sich sicher. Du musst es einfach glauben.«

Ich wollte es glauben. Ich würde versuchen, es zu glauben, aber heute noch nicht.

Heute würde ich weinen.

Morgen würde ich wieder kämpfen.

ANMERKUNG DER AUTORIN

Liam ist ein bezaubernder Romanhund, der seinen Islay-Malt sehr mag, aber er ist eine *Romangestalt*. **Hunde sollten niemals Alkohol zu trinken bekommen, nicht einmal in kleinen Mengen.** Alkohol ist Gift für Tiere aller Art. Bitte respektieren Sie unsere vierbeinigen Freunde.